Sibylle Baillon

Wie Spuren am See

Das Juwel

Verhängnis der Liebe Während Isabella und Chris nach den schrecklichen Ereignissen der Vergangenheit wieder in ihren Alltag zurückgefunden haben und das Beisammensein in Adas Haus in vollen Zügen genießen, erreicht Isabella eine Hiobsbotschaft, die aufs Neue ihr Leben durcheinanderbringt: Aus heiterem Himmel soll das erst kürzlich angetretene Erbe angefochten werden. Auch haben Bella und Chris nicht mit dem Besuch von Bellas bester Freundin Rita und ihrem überraschenden Begleiter aus Frankfurt gerechnet. Dieser kennt sich nicht nur im Erbschaftsrecht aus, sondern interessiert sich zudem für ein mysteriöses Juwel, das Napoleon I. laut einer Legende vor über 200 Jahren am berühmten Hexenstein verloren haben soll. Vom Strudel der Vergangenheit erfasst, begeben sich die vier gemeinsam auf die Suche nach der Wahrheit, nicht ahnend, wie eng das Erbe und der Edelstein miteinander verbunden sind …

Sibylle Baillon wurde 1966 in Frankfurt am Main geboren. Nach einer erfolgreichen Ausbildung zur Bürokauffrau folgte sie dem Ruf der Ferne und zog nach Frankreich, wo sie als Leiterin der Exportabteilung im Blumengroßhandel Karriere gemacht hat und später Ausbilderin wurde. Seit jeher von Geschichten vergangener Epochen fasziniert, arbeitet sie heute als freie Autorin und hat bereits zahlreiche Romane veröffentlicht. Wenn sie also nicht gerade in Büchern schmökert, gilt ihre Leidenschaft dem Schreiben romantischer, historischer sowie kriminalistischer Geschichten.

Sibylle Baillon

Wie Spuren am See

Das Juwel

Bodensee-Saga

GMEINER

Personen und Handlung sind frei erfunden.
Ähnlichkeiten mit lebenden oder toten Personen
sind rein zufällig und nicht beabsichtigt.

MIX
Papier | Fördert gute Waldnutzung
FSC® C014496

Besuchen Sie uns im Internet:
www.gmeiner-verlag.de

Im Ehnried 5, 88605 Meßkirch
Telefon 07575/2095-0
info@gmeiner-verlag.de

1. Auflage 2024

Lektorat: Susanne Tachlinski
Herstellung: Mirjam Hecht
Umschlaggestaltung: U.O.R.G. Lutz Eberle, Stuttgart
unter Verwendung eines Fotos von: © »pollography / photocase.de
und Dayice / istockphoto«
Druck: GGP Media GmbH, Pößneck
Printed in Germany
ISBN 978-3-8392-0526-6

Für meine liebe Jugendfreundin Britta

Das Verhängnis

Wenn Schatten meinen Namen malen,
Bleib ich taumelnd stehn,
Begreife nicht das Strahlen,
Beschwört herauf vertrautes Flehn.

Zerrend sie mich bedrängen,
Wollen mir etwas sagen,
Trugbilder ins Herz sich zwängen,
Gleich Krallen daran schaben.

Unglaube ist mal Freund mal Feind,
Greifen können wir es nicht,
Nur die Ahnung uns vereint,
Mit höllischer Täuschung sich vermischt.

Auf verschlungenen Pfaden,
Niemand den Anfang wagt.
Am Gift der Wahrheit wir uns laben,
Verbissen an uns nagt.

Der Sprung der Hexe ist gewagt,
Vom ewigen Stein gerettet,
Im Herzen der Wunsch verzagt,
Ein edlerer uns verkettet.

Der Mantel der Vergangenheit,
Bietet Schutz und Trost,
Weiterhin uns Kraft verleiht,
Mit Nichtigkeiten uns liebkost.

Prolog

Sein Herz war wie von einer Klammer umfasst, pochte mühevoll in seiner Brust, als wollte es sich mit jedem Schlag aus dieser bedrückenden Enge befreien. Alles um ihn herum war still. Zu still. Wie die Nacht. Wie der Tod. Einzig das röchelnde Geräusch des Schlauches war zu vernehmen. Sein Röcheln, das Blasen bildete. Er fühlte sich elend. Wünschte sich an jeden anderen Ort als an diesen. Hoffte, dass es bald vorbei sein würde.

Noch immer kreisten seine Gedanken um das Ungeheuerliche, das er erfahren hatte. Das Unglaubliche hatte Gestalt angenommen. Er hatte sie gefunden, sah sie vor sich, anmutig, schön und geheimnisumwoben, so, wie er sie sich in seinen Träumen immer ausgemalt hatte. Er hörte ihr Lachen, das wie Champagnerbläschen um ihn herumperlte. Mal perlend, mal gurrend. Spürte ihre Hand auf seinem Arm, eine Berührung so leicht wie die eines Schmetterlings. Ein bloßes Streifen. Champagnerperlen und Gänsehaut. Verbundenheit. Ein Gefühl der Zusammengehörigkeit. Unbeschreiblich.

Mühsam hangelte er sich am Seil entlang, fasste nach. Zentimeter um Zentimeter ging es in die Tiefe. Es wollte kein Ende nehmen. Fahl durchbrach das Stirnlicht das gefährliche Schwarz, das ihn umhüllte. Kleine Partikelchen schwebten an ihm vorüber, sprachen vom Leben, das hier unten stattfand. Winzigste Wesen trieben in der Brühe umher, tanzten nach einer Melodie, die nur sie vernahmen.

Ließen sich vom Strom leiten. Auch er selbst hatte sich leiten lassen. Vielmehr verleiten. Er war ihm gefolgt, weil er sein Freund war. Wollte es hinter sich bringen. Ihm beweisen, dass seine Theorie Unsinn war.

Seine Atmung ging stoßweise. Zentimeter um Zentimeter. Er schaute auf seine Hände, die nachfassten. Wie tief waren sie? Es war die falsche Frage, die, die er sich nicht hätte stellen dürfen. Er spürte das Böse in sich aufsteigen, hinterhältig, fies, rücksichtslos. Er schnappte nach Luft. Der Atemregler stolperte, rauschte wütend auf, stieß Strudel aus. *Oh Gott.*

Denke an sie. An die schönen Stunden. Denke daran, wie du ihr begegnet bist. Wie ihre Gegenwart sich anfühlt. Echt. Wertvoll. Einzigartig. Er brauchte Ablenkung. Brauchte Luft. Brauchte ein Zeichen. Musste ihn sehen. Aber da war nur Schwarz und schwebendes Winzlingsleben. Nur Schwarz und Partikelchen. Nur Schwarz und er selbst. Verloren. Allein. Eingezwängt. Der Anzug. Zu eng. Die Jahre. Man aß, man trank. Der Bauchumfang wuchs. Das Neopren nur bedingt.

Wo befanden sie sich, verdammt? Seine Ohren schmerzten. Er schluckte, um sie vom Druck zu befreien, hörte nichts mehr. Weder das gleichmäßige Rauschen noch sein Herz. Schlug es? Da! Ein heftiges Pochen und es setzte wieder ein. Erleichtert stöhnte er auf. Schweiß brach ihm aus. Er spürte, dass er an die Grenze des Möglichen kam. An seine Grenze. Es ging nicht mehr. Er konnte nicht mehr. Er musste umkehren. Jetzt. Wo war sein Freund? Hatte er nicht versprochen, ihm im Falle einer Attacke beizustehen? *Hey, es ist so weit. Wo bist du?*

Er spürte seine Beine nicht mehr, sein Kopf dröhnte, schien zu zerspringen. Kalte Furcht umfing ihn wie eine

Zange, die zudrückte. Ein eiserner Mantel, eine Hülle, die er nicht mehr abstreifen konnte. Er atmete schneller. Hoch, nur wieder hoch. In das Herumtreiben mischten sich die Bläschen des Mundstücks. Sie wurden zu wilden Strudeln. Alles verschwamm, wirkte verzerrt. Hoch, hoch. Panisch zog er sich am Seil empor. Eine Hand nach der anderen, in die entgegengesetzte Richtung.

Er spürte nur die Enge. Das Atmen wurde bleischwer. War die Flasche leer? Auf welcher Höhe befand er sich? Auf halbem Weg? Der Druck auf den Ohren wurde unerträglich. Er schluckte. Es half nichts. Zu stark war die Pression. Die Vernunft wollte, dass er Sicherheitsstopps einlegte, aber die nackte Angst trieb ihn weiter, ohne dass sein Geist etwas daran hätte ändern können. Er sah kein Licht näher kommen, konnte nicht abschätzen, wie weit es noch war. Dass es Nacht war, vergaß er. Nur das Lämpchen schien. Schien ins Sprudeln. Schien ins Wasserleben, das auf einmal wild umherwirbelte.

Ein fürchterlicher Schmerz durchdrang ihn, und er packte sich an die Brust. Es war, als würde die Zange zudrücken. Er konnte nicht mehr weiter. Er konnte nicht mehr atmen, sich nicht mehr halten. In Sekundenschnelle spulte sich sein Leben vor seinem inneren Auge ab. Seine Träume, seine Wege, seine Liebe, seine Eltern …

Das ist es also gewesen, dachte er. *So fühlt es sich an.* Dann war alles aus. Das Letzte, was er noch spürte, war der Arm des Freundes, der ihn packte. Zu spät. Das Schwarz wurde noch schwärzer, die Stille noch stiller, die Taubheit noch tauber. Allein die Angst schwand, verwandelte sich in ein Schweben – in ein Abgleiten ins Nichts …

Kapitel 1 – Das Universum

Lindau, Bodensee – Seerosen-Villa – September 2018, Freitag

An manchen Tagen fragt man sich, was gerade im Universum schiefläuft. Fragt sich, ob vielleicht einer dieser Sonnenstürme an allem schuld sein könnte. Einer dieser wild ausschweifende Feuerringe sprühenden Ausbrüche, die in der Lage sind, Magnetfelder zu verschieben und herrliche Polarlichter ans Himmelszelt zu zaubern. Wer wusste schon, ob sie nicht ungeahnte magische Kräfte verströmten, die alles durcheinanderbrachten? Und zwar immer dann, wenn man gerade nicht damit rechnete, weil das Leben endlich wieder in scheinbar geregelten Bahnen verlief, vergangene Belastungen in den Hintergrund gerückt waren und neue Projekte das Licht der Welt erblickten.

An diesem wundervollen Spätsommermorgen saßen Chris und ich auf der Terrasse beim Frühstück. Es war Freitag. Ich hatte mir den Vormittag freigenommen, und wir genossen das morgendliche Dolcefarniente. Ein bisschen Lesen, viele Gespräche und noch mehr Nähe, die Gegenwart genießen und Zukunftspläne schmieden, so lautete unsere Devise.

Unser berauschender Bootsurlaub auf dem Bodensee war einzigartig gewesen und hatte uns geholfen, die jüngsten Vorkommnisse zu verarbeiten. Ab und zu musste ich noch daran denken, aber dank der himmlischen Umgebung und der Osmose, die wir miteinander spürten, rückten die Spektren des Grauens und der Trauer um Adas Neugeborenes in den Hintergrund. Ein zarter Schleier aus Zuversicht hatte sich darüber ausgebreitet, wie um alles Vergangene. Tief in meinem Inneren war ich davon überzeugt, dass es Geschehnisse gab, die danach riefen, niemals ganz in Vergessenheit zu geraten. Aber selbst dann kamen sie nicht gegen den Alltag an, der zu verdrängen half, oder gegen die voranschreitende Zeit, die alles Schmerzliche abschwächte, damit es sich nach und nach im Universum verflüchtigte. So glaubte ich jedenfalls.

Wohlig vor mich hinlächelnd streckte ich mich, genoss die Morgensonne, die meine Haut streichelte. Sanfte Helligkeit umarmte den Bodensee und ließ die Alpen am dunstigen Horizont wie aus einem verschleierten Traum erwachen. Auf dem in goldenen Nuancen schimmernden Wasser glitt ein Fischerboot über die spiegelglatte Oberfläche. Egal zu welcher Tages- oder Jahreszeit ich den See auch betrachtete, entfaltete er stetig seinen Reiz auf eine Weise, die es mir unmöglich machte zu entscheiden, welche meine bevorzugten Stunden oder Monate waren. Im Winter liebte ich die eisige Anmut, im Sommer sein erhitztes Antlitz, im Frühling das unbeschreiblich verzückende Blütenmeer und im Herbst den laubigen Rausch, der seine Umgebung liebevoll umarmte und in einen farbenfrohen Augenschmaus verwandelte.

Chris blickte von der Zeitung auf. »Wäre ich Maler, würde ich diesen Moment auf einer Leinwand verewigen wollen«, sagte er verträumt. »Du siehst so was von zufrieden aus. Wie ein Kätzchen, das es sich in einem Wollknäuel gemütlich gemacht hat.«

Ich lachte über den Vergleich. »So sehe ich nicht nur aus, mein Schatz«, antwortete ich und nahm die Arme wieder herunter. »So fühle ich mich auch. Schau doch, wie schön er ist.«

Chris' Blick wanderte über den Garten hinweg auf das warme Glühen des erwachenden Sees, der im wahrsten Sinne des Wortes so wirkte, als könnte er kein Wässerchen trüben. Aber wer wusste besser als wir, wie trügerisch dieser Schein war; genauso trügerisch wie jegliche Idylle, an die man so gerne glauben wollte.

Chris hob gleichgültig die Schultern. »Ich finde, er sieht nicht anders aus als gestern oder vorgestern«, foppte er mich.

Verärgerung vortäuschend hob ich eine Augenbraue. »Das sagst du nur, weil du von hier stammst und blind für die Vielfältigkeit seines Zaubers geworden bist. Abgestumpft, sozusagen.«

»Scheinst heute so richtig in Form zu sein, Liebes«, sagte er grinsend. »Hast du mir etwas mitzuteilen?«

Ich schmunzelte, wusste, worauf er anspielte. »Nein, leider noch nicht.«

»Es ist ja auch nicht wirklich eilig«, sagte er und legte seine warme Hand auf meinen Bauch. »Aber bei all der Mühe, die ich mir gebe …«

Wieder musste ich laut lachen. »Du? Du meinst sicher wir!« Während ich meine Tasse an den Mund hob und daran nippte, schaute ich ihn herausfordernd an.

Chris gluckste vergnügt. »Das sagst du, weil du eine Frau bist und meinst, den Frosch zu machen, sei schon anstrengend genug.«

Ich verschluckte mich am Kaffee und prustete. »Chris!«, rief ich empört. »Was ist denn das für ein Machogehabe?«

Amüsiert beugte er sich zu mir vor und küsste mich. »Du weißt doch, wie sehr ich es liebe, wenn du diese hübschen roten Flecken auf den Wangen bekommst.«

Es klingelte an der Haustür, sodass Rex sofort aufsprang und anschlug. Schon machte sich unser schottischer Hirtenhund auf den Weg zum Eingang, bereit, jedem unerwünschten Eindringling eine Kuscheleinheit zu verpassen.

Überrascht schauten wir uns an.

»Erwartest du jemanden?«, fragte Chris.

»Nein, nicht dass ich wüsste«, antwortete ich stirnrunzelnd. »Vielleicht der Postbote oder ein Vertreter.«

»Oder ein Lottogewinn?«, mutmaßte Chris. »Spielst du?«

»Nein! Und du?«

Er lachte dieses Lachen, dass ich so an ihm liebte. »Nein, leider auch nicht …« Seine blauen Augen funkelten mich herausfordernd an.

Ich erhob mich, fuhr mit meiner Hand durch seine dunklen Locken und küsste ihn. »Dann hat deine Vermutung leider weder Hand noch Fuß und ist das Produkt eines unzulänglichen Hirngespinsts meines Lieblingsschriftstellers im Schreibentzug«, antwortete ich und wandte mich ab, um nachzuschauen, wer es wagte, unsere wohlverdiente Zweisamkeit zu stören.

Ein sonderbares Gefühl von Déjà-vu ergriff von mir Besitz. Angenehmes Erwachen am Morgen, seliges Beisammensein mit Chris, wunderbare gemeinsame Projekte, und dann … schlug Murphy zu. Murphy, der dieses bescheuerte Gesetz erfunden hatte, demgemäß alles, was schiefgehen konnte, auch schiefging.

Sofort schlichen sich die Erinnerungen in meinen Sinn, wie verschollene Geister, die nach langer Zeit mal wieder in ihrem verwunschenen Schloss nach dem Rechten sehen wollten. Eine alte Frau, die an der Tür geklingelt und um Hilfe gebeten hatte. Sich zerbrechlich und arglos gebend hatte sie uns an der Nase herumgeführt, um sich dann schließlich … Hastig verscheuchte ich den unangenehmen Gedanken an die Vorkommnisse im letzten Frühjahr. Es schien schon eine Ewigkeit her zu sein und doch noch so realistisch präsent, dass nach wie vor die Befürchtung in mir lauerte, ein weiteres Unheil könnte über uns hereinbrechen. Ich schüttelte den Gedanken wieder ab. Nein, wir hatten unser Los an Schaurigem gehabt.

Von der Terrasse her hörte ich Chris' erneutes Lachen. »Aber wird nicht immer behauptet, dass das Leben die besten Geschichten schreibt?«, ging er auf meine Bemerkung ein. »Vielleicht steht da draußen gerade jemand mit einem neuen Kapitel für uns«, rief er mir nach, nicht ahnend, wie treffend diese Aussage war …

Kapitel 2 – Roter Wirbel

Auf dem Weg zum Eingang warf ich schnell noch einen Blick in den Spiegel. Eilig strich ich mir mit der Hand durchs Haar, schob Rex sachte beiseite und öffnete die Haustür. Mit leichtem Unbehagen stellte ich fest, dass es sich weder um den Postboten noch um einen Vertreter handelte, sondern um einen etwas nervös wirkenden, bärtigen Herrn Mitte 50, der mit den Händen in den Hosentaschen seiner ausgewaschenen Jeans und hochgezogenen Schultern ungeduldig von einem Bein aufs andere trat. Unter buschigen Brauen und durch eine rote runde Brille schauten mich seine dunklen Augen eindringlich an. Seitlich unter der ebenfalls roten Baseballkappe schimmerte seine kahle Kopfhaut im Morgenlicht, wirkte wie frisch rasiert.

»Guten Morgen«, grüßte ich ihn, fühlte mich jedoch sofort von seiner offensichtlich feindseligen Ausstrahlung verunsichert.

Prompt musterte er mich, wie um einen Gegner abzuschätzen, wobei sein Blick noch ein paar Stufen finsterer wurde. »Griaß Godd«, antwortete er mürrisch und holte sichtlich Luft.

»Womit kann ich Ihnen behilflich sein?«, fragte ich um Höflichkeit ringend. Mittlerweile hasste ich Fremde, die einfach so vor unserer Tür standen, wie Aliens, die sich Zutritt in unser Leben erschleichen wollten, um es von innen heraus auszufressen. Aber diesmal würde ich es nicht zulassen. Nichts und niemand würde uns noch einmal davon abhalten können, unser gemeinsames Glück zu genießen. Ich schwor mir, dass es keine zweite Heidi geben würde; und mit Entsetzen stellte ich fest, dass meine Gastfreundschaft unter dem Vorfall gelitten hatte. Ich versuchte, mich zu entspannen. »Benötigen Sie eine Auskunft?«

»Hören Sie, ich werde mich kurzfassen«, erwiderte er gereizt und trat einen Schritt zur Seite, um an mir vorbei ins Haus schauen zu können. »Ich bin Adas Sohn!«

Wie vor den Kopf gestoßen starrte ich ihn an. In meiner Kehle stieg ein zügelloses hysterisches Lachen auf, das ich im letzten Moment noch zurückhalten konnte. Meine Ohren rauschten, und ich hatte Mühe zu begreifen, was der Mann eben von sich gegeben hatte.

»Wie bitte? Adas ... Sohn?«, hauchte ich völlig verwirrt.

Im Normalfall hätte ich den ungehobelten Kerl als Spinner abgetan und ihm die Tür vor der Nase zugeschlagen. Ada hatte keine Kinder gehabt, außer das Neugeborene, das sie kurz nach der Geburt verloren hatte, und das seither auf dem Pfarrfriedhof der St.-Georgs-Kirche in Lindau ruhte. Chris und ich hatten das Grab mit eigenen Augen gesehen.

Ja, im Normalfall hätte mich sein plumper Versuch, sich für Adas Sohn auszugeben, kaltgelassen. Aber seit ich von der ehemaligen Filmdiva und begnadeten Künstlerin das Haus geerbt hatte, war so viel Ungewöhnliches geschehen, dass ich meine Hand nicht dafür ins Feuer gelegt hätte, dass er es nicht war ... Ich wagte kaum daran zu denken.

»So ist es«, sagte er. »Sie leben also in *meinem* Haus.«

Es traf mich wie eine Ohrfeige. Verstört blinzelnd wollte ich etwas erwidern, hatte seiner unverschämten Art aber nichts Passendes entgegenzuschleudern. Verzweifelt suchte mein Geist nach Argumenten, versuchte, sich an die paar Fragmente, die ich irgendwo einmal über das Erbschaftsrecht gelesen hatte, zu entsinnen. Wie gerne hätte ich einfach behauptet, dass es dafür zu spät war, dass er das vorher hätte beanstanden müssen. Aber der Mann wirkte so selbstsicher, und die Gesetzeslage war oft so kompliziert, dass ich die Möglichkeit, er könnte recht haben, nicht ausschließen durfte.

Ich fasste mich wieder. »Ada hatte keine Kinder«, behauptete ich. Doch tief in meinem Inneren rumorte etwas. Ein Stimmchen, das sich in meinem aufsteigenden Gefühlschaos Verhör verschaffen wollte, meldete sich. *Woher willst du das denn so genau wissen?*

Die Tagebücher!, antwortete ich mir selbst.

Erinnerst du dich nicht? Du hast sie nicht alle gelesen, kam prompt die Replik.

»Natürlich hatte sie eines: mich!«, konterte der Fremde überzeugt. »Ich wollte nur, dass Sie Bescheid wissen und sich schon einmal nach etwas anderem umschauen«, sagte er mit einer solchen Selbstverständlichkeit, dass mir ad hoc keine Antwort einfallen wollte. »Lassen Sie sich aber nicht zu viel Zeit damit.« Mit diesen Worten wandte er sich ab.

Panik stieg in mir auf, und meine Knie zitterten. Nervös wischte ich meine feuchten Hände an der Jeans ab.

»Warten Sie«, stammelte ich. »Was … ich meine … wie heißen Sie?«

»Thomas Bauer. Sie hören bald wieder von mir«, erwiderte er steif und ging.

In meinem Kopf überschlugen sich die Gedanken. »Aber … warum melden Sie sich denn erst jetzt?«, war alles, was mir in diesem Moment dazu einfiel.

Er wandte sich noch einmal zu mir um. »Ich habe es selbst erst vor Kurzem erfahren«, blaffte er. »Am Anfang war ich unschlüssig, aber letztendlich sehe ich nicht ein, warum ich auf das Erbe verzichten sollte.« Mit diesen Worten stieg er in einen vergammelten alten Wagen, der beim Starten so viele Abgase ausstieß, dass es mich wunderte, dass dieses Auto überhaupt noch zugelassen war. Dann war er weg.

Wie angewurzelt blieb ich im Eingang meines Traumhauses stehen und schluckte heftig. *Das kann doch nicht wahr sein!*, dachte ich völlig am Boden zerstört. Allmählich schien es fast so, als ob dem Haus, das Ada mir so großzügig vermacht hatte, eine Art Fluch anhaftete. Kaum hatten wir einen Schock überwunden, ereilte uns auch schon der nächste. Zwar schaute man dem geschenkten Gaul bekanntlich nicht ins Maul, aber ich kam nicht umhin, mich zu fragen, ob diese Erbschaft letztendlich wirklich ein Segen gewesen war. Mal abgesehen davon, dass sie Chris und mich zusammengebracht hatte …

Adas Sohn! Bei dem Versuch, mir vorzustellen, dass es wahr sein könnte, erschauderte ich. War Ada später also doch noch einmal schwanger gewesen? *Herrje*, schimpfte ich innerlich. *Hätte ich doch alle Tagebücher lesen sollen?*

»Bella?«, riss Chris mich aus meiner Starre, als er von hinten an mich herantrat. »Ist alles in Ordnung?«

Ich schüttelte den Kopf. »Nein«, wisperte ich.

»Hey«, sagte er, ergriff meinen Arm und drehte mich zu sich um. »Wer war es denn? Du siehst ja ganz mitgenommen aus.«

Während ich mechanisch die Tür hinter mir ins Schloss fallen ließ, schaute ich ihm in die fragenden Augen. »Es war Adas Sohn«, antwortete ich nüchtern.

Chris sah mich an, als hätte ich den Verstand verloren. »Soll das ein Witz sein?«, stieß er aus.

»Das habe ich auch erst gedacht«, erwiderte ich. »Aber was, wenn dem nicht so ist?«

Chris schüttelte den Kopf. »Willst du mir nicht in Ruhe

erzählen, was passiert ist?«, forderte er mich liebevoll auf, als wir ins Wohnzimmer gingen. Dort setzten wir uns auf die nagelneue mintgrüne Couch, die Chris nach Heidis gescheiterten Brandstiftungsversuch gekauft hatte, und ich schilderte ihm in wenigen Worten die Szene, die sich eben abgespielt hatte.

Während Chris mir aufmerksam zuhörte, strich er mir mit seiner warmen Hand zärtlich über den Rücken. »Das gibt es doch nicht«, sagte er leise, schien nachzudenken. »Und wenn es wieder so ein Übergeschnappter ist wie Heidi damals? Einer, der seine Träumereien für Realität hält? Wir sollten vielleicht das Radio einschalten.«

»Das habe ich mir auch zuerst gesagt.«

»Aber?«

»Es wirkte so … echt«, antwortete ich.

»Sagtest du nicht, dass er ungepflegt war?«

Ich nickte. »Ja, irgendwie schon. Aber trotzdem …«

»Für Erbschaften gibt es doch Fristen«, sagte Chris sauer. »Man kann nicht ein Jahr nach der Testamentsverlesung einfach bei jemandem ins Haus schneien und nachträglich sein angebliches Recht einfordern.«

»Ja, so empfinde ich es auch«, stimmte ich ihm matt zu. »Aber du weißt doch, wie das ist: Es gibt leider immer eine Ausnahme, die die Regel bestätigt. Und er scheint sich seiner Sache wirklich sicher zu sein.«

»Es könnte sich um einen Hochstapler handeln«, mutmaßte Chris, stand auf und holte seinen Laptop vom Schreibtisch. »Warum ist er nicht früher gekommen?« Er setzte sich zurück aufs Sofa und klappte den Computer auf. »Dann googeln wir einfach mal. Wie heißt er noch?«

»Thomas Bauer«, stöhnte ich leise. Am liebsten wäre ich wieder zurück ins Bett gekrochen.

»Ich weiß, mein Schatz«, sagte Chris mitfühlend und tippte den Namen in die Suchmaske. »Aber es ist doch besser, wenn wir diese Geschichte sofort aus dem Weg räumen, meinst du nicht auch?«

Mein Klumpen im Bauch bejahte. Mein Kopf wusste jedoch, dass das einfacher gesagt als getan war. Ich zuckte mit den Achseln. »Vielleicht hast du recht«, beruhigte ich mich.

»Hier, Thomas Bauer!« Chris drehte mir den Bildschirm zu und vergrößerte ein Bild, auf dem ein glatzköpfiger Mann mit roter Baseballmütze, runder Brille und einem langen Bart umgeben von Keramik und Porzellan inmitten einer Werkstatt auf einem Schemel saß und sich über etwas beugte. »Ist er das?«

Ich bekam Gänsehaut. Dann gab es ihn also wirklich! »Ja, das ist er«, bestätigte ich niedergeschlagen. Wie gerne hätte ich mir eingeredet, dass es sich nur um einen Spinner handeln konnte.

»Er führt ein kleines Geschäft in der Altstadt von Wasserburg: ›Thomas' Kintsugi-Bar‹.«

»Kintsugi«, wiederholte ich. Wo hatte ich diesen Ausdruck schon einmal gehört? »Ist das nicht diese japanische Kunst des Reparierens von Keramik mit Goldfäden?«

»Ja, genau«, antwortete Chris. »Es ist eine faszinierende japanische Kunstform, bei der zerbrochene Keramik mit Gold oder anderen metallischen Pulvern gekittet wird.«

»Ja, jetzt entsinne ich mich«, sagte ich matt. »Die Idee dahinter ist, die Bruchstellen nicht zu verbergen, sondern sie mit Edelmetall zu betonen und ihnen einen eigenen Wert zu verleihen.«

Sofort fuhr mein Blick zu Adas altem Buffetschrank herum, in dem sie ihre kostbaren Kleinode der Unvollkommenheit aufbewahrt hatte. Neben einigen Gemälden, ein paar wertvollen Möbeln und der reichhaltigen Bibliothek gehörten diese Schmuckstücke zu den Habseligkeiten, die wir von ihr im Wohnzimmer behalten hatten.

»Es symbolisiert die Wertschätzung für die Geschichte eines Gegenstands«, fügte ich leise hinzu.

Chris nickte. »Es scheint wie eine Metapher für die Akzeptanz von menschlichen Imperfektionen.«

Wir sahen einander an und schienen uns die gleiche Frage zu stellen: Wie konnte ein Mensch, der so etwas Wundervolles zauberte, schlecht sein?

»Es macht ihn geradezu sympathisch«, murmelte ich und fühlte mich noch elender.

Nachdenklich bejahte Chris, während er weiterscrollte. »Von 1985–1988 Ausbildung zum Porzellangestalter in der Staatlichen Porzellan-Manufaktur Nymphenburg«, las er die Vita des Künstlers vor.

»Wenn man davon ausgeht, dass man eine solche Ausbildung mit ungefähr 16 beginnt, dann muss er …« Ich rechnete und stöhnte erneut. »Dann wurde er 1969 geboren«, wisperte ich. Es war das Jahr, in dem Ada ihr Baby bei der Geburt verloren hatte.

Erneut trafen sich unsere Blicke. Wie sollte das möglich sein? Wir hatten das Grab gesehen und mit dem Pfarrer gesprochen.

Chris las weiter: »1988-1992 Studium und wissenschaftliche Werkstoffuntersuchungen zur Restaurierung von Porzellan.«

»Wow«, stieß ich aus. »Das traut man ihm gar nicht zu.«

»Weil er so heruntergekommen wirkt?«

Ich zuckte erneut die Achseln. »Nicht nur. Er sah irgendwie … verlebt aus. Nicht wie jemand, der eine tolle Karriere bei einem renommierten Betrieb gemacht hat.«

Trotz der bedrückten Stimmung musste Chris über meine Bemerkung lächeln. »Wie sieht man denn deiner Meinung nach aus, wenn man so eine Karriere gemacht hat?«, stichelte er.

Ich schürzte die Lippen. »Ach, hör schon auf, du weißt genau, wie ich das meine. Seine Gesichtshaut war gegerbt wie bei jemandem, der viele Jahre im Freien verbracht hat. Nicht wie jemand, der tagein, tagaus in einer Werkstatt verbringt«, konterte ich spitz. »Mach weiter, was gibt es noch?«

Chris warf mir eine Kusshand zu. »1992 - Studienreise nach Japan. Seit 1993 freiberuflicher Restaurator für Porzellan, Glas und Keramik in eigener Werkstatt und Anwendung der in Japan vor fast 600 Jahren entstandenen Goldlacktechnik Kintsugi.«

Ich schüttelte nur noch den Kopf. Je mehr Chris vorlas, umso offensichtlicher wurde, dass es sich bei diesem Mann um einen durchaus seriösen Bürger zu handeln schien, der nichts von einem Spinner hatte. »Also ist er wirklich Adas Sohn?«

Chris schaute vom Laptop auf. »Hey, dass will nichts heißen.«

»Aber schau doch selbst. Glaubst du wirklich, dass dieser Mann, der so viel auf dem Kasten hat, der sein eigenes Atelier besitzt und mit beiden Beinen fest im Leben steht, eine so abstruse Geschichte erfinden könnte?«

Chris presste die Lippen aufeinander. »Ich muss gestehen, dass es tatsächlich nicht den Anschein erweckt, als handele es sich bei ihm um einen schrägen Vogel«, gab er zu.

Allmählich sah ich meinen letzten Funken Zuversicht schwinden. »Ja, er vermittelt weder den Eindruck eines gesellschaftlichen Außenseiters, noch scheint er in irgendeiner Weise in Schwierigkeiten zu stecken.« Ich seufzte. Welch fürchterliches Desaster kam nun schon wieder auf uns zu?

»Aber auch das muss nichts heißen«, versuchte Chris, sich an den kleinsten Zipfel Hoffnung zu krallen. »Manchmal trügt der Schein. Denke daran: Nicht alles, was glänzt, ist auch wirklich Gold.«

Zärtlich schaute ich ihn an. »Es ist lieb von dir, dass du mir Mut zusprechen möchtest. Aber um ehrlich zu sein, habe ich weder Lust noch die nötige Energie, mich mit ihm um Adas Haus zu streiten.«

Er nickte verständnisvoll. »Das kann ich nachvollziehen.«

»Wenn Ada von ihrem Sohn gewusst hätte, hätte sie mich niemals als Erbin eingesetzt«, sagte ich. Langsam sickerte die Erkenntnis in mein Bewusstsein. »Die Arme«, bemerkte ich. »Ihr ganzes Leben hat sie geglaubt, dass ihr Baby nicht mehr lebt.«

»Wenn er wirklich ihr Sohn ist, ja. Dann hatte sie ihr Kind die ganzen Jahre direkt vor der Nase«, fügte Chris mit einem bedeutungsvollen Blick zum Schrank an.

Es traf mich wie ein Schlag. »Du liebe Zeit, du hast recht.« Ich entsann mich plötzlich wieder, was mir die Kunze-Schwestern bei meinem letzten Besuch in ihrem Haus erzählt hatten. »Er ist der einzige Künstler weit und breit, der diese Technik beherrscht«, hauchte ich. »Das heißt …« Mir stockte der Atem.

»… dass Ada regelmäßig bei ihrem Sohn ein und aus gegangen sein muss«, beendete Chris meinen Satz.

Unwillkürlich traten mir Tränen in die Augen. Es war so unglaublich traurig.

»Ach Knöpfle, komm her«, sagte Chris liebevoll und schlang den Arm um mich.

Nur zu gerne leistete ich der Aufforderung Folge, schmiegte mich an ihn und schloss die Augen. Gemischte Gefühle tobten in mir. Auf der einen Seite wollte ich Adas Sohn näher kennenlernen. Wollte in ihm die Gesichtszüge und Charaktereigenschaften seiner Mutter entdecken, um mich Ada zu nähern, die ich mittlerweile liebgewonnen hatte, obwohl sie mir zu Lebzeiten nie begegnet war. Nach all den Monaten, in denen ich ihre Tagebücher durchforstet und ihr Leben Stück für Stück wie ein Puzzle zusammengefügt hatte, war sie mir ans Herz gewachsen. Fast fühlte ich mich wie ein Familienmitglied, nicht zuletzt auch, weil meine Großmutter ihre heimliche große Liebe gewesen war.

Lag es da nicht auf der Hand, dass ich ihren Sohn kennenlernen wollte? Der Gedanke, ihm das Haus überlassen zu müssen, schmerzte mich zwar, aber im Wissen, dass es Adas Wunsch gewesen wäre, fiel es mir gleich weniger schwer.

Ich seufzte tief. »Trotz der Herausforderungen, die wir bewältigen mussten, empfinde ich es als ein immenses Glück, dass wir eine Zeit lang in diesem Haus leben durften. Es hat mir so viel Wundervolles beschert.« Ich schaute zu Chris auf.

Er schmunzelte. »Was zum Beispiel?«

Auch ich musste grinsen. »Och … warte … Na ja, dass ich der Geschichte meiner Großmutter nähergekommen bin.«

»Aha«, sagte er. »Nichts weiter?«

Ich tat, als würde ich lange nachdenken, zog angestrengt die Augenbrauen zusammen. »Der Einblick in Adas bewegende Vergangenheit war ein so gefühlsbeladenes Abenteuer.«

»Hm«, knurrte Chris. »Und sonst noch etwas?«

Ich lachte. »Keine Ahnung«, stellte ich mich blöd. »Da war noch irgendetwas, aber es will mir partout nicht einfallen.«

»Dann muss ich vielleicht ein wenig nachhelfen.« Er kitzelte mich, sodass ich laut quiekte.

»Ach ja!«, rief ich, und er hielt inne. Prüfend schaute er mich an. »Ich durfte am herrlichen Bodensee leben.«

»Du kleines Biest«, flüsterte er.

Ich wurde ernst. »Und ich habe dich kennengelernt«, sagte ich heiser. Seine Augen glitzerten. Er beugte sich zu mir vor, und wir küssten uns innig. Auf einmal schien die Hiobsbotschaft gleich viel weniger dramatisch. *Na und?*, dachte ich. *Dann werden wir uns eben ein anderes Haus zulegen.* Und auch wenn mir der Gedanke, Adas Universum zu verlassen, zu schaffen machte, so wäre es doch wundervoll, wenn ich mich mit ihrem Sohn anfreunden könnte.

Ein neuerliches Klingeln riss uns aus der Versunkenheit.

»Ob er das wieder ist?«, fragte Chris.

»Vielleicht hat er vergessen, mir etwas mitzuteilen«, mutmaßte ich und stand auf. Erneut bildete sich in meinem Magen ein schwerer Klumpen.

Chris folgte mir. »Lad ihn diesmal ins Haus ein, damit wir ein wenig mehr erfahren können«, schlug er vor.

»Klar«, gab ich ihm recht.

Während ich die Hand auf die Klinke legte, holte ich noch einmal tief Luft und öffnete die Eingangstür. Wie vom Donner gerührt blieb ich stehen und starrte auf die Person, die vor mir stand.

»Hallöchen, Überraschung!«, trällerte sie und breitete herzlich die Arme aus. Ihre rote Mähne wirbelte im Durchzugswind auf, und hellblaue Augen blitzten mich an.

»Rita?«, rief ich überrumpelt. »Was, wie …?«

»Freust du dich denn nicht?«

»Und wie«, stammelte ich. »Es ist … ach, komm doch erst einmal herein.« Ich zog sie an mich und drückte ihr zwei Küsse auf die Wange. »Darf ich dir vorstellen: Das ist Chris.«

Rita schlug in die hingehaltene Hand ein. »Schön, dich endlich kennenzulernen«, sagte sie.

»Ganz meinerseits«, erwiderte Chris mit charmantem Lächeln, das seine Grübchen freisetzte.

»Donnerwetter!«, schwärmte Rita und stieß mich leicht mit dem Ellbogen an. »Hast nicht übertrieben. Jetzt verstehe ich besser, warum du unser schönes Frankfurt hinter dir gelassen hast.«

Grinsend führte ich sie ins Wohnzimmer. »Ja, der Bodensee ist sehr verlockend«, frotzelte ich mit einem Seitenblick auf Chris, der mir mit einem belustigten Zusammenkneifen der Augen antwortete. »Nun erzähl aber, was dich plötzlich hierhertreibt!«

»Himmel, ist das Haus umwerfend«, hauchte Rita begeistert.

Ich konnte gut nachempfinden, was in ihr vorging. Als ich diese im Stil der 20er-Jahre erbaute Villa mit ihren auf den See ausgerichteten riesigen Flügelfenstern, dem antiken Mobiliar und den schönen Gemälden das erste Mal gesehen hatte, war meine Reaktion ähnlich ausgefallen.

Abermals ließen wir uns auf der Couch nieder.

Chris räusperte sich und grinste spitzbübisch. »Bevor ihr in einen nicht mehr zu bremsenden Redeschwall ausbrecht: Darf ich dir vielleicht etwas zu trinken anbieten? Einen Kaffee oder Tee?«

»Danke, das ist lieb von dir, aber ich habe mir eben in der Stadt schon einen Kaffee gegönnt. Wenn ich jetzt noch einen trinke, stehe ich heute Nacht senkrecht im Bett. Aber gerne ein Glas Wasser.«

»Kommt sofort«, sagte Chris und entfernte sich.

»Nun?« Erwartungsvoll schaute ich sie an. Ich konnte es kaum fassen, meine beste Freundin aus Jugendtagen vor mir sitzen zu haben. Es tat gut, sie endlich mal wieder zu sehen. »Erzähl endlich!«

»Ich habe dieses Wochenende frei«, antwortete sie. »Und da dachten wir …«

»Wir?«, hakte ich verwundert nach. »Bist du in Begleitung hier?« Unwillkürlich flog mein Kopf zur Eingangstür herum.

»Ja«, gestand Rita und wirkte plötzlich geheimnisvoll. Ihre Wangen färbten sich rot, was so gar nicht zu ihrer Wesensart passte. »Er ist in der Stadt geblieben, um ein paar Einkäufe zu erledigen. Mitbringsel für seine Familie und so …«

»Hach«, sagte ich. »Es gibt so viel, das ich noch nicht weiß. Wie aufregend.« Ich dachte mir, dass Rita mich sicherlich nicht mit einem weiteren ihrer vielen Lover behelligen wollte, auch wenn mich das nicht gestört hätte.

»Diesmal ist es … etwas Ernstes«, sagte sie plötzlich.

Ich verkniff mir ein Kichern und presste demonstrativ die Lippen aufeinander. »Das sagst du jedes Mal«, erinnerte ich sie.

Sie wand sich. »Das stimmt, aber diesmal ist es anders, ehrlich.«

Chris kam mit einem Glas Wasser wieder und stellte es vor Rita ab. »Dann lass ich euch mal lieber unter Freundinnen.«

»Nein, bleib ruhig hier«, forderte Rita ihn auf. »Isa hat dich mir so lange vorenthalten, da habe ich doch wohl ein Recht darauf, dich endlich mal ordentlich unter die Lupe zu nehmen.«

Wir lachten.

Schmunzelnd setzte Chris sich neben mich.

»Dann erzähl, warum ist es diesmal anders?«, hakte ich nach.

Rita schien zu überlegen. »Weil ich ihn schon immer irgendwie geliebt habe.«

»Oh, wie romantisch«, sagte ich. Chris und ich schauten uns vielsagend an. »Und warum hat das nie geklappt?« *Und warum weiß ich nichts davon?*, hätte ich am liebsten hinzugefügt.

»Er war bereits vergeben.«

Ich grunzte leise. »Na ja, das hat dich doch noch nie daran gehindert, einen Mann um deinen kleinen Finger zu wickeln, oder?«

»In diesem Fall schon, weil ich seine damalige Lebenspartnerin sehr gut kenne.«

»Ach so«, sagte ich und nickte. »Verstehe. Und jetzt ist er zu haben?«

»Ja, sie haben sich vor ein paar Monaten getrennt.«

»Das kommt vor«, sagte ich und spürte erneut Chris' Hand auf meinem Rücken. »Und da hast du dich gleich auf die Gelegenheit gestürzt«, neckte ich sie.

Betreten schaute sie mich an. »Nicht wirklich gestürzt, nein.« Es klang fast ein wenig defensiv. »Er war so unglücklich, dass ich mich seiner erst einmal rein freundschaftlich angenommen habe, bis …« Sie seufzte. »Bis wir beide merkten, dass wir füreinander geschaffen sind.« Sie senkte verlegen den Blick.

»Das ist ja großartig!«, rief ich begeistert. »Das freut mich sehr für dich.«

Rita lächelte verunsichert, griff nach dem Glas und nahm einen kräftigen Schluck. Bildete ich mir das nur ein, oder war da ein Schatten über ihr Gesicht gehuscht? Unsinn!

»Ich möchte ihn unbedingt kennenlernen, du nicht, Chris?«

Auch er wirkte sonderbar betreten. Oder sah ich jetzt überall Gespenster? »Ja, natürlich«, stimmte er mir zu.

»Wie lange bleibt ihr denn?«

»Bis Dienstag.«

»Also ein langes Wochenende«, frohlockte ich. »Was haltet ihr davon, wenn wir heute Mittag zusammen essen?« Ich schaute von Chris zu Rita und wieder zurück. Beide lächelten eher verkrampft. Hatte ich etwas verpasst? »Was ist denn?«

»Gerne, Isa-Schatz«, druckste Rita herum. »Aber vorher solltest du wissen …«

»Was?«, fragte ich nervös. Es ärgerte mich, dass ich auf der Leitung zu stehen schien.

»Ich glaube, was Rita dir sagen möchte, ist, dass es sich bei ihrem neuen Freund um jemanden handelt, den du sehr gut kennst …«

Ich riss die Augen auf. »Du meinst …«, hauchte ich betroffen.

Rita nickte, wagte es kaum, mich anzuschauen.

»Bernd?«

»Ja, es tut mir leid, Isa, es … ich … es ist einfach so passiert.«

Plötzlich prustete ich laut los. Es hatte etwas Nervöses, aber auch Befreiendes. »Das passt wie die Faust aufs Auge«, gestand ich. »Du und Bernd ihr wart schon immer vom gleichen Schlag.«

»Dann bist du mir deshalb nicht böse?«

»Böse?«, fragte ich. »Überrascht, ja, aber doch nicht böse. Wenn ich nur daran denke, wie oft du mir vorgeschwärmt hast, was ich doch für ein Glück hätte, einen Mann wie

Bernd gefunden zu haben.« Ich schaute zu Chris. »Und du hast es sofort geahnt?«

Er nickte. »Du hast mir Rita immer als sehr lebhaft geschildert. Und dass sie diese wundervolle Nachricht so bedrückt hat, konnte eigentlich nur einen Grund haben.«

»Ich bin ja so erleichtert«, sagte Rita und fasste sich an die Brust. »Du kannst dir nicht vorstellen, wie furchtbar es für mich war, diese Last ständig mit mir herumzuschleppen.«

»Warum hast du es mir denn nicht schon längst am Telefon gesagt?«, fragte ich.

»Stell dir vor, du hättest es in den falschen Hals bekommen und einfach aufgelegt«, antwortete sie. »Das hätte ich nicht überlebt.«

Ich lächelte. »Und deswegen seid ihr extra hierhergekommen, um es mir persönlich mitzuteilen?«

Rita nickte blinzelnd.

Ich musste sie einfach an mich drücken. »Och, du Liebe«, sagte ich. »Dann müsst ihr unbedingt heute Mittag zum Essen kommen«, schlug ich vor und schaute Chris fragend an. *Himmel, ich habe ihn total übergangen,* dachte ich. In seiner Miene suchte ich nach Anzeichen von Unbehagen, aber er schien guter Dinge.

»Ja, kein Problem«, bestätigte Chris großmütig. »Das geht schon in Ordnung …«

Die Wiedersehensfreude wirkte wie ein leuchtender Sonnenstrahl, der das vorangegangene Ereignis mit Adas Sohn in den Schatten rückte, sodass es sich nur noch ab und zu wie ein fahles Schimmern bei mir meldete. Ein Schimmern, das die unsichtbare Mauer zwischen Finsternis und Helligkeit meines Geistes durchbrach …

Kapitel 3 – Bubespitzle

Während Rita in die Stadt zurückgekehrt war, um Bernd abzuholen, hatte ich kurz im Fotostudio vorbeigeschaut, um meine Geschäftspartnerin Verena zu benachrichtigten, dass ich mir an diesem Tag doch ganz freinehmen würde. Chris hatte angeboten, sich zwischenzeitlich um die Vorbereitungen fürs Mittagessen zu kümmern. Als ich heimkam, waberte bereits ein köstlicher Bratengeruch durchs Haus. Mir lief das Wasser im Mund zusammen.

»Hm«, schwärmte ich und folgte dem verlockenden Duft bis in die Küche. »Was hast du uns denn wieder Leckeres zusammengebrutzelt?« Neugierig spähte ich über Chris' Schulter hinweg auf die Arbeitsplatte, auf der er gerade Pilze zerkleinerte.

»Wildschweingeschnetzeltes mit Bubespitzle«, antwortete er.

»Sehen aus wie die Schupfnudeln, die du immer machst«, merkte ich an.

»Genau. Man nennt sie auch Bubespitzle«, erklärte er und hielt eines der Kartoffelteigröllchen in die Luft, sodass es leicht einknickte. »Frage mich aber bitte nicht, warum.« Unschuldig dreinblickend zuckte er mit den Achseln.

Ich lachte. »Ach du«, winkte ich ab. »So frivol kenne ich dich ja gar nicht.« Ich küsste ihn auf die Wange.

Langsam ließ er die zerhackten Pilze in die Pfanne gleiten, in der bereits die Zwiebeln im Butterschmalz brutzelten. Es zischte verführerisch. Chris rührte das Ganze mit einem Kochlöffel um, legte ihn auf den Rand und wandte sich mir zu. »Ist alles in Ordnung für dich?«, fragte er.

»Du meinst wegen Rita und Bernd?«

»Hm.«

»Komisch ist es schon irgendwie«, gestand ich achselzuckend. »Aber wirklich stören tut es mich nicht.«

»Komisch?«

»Ja, ich hätte nicht gedacht, Bernd so schnell wiederzusehen«, antwortete ich. »Immerhin sind wir nicht wirklich im Guten auseinandergegangen. Es wundert mich fast ein bisschen, dass er eingewilligt hat, Rita hierher zu begleiten. Das sieht ihm so gar nicht ähnlich.« Es stimmte. Bernd konnte sich mitunter engstirnig, unflexibel und unversöhnlich zeigen. Und als wir uns trennten, hatte er kein gutes Wort für den Bodensee und dessen Anwohner übrig gehabt.

»Es geschehen eben noch Zeichen und Wunder, Spätzle«, sagte er und streute Mehl über die angeschwitzten Pilze. »Vielleicht hat er ja in Rita auch seine Traumfrau gefunden. So etwas kann einen zu den ungewöhnlichsten Taten verleiten.«

»Zu welchen zum Beispiel?«, fragte ich leicht provozierend.

Chris tat, als würde er überlegen. »Zum Beispiel stundenlang in fremden Erkern auf allen vieren herumzukriechen und in vergilbten Tagebüchern nach interessanten Einzelheiten aus der Vergangenheit einer verblichenen Künstlerin zu stöbern«, erwiderte er. »Oder einen Freund zu bestechen, damit er einem seine Luxusjacht für ein paar Tage leiht, um seiner Auserkorenen zu imponieren.«

Wir blinzelten uns wissend an.

»Du hast recht, das sind wahrlich ungewöhnliche Taten«,

stimmte ich ihm zu. »Und ich würde es den beiden wirklich gönnen, dass sie so glücklich sind wie wir.« Ich musterte Chris und mein schlechtes Gewissen meldete sich. »Und du?«

»Ich?«, fragte er abwesend, während er die Mehlschwitze mit Bratensaft löschte. »Was soll mit mir sein?«

Ich schmiegte mich an ihn, legte meinen Kopf an seine breite Schulter. »Ich werde das Gefühl nicht los, dass ich dich vielleicht ein wenig übergangen haben könnte.«

»Übergangen?«, fragte er und sah mit todernster Miene seitlich auf mich herunter. »Du meinst überrollt! Mich wie ein Bulldozer mit lautem Geächze auf dem Asphalt breitgequetscht.«

Mir rutschte das Herz in die Hose. Schuldbewusst legte ich mir die Hand auf den Mund und schaute ihn an. »Oh Gott, also doch.«

Wäre da nicht die zuckende Augenbraue gewesen, hätte ich mich sicher in Grund und Boden geschämt. »Chris!«, schimpfte ich erleichtert, denn es war das eindeutige Zeichen dafür, dass er mich auf den Arm nahm.

Er grunzte vergnügt, während er Crème fraîche ins Gemenge goss. »Haha, du fällst jedes Mal aufs Neue drauf rein.«

Sofort wurde ich wieder ernst. »Also ehrlich«, drängte ich. »Macht es dir wirklich nichts aus?« Ich wollte nicht eher ruhen, bis er mir eine klare Antwort gegeben hatte.

Er verzog die Mundwinkel und schüttelte den Kopf. »I wo. Immerhin ist Rita deine BFF, oder? Also werde ich es ein paar Stunden in der Gegenwart deines Ex-Freundes aushalten können.«

Insgeheim fragte ich mich, wie Bernd die Sache angehen würde. Kam er tatsächlich in friedlicher Absicht, oder würde er kleine Sticheleien von sich geben? Zumal es dieses Haus gewesen war, das uns letztendlich entzweit hatte. Oder vielmehr mein Wunsch, diese unverhoffte Erbschaft mal genauer in Augenschein zu nehmen. Wie würde er jetzt dazu stehen? War er so glücklich, dass ihm das alles nichts mehr ausmachte, oder würde es in ihm alte Feindseligkeiten wachrufen?

Fasziniert beobachtete ich, wie Chris das bereits angebratene Wildschweingeschnetzelte in die Schwitze gab, sodass gleich darauf noch mehr aromatischer Dampf aus der Schmorpfanne aufstieg und die Küche erfüllte. Abermals wurde mir der Mund wässrig. »Darf ich mal kosten?«, schnurrte ich.

»Nichts da!«, schimpfte der Koch unbarmherzig und wedelte mich fort. »Deck lieber den Tisch.«

»Es eilt doch nicht, mein Herzblatt«, säuselte ich. »Och, sei lieb und lass mich mal dran naschen.«

»Kommt gar nicht infrage«, blieb Chris stur.

Empört runzelte ich die Stirn. »Oh, schau mal!«, rief ich plötzlich und zeigte mit weit aufgerissenen Augen zum Fenster hinaus.

Sein Kopf flog herum, suchte den Vorgarten nach etwas Ungewöhnlichem ab. »Was denn? Hast du wieder einen streunenden Kater entdeckt? Oder eine diebische Elster, die du unbedingt fotografieren möchtest?«

Während Chris sich den Hals verrenkte, nahm ich flink den Kochlöffel auf und leckte daran, bevor er es verhindern konnte. »Hm«, stöhnte ich laut, sodass er erneut herumfuhr.

»Herrgottsakra no amol!«, schimpfte er. »Du unverschämtes Schleckermäulchen! Hier steh ich, im Schweiße meines Angesichts, und brutzle uns Köstlichkeiten, und du wagst es, vorzeitig an meinem wilden Schmaus zu schnabulieren? Mach, dass du fortkommst, bevor ich dich ins Feinschmecker-Exil verbanne!«

Quietschend wich ich dem Geschirrtuch aus, mit dem er auf meinen Allerwertesten zielte. »Wag es«, rief ich aufmüpfig, als er Anstalten machte, mir hinterherzurennen, und suchte eilig das Weite.

Es klingelte.

»Da hast du es«, kam es vorwurfsvoll aus der Küche. »Und der Tisch ist auch noch nicht gedeckt.«

»Das kommt eben davon, wenn man mich mit Bubespitzle lockt«, konterte ich frech, während ich zur Haustür eilte.

Chris' schallendes Gelächter erfüllte das Haus.

Kapitel 4 – Von Federn und Teer

Mit erhitzten Wangen öffnete ich die Tür.

Vor mir standen Rita und Bernd. Sie strahlte, er übte sich in seiner gewohnten Zurückhaltung, wobei er jedoch gelassen wirkte. Ich fand sogar, dass er eine ausgesprochen gute Miene an den Tag legte, was mir ein wenig den Druck nahm. Meine Sorge, er könnte auf Auseinandersetzung oder einen unerfreulichen Hahnenkampf aus sein, verflüchtigte sich im Nu.

»Hi, Isa«, grüßte er prompt, um seinen guten Willen zu bekennen.

»Hallo, Bernd, schön dich zu sehen«, erwiderte ich den Gruß und trat beiseite. »Kommt doch rein.«

»Hach, wie riecht das gut«, stöhnte Rita, als sie ins Haus traten.

Auch Bernd nickte anerkennend. »Hast du das zubereitet?« Es klang erstaunt.

Belustigt hob ich die Brauen. »Nein«, gab ich zu. »So sehr habe ich mich in den paar Monaten auch wieder nicht verändert«, versicherte ich ihm. »Chris ist hier der Küchenchef.«

Besagter Koch kam sich die Hände am Geschirrtuch abwischend aus seinem kulinarischen Reich und trat auf die Ankömmlinge zu. »Hi, das bin ich«, sagte er und lächelte gewinnend. »Chris, das Schwabenmaul.«

Mir stockte der Atem, und ich sah ihn erschrocken an. *Oh Gott!*, schoss es mir durch den Sinn. Bernd hatte kaum

Sinn für Humor, und ich befürchtete, dass er diese ironische Anspielung darauf, wie er Chris bei unserer Trennung abfällig genannt hatte, in den falschen Hals bekommen könnte.

Doch zu meiner Verwunderung grinste Bernd nur verlegen. »Babbelst doch ganz ordentlisch daher«, konterte er mit übertriebenem Frankfurter Dialekt.

Die Männer feixten.

»Ein Bierchen?«, schlug Chris vor.

»Immer gerne.«

»Dann folge mir, du Eintracht-Anbeter.«

Und so ging es weiter.

Erheitert schauten Rita und ich uns an.

»Und ich habe mir Sorgen gemacht«, flüsterte Rita und schüttelte den Kopf.

»Und ich erst«, gestand ich ihr. Wir lachten verschwörerisch. »Komm, ich muss schnell den Tisch decken«, sagte ich zu meiner Busenfreundin, die mir prompt in den Salon zur Essecke folgte.

»Ich liebe dieses Haus«, schwärmte Rita. »Es strömt eine ganz besondere Atmosphäre aus.«

»Ja, es ist traumhaft schön«, gab ich ihr abermals recht und spürte ein Ziehen im Bauch, als die Erinnerung an den morgendlichen Besuch wieder in mir aufstieg. Lange würden wir diesen Traum vielleicht nicht mehr durchleben können.

Rita schaute sich um. »Es sieht alles so friedlich aus, dass es einem schwerfällt, sich vorzustellen, was sich hier vor ein paar Monaten abgespielt hat.«

Ich schluckte. »Ja, das ist auch gut so.«

Betreten blickte Rita mich an. »Verzeih, Isa, wie idiotisch von mir. Ich wollte dich nicht …«

Sofort entsann ich mich, dass ich das Thema damals mit Rita am Telefon nur kurz angesprochen hatte. Zum einen aus Zeitmangel, weil meine Vernissage bevorgestanden hatte, zum anderen, weil das Erlebnis noch zu frisch gewesen war. »Keine Sorge, du hast ja recht, ich hätte versprochen, dir die Vorkommnisse mit Heidi irgendwann einmal in jeder Einzelheit zu schildern.«

»Ja, mein Schatz, aber wenn du dich nicht wohl damit fühlst, dann lass es lieber bleiben.«

Viel Lust verspürte ich zwar tatsächlich nicht, die alte Wunde noch einmal aufzureißen, aber auf der anderen Seite empfand ich es wie eine Gelegenheit, mir zu beweisen, dass ich darüber hinweg war. »Ist schon gut«, wiegelte ich ab. »Es stört mich nicht.« Während ich den Buffetschrank öffnete, berichtete ich Rita in groben Zügen, wie die schizophrene Heidi aus der psychiatrischen Klinik ausgebrochen war, um als Adas angebliche beste Freundin »Gudrun« vor ihrem erfundenen gewalttätigen Mann bei uns Zuflucht zu suchen. Ich erzählte ihr, wie nach und nach sonderbare Dinge vorgefallen waren, wie ich eine andere Frau namens Alrun verdächtigt hatte, hinter dem ganzen Spuk zu stecken, und wie es dann letztendlich mit einem fürchterlichen Inferno in diesem Haus geendet hatte.

Rita starrte mich an. »Du meinst, sie wollte tatsächlich das Haus abfackeln?«

»Das Haus samt mir und Alrun, ja«, antwortete ich gepresst. »Sie hatte das Streichholz schon gezündet.« Der Gedanke daran jagte mir noch immer Schauer über den Rücken.

»Gütiger Himmel, du Arme«, hauchte Rita betroffen. »Warum hast du mir denn nicht schon früher davon erzählt? Ich wäre doch sofort zu dir gekommen.«

Ich nickte. »Ich weiß, meine Liebe. Aber bis vor Kurzem war ich noch nicht in der Lage, auch nur daran zurückzudenken, geschweige denn, darüber zu reden.«

»Och, und ich komme mit meinen Fragen so daher.«

»Das ist schon in Ordnung«, beteuerte ich ihr.

»Hast du denn jemanden?«, fragte sie besorgt. »Ich meine …

»Einen Therapeuten?«, beendete ich ihren Satz. »Ja, klar. Deshalb geht es mir ja auch schon viel besser. Deshalb, und weil ich mit Chris so unsagbar glücklich bin.«

Wissend lächelten wir uns an.

»Zwar verstehe ich nicht alles, aber dann piesacke ich dich lieber nicht weiter«, sagte Rita beschämt.

»Aber nein, im Gegenteil«, versicherte ich ihr. »Mein Therapeut behauptet, ich müsse darüber reden, um es zu banalisieren. Also quetsch mich ruhig weiter aus. Was verstehst du nicht?«

»Du sagtest, dass diese Gudrun, ich meine Heidi, Georgs Frau ist, richtig?«

»Ja, genau, sie ist Georgs Witwe. Er hatte sie schon in jungen Jahren in eine Anstalt einweisen lassen.«

»Und wer war Alrun dann? Entschuldige, aber ich werfe alles durcheinander.«

»Alrun war seine Assistentin und Geliebte.«

»Richtig, er war Arzt, jetzt fällt es mir wieder ein«, sagte Rita mehr zu sich selbst. »Und was hatte das alles mit Ada zu tun?«

Ich stellte Teller und Gläser auf das Servierwägelchen. »Als Georgs Familie nach dem Börsenkrach 1929 pleitegegangen ist, haben sich die Richters, also Adas Eltern, dem Jungen angenommen. Adas Vater hatte anscheinend einen Narren an Georg gefressen und ihm später sogar das Medizinstudium finanziert.«

»Sicher ein Ersatz für den Sohn, den er niemals haben konnte, oder?«, mutmaßte Rita.

Darauf war ich noch gar nicht gekommen. »Durchaus möglich, ja. Außerdem bestand er sogar darauf, dass Georg sein Schwiegersohn wurde.«

»Wie praktisch«, sagte Rita. »Aber ich nehme an, dass er die Rechnung ohne Ada gemacht hat, denn wenn ich mich recht entsinne, ist sie nach Frankreich ausgerissen, richtig?«

»Gut aufgepasst«, lobte ich sie, während ich die Servietten aus einer Schublade zog und ebenfalls auf das Wägelchen legte. »Georg war am Boden zerstört, als Ada Marcel geheiratet hat und nach Frankreich gegangen ist. Und nach dem Tod ihrer Eltern kam Ada dann auch noch mit meiner Großmutter als Liebespaar aus Frankreich zurück.«

Augenblicklich schaute Rita zu dem großen Gemälde hinüber, auf dem die zwei liebenden Frauen abgebildet waren. »Sind sie das?«, wisperte sie ehrfürchtig. Ich bejahte. »Und dann?«, bohrte Rita weiter, woraufhin ich das Drama schilderte, als die beiden Frauen erwischt wurden und wie Georg sie erpresst und gezwungen hatte, sich nie wiederzusehen.

»Und obwohl er später Heidi geheiratet hat, und Alrun seine Geliebte war, ließ er nicht von Ada ab?«, fragte Rita ungläubig.

Ich nickte. »Und als Ada von einem kurzen Flirt mit einem vorbeiziehenden Hippie schwanger wurde, setzte er alles daran, sie dazu zu bewegen, das Baby abzugeben.«

»Wegen der Schande?«

»Ja, angeblich«, erwiderte ich. »Als Familienmitglied schien er sich verpflichtet gefühlt zu haben, den Ruf der Richters zu wahren. Allerdings frage ich mich, ob da nicht eher die Eifersucht dahintergesteckt hat. Immerhin handelte es sich um ein anderes Wesen, das in Adas Leben treten sollte und ihre totale Aufmerksamkeit bekommen hätte.«

»Und dann?«

Erneut seufzte ich. »Laut Georg wurde das Baby totgeboren.«

Plötzlich erschienen Bernd und Chris mit dampfenden Schüsseln neben uns. »Warum laut Georg?«, wollte Bernd wissen, der das Gespräch anscheinend mitverfolgt hatte.

Ich wechselte mit Chris einen flüchtigen Blick.

»Alrun, die bei der Geburt anwesend war, behauptete steif und fest, dass das Baby noch lebte, als es auf die Welt kam«, antwortete ich, während ich den Servierwagen auf die Terrasse schob und begann, das Geschirr auf dem Tisch zu verteilen. Bernd und Chris stellten die Schüsseln ab und machten sich am Sonnenschirm zu schaffen, der leicht klemmte.

»Du liebe Zeit, und?«, fragte Rita, die indessen die Gläser aufstellte.

»Laut Alrun soll Georg das Baby nach der Niederkunft beseitigt haben. Jedenfalls spricht alles dafür. Wir waren sogar an seinem Grab.«

Zutiefst beeindruckt starrte Rita mich an. »Was für eine traurige Geschichte. Mein Gott, die arme Ada.«

Ich nickte seufzend, prüfte, ob wir nichts vergessen hatten. Schließlich setzten wir uns.

Chris schenkte Wein aus, was Rita dankend ablehnte und um Wasser bat. Ich muss sie verwundert beäugt haben, denn ihre Wangen glühten erneut, und ein verschmitztes Lächeln huschte über ihr Gesicht. Ich begriff sofort. Bernd schaute sie zärtlich an, beugte sich zu ihr hinüber und küsste sie.

Dann erhoben wir die Gläser und prosteten uns zu.

»Auf das werdende Leben«, plauderte ich das Ungesagte freudig aus.

Ritas Augen funkelten. »Ja, auf unser heranwachsendes Glück«, stimmte sie mit ein und legte sich die Hand auf den Bauch.

Bernd legte die seine darüber. »Auf unsere kleine Familie.«

»Gratuliere«, rief Chris begeistert, als er endlich begriff. Verstohlen blinzelte er mir zu.

Obwohl ich mich aufrichtig freute, verspürte ich ein leichtes Zwicken des Neides. Sehnsüchtig wünschte ich mir, Chris auch bald solch eine wundervolle Ankündigung machen zu können. Aber irgendwie wollte es damit bei uns nicht so recht klappen.

Wir tranken.

Rita setzte ihr Glas ab und musterte mich eindringlich. »Und was verschweigst du mir, Schatz?«, fragte Rita. »Ich kenne diesen Blick genau.«

»Welchen Blick?«, fragte ich überrumpelt.

»Na, diesen Alles-ist-scheiße-aber-ich-lasse-mir-nichts-anmerken-Blick.«

Chris grinste. »Sie scheint dich wirklich sehr gut zu kennen.« Beeindruckt nickend begann er jedem von uns etwas von seiner dampfenden Köstlichkeit auf die Teller zu schöpfen.

Ich holte tief Luft, räusperte mich. »Wie es scheint, ist Adas Sohn quicklebendig«, platzte ich heraus.

Fassungslos starrte Rita mich an.

Bernd fasste sich als Erster. »Heißt das, er könnte das Erbe anfechten?«

Es so schonungslos gesagt zu bekommen, machte es auf einmal furchtbar real. Fast hätte man meinen können, dass es Bernd ein teuflisches Vergnügen bereitete, mir diese Wahrheit so unverblümt um die Ohren zu schlagen. Aber ich wusste es besser, denn es war seine typisch pragmatische Art, Dinge anzugehen. Sein stählerner Blick bohrte sich in den meinen, erwartete eine Antwort.

»Ja«, antwortete ich genauso nüchtern.

»Ehrlich?«, piepste Rita und schaute mich verblüfft an.

»Er hat es uns bereits angekündigt.« Meine Stimme bebte leicht. Es ging mir doch näher, als ich es mir eingestehen wollte.

»Das weißt du doch noch gar nicht«, versuchte Chris mich zu beschwichtigen. »Am besten rufst du gleich am Montag mal den Notar an, um zu erfahren, was es damit auf sich hat.«

»Ja, das werde ich wohl tun müssen«, stimmte ich zu. »Jetzt lasst uns erst einmal das Essen genießen.«

Wir wünschten uns einen guten Appetit und legten los. Es war der reinste Gaumenrausch.

»Köschtlisch«, nuschelte Rita, die besonders gierig zuschlug. »So was von köschtlisch, findest du nicht, Schatz?«

Bernd kaute ausgiebig, schluckte und nickte anerkennend. »In der Tat, man kann den Schwaben letztendlich doch noch etwas Gutes abgewinnen. Dann muss ich mich demnächst mit ›Handkäs mit Musik‹ revanchieren.«

»Oder ›Grie Soss‹«, konterte Chris. »Wollte schon immer das Lieblingsgericht von Goethe kosten.«

»Achtung«, mahnte Bernd. »Du wirst Hessen nicht mehr verlassen wollen.«

Sie lachten.

Mich erstaunte, wie gut sich die beiden doch so unterschiedlichen Männer verstanden. Auf der einen Seite der nüchterne Bürohengst, auf der anderen der verträumte

Schriftsteller. Wer hätte das gedacht? Beim genaueren Betrachten stellte ich jedoch fest, dass Bernd sich auf eine befremdliche Weise verändert hatte. Er wirkte wesentlich ausgeglichener als zu unserer gemeinsamen Zeit. Irgendwie war ich immer davon ausgegangen, dass er letztendlich nicht der richtige Mann für mich gewesen war. Jetzt wurde mir schlagartig bewusst, dass das auf Gegenseitigkeit beruht zu haben schien. Rita betete ihn geradezu an, was ich nie getan hatte. Vielleicht war es das, was in unserer Beziehung gefehlt hatte?

Verträumt schaute Rita zum See hinüber. Ein leichter Wind war aufgekommen, und die Oberfläche kräuselte sich glitzernd. »Wahnsinn«, befand sie. »Was für ein Zauber. Findest du nicht?«

Bernd nickte. »Gedenkst du, um das Haus zu kämpfen?«, fragte er geradeheraus.

Während ich einen kräftigen Schluck Wein nahm, ließ ich mir Zeit mit der Antwort, die Bernd sicher nicht gefallen würde. »Ich glaube nicht«, gab ich zu. »Wenn alles rechtens ist und es ihm wirklich zusteht, dann überlasse ich es ihm ohne Widerstand.«

Bernd rollte mit den Augen. »Ich nehme an, das sagst du wegen dieser Ada?«, fragte er und spielte auf meine üblichen Gefühlsduseleien an.

»Genau«, gab ich ungewollt schnippisch zurück. »Es ist sicher schwer nachvollziehbar, aber ich fühle mich dieser Frau sehr verbunden und etwas schuldig.«

»Das ist doch auch kein Wunder«, verteidigte Rita mich. »Immerhin war sie die große Liebe deiner Großmutter.«

Dankbar lächelte ich sie an.

»Klar, verstehe«, lenkte Bernd ein. »Aber je nachdem, wie sich die Sachlage verhält, hat er mehr oder weniger

Anspruch auf das Erbe, vorausgesetzt, dass er seine Herkunft beweisen kann.«

Chris wurde hellhörig. »Kennst du dich etwa mit dem Erbrecht aus?«

»Ein bisschen«, gestand Bernd. »Als meine Familie vor ein paar Jahren in einen Erbstreit verwickelt war, habe ich ein Menge Gesetzesbücher zu diesem Thema gewälzt.«

Darin erkannte ich wieder den alten Bernd. Sobald er sich einer Sache annahm, überließ er nichts dem Zufall, was eigentlich eine gute Eigenschaft war, denn so ersparte man sich womöglich viel Ärger. Sicherlich wäre ihm so etwas wie mit Heidi niemals passiert, denn anstatt sich von der alten Dame einlullen zu lassen, hätte er so lange Nachforschungen angestellt, bis er der Wahrheit auf den Grund gekommen wäre.

Erneut schien Chris die Ohren zu spitzen. »Dann meinst du also, dass er nicht zwingend ein Recht auf das Haus haben könnte? Immerhin wurde er von einer anderen Familie adoptiert.« Das Thema schien Chris brennend zu interessieren, und ich fragte mich, ob das etwas mit seiner eigenen Adoption zu tun haben könnte. Fragte er sich manchmal, wer seine wahren Eltern waren? Ob sie hier in der Gegend lebten, und er sie, ohne es zu wissen, vielleicht sogar kannte? Noch nie hatte ich ihm die Frage gestellt, wartete ab, dass er von selbst darauf zu sprechen kam, was bislang nicht der Fall gewesen war.

Bernd schien seine Antwort zu überdenken. »Das eine schließt das andere nicht aus«, erwiderte er schließlich. »Zwar scheint es erst einmal rechtens zu sein, dass Isa Alleinerbin ist, da nach § 1937 BGB der Erblasser durch eine einseitige Verfügung von Todes wegen – also durch ein Testament oder eine letztwillige Verfügung –

den Erben bestimmen kann, ohne, dass sie verwandt sein müssen.«

Fasziniert klebten wir an seinen Lippen.

»Aber?«, fragte Chris ungeduldig.

»Aber der Sohn, ob er nun adoptiert wurde oder nicht, hat ganz klar einen Pflichtteilanspruch nach § 2303 I BGB, allerdings nur dann, wenn der Erblasser durch Verfügung von Todes wegen diesen von der Erbfolge ausgeschlossen hat. Da Ada ihn nicht ins Testament aufgenommen hat, muss man sozusagen davon ausgehen, dass dies der Fall ist. Somit steht ihm folglich ein Pflichtteil in Höhe der Hälfte des Erbteils zu.«

Mein Kopf schwirrte von den vielen Paragrafen. Noch heute früh war die Welt heil gewesen, bis plötzlich jemand vor der Tür gestanden und unser Leben wieder mit einem Schlag umgeworfen hatte. Aus dem Bodensee-Paradies wurde plötzlich ein trügerisches Gefilde, düster und verhängnisvoll, als wollte uns das mächtige Gewässer erneut prüfen. »Vielleicht könnten wir einfach einen Kredit aufnehmen und ihn auszahlen?«, schlug ich vor.

Chris nickte zustimmend. »Ja, ich könnte auch einen Teil von meinem Buchgewinn zusteuern, wenn dir das recht ist.«

Ich lächelte berührt. Klar war es mir das.

Bernd schob sich ein Stück Schupfnudel mit Braten in den Mund, kaute ausgiebig und spülte mit Wein nach. »Jetzt könnte das Problem aber darin liegen, dass Ada anscheinend nicht gewusst hat, dass ihr Sohn noch lebt, wodurch das Testament anfechtbar wird, was wiederrum bedeuten würde, dass es als nichtig erklärt werden könnte.«

Resigniert ließ ich die Schultern hängen, was Rita bemerkte und Bernd die Hand auf den Arm legte. »Bernd, bitte«, sagte sie leise.

Er tätschelte ihre Hand. »Es hilft nichts, es zu leugnen«, erwiderte er. »Aber wenn ihr wollt, höre ich auf.« Zur Abwehr hob er die Hände.

»Nein, nein«, wiegelte ich hastig ab. »Du hast ja recht. Es ist besser, wenn wir wissen, woran wir sind.«

»Gut«, sagte Bernd, lehnte sich selbstgefällig zurück und tupfte sich den Mund mit seiner Serviette ab. »Es würde also so behandelt werden müssen, als wäre das Testament nicht wirksam errichtet worden. Eine Anfechtung durch den Sohn wäre in diesem Fall nach § 2078 oder § 2079 BGB denkbar.«

Völlig verblüfft schaute ich ihn an. »Das hast du alles behalten?«

»Wie gesagt, ich habe diesen Teil des Gesetzbuches fast auswendig gelernt.«

Chris nickte. »Und es gibt keine Chance, dass sich seitdem etwas daran geändert hat?«

Bernd schüttelte den Kopf. »Nein, das glaube ich nicht. Alles hängt jetzt davon ab, wie geschickt der Typ ist oder wie gewieft sein Anwalt vorgehen wird.«

Sofort sah ich Adas Sohn wieder vor mir, dachte an sein ruppiges Auftreten, sein vernachlässigtes Aussehen, fragte mich, ob er sich überhaupt einen Anwalt leisten konnte. Ich seufzte. »Es spielt keine Rolle«, sagte ich. »Wie gesagt möchte ich mich nicht auf einen Rechtsstreit einlassen, sondern eine friedliche Lösung finden.«

»Nun, da Isa sich partout nicht wehren möchte, wäre es besser, nicht zu viel zu erwarten«, schloss Bernd.

Chris bejahte unglücklich. »Gibt es denn keine Frist für so etwas? Ich meine, kann man einfach irgendwann daherkommen und einem wieder alles fortnehmen?«

Plötzlich hielt Bernd mit dem Kauen inne, und sein Antlitz erhellte sich. Mit der Gabel zeigte er auf Chris, als wollte er damit sagen, dass da etwas dran sein könnte. Er kaute weiter, schluckte. »Hey, wann war das noch?«

»Im Winter 2017.«

»Also noch kein Jahr?«

»Hm.«

»Dann ist es futsch«, sagte er.

»Wie meinst du das?«, fragte ich stirnrunzelnd.

»Das Zeitfenster, in der man das Erbe anfechten kann, beträgt ein Jahr«, sagte er bedauernd.

»Noch dazu scheint er erst vor Kurzem erfahren zu haben, dass Ada seine Mutter ist«, fiel ich ein.

»Ach so«, erwiderte Bernd bedauernd. »Sollte er das beweisen können, hätte er eine einjährige Frist ab der Kenntnisnahme des Anfechtungsgrundes.«

»Wie man es auch dreht und wendet, sieht es mau aus.« Ich seufzte. »So soll es sein«, sagte ich, um die Stimmung wieder aufzuheitern. »Wir sind gesund, haben beide eine Arbeit, die uns ausfüllt, und wir haben uns und unsere Pläne«, fügte ich zuversichtlich hinzu. »Und der See wird uns nicht fortlaufen.«

Liebevoll zwinkerte Chris mir zu. »Du hast völlig recht. Lass uns darauf trinken.«

Auch Bernd und Rita hoben erneut ihre Gläser und strahlten sich an. »Auf die kommenden Projekte«, sagte Bernd so gewichtig, dass ich mich fragte, ob die beiden vielleicht Hochzeitspläne schmiedeten.

»Ja, auf die Zukunft«, pflichtete Rita ihm bei.

»Auf unsere Freundschaft«, fiel ich mit ein.

»Auf unser fröhliches Beisammensein«, stimmte Chris zu.

Wir tranken erneut.

»Sag mal, Rita hat mir erzählt, dass du ein Spezialist in Sachen Sagen bist. Stimmt das?«, wechselte Bernd das Thema.

Chris nickte. »Ja, genau.«

»Dann kennst du sicher die Geschichte vom Hexenstein, oder?«

Ich stutzte. Seit wann interessierte Bernd sich für Sagen?

»In der Tat«, entgegnete Chris, während er die volle Kelle über den Topf hielt. »Möchtest du noch etwas vom Geschnetzelten?«

»Gerne«, erwiderte Bernd und hielt Chris den Teller hin. Es schien, als wären sie schon ewig Freunde.

»Es gibt viele Legenden«, sagte Chris, während er sich auch noch etwas vom Wildschwein auf den Teller lud, nachdem Rita und ich dankend abgelehnt hatten. »Was möchtest du denn wissen?«

»Stimmt es, dass dort ein Schatz liegen soll?«

Verblüfft schaute Chris ihn an. »Wo hast du denn diese alte Geschichte her?«

»Aus dem Fernsehen«, antwortete Bernd und grinste schief. »Dort hat es eine Reportage zu dem Thema gegeben. Irgendjemand soll behauptet haben, dass Napoleon Bonaparte dort ein Juwel verloren habe.«

Belustigt zog Chris die Mundwinkel nach oben. »Dann hat dich wohl das Goldfieber gepackt?«

Schlagartig schoss mir die Frage durch den Kopf, ob Bernds plötzliche Interesse für den Bodensee vielleicht daher rührte, schob den Gedanken aber sofort wieder beiseite.

Bernd lachte leise. »Nein, das nicht, aber spannend finde ich es allemal.« Gebannt schien er auf Chris' Antwort zu warten.

»Warum nennt man ihn denn überhaupt Hexenstein?«, wollte Rita wissen. »Doch nicht wegen Napoleon, oder?«

»Nein, nein«, antwortete Chris. »Die bekannteste der Legenden über das Gestein, das vor der Lindauer Küste aus dem Wasser ragt, handelt von einer Hexe, die auf der Flucht aus der Schweiz zuerst einen Fuß auf den kleineren Hexenstein, den man heute nicht mehr sehen kann, und schließlich auf den anderen, den größeren, gesetzt haben soll.«

»Also auf besagten Stein, der heute noch aus dem Wasser ragt«, schlussfolgerte Bernd.

»Jep. Es soll sogar noch ein Fußabdruck von ihr darauf vorhanden sein«, fügte Chris geheimnisvoll hinzu.

»Und? Hast du mal nachgeschaut, ob es stimmt?«, fragte Bernd neugierig.

Verdutzt schaute ich Bernd an. Wo war der Pragmatiker geblieben? Oder war ihm die Liebe zu Kopf gestiegen?

»Nein, noch nicht«, wehrte Chris ab.

»Und was hat es mit dem ›Engel der Nacht‹ auf sich?«, ließ Bernd nicht locker.

»Engel der Nacht?«, wiederholte Rita fast ein wenig ehrfürchtig. »Wie gruselig ist das denn?«

Bernd wandte sich ihr zu. »So heißt der schwarze Saphir, den Napoleon aus Ägypten mitgebracht und am Bodensee verloren haben soll.«

Ich kam nicht mehr aus dem Staunen heraus.

Auch Chris schien überrascht. »Monnomann, die scheinen bei ihren Recherchen ja ganz schön in die Tiefe gegangen zu sein.«

»Ja, so habe ich das auch empfunden«, stimmte Bernd zu. Nachdenklich starrte er vor sich hin, schnippte schließlich mit der Hand. »Sie sagten auch etwas über einen bayerischen Soldaten … warte, wie hieß der noch …« Erneut schien er zu grübeln. »Pfister oder so. Ne … Rilcher … Richler … Ach Mist, es ist mir entfallen.«

»Vielleicht Richter?«, mutmaßte ich unbefangen und nippte an meinem Glas.

»Ja! Ich glaube, es war Richter«, rief Bernd begeistert.

»Oh, möglicherweise ein Vorfahre von Ada?«, ereiferte sich Rita sofort.

Ich zwinkerte. »Das wäre ja wirklich witzig, aber sicher gibt es viele Richters hier in Lindau.«

»So viele auch wieder nicht«, konterte Chris. »Und es ist sogar anzunehmen, dass sie alle vom selben Vorfahren abstammen.« Er überlegte kurz. »Soviel ich von Ada weiß, war es der ganze Stolz ihres Vaters, dass sie seit über 300 Jahren ausschließlich männliche Erben in der Familie hatten.«

»Ehrlich?«, fragte ich überrascht. »Davon hast du mir noch nie erzählt.«

»Es ist mir eben erst wieder eingefallen«, gab Chris bedauernd lächelnd zu.

»Das würde auf jeden Fall erklären, warum Adas Vater so auf Georg abgefahren ist«, schlussfolgerte Rita. »Er war der einzige seiner Linie, der *nur* eine Tochter hatte.«

Ich nickte. Bei all dem, was ich über Adas Vater wusste, wäre es ihm durchaus zuzutrauen gewesen.

»Wir könnten das alles mal in Adas Familienchronik nachschlagen«, schlug Chris vor.

Ich nickte unschlüssig und dachte an die dicken Wälzer, die in Adas wundervoll altmodischer Bibliothek hinter Glas standen. Sie waren wie alles andere, was mit diesem Haus und seiner Vergangenheit zusammenhing. Geheimnisumwoben, magisch und beängstigend zugleich. Ich war mir nicht sicher, ob ich mich wirklich wieder von ihr einholen lassen wollte.

Rita strahlte. »Du liebe Zeit, das wird ja immer aufregender«, hauchte sie. »Hast du da etwa noch nie reingeschaut?«

Seufzend schüttelte ich den Kopf. »Seit ich das Haus geerbt habe, hatten wir immer so viel anderes um die Ohren«, gab ich zu. »Erst die Geschichte mit Georg, dann das scheußliche Theater mit Heidi. Da habe ich keine Lust verspürt, mir auch noch die Familiengeschichte der Richters anzutun«, rechtfertigte ich mich. »Ich sagte mir immer, dass sie für einen Historiker sicher hochinteressant sein könnte.« *Und jetzt für Adas Sohn*, fügte ich in Gedanken hinzu. »Und um ganz ehrlich zu sein, habe ich bereits genug in Adas Leben herumgeschnüffelt, was mich sowieso schon immer peinlich berührt hat.«

»Wenn Ada dir das Haus mit all den Hinweisen hinterlassen hat, dann hatte sie sicher etwas dabei im Sinn«, sprach Rita meine eigenen Gedanken aus.

»Damit habe ich mich auch immer getröstet«, gab ich zu.

»Und was hat es nun mit Napoleon auf sich?«, bohrte Rita an Chris gewandt weiter.

»Es gibt tatsächlich ein uraltes Gerücht, nachdem Napoleon das Juwel beim Hexenstein verloren haben soll. Allerdings liegen dieser Behauptung keinerlei historische Kenntnisse zugrunde, denn Napoleon ist offiziell niemals in Lindau gewesen«, antwortete er. »Obwohl … Napoleon war dafür bekannt, des Öfteren auch mal auf Eskapaden zu gehen, ohne dass jemand etwas davon wusste. Faktum ist, dass Napoleon sich um 1805 oft nicht unweit von hier aufgehalten hat.«

»Und allein dieser Tatbestand reichte laut der Sendung aus, um eine Art Goldrausch zu entfachen, sodass sich viele auf die Suche nach dem sogenannten ›Engel der Nacht‹ gemacht haben«, sagte Bernd.

Auch diese Aussage wurde von Chris bestätigt. »Und es hat sogar Zeiten gegeben, in denen diese Geschichte zu einem regelrechten Juwel-Fieber ausgeartet ist.«

Bernd nickte. »Genau. Und nach ein paar Tauchunfällen soll der Bürgermeister eine Pressemeldung verfasst haben, in der er darauf hinwies, dass Napoleon niemals hier gewesen sei und es dieses Juwel nicht gebe.«

Chris bejahte abermals. »Obendrein wurde aufs Tauchen um den Stein herum eine hohe Strafe verhängt, wodurch die Schatzsuche mit der Zeit versiegte und schließlich völlig eingestellt wurde. Deshalb spricht heute kaum noch jemand davon.«

»Ist der Hexenstein weit von hier entfernt?«, wollte Bernd wissen.

»Nein, bei gutem Wetter und mit einem Fernglas kann man ihn sogar von hier aus sehen«, sagte Chris und zeigte in Richtung Insel. »Er ist da drüben, am Ende des Eisenbahndamms.«

Wir schauten alle in die Richtung, und ich meinte tatsächlich, einen roten Zipfel zu erkennen. Ich kniff die Augen zusammen. Oder war das ein Boot?

Erschrocken fuhr ich zu Bernd herum. »Du willst dich doch hoffentlich nicht strafbar machen?«

»Ach was«, wiegelte Bernd ab. »Aber meine Neugier ist geweckt. Gerne würde ich der Sache auf den Grund gehen und den Hexenstein wenigstens einmal in echt sehen. Es könnte auch durchaus spannend sein, mal im Stadtarchiv nach mehr Informationen zu suchen.«

Interessiert horchte Chris auf. »Dem schließe ich mich gerne an«, sagte er. »Und wenn ihr möchtet, können wir heute Nachmittag gemeinsam einen kleinen Abstecher nach Lindau machen, was meinst du, Schatz?«

Ich musste lachen, als mich alle drei erwartungsvoll anschauten. »Habe ich eine Wahl?«

Wir brachen in ein befreiendes Gelächter aus.

In Anbetracht der Umstände schien es mir fast ein wenig ungehörig, so viel Fröhlichkeit an den Tag zu legen. Eigentlich hätte ich wegen zu befürchtender Unannehmlichkeiten, die aufgrund der Anfechtung von Adas Testament unweigerlich auf mich zuzukommen drohten, betrübt sein sollen. Doch ein sonderbarer Gedanke huschte mir durch den Sinn. Es fühlte sich fast so an, als wäre ich insgeheim erleichtert, das Haus letztendlich hinter mir zu lassen. Sicher, ich liebte es, empfand es als mein neues Zuhause. Aber die Schatten der Vergangenheit hafteten an ihm, und was ich auch tat, um sie abzuschütteln, ich entdeckte immer wieder neues Elend, das an ihm zu kleben schien wie lästige Federn an einem Geteerten …

Kapitel 5 – Der Hexenstein

Lindau, Bodensee – Am See – September 2018, Freitag

Es war immer wieder unglaublich, wie der Bodensee es vermochte, seine Betrachter zu verzücken. Manchmal kam er mir vor wie ein verführerisches Wesen, das seinen Charme genau einzusetzen wusste, um sich auf der einen Seite beliebt zu machen und sich auf der anderen Respekt zu verschaffen. Vom ersten Augenblick an hatte er mich in seinen Bann gezogen, und egal zu welcher Jahreszeit ich ihn betrachtete, oder in welcher Stimmungslage ich mich gerade befand, wusste er sie genau widerzuspiegeln, mich zu trösten oder in meinen Gefühlen zu bestätigen.

An diesem Nachmittag lag er friedlich und flach da, wirkte fast unschuldig. Die goldenen Strahlen der bereits zum westlichen Horizont abfallenden Sonne ließen ihn wie einen kostbaren Edelstein in vielerlei dunklen Nuancen schimmern, passend zum Thema unseres Ausflugs. Trotz der bevorstehenden Turbulenzen, die von Adas Sohn auszugehen drohten, fühlte ich mich seltsam ausgeglichen, als ob ich es bereits akzeptiert hätte, dass ich in Adas Haus nur eine vorübergehende Insassin war. Alles schien seine Richtigkeit zu haben, waren wir doch in diesem Leben nur auf der Durchreise.

Rita hatte sich bei mir eingehakt, während Bernd und Chris ein paar Meter vor uns liefen und sich angeregt über Geschichtsforschung unterhielten. Noch immer konnte ich es nicht fassen, wie gut die beiden miteinander auskamen, und ich musste über meine anfänglichen Befürchtungen lächeln. Wie hätte ich auch ahnen sollen, dass zwei so grundverschiedene Menschen dermaßen aufeinander abfahren könnten? Auf der anderen Seite fragte ich mich, ob wir nicht alle grundverschieden waren. War Rita nicht das totale Gegenteil von mir? Und waren es nicht genau diese Unterschiede, die das menschliche Miteinander bereicherten?

Schlagartig wurde mir bewusst, dass es keine Normen gab, die bestimmten, wer zu wem passte. Dass jeder Eigenschaften besaß, die den einen oder anderen anzogen, ohne dass es dafür plausible Gründe gab. Sicher, ich hätte mir sagen können, dass Chris sich mir zuliebe ungemein Mühe gab, meinen Ex-Freund zu ertragen, womit ich mich jedoch selbst belogen hätte. Das, was die beiden zu verbinden schien, hatte weder etwas mit beherrschter Höflichkeit noch mit Rücksicht auf andere zu tun. Es war offensichtlich, dass sie voneinander fasziniert waren.

»Ist das nicht unglaublich?«, flüsterte Rita, als hätte sie meine Gedanken erraten.

»Absolut«, stieß ich aus. »Noch vor zwei Tagen hätte ich es nicht für möglich gehalten.«

Rita seufzte tief, als würde ein zentnerschwerer Stein auf ihrem Gemüt lasten. »Ich hoffe, du nimmst es mir also nicht übel, dass ich so mit der Tür ins Haus gefallen bin?«

Ich strahlte sie an. »Nein, wie könnte ich? Ich freue mich riesig, dich endlich mal wiederzusehen. Zwar war deine Aktion schon etwas gewagt, aber das Resultat gibt dir recht. Und hättest du mich vorher nach meiner Meinung gefragt, hätte ich ohne jeden Zweifel abgelehnt.«

Liebevoll drückte Rita meinen Arm, wirkte erleichtert. Schweigend setzten wir unseren Weg am Ufer fort, folgten den Männern auf dem von Bäumen gesäumten Lotzbeckweg bis zum Gleisübergang. Nachdem wir ihn überquert hatten, bogen wir gleich darauf rechts auf den Bahndamm ein. Sofort spürte ich die sanfte Brise, die von Westen über die leicht erhobene Promenade fegte. Entlang des Binnenufers des kleinen Sees verlief parallel zum Damm ein langer Bootsanlegesteg, an dem die Schaluppen und Kähne gemächlich hin und her schaukelten.

»Ich glaube, ich bin gerade dabei, mich unsterblich in diesen See zu verlieben«, gestand Rita und blickte verträumt über das Gewässer hinweg zu den majestätischen Alpen hinüber.

»Ich warne dich«, witzelte ich. »Er besitzt ein immenses Suchtpotenzial. Du wärst nicht die Erste, die er mit seinem Charme lockt, um sie mit Haut und Haaren zu verschlingen und nie wieder freizugeben.«

Rita schmunzelte. »Es gibt schlimmere Schicksale als dieses, meinst du nicht auch?«

»Damit magst du recht haben, auch wenn ich bezweifle, dass Bernd gerne hier leben würde«, konterte ich.

Rita kicherte. »Auch wieder wahr«, gestand sie. »Um ehrlich zu sein, wäre mir diese idyllische Ruhe vielleicht auf Dauer auch zu langweilig.«

»Ah, das hört sich schon mehr nach meiner Rita an.«

Wir lachten.

Nach einer längeren Pause wurde Rita plötzlich ernst. »Was gedenkst du zu tun?«, wechselte sie das Thema.

Sofort wusste ich, worauf sie hinauswollte. »Ich habe keine Ahnung«, gestand ich achselzuckend. »Am liebsten würde ich noch gleich heute Nachmittag zu Adas Sohn gehen, um ihm zu sagen, dass er beruhigt sein kann und nicht mehr so griesgrämig durch die Gegend zu laufen braucht.«

»Dann lass uns das tun«, schlug Rita vor.

Vor Freude machte mein Herz einen Satz. »Echt? Du würdest mitkommen?«

»Klar, außer, du möchtest da lieber allein durch.«

Vehement schüttelte ich den Kopf. »Ganz im Gegenteil.«

Rita lächelte. »Also abgemacht. Gleich nach dem Besuch bei dem famosen Hexenstein lassen wir die Männer unter sich und statten diesem Thomas einen Besuch ab.«

Mein Puls beschleunigte sich. Die Aussicht, Adas Sohn wiederzusehen, beschwingte und beängstigte mich zugleich, auch wenn ich mir nicht so recht erklären konnte, weshalb. Sicher, er hatte extrem bissig auf mich gewirkt. Aber wäre ich das an seiner Stelle nicht auch gewesen? Immerhin musste er davon ausgehen, dass ich ihm das Erbe nicht kampflos überlassen würde, was ja eigentlich auch durchaus verständlich wäre. Wie sollte er auch ahnen, wie nahe ich mich Ada fühlte und dass es mir unmöglich war, das Haus betreffend etwas zu tun, was offensichtlich nicht in ihrem Sinne gewesen wäre?

Nachdem wir am Ende des Damms auf der Brücke erneut die Gleise überschritten hatten, kamen wir an einem großen Besucherparkplatz vorbei und standen plötzlich wieder am Ufer des großen Sees. Von hier aus hatten wir einen weitschweifenden Blick über das leicht gekräuselte Gewässer bis hin zum Aeschacher Ufer, das vor dem Hintergrund aus überhängenden bunten Bäumen des Friedensparks von einem Hotel dominiert wurde.

Die hübsche Promenade war auf der einen Seite von Wiesen und Bäumen gesäumt und zum Ufer hin von kniehohen Mäuerchen, gegen die träge das Wasser schwappte. Etwa 50 Meter weiter ragte eine breite Felsspitze mit einer Eisenstange und rotem Dreieck aus der Seeoberfläche.

»Ist er das?«, fragte Bernd bewegt.

»Ja, und dort ist die Sternschanze«, erklärte Chris und zeigte nach rechts. »Lasst uns noch etwas weitergehen, um näher an den Stein heranzukommen.«

Wir folgten ihm am Ufer der belebten Westpromenade entlang bis zu einer Uferkante mit Sitzbänken. Es schien sich um den Standpunkt zu handeln, der dem Hexenstein am nächsten lag.

Rita blickte sich um. »Wahnsinn, wie hier noch alles erhalten ist«, wunderte sie sich. »Keine Wohnhäuser oder hohen Klötze. Echt schön.«

Chris nickte. »Es gibt mehrere Bürgerinitiativen, die stets verhindern, dass dieser Teil der Insel – den man auch die hintere Insel nennt – zugebaut wird.«

Bernd blieb ungewohnt still, starrte gebannt auf den kleinen Zipfel Felsen, der aus dem Wasser ragte. Völlig versunken stand er da. Der Stein schien ihn wie magisch anzuziehen. Fast hätte man meinen können, dass er sich am liebsten seiner Klamotten entledigen würde, um hinüberzuschwimmen, was ihm wieder so gar nicht ähnlich sähe. Und aufs Neue stellte ich mir die Frage, ob es wirklich nur die Liebe zur Vergangenheit war, die ihn animierte. Oder hatte Chris mit seiner Vermutung des Goldrauschs vielleicht nicht weit gefehlt?

»Isa behauptet, dass du alte Legenden herrlich wiedergibst«, sagte Rita plötzlich an Chris gewandt.

»Das ist kein Wunder, Liebes«, erwiderte Bernd und legte besitzergreifend den Arm um ihre Schulter. »Immerhin ist er Sagenforscher und Schriftsteller.«

»Das will doch nichts heißen«, protestierte Rita. »Schreiben und erzählen sind grundverschieden.«

Bernd rieb sich den Nacken. »Stimmt auch wieder«, lenkte er ein. Auch dieser Zug an ihm war mir neu.

»Die von der Hexe und ihrem Sprung in die Freiheit habe ich euch ja bereits erzählt«, bemerkte Chris. »Viel mehr gibt es darüber nicht zu berichten.«

»Sagtest du nicht, dass es noch andere Geschichten darüber gibt?«, insistierte Rita. »Vielleicht etwas Schauriges?«

Chris nahm meine Hand und zog mich an sich. »Klar. Seid ihr sicher?«

Bernd und Rita nickten eifrig, sodass auch ich mit einstimmte. »An welche denkst du denn dabei?«, fragte ich neugierig.

»An ›Das Exempel‹«, antwortete Chris gewichtig.

Allein der Name ließ mich bereits erschauern, obwohl ich die Geschichte noch nicht kannte. Und sobald wir uns auf den Bänken niedergelassen hatten, rückte ich nahe an Chris heran und legte meinen Kopf an seine Schulter.

Er schlang den Arm um die meinen, räusperte sich und richtete den Blick in die Ferne …

Kapitel 6 – Das Exempel

»Vor ungefähr 150 Jahren, also 50 Jahre, nachdem die ersten brutalen Strafen verhängt wurden, die all diejenigen zu spüren bekamen, die es wagten, den aus dem Wasser ragenden Felsen auch nur anzuschauen, ereignete sich etwas, das die Lindauer so schnell nicht vergessen sollten«, begann er die Erzählung.

Augenblicklich verstummten Rita und Bernd, um Chris' angenehmer, tiefer Stimme zu lauschen, die wie der sanfte Klang raschelnder Blätter im Wind durch die Luft schwirrte.

»An diesem Spätsommermorgen stand der achtjährige Fischerssohn Moritz aus Bad Schachen weinend am Bett seines Vaters, der immer weniger zu werden schien. Seit mehreren Wochen lag er krank im Bett, hustete und spuckte sich die Lunge aus dem Leib, ohne dass eine Besserung in Sicht kam. Die Nachbarin, eine Hebamme mit hervorragenden Kräuterkenntnissen, hatte alles versucht, hatte Tinkturen auf der Brust des Kranken verteilt, ihm Wickel angelegt und verschiedene Sude ausprobiert, um den armen Mann wieder auf die Beine zu bringen. Und als sie spürte, dass sie mit ihren Heilkünsten am Ende war, sagte sie zu dem Jungen: *Fischermoritz, dein Vater braucht einen Arzt.* Moritz starrte sie verzweifelt an. *Einen Arzt? Aber Kräuterweible, du weißt doch, dass wir uns das nicht leisten können,* rief der Bub verzweifelt und zeigte demonstrativ um sich. Seit er denken konnte, lebten sie am Ufer des Sees in dieser kleinen, undichten Hütte und hielten sich mit den kläglichen Einnahmen, die sein Vater mit den wenigen Fängen erzielte, gerade mal so über Wasser. Und selbst wenn dieser noch arbeiten könnte, hätte das Geld niemals für einen Arzt gereicht. Flehend schaute Moritz die Hebamme an, doch auch sie wusste keinen Rat mehr. *Dann wird er binnen drei Tagen sterben,* sagte sie voraus und ließ Moritz mit seinem Kummer und dem Sterbenskranken allein zurück.«

Chris' beruhigender Redefluss schlug wie sanfte Wellen an meine Empfindungen.

»Oh je«, sagte Rita leise.

Chris fuhr fort: »Von den Eröffnungen der Hebamme erschüttert, lief Moritz zu seinem besten Freund Franz, dem Schustersohn, um ihn um Rat zu bitten. Franz, der es faustdick hinter den Ohren hatte und in der ganzen Stadt für seine vielen dummen Streiche bekannt war, brauchte nicht lange zu überlegen. *Da gibt es nur eine Lösung, mein Freund,* verkündete er ohne Umschweife. *Wir werden uns strafbar machen müssen!* Erschrocken schaute Moritz ihn an. *Soll ich etwa zum Dieb werden?,* fragte er. Was würde sein Vater dazu sagen? Und was, wenn man sie erwischte? Doch sofort schüttelte er die Bedenken ab, denn er war bereit, sich alle Bürden der Welt auf die Schultern zu laden, wenn er seinen Vater damit retten konnte.«

Wie immer reichten ein paar Sätze, damit die Geschichte mich mitnahm. »Das war es aber nicht, was Franz meinte, nicht wahr?«

»Ganz recht«, antwortete Chris. »Franz näherte sich seinem hoffnungslosen Freund, legte ihm beruhigend die Hand auf die Schulter und flüsterte ihm ins Ohr: *Nein, das brauchst du nicht. Es reicht, wenn wir uns auf die Suche nach dem ›Engel der Nacht‹ begeben.* Bei Franz' Worten erbebte Moritz aufs Neue. Lieber wäre er zum Dieb geworden, als diesen Frevel zu begehen. Man sagte ihm geheime unheilbringende Kräfte nach. An alles hatte er gedacht, aber nicht an diese uralte Geschichte, von der die meisten behaupteten, dass sie völliger Unsinn sei. *Aber den gibt es doch gar nicht*, protestierte er erhitzt. Sollte er sich etwa auf ein Märchen verlassen, um seinen Vater vor dem sicheren Tod zu bewahren?«

»Ein vernünftiges Kerlchen«, sagte Bernd, was mich innerlich zum Schmunzeln brachte. Da war er wieder, der Pragmatiker.

»Durchaus«, gestand Chris ihm ein. »Doch Franz ließ nicht locker: *Das wollen sie uns glauben machen, damit keiner mehr danach sucht.* Moritz brummte: *Das hat sicher einen guten Grund, denn das Juwel hat in der Vergangenheit großes Unheil mit sich gebracht. Auf ihm liegt ein Fluch!* Franz dachte kurz über diese Worte nach. *Es war nicht das Juwel, von dem das Unglück damals ausgegangen ist, sondern das Wissen um seine Existenz*, berichtigte er ihn. Moritz fand diesen Gedanken zwar logisch, war jedoch noch immer nicht vollkommen überzeugt. *Aber es steht doch weiterhin eine hohe Strafe darauf, danach zu suchen*, sträubte er sich weiter. Franz nickte. *Das stimmt schon. Aber zum einen braucht es keiner zu erfahren, zum anderen ist es die einzige Möglichkeit, deinen Vater zu retten. Und wenn sie uns erwischen sollten: An ein paar Peitschenhieben und daran, eine Nacht auf dem Marktplatz am Pranger zu stehen, ist noch niemand gestorben, mein guter Moritz. Und bis du das nötige Geld auf ehrliche Weise zusammengekratzt hast, wird dein Alter nicht mehr unter uns weilen.* Moritz wusste, dass sein Freund recht hatte. Denn selbst wenn er ab sofort Tag und Nacht schuften würde, könnte es seinen Vater nicht mehr retten.«

»Ihm blieb also nichts anderes übrig, als in das unsichere Unterfangen einzuwilligen«, flüsterte Rita vor sich hin.

Chris nickte. »Jep. Und so kam es, dass die beiden Jungen bis zum späten Nachmittag alles brauchbare Material wie Kordeln, kleine Sandsäckchen, alte Hosen sowie Nadel und Faden zusammengeklaubt haben. Nicht ahnend, dass sie dabei beobachtet wurden, wie sie die Habseligkeiten auf die kleine Fischerbarke des Vaters luden, ruderten sie stillschweigend dem Sonnenuntergang entgegen. Tapfer biss Moritz die Zähne zusammen, wohl wissend, dass bei dem Versuch, den ›Engel der Nacht‹ in die Finger zu bekommen, bereits zahlreiche Menschen ums Leben gekommen waren.«

Prompt richteten sich meine Härchen im Nacken auf. »Weiter«, hauchte ich ungeduldig, wie immer, wenn Chris eine kaum zu ertragende Pause einlegte.

»Die Jungen wechselten sich ab. Während der eine ruderte, schnitt der andere die unteren Enden der alten Hosen ab und nähte die beschwerenden Säckchen daran. Die Beschäftigung lenkte Moritz von seiner Furcht ab, und als sie an dem berühmt-berüchtigten Stein anlangten, hatten sie vier gewichtige Beinlinge fertiggestellt. Beim Anblick des wackeren Felsens, dessen Spitze frech aus dem Wasser ragte, wurde es Moritz jedoch wieder unheimlich zumute. Von dem Gestein schien eine starke Magie auszugehen, die er ganz deutlich in sich vibrieren spürte. Wie ein Sog, der ihn ins Verderben ziehen wollte. *Lass uns umkehren*, wimmerte Moritz, den der Mut verließ. Sein Magen war zu einem kläglich schmerzenden Klumpen zusammengeschrumpft. Anstelle des Hungers spürte er nur noch die Furcht, die an jeder Faser seines Seins zu nagen schien. *Er wirkt unheilvoll!*, krächzte er. Franz zuckte die Achseln.

Wie du meinst, sagte er schließlich ernst und nahm erneut die Ruder auf. *Was soll's. Dann überlassen wir deinen Vater eben dem sicheren Tod.* Moritz schüttelte energisch den Kopf und überwand schließlich seinen inneren Widerstand. Sein Freund hatte recht. Immerhin hatte er ihn um Hilfe gebeten. Er entschloss sich, seine Ängste und Bedenken zu ignorieren. Also zogen sie sich beide die beschwerten Beinlinge über die Waden und ließen sich sachte ins Wasser gleiten. Franz holte tief Luft und ließ sich als Erster in die Tiefen sinken. Auch Moritz sammelte all seinen Mut zusammen und tat es ihm gleich. Als sein Kopf ins kalte Dunkel eintauchte, rauschten seine Ohren, ein beruhigendes Summen, das ihn in die Anderswelt begleitete. In die Welt, in der alles dumpfer und leichter schien, selbst der eigene Körper, den es von den Gewichten beschwert nach unten zog. Während die Wasseroberfläche sich langsam, aber sicher entfernte, wirbelten lustige Bläschen um ihn herum, und so ließ er sich im Rauschen des Strudels ins düstere Reich der Seetiere hinabsinken. Ab und zu bremste er sich mit den Händen an dem kantigen Felsen ab, der ihm plötzlich Sicherheit und Zuversicht verlieh. So wollte er auch sein: stark, unerschütterlich und unumstößlich. Und je weiter er nach unten glitt, umso leichter fühlte er sich. Es war, als fielen im Nu alle Sorgen von ihm ab. Aber einmal auf dem Grund angelangt, blieben ihnen nur wenige Sekunden, da mussten sie auch schon wieder auftauchen. Sie wiederholten den Vorgang, und mit jedem Mal wurde Moritz selbstbewusster. Er lernte, seine Panik unter Kontrolle zu halten, seinen Abstieg zu beschleunigen und seine Ohren rechtzeitig vom Druck zu befreien. Mit der Zeit gewöhnten sich seine Augen an das Finsterreich, sein Herzschlag verlangsamte sich von Mal zu Mal.«

»Der meine hingegen beschleunigt sich immer mehr«, murmelte ich, woraufhin Rita und Bernd zustimmend nickten.

Chris lächelte verständnisvoll. »Plötzlich sah Moritz ein ungewöhnliches Aufblitzen am schlickigen Grund, doch sobald er danach greifen wollte, war es auch schon wieder verschwunden. Franz hatte nichts davon mitbekommen und war bereits dabei, sich am Felsen in die Höhe zu hangeln. Moritz schaute auf den aufgewühlten Boden. Er war sich sicher, das Juwel entdeckt zu haben. Da er fürchtete, später die Stelle nicht mehr zu finden, blieb er und suchte systematisch den Schlamm ab.«

»Oh Gott«, stieß Rita aus und rieb sich die Hände an der Hose. Auch die meinen waren feucht geworden. »Er wird sicher ertrinken.«

Mit verschlossener Miene erzählte Chris weiter: »Und gerade, als er spürte, dass es höchste Zeit wurde, wieder an die Oberfläche zu gelangen, bekam er einen kleinen glatten Gegenstand zu fassen.« Erneut legte Chris eine Pause ein.

Fast vorwurfsvoll starrten wir ihn an.

»Und?«, fragte Rita hibbelig.

»Dann hat er ihn also gefunden?«, stieß Bernd überrascht aus.

Chris nickte. »Ja, jedenfalls heißt es so in der Legende. Bebend schloss sich seine Faust um das edle Stück, während er sich mit letzter Kraft am Felsen emporzog, und prustend und keuchend die Wasseroberfläche durchbrach. Sofort schaute er auf seine geschlossene Hand, die sich noch immer um seinen Fund klammerte, aber er wagte nicht, sie zu öffnen. Indessen schaute Franz ihn besorgt an. *Mann, hast du mir einen Schrecken eingejagt*, stieß er erleichtert aus. *Wieso hat das denn so lange gedauert?*

Moritz bekam rote Wangen. *Es … ich …*, druckste er herum. Franz winkte ab. *Egal, jedenfalls hat es bei der Finsternis, die jetzt da unten herrscht, keinen Zweck mehr, weiterzusuchen,* entschied er. *Tut mir leid. Da sieht man ja kaum mehr die eigene Hand vor Augen. Am besten, wir machen morgen weiter.* Moritz wollte etwas erwidern, doch er brachte kein Wort hervor. In seiner Handfläche hielt er alle Hoffnung der Welt gefangen, unfähig, diese Kenntnis mit seinem Freund zu teilen. Nicht etwa, weil er diesem nicht vertraute oder ihm gar das kostbare Teil vorenthalten wollte, sondern weil es ihn dazu zwänge, die Hand zu öffnen. Und er wollte das zarte Band der Zuversicht, das er seit dem Fund in seinem Herzen trug, nicht abreißen lassen. Also nickte er stumm, tat es Franz nach und kletterte pitschnass aufs Boot. Wortlos ruderten sie zurück. *Was ist mit deiner Hand?,* fragte Franz nach einer Weile besorgt. *Warum hältst du sie so verkrampft? Hast du dich verletzt?* Ein warmer Schauer durchlief Moritz. *Ja,* log er und schämte sich sofort dafür. Aber der Sog, der von dem Gegenstand ausging, war unwiderstehlich.«

»Nun, Ende gut, alles gut«, schlussfolgerte Bernd leichthin. »Dann wurde der gute Mann wahrscheinlich gerettet, und wir brauchen nur noch herauszufinden, wer er war. Vielleicht hieß er ja Richter?«

Unglücklich lachte ich in mich hinein. »Das sagst du nur, weil du Chris noch nicht gut genug kennst.«

»Nein!«, wandte Rita sich an Chris. »Sag nicht, dass da noch etwas kommt?«

Entschuldigend hob er die Schultern an. »Wollt ihr es hören oder lieber nicht?«

Wir nickten, wobei ich die Einzige zu sein schien, die ahnte, was uns erwartete.

»Als die beiden Buben völlig durchgefroren an Land gingen, kamen plötzlich Hunderte von Fackeln auf sie zu, die wie Glühwürmchen durch die Luft schwebten. *Da sind sie, die Lümmel,* kreischte die Hebamme, die den aufgebrachten Pöbel anführte, und zeigte auf die beiden verdutzten Kinder, die gerade dabei waren, das Boot unter einem Busch zu verstecken. Verstört blieb Moritz wie angewurzelt stehen, verstand nicht, warum ausgerechnet die Kräuterfrau den Zug anführte. Da erinnerte er sich an die Worte seines Vaters. Ihr Mann, der eine labile Gesundheit gehabt hatte, war vor vielen Jahren an der Strafe zugrunde gegangen, die ihm wegen der Suche nach dem Juwel auferlegt worden war.«

»Oje, aber sollte sie deshalb nicht eher Mitgefühl zeigen?«, fragte Rita empört.

Skeptisch schüttelte Bernd den Kopf. »Ich denke eher, dass sie niemandem gönnt, Hand an das Juwel zu legen, und vor allem darauf bestehen wird, dass all diejenigen, die es wagen, sich dem Hexenstein zu nähern, der gleichen Strafe unterzogen werden, die ihr armer Gemahl hatte ertragen müssen.«

»Scheußlich«, hauchte Rita.

Zustimmend nickte Chris und fuhr fort: »*Lauf,* zischte Franz Moritz zu. *Wenn sie dich erwischen, wird dein Vater allein sterben müssen. Und in der Dunkelheit haben sie dich sicher noch nicht erkannt.* Moritz zögerte einen Augenblick, sah jedoch ein, dass Franz recht hatte, und rannte los. Kaum hatte er genug Abstand zwischen sich und die tobende Menge gebracht, da hörte er, wie die aufgebrachten Bürger über seinen Freund herfielen, ihn beschimpften und ihm die scheußlichsten Strafen androhten. Als Moritz innehielt und sich umwandte, trat plötzlich der wie magisch glühende Vollmond hinter einer Wolke hervor und warf ein gespenstisches Licht auf die Szenerie. Mit Bestürzung erkannte er, dass der Bürgermeister Franz am Schlafittchen gepackt hatte und ihn hinter sich her schleifte. Unauffällig folgte Moritz dem Fackelzug bis zum Marktplatz. *Du kleine Laus, haben wir dich endlich*, rief der Würdenträger aufgebracht. *Es wird Zeit, dass du deine gerechte Strafe für all die üblen Streiche erhältst, die du ausgeheckt hast.* Die Menge johlte. *Mir hat er erst gestern einen Strudel stibitzt*, rief die Bäckerin in die Runde. *Bei uns hat er die Schweine aus dem Pferch gelassen, und ich habe einen Tag gebraucht, um sie alle wieder einzufangen*, rief ein Bauer. Immer mehr Stimmen wurden laut und beschuldigten Franz aller möglicher Missetaten. *Und heute wurde er auf frischer Tat beim Hexenstein erwischt, obwohl doch jeder weiß, dass es Unglück über uns alle bringt*, keifte die Hebamme außer sich. *An den Pranger, an den Pranger*, forderten die Umstehenden immer lauter. Moritz wurde wütend. In seiner Hand brannte der mittlerweile warme Gegenstand, schien ihn fast zu versengen. Sein Puls hämmerte. Was sollte er tun? Seinen Freund im Stich lassen? Oder sich offenbaren, sich an Franz' Stelle bestrafen lassen und seinem Vater jede Chance auf Besserung verwehren?«

Ich fragte mich, was ich in seiner Lage getan hätte. »Und, wie hat er sich entschieden?«, wollte ich wissen.

Ohne mir zu antworten, blickte Chris mit gewichtiger Miene in die Runde. »Der Bürgermeister bat um Ruhe. *Sag uns, wer dein Komplize ist, und die Strafe wird milder ausfallen.* Doch Franz blieb stumm, verpetzte seinen Freund nicht. Also verlas der Stadtvorsitzende das Urteil: Franz sollte an den Pranger gestellt werden und 30 Peitschenhiebe erhalten. Unter lautem Getöse packten die aufgebrachten Einwohner den Jungen, um ihn zum Pfahl zu zerren. Da hielt Moritz es nicht länger aus, rannte zur Balustrade hinüber und kletterte hinauf. *Halt*, rief er. *Ihr irrt euch im Schuldigen.* Die Hebamme fuhr herum. *Ja, da ist der andere*, rief sie. Doch Moritz beachtete sie nicht. *Ich allein habe die Suche nach dem ›Engel der Nacht‹ inszeniert.* Die Umstehenden bekreuzigten sich entsetzt bei der Nennung des Unglückbringers. *Franz ist unschuldig, ich habe ihn erpresst*, log Moritz und erzählte die herzzerreißende Geschichte seines kranken Vaters. Alle Blicke hafteten auf ihm, und er meinte, das Herz des einen oder anderen Mitbürgers erweicht zu haben. *Das ist ja alles schön und gut*, zeterte die Hebamme weiter. *Ein kranker Vater ist aber kein Grund, uns alle ins Verderben zu stürzen.* Sie erhielt zustimmende Rufe, andere widersprachen ihr. Die einen baten den Beamten, Gnade vor Recht ergehen zu lassen, die anderen beharrten darauf, ein Exempel zu statuieren, auf dass nie wieder jemand auf den Gedanken käme, beim Hexenstein zu tauchen. Plötzlich brandete ein Streit zwischen den Bewohnern auf, sodass es fast zu Handgreiflichkeiten kam. Die Gruppen feindeten und spuckten einander an, drohten sich mit Prügel und schienen bereit, sich gegenseitig an die Gurgel zu springen.«

Betreten schauten wir Chris an.

»Wah«, sagte Rita und schüttelte sich. »Das hört sich so furchtbar echt an.«

Chris fuhr unbeirrt fort. »Um dem Ganzen ein Ende zu setzen, verschaffte sich der Bürgermeister energisch Gehör. *Ihr lieben Leut*, sagte er schließlich, als es stiller wurde. *Ich kann euren Zwist durchaus nachvollziehen. Auch mir gefällt der Gedanke nicht, einen armen Bengel, dessen Vater obendrein im Sterben liegt, einer harten Strafe zu unterziehen.* Die einen nickten zustimmend. *Aber ich verstehe auch, dass es Mitbürger gibt, die eine angemessene Strafe fordern, denn er hat uns alle in Gefahr gebracht!* Nun erntete er die Zustimmung der anderen. *Erinnert euch an die Zeiten, als Lindau zum Pilgerort des Lasters wurde, als sie zu Hunderten hierher strömten, um nach dem Stein zu tauchen. Es hat Mord und Totschlag, Seuchen und Hurengesindel mit sich gebracht.* Alle verstummten betreten. Selbst Moritz' Befürworter konnten diese Tatsachen nicht leugnen. Die Alten erinnerten sich nur zu gut, die jüngeren Stadtbewohner wussten es von den Schauergeschichten, die man sich seit Jahrzehnten abends an den Herdfeuern erzählte. *Ich stehe also vor einem Dilemma,* bekannte der Stadthalter ratlos. Plötzlich trat der Pfarrer der Gemeinde einen Schritt aus der Menge hervor. *Dann lass Gott entscheiden,* riet der Geistliche. Der Bürgermeister horchte auf. *Was schlägst du vor?* Der Pfarrer schien einen Augenblick nachzudenken. *Er hat im Wasser gesündigt, also soll das Wasser entscheiden,* rief er. Ein Raunen ging durch die Menge. *Die Wasserprobe,* tuschelte es an allen Ecken und Enden des Gemeindeplatzes. *Heute Nacht ist Hochwasser. Binde ihn am Felsen fest und warte ab, was passiert. Wenn er überlebt, ist er vor Gottes Augen unschuldig.*«

»Nein«, flüsterte Rita. »Das sind ja richtiggehende mittelalterliche Methoden. Ich meine den Pranger, die Wasserprobe …«

Auch Bernd wirkte angespannt. »Nicht unbedingt«, erwiderte er sachlich. »Zwar waren diese Praktiken damals tatsächlich bereits aus der Mode gekommen, aber soweit mir bekannt ist, wurde 1853 noch eine Frau in Berlin an den Pranger gestellt. Auch scheint es mir nicht völlig abwegig, dass die eine oder andere Wasserprobe selbst in dieser Epoche stattgefunden haben könnte.«

»Außerdem handelt es sich ja auch um eine Legende«, fügte ich hinzu und verzog bedauernd den Mund. »Ich habe euch ja vorgewarnt, gell?«

Mit vibrierender Stimme fuhr Chris fort: »Gesagt, getan! Kaum, dass er sich's versah, wurden Moritz die Hände auf den Rücken gebunden, wobei er weiterhin sein magisches Relikt umklammerte. Er betete, dass es sich dabei tatsächlich um den Edelstein handelte, damit das alles nicht umsonst war. Und während er unter dem Kreischen und Gegröle der rachedurstigen Menge über die Brücke an den Tatort zurückgeführt wurde, drängelte sich Franz an ihn heran. *Warum hast du das getan?*, flüsterte er ihm ins Ohr. *Du bist verrückt. Die Hiebe hätte ich schon überlebt.* Moritz schüttelte den Kopf. *Gib mir deine Hand,* murmelte er so leise, dass allein Franz es hören konnte. Verwundert folgte der Freund der Aufforderung, und als Moritz dessen Hand nahe bei der seinen spürte, öffnete er sie und ließ die Kostbarkeit in Franz' kleine Pranke hineingleiten. *Rette ihn,* sagte er. *Rette meinen Vater!* Haltlos rannen Franz Tränen über das Gesicht, doch er nickte stumm, wohl ahnend, was er in der verschlossenen Faust hielt. Dann ging alles sehr schnell: Moritz wurde mit dicken Tauen an den Felsen festgebunden, und die Menge versammelte sich hier auf dieser Uferkante um den Pfarrer herum und betete für den Unglücklichen. Auch Franz betete. Betete und weinte, flehte Gott an, seinen Freund zu verschonen. Doch es half alles nichts, denn in dieser Nacht stieg das Wasser tatsächlich höher als sonst. Vom Mond beleuchtet, als handelte es sich um ein nicht zu verpassendes Theaterstück, gab Moritz indessen keinen Laut von sich, ließ die Tortur der festgezurrten Stränge, die ihm erbarmungslos ins Fleisch schnitten, die beißende Kälte des Wassers, die wie tausend kleine Nadeln in seine Haut stach, und die Furcht vor dem, was ihn erwartete, klaglos über sich ergehen. Seine Seele schrie, doch seine bläulich angelaufenen Lippen blieben verschlossen. Sobald das Wasser so hoch stand, dass er begriff, dass es keine Hoffnung mehr für ihn gab, holte er ein letztes Mal tief Luft und ließ es geschehen. Im Hintergrund hörte er das Wimmern seines Freundes, das sich immer mehr zu entfernen schien. Als das Wasser seinen Mund und schließlich seine Nase bedeckte, versuchte er nicht einmal mehr, dagegen anzukämpfen. Schnell war sein ganzer Kopf unter Wasser, und das Letzte, was er sah, waren wieder die vielen drolligen Bläschen, die um ihn herumwirbelten und ihn bis in die Bewusstlosigkeit begleiten sollten. *Es ist wie einschlafen*, dachte er bei sich … Doch sein allerletzter Gedanke in seinem Todeskampf galt seinem Vater, und er krallte sich an die innere Überzeugung, dass Franz seinen Vater retten würde. Bei Morgengrauen ertrank er –« Chris' Stimme brach.

Es herrschte betretene Stille. Ich wagte kaum mehr zu atmen. Die Geschichte hatte so echt geklungen, dass es schwierig war, nicht daran zu glauben. Während ich mich an Chris schmiegte, wischte sich Rita unauffällig die Augenwinkel trocken.

Bernds ausgiebiges Räuspern ließ auf einen Frosch im Hals schließen. »Und was wurde aus dem … *Gegenstand*?«, wollte er bewegt wissen.

»Das ist leider nicht bekannt«, antwortete Chris. »Als der Vater von dem Unglück seines Sohnes erfuhr, ereilte ihn prompt der Schlag. Er soll auf der Stelle gestorben sein. Und es ist leider auch nicht überliefert, was aus Franz geworden ist. Allerdings …«

Erwartungsvoll schauten wir ihn an.

»Ja?«, drängte ich ihn.

»Allerdings heißt es, dass Menschen, die sich diesem Ort in stillen Nächten nähern, in Nächten, in denen Hochwasser und Vollmond herrschen, den verzweifelten Schrei von Moritz' Seele durch das Gestein vernehmen können …«

Ich stieß die angehaltene Luft aus. »Chris!«, tadelte ich ihn.

Seine Augenbrauen schossen hoch, und er hob unschuldig die Hände. »*Ihr* habt mich um eine Geschichte gebeten.«

Biestig lächelte ich ihn an.

Bernd seufzte. »Und somit wissen wir also nicht, ob es sich bei dem Gegenstand, den Moritz damals aus dem Wasser gefischt hat, wirklich um den ›Engel der Nacht‹ gehandelt hat«, schlussfolgerte er und schaute grimmig auf den Hexenstein, als würde er dieses felsige Etwas plötzlich mit anderen Augen betrachten. Mittlerweile warf die sinkende Sonne ein gedämpftes Licht über das Wasser und ließ es noch geheimnisvoller erscheinen. »Die Frage ist nach wie vor, ob er jemals existiert hat«, brummte er vor sich hin. Es klang, als wollte er es sich zur Aufgabe machen, genau dies herauszufinden.

Von der Erzählung noch ganz benommen, folgte ich seinem Blick und fragte mich, was dieser beständige Wasserbewohner über all die Jahrhunderte hinweg schon alles mitbekommen hatte. War der berühmte französische Kaiser wirklich hier gewesen? Barg dieses unscheinbare Gestein tatsächlich Geheimnisse, die es zu enthüllen galt? Was hatte der Felsen mit Adas Familie zu tun? Und brachte er denjenigen Unglück, die sich ihm unbefugt näherten? Wie viele Opfer hatte die Legende des »Engels der Nacht« schon gefordert? Wie viele Leben zerstört? Wie viele Illusionen vernichtet? Vom Ufer aus wirkte der Brocken mit seinem lächerlichen Fähnchen unschuldig und belanglos. Er schien zum Greifen nahe; als wäre es ein Leichtes, einfach hinüberzuwaten.

Erneut schüttelte es mich, und ich spürte ein Kribbeln in mir aufsteigen. Ein mulmiges Gefühl nahm von mir Besitz. Eine Empfindung, die ich mir nicht so recht erklären konnte. Es war, als ob mir der Stein etwas Dringliches mitteilen wollte. Fast schien er nach mir zu rufen. Heiser, verworren, aber doch deutlich.

Ich erschauderte. *Herrje, so ein Blödsinn*, rügte ich mich. Allmählich kam der Verdacht in mir auf, dass ich vielleicht nicht für Chris' Sagenwelt geschaffen war. Denn obwohl ich seine Erzählungen immer äußerst spannend fand und mich seine Stimme nach wie vor faszinierte, war ich möglicherweise einfach zu empfänglich für solch überirdische, mystische und oft grausame Darbietungen. Obendrein besaß Chris eine besondere Gabe, sie so realistisch zu gestalten, dass sie niemals spurlos an einem vorrübergingen. Ob es sich um die Legende des unglücklichen Seerosenungeheuers, des verwunschenen Wasserschlosses oder der Wasserprobe am Hexenstein handelte, schien jede von ihnen eine seltsame Wirkung auf mich zu haben und auf geheimnisvolle Weise mit Adas und somit auch mit meinem Schicksal verwoben zu sein …

Kapitel 7 – Schnappfalle

Nachdem wir noch eine Weile am Ufer beim Hexenstein ausgeharrt hatten, um die Geschichte nachhallen zu lassen, begaben wir uns auf den Rückweg. Diesmal liefen Rita und ich voran, während die Männer, die in Gespräche über historische Betrachtungen und Methoden zur Wahrheitsfindung vertieft waren, uns mit einigem Abstand folgten. Erst, als wir zu Hause angekommen waren, eröffneten wir den beiden, dass wir uns noch schnell nach Wasserburg begeben wollten.

»Hast du für heute noch nicht genug besichtigt?«, fragte Bernd erstaunt, als er sich mit einem Bier, das Chris ihm zuvor gereicht hatte, auf dem Sofa niederließ.

Ich verdrehte die Augen. »Wir wollen nicht *zur* Wasserburg, sondern *nach* Wasserburg«, berichtigte ich. »Es handelt sich um eine Gemeinde, die nur einen Katzensprung von hier entfernt liegt.«

Rita ging zu Bernd und drückte ihm einen Kuss auf den Mund. »Wir möchten Adas Sohn kurz einen Besuch abstatten«, plauderte Rita unser Vorhaben aus.

Chris horchte auf. »Meinst du wirklich, dass das eine gute Idee ist?«, fragte er besorgt. »So wie du mir den Kerl beschrieben hast, ist mit dem nicht gut Kirschen essen.«

Abwägend schürzte ich die Lippen. »Stimmt, aber sobald er erfahren wird, dass ich auf seiner Seite bin, wird er sein Verhalten sicherlich ändern, meinst du nicht?«

Chris kam zu mir und umarmte ich. »Hm, ein einleuchtender Gedanke.«

Bernd seufzte und schüttelte den Kopf. »Zwar bin ich nach wie vor der Meinung, dass du es lieber auf dich zukommen lassen solltest, um doch noch etwas für dich herauszuschlagen, falls der Typ einen Fehler begeht, aber gut …« Fast hörte es sich so an, als wollte er hinzufügen, dass ich ja doch immer nur alles nach meinem Kopf machte. »Keine Sorge, lasst uns ruhig allein. Wir werden uns schon zu beschäftigen wissen, nicht wahr, Chris?«, schloss Bernd geheimnisvoll.

Chris grinste wissend. »Was haltet ihr davon, wenn wir heute Abend hier zusammen essen?«

Rita machte runde Augen. »Ehrlich?«, fragte sie geniert. »Wir wollen euch aber keine Mühe bereiten. Es war ja schon toll, wie fürstlich ihr uns am Mittag bewirtet und euch den Nachmittag für uns freigenommen habt.«

»Das war doch selbstverständlich, und ich würde mich wirklich freuen, wenn wir noch länger gemeinsam von eurem Aufenthalt hier in der Gegend profitieren könnten«, wischte ich Ritas Einwände beiseite. »Es sei denn, die Turteltauben möchten lieber unter sich bleiben?«, neckte ich sie liebevoll.

Ritas Wangen färbten sich rot. »Na hör mal, immerhin bin ich für dich hierhergereist«, wiegelte sie ab.

»Dann ist es also beschlossene Sache«, entschied ich und nickte Chris zufrieden zu. »Sollen wir noch etwas von unterwegs mitbringen?«

Chris überlegte. »Eine Flasche Wein wäre gut. Um den Rest kümmere ich mich«, antwortete er, während er mich flüchtig zum Abschied küsste.

»Gibt es wieder eine schwäbische Spezialität?«, wollte Rita neugierig wissen, während sie sich ebenfalls mit einer innigen Umarmung von Bernd verabschiedete.

»Das wird nicht verraten«, antwortete Chris todernst. »Ich könnte auch durchaus so etwas Banales wie Ravioli auf den Tisch stellen. Mal schauen.«

»Aus der Büchse«, bestätigte ich und musste mich beherrschen, nicht laut loszuprusten.

Rita schaute uns skeptisch an.

»Genau«, bestätigte Chris meine Aussage und seine Augenbraue hüpfte.

»Ha!«, rief Rita und zeigte auf seine Stirn. »Dieses Zucken war das Erste, was Isa mir über dich erzählt hat. Auf deine Scherze falle *ich* also nicht rein.«

Chris lachte und hob ergeben die Hände. »Ertappt«, sagte er mit gespielt geknickter Miene.

»Passt auf euch auf, ja?«, hörte ich Bernd ihr fürsorglich ins Ohr murmeln, als er ihr einen liebevollen Klaps versetzte.

»Klar, machen wir«, erwiderte Rita, küsste ihn abermals und wandte sich zum Gehen.

Auch ich verabschiedete mich gebührlich von Chris, und wenige Sekunden später verließen Rita und ich das Haus.

Mittlerweile hatte die leichte Brise zugelegt, und obwohl die Abenddämmerung noch nicht eingetreten war, versteckte sich die Sonne bereits hinter den Alpen, sodass der Himmel uns wie ein verschwommenes überirdisches Aquarellbad umhüllte. Auch wenn unser Ziel nicht sehr weit entfernt lag, entschieden wir, den Wagen zu nehmen.

Nachdem wir in einem engen Gässchen geparkt hatten, folgten wir den Anweisungen auf dem Navigationsgerät bis zu Thomas Bauers Laden. Trotz der frühen Uhrzeit war der eiserne Vorhang bereits heruntergelassen.

»Hier, schau«, sagte Rita, die den handbeschriebenen Zettel als Erste entdeckte. »Wegen Trauerfalls geschlossen.«

Ich fluchte innerlich. »Es wäre auch zu einfach gewesen, ihn hier anzutreffen«, maulte ich enttäuscht.

»Glaubst du, bei dem Trauerfall könnte es sich um Ada handeln?«

Ich nickte. »Ja, das scheint mir plausibel. Zwar ist es über ein Jahr her, aber er hat es ja erst vor Kurzem erfahren.« Ich versuchte, mich in seine Lage zu versetzen. »Es muss sicher ein ganz schöner Schock sein, wenn man die wahre Identität seiner leiblichen Mutter mitgeteilt bekommt und gleichzeitig erfährt, dass sie verstorben ist.«

»Stimmt«, sagte Rita. »Der Arme …«

Eine gekrümmt laufende ältere Dame hielt kurz neben uns inne. »Wenn Sie zu Tom wollen, der hat seit zwei Wochen geschlossen«, nuschelte sie.

»Seit zwei Wochen?«, fragte ich verwundert.

»Ja, ganz recht«, bestätigte die Dame. »Ich kann mich noch genau daran erinnern. Es war ein Montag, als mir meine Lieblingstasse kaputtgegangen ist. Die stammte noch von meiner Großmutter. Ein Erbstück. Und seither komme ich jeden Tag vorbei, um zu schauen, ob er wieder geöffnet hat.«

»Das ist natürlich ärgerlich«, entgegnete Rita.

Flink überlegte ich. »Wissen Sie zufällig, wo der … wo Tom lebt?«

Misstrauisch blickte sie mich an. »Das weiß doch jedes Kind«, brummte sie. »Sie scheinen nicht von hier zu sein, oder?«

Gerade wollte ich zu einer Antwort ansetzen, ohne wirklich zu wissen, was ich sagen sollte, da kam Rita mir zuvor. »Nein«, sagte sie und strahlte die Frau an. »Sieht man das etwa? Ich bin Toms Cousine aus Frankfurt. Als wir uns vor drei Wochen am Telefon hatten, sagte er mir, ich solle einfach in sein Geschäft kommen, er würde mir dann den Weg zu sich beschreiben.« Rita ließ die Hände seitlich an ihre Schenkel klatschen. »Und nun stehen wir dumm da, er geht nicht ans Telefon, und wir wissen nicht, wo wir hinsollen.«

»Ach so, die Cousine«, wiederholte die alte Frau und schien beruhigter. Ritas lebendiges Wesen schien sie von unserer Harmlosigkeit überzeugt zu haben. »Das Haus ist nicht schwer zu finden.« Sie wandte sich um und fuchtelte mit dem Gehstock in der Luft herum. »An der Bäckerei Straub vorbei immer der Nase nach, bis die Straße eine Biegung macht. Etwas weiter müssen Sie dann in die Höhenstraße nach rechts abbiegen. Nach schätzungsweise 200 Metern kommen sie an das einstöckige Zweifamilienhaus auf der linken Seite. Es ist ... warten Sie ... Höhenstraße 11 a. Er wohnt im ersten Stock.«

»Vielen Dank«, antwortete ich. »Dann hoffen wir, dass wir ihn dort antreffen werden.«

Die Dame lachte unfroh. »Wo soll er denn sonst sein?«, fragte sie. »Wenn er nicht im Laden ist, dann ist er in seiner Bude.«

»Wie kommt das?«, fragte ich mehr aus Mitgefühl als aus Neugier.

Nachdenklich schaute sie vor sich hin. »Er war nicht immer so. Manche behaupten, dass er als junger Mann unglücklich verliebt gewesen und nie wirklich darüber hinweggekommen sei. Ob es wahr ist, das sei dahingestellt.« Sie zuckte mit den Achseln. »Das Leben geht halt manchmal sonderbare Wege ...« Mit diesen Worten verabschiedetet sie sich von uns.

Wir folgten ihren Anweisungen und liefen bis zum Ende der Halbinselstraße, um auf die Höhenstraße zu abzubiegen.

»Sonderbar, oder?«, fragte Rita. »Es könnte vielleicht erklären, warum er so griesgrämig wirkt.

Ich nickte nachdenklich. »Ja, vielleicht. Obwohl … Ich fand ihn nicht einfach nur griesgrämig, sondern regelrecht feindselig.«

»Streitsüchtig?«

»Ja. Ich kann es nicht wirklich erklären. Aber vielleicht lag das auch an mir«, mutmaßte ich. »Ich war ja selbst verstört von dem, was er mir angekündigt hat.«

»Was da wohl passiert sein mag?«, fragte sich Rita.

Gequält schaute ich sie an. »Ich bin mir nicht sicher, ob ich das so genau wissen möchte«, antwortete ich. »Ich für meinen Teil habe bereits meine Dosis Vergangenheit abbekommen.«

»Hier ist es«, sagte Rita plötzlich und deutete auf das weiße Wohnhaus.

Ich zögerte.

»Was ist?«, fragte Rita. »Hast du deine Meinung etwa geändert?«

»Nein, aber ich wende das Prinzip der drei Siebe an.«

Rita schmunzelte. »Ist es wahr? Ist es gut? Ist es notwendig?«

Nickend schaute ich sie an. »Notwendig? Ja! Gut? Hm, ich glaube schon, denn ich möchte die Friedensflagge schwenken. Und wahr? Natürlich.«

»Dann lass uns klingeln.«

Bei der Haustür angelangt, drückte ich auf den Knopf, auf dem »Bauer« geschrieben stand. Es geschah nichts.

»Mist«, sagte ich, presste meinen Daumen noch einmal darauf und lauschte. Aus der Ferne hörte ich das Summen der Klingel. Sie funktionierte also. »Er will uns nicht öffnen.«

»Es wäre auch möglich, dass sich die Frau geirrt hat oder nur tratschen wollte.«

»Vielleicht«, antwortete ich skeptisch und trat einen Stück zurück, schaute zum Fenster hinauf, an dem sich plötzlich etwas blitzschnell bewegte und verschwand. »Nein, nein, er ist zu Hause und hat auch die Klingel gehört.«

Plötzlich ging die Haustür auf, und ein junger Mann kam heraus, grüßte und hielt uns freundlich die Tür auf.

»Griaß Godd und danke schön«, sagte Rita und stellte sich in den Eingang. »Komm«, forderte sie mich leise auf. »Da oben kannst du wenigstens versuchen, ihn durch die Tür zu überreden, uns aufzumachen.

»Ich weiß nicht«, antwortete ich unschlüssig.

»Willst du ihn nun sprechen, oder nicht?«, zischelte Rita. »Oder sollen wir unverrichteter Dinge heimkehren?«

Nein, das wollte ich natürlich nicht. Ich gab mir einen Ruck. »Also gut, aber wenn er nicht antwortet, gehen wir. Ich habe keine Lust, mir eine Klage wegen Hausfriedensbruchs oder unbefugten Betretens einzuhandeln.«

Wir begaben uns in den ersten Stock, der nur eine Tür hatte, und ich klopfte daran. Nichts. Rita, die meine Zurückhaltung richtig wertete, mischte sich ein und wiederholte den Vorgang, indem sie noch energischer gegen das Holz hämmerte. »Herr Bauer«, rief sie gegen die Tür. »Bitte machen Sie uns auf. Wir haben eine gute Nachricht für Sie.«

Ein Rascheln erklang aus der Wohnung. »Was wollen Sie von mir?«, kam es ruppig aus dem Inneren. »Ich habe Ihnen heute Morgen bereits alles mitgeteilt.«

Ich räusperte mich. »Ja, das ist richtig. Allerdings wollte ich Ihnen mitteilen, dass ich auf Ihrer Seite stehe. Sie sollten wissen, dass ich Ada auf eine gewisse Weise sehr nahestehe … und na ja … es würde mich freuen, ihren Sohn näher kennenzulernen. Deshalb bin ich bereit, Sie bei der Anfechtung des Testaments zu unterstützen.«

Es herrschte Stille. Was, wenn er uns mit »Das ist freundlich von Ihnen, danke für die Mitteilung« abfertigen würde?

»Deshalb würde ich gerne ein paar wichtige Details mit Ihnen besprechen«, improvisierte ich.

Ein Rasseln ertönte, und das Schloss sprang auf. Thomas öffnete die Tür, schaute ins Treppenhaus und winkte uns hinein.

Ich lächelte gewinnend. »Vielen Dank«, sagte ich, und wir folgten ihm durch den muffigen Flur ins Wohnzimmer. Die Wohnung sah ganz anders aus, als ich sie mir vorgestellt hatte. Alles war altmodisch und im Stil der 80er-Jahre eingerichtet, als hätte die Zeit einen Sprung nach hinten gemacht. An den Wänden hingen vergilbte Bilder, die Szenen aus Japan darstellten.

»Oh, waren sie schon einmal in Japan?«, fragte Rita begeistert, nachdem wir auf den abgewetzten Sesseln Platz genommen hatten. Überall standen leere Bierflaschen, lagen alte Pizza-Kartons und schmutzige Kleidungsstücke herum. Die Balkontür stand weit offen, sodass sich uns der Anblick der überfüllten Terrasse bot, auf der ebenfalls ein buntes Chaos herrschte. Kreuz und quer stapelten sich Sonnenschirme, Strandmatten, zugeklappte Liegestühle, Wasserschuhe, Angelausrüstung, ein Taucheranzug und Schwimmwesten darauf, sodass man kaum noch die Aussicht genießen konnte.

»Äh, ja«, antwortete er kurz angebunden und wischte sich die Hände an den Hosenbeinen ab. »Was wollen Sie also genau mit mir besprechen?«

Ich atmete tief durch. »Zuerst wollte ich Ihnen sagen, dass es mir sehr leidtut, dass Sie erst jetzt von Adas Tod erfahren haben.«

»Habe ich doch gar nicht«, murmelte er. »Das weiß ich bereits seit einem Jahr. Ada war in Lindau bekannt wie ein bunter Hund.«

Natürlich, dachte ich.

Rita legte die Stirn in Falten. »Ach so«, sagte sie, und sofort ahnte ich, worauf sie hinauswollte. »Warum fechten Sie die Erbschaft dann erst jetzt an?«

Innerlich stöhnte ich, befürchtete, dass er sich wieder verschließen könnte.

»Ganz einfach, weil ich erst vor einem Monat erfahren habe, dass ich ihr Sohn bin.«

Ich warf Rita einen vorwurfsvollen Blick zu, damit sie aufhörte, ihn ins Verhör zu nehmen. »Verstehe«, sagte ich an Thomas gewandt. »Das muss ein harter Schlag gewesen sein.«

Er nickte. »Ja, das war es.«

»Noch dazu, da sie anscheinend sogar Kundin bei Ihnen war«, sagte ich mitfühlend.

Er stieß die Luft aus der Nase, wie ein Stier, dem es langsam zu bunt wurde. »Genau, das war sonderbar.«

»Nun, um ehrlich zu sein, wusste ich zu Beginn selbst nicht, warum Ada mir das Haus vermacht hatte«, gestand ich. »Zwar habe ich es mit der Zeit liebgewonnen, aber es wäre mir unerträglich zu wissen, dass Ada einen Sohn hat und er nicht zu seinem Recht kommt.«

Er blinzelte, beäugte mich misstrauisch, fast, als wäre ich nicht ganz bei Verstand. *Wer würde schon freiwillig auf ein solches Erbe verzichten?*, schien er sich zu fragen.

»Und wie haben Sie es letztendlich erfahren?«, blieb Rita hartnäckig.

Finster blickte Thomas sie an, schien ihre Frage zwar nicht zu mögen, zuckte aber schließlich die Achseln. »Eines Tages hat eine Unbekannte namens Judith vom hiesigen Adoptionsbüro vor der Tür gestanden, mir Unterlagen in die Hand gedrückt und mir die Umstände meiner Geburt geschildert.«

Verblüfft schaute ich ihn an. »Und warum hat sie sich so viel Zeit damit gelassen?«

Rita schien die Antwort zu kennen. »Weil sie eigentlich ohne Einwilligung der leiblichen Eltern kein Recht dazu hatte«, antwortete sie. »Stimmt's?«

»Hm, ja«, brummte er. »Scheint so.« Er kratzte sich den kahlen Kopf. »Sie meinte, seit Ada gestorben sei, hätte das schlechte Gewissen ihr keine Ruhe mehr gelassen.«

»Ach so«, antwortete ich betreten und nickte. »Das ist verständlich.« Wahrscheinlich wäre es mir genauso ergangen.

»Wann sind Sie denn geboren?«, bohrte Rita weiter.

»Am 12. Mai 1969, warum? Ist das ein Verhör?«, patzte er uns an.

»Entschuldigung«, stammelte ich bewegt. »Es ist nur ... ich habe von Ihrer Geburt in Adas Tagebüchern gelesen. Die würden Sie sicher interessieren. Kommen Sie gerne vorbei, wann immer es Ihnen beliebt.« Insgeheim fragte ich mich, wie es sein konnte, dass diese Judith noch immer arbeitete. Sie musste doch mindestens 70 Jahre alt sein.

»Wie wäre es denn, wenn Sie sofort die Fliege machen würden, dann könnte ich mit meinem Erbe tun und lassen, was mir beliebt«, schnauzte er plötzlich.

Sofort fragte ich mich, wie ein Mann, der seit so vielen Jahren mit Kunden wie Ada und den Kunzes arbeitete, derart ungehobelt sein konnte. Oder verhielt er sich nur mir gegenüber so?

»Also? Worauf warten Sie noch?«, setzte er nach.

Verstört wechselte ich einen raschen Blick mit Rita. »Ich kann Ihren Unmut und die Eile, die Sie antreibt, durchaus nachvollziehen«, versuchte ich, ihn wieder friedfertiger zu stimmen. »Allerdings glaube ich nicht, dass es wirklich so einfach sein wird, zumal wir ja auch erst einmal eine neue Bleibe finden müssen.«

Er erhob sich. »Dann tun Sie das.« Er zeigte in Richtung Tür. »Darf ich bitten?«

Wir standen auf und folgten seiner Aufforderung. Ganz wollte ich mich noch nicht geschlagen geben und wandte mich kurz vor der Tür noch einmal zu ihm um. »Hören Sie, es tut mir aufrichtig leid, dass wir uns unter solchen verworrenen Umständen kennenlernen, aber ich erkläre mich gerne bereit, mit Ihnen gleich nächste Woche zum Notar zu gehen, um vielleicht eine schnellere Lösung zu finden.«

»Das würde Ihnen passen, wie?«, spie er aus. »So einen Rechtsverdreher, der für Sie dann das Beste aushandelt, nein danke. Wenn Sie wirklich so erpicht darauf sind, mir zu helfen, dann räumen Sie das Feld und überschreiben mir die Erbschaft. Basta. Alles andere ist Zeitverschwendung.«

Wir verabschiedeten uns und verließen das Haus. Im Freien holte ich tief Luft. »Lass uns hier verschwinden«, sagte ich zu Rita, und wir liefen wortlos zum Auto.

Der Besuch hatte mich völlig ausgepumpt. Das Zusammentreffen wühlte mich auf, wenn auch nicht auf die erwartete Weise. Anstatt mich mit dem Mann auf irgendeine Weise verbunden zu fühlen, empfand ich nur Abscheu für ihn. Nichts an ihm erinnerte mich an Ada. Ob er seinem Vater Klaus ähnlich sah?

»Woran denkst du?«, fragte mich Rita, als wir losfuhren.

Ich zuckte die Achseln. »Irgendetwas stimmt da nicht«, hörte ich mich plötzlich sagen.

Rita schaute mich an. »Wie meinst du das?«

Verbissen presste ich die Lippen aufeinander und schüttelte den Kopf. »Er passt so gar nicht zu Ada«, antwortet ich. »Aber ich kann es nicht in Worte fassen.«

»Wir sind nicht ausschließlich Erbgut«, antwortete sie. »Erlebnisse und Erziehung spielen bei der Entwicklung eines Menschen eine große Rolle. Und wie es aussieht, scheint ihn das Leben ganz schön mitgenommen zu haben.«

Ich nickte resigniert. »Sicher hast du recht. Aber trotzdem … er sieht weder seiner Mutter noch seinem Vater ähnlich.«

Verdutzt schaute Rita mich an. »Du kennst den Vater doch gar nicht.«

»Ein bisschen schon«, antwortete ich. »Von Adas Beschreibungen.«

Rita schnalzte mit der Zunge. »Ob das reicht?«

Ich schnaufte und schüttelte missmutig den Kopf. Natürlich nicht!

Wir schwiegen. Tief in meinem Inneren braute sich etwas zusammen, von dem ich nicht ahnte, was es zu bedeuten hatte. Konnten die Dinge denn nicht einfach und unkompliziert sein? Er war Adas Erbe, Punkt. Warum zwickte es mich plötzlich im Magen, obwohl ich es doch in Ordnung fand, ihm das alles zu überlassen? Oder machte ich mir etwas vor? Brodelte in meinem Inneren der Wille, mich an diese Villa zu klammern? Hatte er vielleicht recht, sich vor mir in Acht zu nehmen, weil es ganz verständlich war, dass man sich dagegen wehrte? Wollte mein Verstand meinem Gefühl einfach eine Entscheidung aufzwängen, die es selbst noch nicht bereit war zu akzeptieren? Fragen, Fragen, Fragen und keine einzige Antwort. Dabei fühlte ich mich aufrichtig.

Erneut spürte ich die Anziehungskraft der Vergangenheit, die mich zu sich in die Tiefen ihrer Geheimnisse herabziehen wollte. Sie lockte mit tausend unbeantworteten Fragen, die wie die zackigen Arme einer Tellereisen-Schnappfalle hinterlistig im Unterholz auf mich zu lauern schienen. Entschlossen, ihnen zu widerstehen, wischte ich meine rebellischen Gedanken fort und steuerte auf den kleinen Supermarkt zu, um dort den Wein zu kaufen.

Prompt zog ich eine Parallele zu Chris. Auch er war adoptiert worden, und das Thema schien so schmerzhaft für ihn zu sein, dass es ein Tabu war. Ich verstand es, auch wenn ich davon überzeugt war, dass es besser für uns wäre, sich dem Ganzen zu stellen, besonders angesichts der Tatsache, dass wir planten, selbst eine Familie zu gründen.

Mir wurde auf einmal bewusst, dass ich mir vielleicht auch deshalb von der Begegnung mit Thomas mehr Antworten, Aufdeckungen und Empfindungen erwartet hatte. Dass ich gehofft hatte, dass Thomas etwas in mir bewegen und freisetzen würde. Ich wollte Freude spüren, weil Adas Kleines überlebt hatte. Trauer, weil sie es nie erfahren hatte. Wollte Gefühle für das arme Kind entwickeln, das an jenem Maimorgen vor knapp 50 Jahren von Georg aus dem Haus geschafft und für tot erklärt worden war. Für das unglückliche Wesen, das seine leibliche Mutter nie gekannt und sich vielleicht sein ganzes bisheriges Leben lang gefragt hatte, wer seine leiblichen Eltern waren, wie und wo sie lebten, warum sie ihn nicht hatten haben wollen …

Doch stattdessen war mein Herz kalt geblieben. Ich hatte nichts außer Abneigung für diesen unangenehmen Gesellen empfunden. Eine so intensive Abneigung, dass ich plötzlich betroffen feststellte, dass es mir fast wieder leidtat, ihm dieses wundervolle Haus überlassen zu müssen, das Haus, für das er sich so offensichtlich als unwürdig erwies …

Kapitel 8 – Die Büchse der Pandora

Lindau, Bodensee – Seerosen-Villa – September 2018, Freitag

»Schau hier, er war am 21. Oktober in München«, drang Bernds Stimme zu uns herüber, als wir ins Haus traten.

»Ja, aber im Jahr 1809 und nicht 1805«, antwortete Chris.

Bernd stöhnte. »Ach ja, Mist!«

Nachdem wir unsere Einkäufe in der noch unberührten Küche deponiert hatten, folgte ich Rita ins Wohnzimmer, wo Chris und Bernd am Schreibtisch über den Laptop gebeugt saßen und uns nicht einmal zu bemerken schienen. Sie wirkten wie zwei alte Bekannte, die sich schon seit Jahren trafen.

»Hey«, sagte ich und trat hinter Chris, legte ihm zärtlich die Hände auf die Schultern. »Und wir hatten sehnsüchtig gehofft, dass uns bei unserer Ankunft bereits der köstliche Duft von Dosen-Ravioli entgegenströmen würde.«

Chris fuhr herum und wirkte überrascht. »Oh, ihr seid schon zurück?«, fragte er und warf einen Blick auf seine Armbanduhr. »Na so was, wie die Zeit vergeht.« Flüchtig hauchte er mir einen Kuss auf die Wange und wandte sich wieder dem Bildschirm zu. »Ich mach mich gleich ans Kochen, Liebes, aber du glaubst ja nicht, wie spannend das alles ist.«

Neugierig versuchte ich, etwas auf der Webseite zu erkennen. »Napoleon & Empire« stand in Blau darauf, der Rest war auf Französisch. Darunter war eine Karte von Europa abgebildet, auf der viele kleine N verzeichnet waren. »Was ist das?«, fragte ich interessiert.

»Bernd hat eine französische Webseite gefunden, auf der man Tag für Tag alle Standpunkte Napoleons verfolgen kann«, antwortete Chris fasziniert. »Schau hier!« Er zeigte auf das hellgrüne Feld rechts neben der Karte. »Hier kannst du entweder einen x-beliebigen Tag eingeben, um herauszufinden, wo sich der französische Kaiser zu diesem Zeitpunkt aufgehalten hat, oder du kannst nach Orten suchen.« Er machte mir eine Demonstration, indem er den 2. Dezember 1805 eingab, woraufhin prompt bei Austerlitz ein N erschien.

Allmählich begriff ich die Genialität dieser Seite. »Mega«, erwiderte ich beeindruckt.

»Und das gilt für jeden Tag seines Lebens?«, wollte Rita wissen.

Bernd nickte. »Ja, das ist einfach unglaublich und wahnsinnig spannend, schau.« Er drückte mehrmals auf »Le lendemain«, um jeweils den nächsten Tag anzuzeigen, sodass viele kleine N eine Linie bildeten und man somit sehen konnte, wie Napoleon sich täglich vorwärtsbewegt hatte.

»Und?«, fragte ich. »Habt ihr etwas Brauchbares gefunden?«

Resigniert ließ Bernd sich im Stuhl zurückfallen und schüttelte den Kopf. »Rein gar nichts.«

Auch Chris machte eine betrübte Miene. »Er war mehrmals in der Schweiz, in Bayern und in Österreich, und manchmal sogar ziemlich nah am Bodensee, aber nie nah genug, um wirklich mit Sicherheit annehmen zu können, dass er in Lindau vorbeigekommen ist.«

Rita zuckte die Achseln. »Nun, dann wissen wir eben, dass es sich auch hierbei nur um eine Legende handelt.«

Bernd wirkte weiterhin skeptisch. »Ja, aber wie sagt man so schön? Wo Rauch ist, da ist auch irgendwo ein Feuer …«

»Irgendwo«, bestätigte ich. »Aber eben nicht in Lindau.«

Resigniert wandten sich die beiden Männer vom Laptop ab.

»Ich glaube nicht, dass ein Journalist, der für seine historischen Recherchen bekannt ist, in seiner Reportage Behauptungen aufstellen würde, wenn da nicht etwas dran wäre«, sagte Bernd. »So etwas saugt man sich doch nicht einfach aus den Fingern, oder?«

Rita küsste ihn seitlich auf die Stirn. »Vielleicht wollte er sich ein bisschen interessant machen und rechnete nicht damit, dass jemand auf den Gedanken kommen könnte, die Fakten zu hinterfragen.«

»Hm«, grummelte Bernd nicht wirklich überzeugt. »Das würde mich doch wundern.«

»Und wie ist es bei euch so gelaufen?«, wollte Chris wissen und schaute uns erwartungsvoll an.

Ich seufzte. »Geht so.«

»Ein unmöglicher Mensch, wenn du mich fragst«, sagte Rita ohne Umschweife. »So etwas von unfreundlich.«

»Na ja, ihr wart ja vorgewarnt«, entgegnete Bernd. »Und wie hat er deinen großzügigen Elan aufgenommen, ihm die Erbschaft kampflos zu überlassen? Mit Tröten und Trompetenposaunen?«

»Mach dich ruhig über mich lustig«, stänkerte ich und schnaufte. »Er wollte, dass wir ihn sofort in die Tat umsetzten«, gab ich schließlich zu.

Chris starrte mich entgeistert an. »Wie das?«

In wenigen Worten schilderte ich die ungeheuerliche

Begegnung. »Pack also schon mal deine Koffer«, schloss ich sarkastisch.

»Der spinnt doch«, regte Chris sich auf.

»Und zur Krönung hat er uns mir nichts, dir nichts vor die Tür gesetzt«, ergänzte Rita meine Ausführungen.

»Nun, ich hoffe, das wird dir eine Lehre sein«, sagte Bernd ungehalten.

Was mich früher aufgeregt hätte, ärgerte mich nicht mehr, denn im Grunde hatte er nicht ganz unrecht. Zwar hatte Thomas nicht wirklich meinen Kampfgeist geweckt, doch zumindest meine Widerspenstigkeit, mir so ein Verhalten nicht länger bieten zu lassen. »Auf jeden Fall werde ich kein schlechtes Gewissen mehr haben und mir ganz gemächlich alle Zeit der Welt nehmen, um etwas anderes zu finden«, stellte ich aufmüpfig klar.

Chris nickte. »Dem stimme ich voll und ganz zu.«

»Und ich sage euch, dass ihr besser einen Anwalt nehmen solltet, um der Sache mal gründlich auf den Zahn zu fühlen«, beharrte Bernd auf seinem Standpunkt.

Rita schien derselben Meinung zu sein. »Ich möchte mich da ja nicht einmischen, aber schon allein die Art und Weise, wie er an die Wahrheit kam, ist fragwürdig.«

»Richtig, das hatte ich ganz vergessen«, stöhnte ich und erzählte den beiden, was wir von Thomas über die ehemalige Angestellte des Adoptionsbüros erfahren hatten.

Bernd und Chris lauschten aufmerksam, wobei Chris sich sichtlich verkrampfte. »Wow«, stieß er aus, als versetzte er sich an Thomas' Stelle.

»Wurdest du nicht auch adoptiert?«, trat Rita mit ihrer jovialen Unbefangenheit geradewegs ins Fettnäpfchen.

Doch zu meiner Verwunderung stellte Chris sich ohne zu zögern der Frage. »Ja«, antwortete er. »Ich weiß nicht, wie ich reagieren würde, wenn mir jemand so unverblümt meine Akte vor die Nase hielte.«

»Warum? Möchtest du denn nicht wissen, wer deine Eltern sind?«, setzte sie nach.

Die Büchse der Pandora war geöffnet. Unbewusst hielt ich die Luft an, lauerte gebannt auf Chris' Reaktion.

Für den Bruchteil einer Sekunde schien er wie ausgeknockt, dann fing er sich wieder. »Ich weiß nicht so recht. Ein Teil in mir möchte es gerne wissen, ein anderer fragt sich, ob es nicht unnötig alte Wunden aufreißen könnte.«

Langsam stieß ich die Luft aus.

Rita nickte verständnisvoll. »Man soll ja nicht von sich auf andere schließen«, erwiderte sie. »Und wenn man noch nie selbst in einer solchen Situation war, kann man das auch schlecht beurteilen. Aber solltest du mal Kinder haben wollen, wäre es schon gut, wenn du vorher klar Schiff machen würdest, meinst du nicht?«

Perplex starrte ich auf meine Freundin. Maßlose Bewunderung erfasste mich. Ihre Gabe, selbst sensible Angelegenheiten ohne viel Aufhebens einfach so auf den Punkt zu bringen, war erstaunlich. Seit Wochen hatte ich darüber nachgegrübelt, wie ich das Thema anpacken sollte, ohne dabei zu hohe Wellen zu schlagen. Wie ein Bär um einen Bienenstock war ich um den heißen Brei herumgeschlichen. Und Rita sprach es einfach unverblümt an, knallte es Chris geradezu vor die Nase, nach dem Motto: friss oder stirb! Erwartungsvoll schaute ich Chris an.

Er lächelte verlegen. »Darüber habe ich mir auch schon Gedanken gemacht«, gab er zu. »Damit werde ich mich in Kürze sicher beschäftigen müssen.« Fast ein wenig reumütig sah er mich an und nahm meine Hand, drückte sie. Mein Herz schlug schneller. So lange hatte ich darauf gehofft.

Bernd erwachte aus seiner Lethargie. »Na wundervoll«, sagte er und klatschte in die Hände. »Was hältst du davon, Chris, wenn wir morgen doch mal einen Blick in die Familienchronik der Richters werfen?«, wechselte er das Thema. »Vorausgesetzt natürlich, dass Isa damit einverstanden ist.«

Ich bejahte. »Macht nur«, erwiderte ich, schwelgte noch immer in der Benommenheit, die Chris' Eröffnungen bei mir ausgelöst hatten.

Chris grinste. »Gute Idee. Man weiß ja nie …«

Schmunzelnd blickten Rita und ich uns an. Was zwischen den beiden gerade ablief, schien so außergewöhnlich wie ein Sechser im Lotto. Zwar hatten wir damit gerechnet, dass sie sich dem jeweils anderen gegenüber höflich oder bestenfalls zuvorkommend verhalten würden, hätten jedoch im Traum nicht zu hoffen gewagt, dass sie richtiggehend zu Komplizen werden könnten.

»Seid ihr in einem Hotel untergekommen?«, erkundigte sich Chris wie nebenbei. Doch ich kannte ihn bereits gut genug, um nicht zu ahnen, was er im Schilde führte. Prompt schaute er mich fragend an. Ich nickte belustigt. Natürlich war es mir recht, jede Minute mit Rita auszukosten.

»Ja, wir haben im Seerosen-Hotel ein Zimmer reserviert«, antwortete Bernd. »Warum? Sollen wir etwa hier übernachten?«, spaßte er und lachte über seinen Witz.

»Klar, ein Aufenthalt in der Seerosen-Villa ist doch auch nicht schlecht, oder?«, konterte Chris.

Verdutzt schauten unsere Besucher zwischen mir und Chris hin und her.

»Im Ernst?«, fragte Rita aufgeregt.

Wir nickten.

»So können sich die Jungs nach Lust und Laune ihren Recherchen widmen …«

»… und wir uns den unseren«, vollendete Rita begeistert meinen Satz. Ich sah sie erstaunt an, sodass sie über meinen Gesichtsausdruck kicherte. »Na ja, du hast mir so viel von Adas Tagebüchern erzählt …«

Nun musste ich auch lachen. *So viel zu meinen Vorsätzen, die Finger von der Vergangenheit zu lassen*, dachte ich voller Selbstironie. Aber in Wahrheit hatte sich diese Idee bereits leise in mir breitgemacht, seit wir Thomas' Wohnung verlassen hatten. Wieder einmal war nicht ich diejenige, die das Gestern heraufbeschwor, sondern das Gestern, das mich zu sich rief. Und trotz meines aufrichtigen Wunsches, sie ruhen zu lassen, schwelte der Gedanke, wieder ins Reich meiner kleinen Freundin, der frechen Maus auf dem Dachboden, zurückzukehren, in mir wie fast erloschene Glut, für die es nur eines Lufthauchs bedurfte, um sie aufs Neue lichterloh zu entfachen …

Kapitel 9 – Die Erkenntnis

Diese Nacht versprach, lang zu werden. Nachdem Chris und Bernd uns lebhaft debattierend und Theorien über Napoleons mögliche Passage in Lindau wälzend eine leckere Speise aus Resten zusammengestellt hatten, verbrachten wir eine vergnügliche Zeit bei Tisch. Danach entschuldigten sich die Herren und zogen sich in den Salon zurück, wo sie die dicken Bücher mit den kostbaren grüngolden verzierten Einbänden hervorholten, um in die Geheimnisse der Familie Richter einzutauchen.

Indessen übernahmen Rita und ich fröhlich plaudernd den Abwasch der Töpfe und sehnten uns den Moment herbei, an dem wir uns Adas Tagebüchern widmen würden.

»Ich bin so aufgeregt«, vertraute Rita mir an, als wir ins Dachgeschoss stiegen. »Mir klopft das Herz regelrecht bis zum Hals.«

»Wart nur ab, bis wir erst einmal in Adas Reich eindringen«, antwortete ich geheimnisvoll.

Rita schnaufte angestrengt. »Du machst es aber spannend.«

Wie üblich fand ich den Schlüssel über dem Türrahmen. Noch immer wurde mir jedes Mal etwas mulmig zumute, wenn ich in Adas Atelier kam und meinte, ihre Präsenz zu spüren. Ich war davon überzeugt, dass, sollte es so etwas wie eine Seele tatsächlich geben, sie für alle Ewigkeit in diesem Raum umherwandeln würde, um sich an den wundervollen Sammlungen zu erfreuen oder neue Gemälde zu erdenken. Schöpfungen, die niemals das Licht der Welt erblicken würden.

Als ich aufschloss, kam uns der gewohnte Muff aus Staub und alten Farben entgegen. Sofort schaltete ich die Taschenlampe ein. Neue Spinnweben hatten sich gebildet und hingen kreuz und quer im Raum, sodass wir uns hier und da bücken mussten, um nicht in die klebrigen Netze zu geraten. Stracks lief ich zum Fenster und knipste dort die kleine Bürolampe an, die das Dachgeschoss in ein warmes Licht tauchte.

»Wow«, stieß Rita ehrfürchtig aus, als ihr die Ansammlung von Gegenständen ins Auge fiel. »Man könnte meinen, Ada würde jeden Augenblick von einem Spaziergang zurückkehren.«

Mit einem Nicken stimmte ich ihr zu. Auch mich überkam dieser Eindruck bei jedem neuen Besuch. Und trotz der Verwüstung, die Heidi vor ein paar Monaten in ihrem Wahn hier hinterlassen hatte, strahlte der Raum weiterhin diese einmalig mystische Atmosphäre aus. Es war, als sei Adas Gegenwart stärker als jeder Schaden, den man diesem Ort jemals zufügen konnte. Egal, was die Zukunft noch bringen mochte, schien es, als könnte niemand diesem Ambiente etwas anhaben.

»Es hat einige Mühe gekostet, alles wiederherzustellen, nachdem Heidi hier gewütet hatte«, sagte ich.

»Ist viel kaputtgegangen?«

Ich zeigte auf den alten Schrank mit den Kostümen aus vergangenen Jahrhunderten. »Ein paar Kleider sind stark in Mitleidenschaft gezogen worden, und einige Gemälde waren nicht mehr zu retten«, antwortete ich. »Aber letztendlich hat ihr Tobsuchtsanfall dem Ort nicht wirklich schaden können.«

Wie gebannt starrte Rita auf die Sammlung von Helmen, Schwertern, Figurinen, Kleidern, Hüten und Masken. »Was hat sie bloß um Himmels willen alles damit angestellt?«, fragte sie weiter.

»Ich nehme an, dass es sich zum Teil um Überbleibsel aus ihrer Laufbahn als Schauspielerin in Frankreich handelt.«

»Richtig, sie war ja Schauspielerin!« Rita schien aus dem Staunen nicht mehr herauszukommen, sah sich alles aus der Nähe an, wagte jedoch nicht, Adas Errungenschaften zu berühren.

Ich schmunzelte. »Sie beißen nicht, weißt du?«

Rita nickte. »Was für eine große Dame sie gewesen sein muss.«

Ich schluckte berührt. »Ja, ich glaube das war sie«, antwortete ich bewegt. »So groß und doch so unglücklich.«

»Stimmt«, murmelte Rita, während sie die altertümliche Garderobe näher in Augenschein nahm. Es funkelte und blitzte in allen Farben. »Erst die unglückliche Liebe zu deiner Großmutter und dann auch noch der Verlust ihres einzigen Kindes.« Sie seufzte, wandte sich mir zu. »Trotzdem finde ich, dass sie das Bestmögliche aus ihrer Situation gemacht hat.«

Aus dieser Warte hatte ich es noch nie betrachtet. »Wie meinst du das?«

Rita zuckte die Achseln. »Andere wären angesichts so vieler Schicksalsschläge sicherlich daran zugrunde gegangen, wären verbittert geworden oder in eine tiefe Depression gefallen. Nicht so Ada! Schau nur, was sie alles erreicht hat.« Sie machte eine ausschweifende Handbewegung, als wollte sie den ganzen Raum, ja das ganze Haus samt der vielen Gemälde darin einfassen.

»Wie wahr«, entgegnete ich, während ich die Kommode beiseiteschob. »Es ist genau das, was mich so an ihr fasziniert.«

»Was tust du da?«, fragte Rita erstaunt.

»Ich hole die noch nicht gelesenen Tagebücher aus ihrem Versteck«, erwiderte ich und hockte mich hin, um die Bodenlatte anzuheben. Bei dem Anblick der Mulde mit den verstaubten Büchern und Andenken wurde mir der Hals eng. Als ich sie das letzte Mal zu Gesicht bekommen hatte, schwor ich mir, mit Adas Vorleben ein für alle Mal abgeschlossen zu haben. Und nun kniete ich hier vor der Bodenluke, war einmal mehr auf der Suche nach Anhaltspunkten aus früheren Zeiten, die es mir erlauben könnten, das Heute besser einzuordnen.

Vorsichtig legte ich die Tagebücher 1968 und 1969 beiseite, die ich bereits gelesen hatte, und hob die zweite Latte an, um an die anderen aus den 70er-, 80er- und 90er-Jahren heranzukommen. Keine Spur von der Maus. Fast fehlte sie mir ein bisschen. Was war schon ein Dachbodenaufenthalt ohne die liebe Mäusedame?

»Darf ich?«, fragte Rita und zeigte auf die Journale, die ich bereits gelesen hatte.

»Klar«, antwortete ich und lud mir die anderen auf die Arme. »Nimm am besten gleich alle mit, damit wir sie unten in Ruhe einsehen können.«

Rita ließ sich nicht zweimal bitten und folgte mir, bis unters Kinn mit Adas Tagebüchern beladen, die Stufen hinab ins Wohnzimmer. Dort gesellten wir uns aufs gemütliche Ecksofa zu Bernd und Chris, die bereits eingehend die dicken Schinken der Chronik studierten. Kaum schenkten sie uns Beachtung, als wir die verstaubten Bände auf dem Couchtisch ablegten. Ich verschwand kurz in der Küche und kehrte mit einem feuchten Geschirrtuch zurück, um jedes einzelne Büchlein zu säubern.

»Es nimmt ihnen fast das Authentische«, flüsterte Rita.

Ich grinste frech. »Wenn sie dir staubig lieber sind, dann kann ich gerne noch einmal auf den Dachboden steigen, um sie neu damit einzudecken.«

Rita kräuselte die Lippen. »Och, ich will dir keine Umstände bereiten, lass mal gut sein, vielen Dank.«

Wir lachten leise.

Schließlich nahm Rita einen Band und schlug ihn auf, wobei zwei lose Zettel, die unter dem Deckel geklebt hatten, aufgewirbelt wurden und zu Boden fielen. »Oh, sorry«, sagte sie und bückte sich, um sie aufzulesen.

»Das sind Adas Gedichte«, erklärte ich ihr und griff selbst nach einem Büchlein aus den 70er-Jahren. Beim Aufschlagen rechnete ich fast damit, dass mir auch wieder ein neues Gedicht entgegenkommen würde, doch dem war nicht so. Es dauerte nicht lange, da riss mich Adas wundervoller Schreibstil wieder mit. Auch Rita machte sich ans Lesen. Hin und wieder ließ sie einen leisen Seufzer oder ein gehauchtes »Ah« oder »Au weh« verlauten. Nach einer Weile hielt sie inne. »Wahnsinn!«, sagte sie.

»An welcher Stelle bist du?«, fragte ich neugierig.

Rita ließ die Augenbrauen hüpfen. »Bei der Begegnung mit Klaus«, antwortete sie. »Hör zu: *Sein schallendes Gelächter ließ mein Herz anschwellen. Seine Augen versprühten den jugendlichen Glanz der Unbekümmertheit und die Grübchen auf seinen Wangen luden dazu ein, mehr zu wollen. Und seine Lippen erst. Noch niemals hatte ich so etwas empfunden. Es war mit nichts zu vergleichen, was ich bislang erlebt hatte. Vielleicht war es nur die Idee, die ich mir von ihm gemacht habe, aber ich verspürte den unwiderstehlichen Drang, ihm bis ans Ende der Welt zu folgen. Als er sich hinter mich stellte und sich leicht über meine Schulter beugte, um meine rechte Hand zu leiten, mit der ich die Frisbee-Scheibe hielt, wurde ich vor Begehren fast wahnsinnig. Sein Körper strömte den Geruch nach Mann aus, eine Mischung aus Sonnencreme, sommerverbrannter Haut und einem leichten Hauch von Schweiß. Mehrmals vollführte er mit meinem Handgelenk eine rotierende Bewegung und warf das ufoähnliche Gebilde in die Luft. Seine Nähe verwirrte mich. Der sanfte Blick aus seinen blauen Augen bohrte sich unwiderruflich in mein geschundenes Herz, das nach Zärtlichkeit und Liebe rief. Ich wollte mehr, viel mehr …*«, zitierte Rita. »Ist das nicht wunderschön?«

Ich bejahte mit einem Nicken. Wie damals, als ich diese Passage das erste Mal gelesen hatte, war ich zutiefst bewegt. »Mach dich auf was gefasst«, warnte ich sie, langte hinter mich zu der Packung Kleenex und stellte sie vor Rita auf den Tisch.

In fiebriger Erwartung blätterte Rita weiter und befasste sich erneut eingehend mit Adas Aufzeichnungen. Ich für meinen Teil überflog die 70er-Jahre mehr, als das ich sie wirklich las. Von 1970 bis '72 hatte Ada hauptsächlich über ihren Kummer wegen des Verlusts ihres Kindes geschrieben. Wenn sie doch nur gewusst hätte, dass ihr Sohn am Leben gewesen war … Der Gedanke stimmte mich tieftraurig.

Des Weiteren berichtete sie über ihre ersten Versuche als Malerin. Insbesondere über ihre »Hippie-Träume auf Leinwand«, wie sie selbst ihre Blumenkinder-Kunstwerke bezeichnete, die ohne jeden Zweifel stark vom Einfluss der *Psychedelic Art* geprägt waren.

»Hier!«, rief Bernd plötzlich, sodass Rita und ich zusammenzuckten. »Verzeihung«, murmelte er und lächelte entschuldigend.

Chris richtete sich auf. »Hast du was?«

»Auf alle Fälle scheinen wir der Sache näher zu kommen«, bestätigte er. »Hör selbst: *25. Februar 1803 – Ein großes Unglück bricht über uns herein. Durch den Hauptschluss der außerordentlichen Reichsdeputation verliert Lindau den Status als Freie Reichsstadt*«, las er laut vor.

»Worum ging es dabei?«, fragte Rita neugierig.

»Ich glaube, man nennt es heute eher Reichsdeputationshauptschluss«, antwortete Chris, der sich mit der heimatlichen Geschichte besonders gut auskannte. Sofort griff er nach seinem Laptop und googelte. »Hier: *Durch den Reichsdeputationshauptschluss wurde festgelegt, dass die Fürsten entschädigt werden sollten, indem ihnen kleinere Herrschaften rechts des Rheins abgetreten wurden. Als Konsequenz dieser Vereinbarungen wurden insgesamt zwei Kurfürstentümer, neun Hochstifte, 44 Reichsabteien und 45 Reichsstädte aufgelöst*«, zitierte Chris.

»Und warum erhielten die Fürsten diese Entschädigungen?«, bohrte ich weiter.

»Während des sogenannten ›Friedens von Lunéville‹, der im Jahr 1801 zwischen Frankreich und dem Heiligen Römischen Reich geschlossen wurde, mussten Bayern sowie andere Staaten zugunsten Frankreichs auf ihre linksrheinischen Gebiete verzichten«, erläuterte Chris.

»Oh, ich wusste gar nicht, dass Lindau so eine spannende Geschichte hat«, merkte ich an.

»Das ist noch gar nichts«, antwortete er. »Im Jahre 1804 wurde es sogar in einem Tauschvertrag vorläufig an Österreich abgegeben.« Chris wandte sich an Bernd, der gedankenversunken weitergeblättert hatte. »Ist da noch mehr?«

»Bislang leider nicht«, entgegnete dieser abwesend. »Etwas mager, ich weiß, aber zumindest wird Frankreich erwähnt, auch wenn es uns nicht viel weiterbringt ...« Bernd hielt kurz inne und fixierte das Buch. »Hier«, sagte er und tippte auf die aufgeschlagene Seite. »*25. August 1805 – Kurfürst Max IV. schließt Bündnis mit Kaiser Napoleon.*« Triumphierend zuckten seine Lippen.

Chris nickte bedächtig. »Das wäre also der Zusammenhang zwischen Napoleon und den Richters?« Er kaute auf seiner Unterlippe herum. »Weiter?«

Angespannt blätterte Bernd die nächste Seite um. »Hier: *November 1805: Österreich ist umzingelt. Mit 30.000 Mann der neu aufgestellten bayerischen Armee hält Karl Richter die österreichischen Truppen bei Iglau fest.*«

Erstaunt horchte Chris auf. »Ach ja? Wie ist denn der gute Karl in diesen Krieg geraten?«

Bernd hob den Zeigefinger. »Ich glaube, kurz zuvor gelesen zu haben, dass Karl Richter Offizier in der bayerischen Armee war. Warte ...« Bernd blätterte zurück. »Hier: *28. September 1805 – Ein großer Tag: Karl Ludwig Richter senior wird zum Brigadegeneral befördert.*«

»Ach, richtig«, schien Chris sich ebenfalls zu entsinnen. »Das zuvor erwähnte Bündnis: Der Bogenhauser Vertrag.«

Jetzt war es Bernd, der ihn erstaunt ansah. »Du bist ja ein wandelndes Lexikon«, witzelte er. »Worum ging es in diesem Vertrag?«

»Es war eine Art Geheimvertag zwischen Napoleon und Maximilian ... äh ... ja, IV.«, antwortete Chris und blickte angestrengt an die Zimmerdecke, als würde dort alles geschrieben stehen. »Nachdem Österreich und Bayern bei Hohenlinden gegen Napoleon verloren haben und sich 1805 erneut Unruhen ankündigten, haben sie im August ein Bündnis geschlossen, in dem Napoleon den Bayern Schutz zusagte. Deshalb kam es überhaupt erst dazu, dass Napoleon seine Pläne fallen ließ, den Ärmelkanal zu überqueren.«

Bernd nickte. »Hier habe ich einen Auszug aus der Augsburger Ordinari Postzeitung vom 14. Oktober 1805: *Bayrische Soldaten, ich habe mich an die Spitze meiner Armee gestellt, um euer Vaterland von einem ungerechten Angriff zu befreien. Das Haus Österreich will eure Unabhängigkeit vernichten und euch seinen weit umfassenden Staatsgebieten einverleiben. Ich kenne eure Tapferkeit und schmeichle mir, nach der ersten Schlacht eurem Fürsten und meinem Volke sagen zu können, dass ihr würdig seid, in den Reihen der großen Armee zu kämpfen.*«

»Napoleons Ansprache«, sagte Chris beeindruckt. »Er muss Napoleon schon ganz schön verehrt haben, wenn er sogar dessen Rede in die Familienchronik aufgenommen hat.«

»Folgte daraufhin nicht die Schlacht bei Austerlitz?«, fragte ich. Es war das einzige Ereignis, dass mir von einem historischen Roman aus dieser Epoche in Erinnerung geblieben war.

»Genau«, antwortete Chris und wandte sich sogleich wieder an Bernd. »Sicher steht darüber auch etwas in der Chronik, oder?«

Bernds Zeigefinger glitt weiter. »Tut es! *2. Dezember 1805: Sieg bei Austerlitz! Während die bayerische Armee weiterhin die österreichischen Truppen festhält, trägt Napoleon den Sieg davon.*«

Gebannt schaute Chris ihn an. »Und dann? Nichts mehr?«

Bernd überflog die Linien. »*Die Verträge von Brünn und der Friede von Preßburg brachten Bayern erheblichen Landgewinn* … blablabla, … *darunter ganz Tirol und Vorarlberg* … und so weiter, … *die österreichisch-schwäbische Markgrafschaft Burgau* … nanana …, *die Reichsstadt Augsburg und* … Ah! … *und das Gebiet um Lindau. Ansbach, Eichstätt und das Passauer Ilzland wurden ebenfalls Teil des neuen Bayerns.*«

Chris nickte. »Ja, und der damit einhergehende Machtzuwachs war einer der Gründe für die Ausrufung Bayerns zum Königreich.«

»Leider bringt uns das aber nicht viel weiter«, sagte Bernd zerknirscht. »Und was hast du gefunden?«

»Ich bin das ganze Jahr 1806 durchgegangen, habe aber auch nichts Einschlägiges entdeckt.«

Bernd blickte nachdenklich drein. »Ach ja, da ist noch etwas im September 1805: *Anneliese trifft unzumutbare Entscheidung und lädt Schande auf die ganze Sippe.* Keine Ahnung, ob das etwas zu bedeuten hat.«

»Wer ist Anneliese?«, fragte ich.

Bernd blätterte erneut zurück an den Anfang und faltete den aufklappbaren Stammbaum aus. »Anneliese, Anneliese … Hier: *Tochter von Karl Ludwig Richter und Hannelore Richter; geboren am 12. Juni 1784 in Lindau am Bodensee.*«

»Eine unzumutbare Entscheidung?«, mischte Rita nun auch mit. »Was könnte das sein?«

»Eine nicht standesgemäße Heirat?«, schlug Chris vor.

Wir nickten.

»Ein Fortgang?«, schlug ich vor.

Chris lachte leise. »Wie Ada damals, als sie Marcel Beranger geheiratet hat?«

Auch ich musste lächeln.

Bernd wirkte skeptisch. »Ich weiß nicht, ob das wirklich von Bedeutung für uns ist«, fiel er ein.

»Gut«, griff Chris das eigentliche Thema wieder auf. »Vorläufig wissen wir, dass sowohl Karl als auch Napoleon in Austerlitz anwesend waren.«

»Ganz genau«, pflichtete Bernd ihm bei. »Das könnte der Berührungspunkt sein, nachdem wir suchen. Lass uns weitermachen.«

Die beiden widmeten sich erneut ihren Recherchen.

Rita seufzte und raunte mir zu: »Mich würde es schon interessieren, was Anneliese ausgeheckt hat.«

Wir grinsten uns an.

»Nichts hindert uns daran, später selbst mal nachzuschlagen«, wisperte ich. »Ich meine, solange wir das noch können …« Der Gedanke an den Tag, an dem ich das alles würde loslassen müssen, versetzte mir einen heftigen Stich.

Prompt erntete ich Ritas mitfühlenden Blick. »Das wird schon werden, Isa.«

Wir nickten uns aufmunternd zu und widmeten uns wieder Adas Tagebüchern. Stetig blätterte ich weiter, überflog die Seiten, ohne etwas zu finden, das mir auf der Suche nach Anhaltspunkten hätte behilflich sein können. Da ich selbst nicht einmal genau wusste, wonach ich eigentlich Ausschau hielt, und auch nicht wirklich daran glaubte, dass dies noch etwas am Ausgang der Erbschaftsangelegenheit ändern konnte, hielt sich meine Begeisterung in Grenzen. Zwar war es wie immer schön, Adas Worte zu lesen, ihr nahe zu sein und ihre Seelenwelt zu ergründen, aber so ganz war ich nicht bei der Sache.

Ab und zu beobachtete ich die anderen, wie sie alles um sich herum zu vergessen schienen. Noch immer konnte ich kaum glauben, dass wir tatsächlich zu viert hier gemeinsam im Wohnzimmer der Seerosen-Villa saßen und lasen. Fand es sonderbar, mit welcher Selbstverständlichkeit wir miteinander umgingen. Aus Bernd war wieder der Mann geworden, den ich in jungen Jahren gemocht hatte: ungezwungen, lebensfroh und neugierig. Zumindest brauchte ich mich nicht mehr zu fragen, wie ich mich in ihn hatte verlieben können. Insgeheim beruhigte es mich sogar, dass mein Geschmack doch nicht so unmöglich war, wie ich eine Zeit lang angenommen hatte, und ich war glücklich, dass Rita und er so gut zusammenpassten.

Schlagartig erkannte ich aber auch, dass zu einer missglückten Beziehung immer zwei gehörten. Fälschlicherweise war ich bei unserer Entzweiung davon ausgegangen, dass allein Bernd sich damals verändert hatte. Dass er altbacken, langweilig und spießig geworden war. Dabei hatte ihm, genau wir mir, einfach nur die richtige Partnerin gefehlt, um ihn aus der Reserve zu locken und zu verrückten Taten zu bewegen. Schuld daran war weder der eine noch der andere, sondern ich vermutete, dass wir zu jung gewesen waren, als wir uns Liebe fürs Leben geschworen hatten. Instinktiv spürte ich, dass Rita und er sich gegenseitig ergänzten, denn die Art, wie sie miteinander umgingen, ähnelte der, mit der Chris und ich uns täglich begegneten.

Als hätte Chris meine Gedanken erahnt, sah er plötzlich auf und warf mir über den Rand seines Buchs hinweg einen wissenden Blick zu. Wir lächelten. Mein Herz hüpfte vor Glück, so sehr liebte ich ihn. Sofort wandte er sich wieder den Schriften zu, was ich ihm augenblicklich gleichtat.

Diesmal griff ich gleich nach dem Band von 1973. Letztendlich vertiefte ich mich doch noch in Adas Vergangenheit, und es dauerte nicht lange, bis ich mich inmitten von Adas erster Vernissage wiederfand …

Kapitel 10 – Zwischenspiel – Ada

Lindau, Bodensee – Altstadt – 1973

Vor den Fenstern der Galerie stürmte es. Die Bäume bogen sich unter den heftigen Böen, die über die Insel fegten. Auf den aufgepeitschten Wellen des Sees, der an diesem Tag eher einem unruhigen Ozean glich, war weit und breit kein Boot in Sicht. Alles schien düster und grau, und selbst die sonst so erhabenen Alpen wirkten unter dem Dunstmantel klein und geduckt.

Mit klopfendem Herzen und vor der Brust verschränkten Armen stand Ada vor den großen Galeriefenstern, kaute nervös auf der Nagelhaut ihres Zeigefingers herum und wartete auf die ersten Besucher. Würden sie bei diesem Wetter überhaupt kommen? Wer war schon so verrückt, wegen ein paar bunter Kleckse die windige Brücke oder den unsicheren Damm zu überqueren? Wer? Plötzlich beschlichen sie Zweifel.

Sicher, viele ihrer Bekannten lobten die schüchternen Versuche, ihren nicht verarbeiteten Verlusten, ihrem Leiden und ihrer inneren Zerrissenheit in wirren Werken Ausdruck zu verleihen. Aber wen interessierte das schon? Was sie selbst schön fand und verstand, weil es ihr Inneres nach außen kehrte, ohne es dabei wirklich preiszugeben, musste auf andere Menschen wie der pathetische Versuch einer mittlerweile verwelkten Frau wirken, die es der Jugend gleichtun und ein Comeback wagen wollte – eine sehnsuchtsvolle Reise zurück in vergangene Glanzzeiten.

Ada erzitterte. Da stand sie, fühlte sich eitel und dumm. Kein einziges Mal hatte sie in Erwägung gezogen, dass niemand kommen könnte. Hatte sich nicht einmal gefragt, wie es sich anfühlen könnte, allein und von aller Welt vergessen wortwörtlich im Regen zu stehen. Wie einfältig sie gewesen war.

Unaufhörlich ploppten Regentropfen gegen die großen Scheiben und bildeten kleine Rinnsale, die sich im traurigen Ganzen verliefen. Es war, als würde der Himmel Adas ungeweinte Tränen verschütten, um sie daran zu erinnern, wie grausam das Dasein sein konnte. Am liebsten hätte sie sich in ein winziges Loch verkrochen und wäre nie wieder hervorgekommen.

Gerade wollte sie sich von dem tristen Anblick abwenden, um dem Besitzer der Galerie zu sagen, dass sie besser unter dem Vorsatz eines plötzlichen Krankheitsfalls schließen sollten, um ihr die weitere Blamage zu ersparen, da sah sie in der Ferne unter einem schwarzen Regenschirm zwei farbige Punkte heraneilen. Einen gelben und einen grünen. Ada zog die Stirn kraus, traute ihren Augen kaum und kniff sie misstrauisch zusammen. Und als sie schließlich erkannte, um wen es sich bei den Gestalten handelte, blieb ihr der Mund offen stehen: Die Kunzes!

Ihr stockte der Atem. Hierbei musste es sich wohl um ein Missverständnis handeln. Oder waren die beiden gekommen, um sich an ihrem Unglück zu ergötzen?

O Gott, dachte sie. *Auch das noch!*

Aber Ada wollte es den Schwestern nicht gönnen, sie am Boden zu sehen. Also straffte sie die Schultern und kniff sich ein paarmal in die Wangen. Als die Ladentür aufging, setzte sie ihr liebenswürdigstes Lächeln auf.

»Griaß Godd, miteinand«, rief Ada den Damen entgegen, als sie die Räumlichkeiten betraten.

»Griaß Godd, Ada«, antworteten die beiden im Chor.

Während die Schwester, die Ada für Käthe hielt, sich die Schuhe auf dem Fußabtreter abwischte, sagte diese: »Ich hoffe, wir kommen nicht zu spät?«

Indessen stellte Johanna den geschlossenen Regenschirm in einen Eimer, der seitlich vom Eingang deponiert war.

»Nein, keine Sorge«, antwortete Ada beherrscht. »Wie Sie sehen können, hat es noch nicht begonnen.«

»Oh, das ist ja wunderbar«, ereiferte sich Käthe. »Dann haben wir die Galerie ganz für uns allein?«

»So sieht es wohl aus«, antwortete Ada bemüht, nicht schnippisch zu wirken, und machte eine ausladende Geste. »Die Galerie samt Buffet.« Sie zeigte auf die Köstlichkeiten, die auf einem länglichen Tisch mit schneeweißer Decke angerichtet waren: delikate Lachsschnittchen, kunstvoll drapierte Garnelencocktails, aromatische Käsehäppchen, exquisite Mini-Quiches, exotische Früchtespieße und reizvolle Schokoladentrüffel. Kulinarische Verlockungen, die im Einklang mit den künstlerischen Darbietungen auch zu einem unvergesslichen Gaumenerlebnis werden und die Sinne der Gäste verführerisch ansprechen sollten – gewissermaßen als Höhepunkt von Adas erster Vernissage.

»Das sieht aber köstlich aus«, staunte Johanna. Die Aperitif-Häppchen schienen sichtlich ihren Appetit anzuregen. »Da haben Sie sich aber viel Mühe gegeben.«

Misstrauisch beäugte sie die beiden jungen Frauen, die sie auf ungefähr Mitte 20 schätzte. Waren sie tatsächlich in friedlicher Absicht gekommen? Der Kunstliebe willen? War es möglich, dass der jahrhundertelange Hass zwischen ihren Familien auf einmal vergessen war? Neue Zeiten, neue Sitten?

Ada sollte es recht sein, denn sie hatte diese Fehde nie recht verstanden und sich auch niemals dafür interessiert. Als Kind war sie zu jung gewesen, um auf das Zetern ihres Vaters zu achten, wenn er mal wieder über die Kunzes herzog. Auch in ihrer Jugend vertraute ihr Vater lieber Georg, dem Ersatzsohn, die Familiengeheimnisse an. Und kaum hatte Ada die Volljährigkeit erreicht, hatte sie Reißaus genommen und war mit Marcel nach Frankreich ausgewandert, um einer Karriere als Schauspielerin zu folgen. Dadurch war ihr Vater nie dazu gekommen, sie in die Gründe dieses Streits einzuweihen, zumal sie erst nach dem tödlichen Unfall ihrer Eltern an den Bodensee zurückgekehrt war.

Beim näheren Hinschauen wirkten die zwei Kunze-Schwestern mit ihren drapierten Haaren und ordentlichen Tailleurs zwar etwas zu schrullig für ihr Alter, aber durchaus liebenswert, sodass Ada keinen Grund sah, auf diesen unsinnigen Streit zu beharren. Auch, dass sie des Öfteren mit Georg in Verbindung standen, war nicht weiter verwunderlich, schließlich war er ein sehr angesehener Arzt der Gemeinde. Wenn Sie alle Menschen meiden sollte, die mit ihm zu tun hatten, stünde sie völlig allein da.

»Ich fürchte, dass das Wetter die meisten Besucher verhindert hat«, sagte Ada.

»Verhindert?«, fragte Käthe überrascht. »I wo«, wiegelte sie ab. »Der Parkplatz ist wegen Hochwassers gesperrt und sie mussten mit ihren Autos aufs Festland ausweichen.«

»Ja, es sind eine ganze Menge«, fügte Johanna hinzu.

Skeptisch schaute Ada von der einen zur anderen. »Und

was lässt Sie darauf schließen, dass die alle zur Galerie kommen werden?«

Käthe sah sie verwundert an. »Was glauben Sie, was die am Samstagnachmittag bei so einem Wetter sonst hier auf der Insel unternehmen wollen?«

Ada musste sich eingestehen, dass diese Theorie durchaus plausibel klang. Die meisten Geschäfte waren um diese Uhrzeit bereits geschlossen. Adas Herz flatterte. Hoffnung keimte in ihr auf, wagte sich hervor wie eine Knospe im Frühlingstau.

»Zum Glück sind wir zu Fuß gekommen«, plauderte Johanna weiter und beugte sich zu Ada, als wollte sie ihr ein Geheimnis anvertrauen. »Ich liebe es nämlich, die Erste zu sein«, gestand sie und gluckste verhalten, während sie ihrer Schwester in den Saal folgte.

»Schau nur, wie außergewöhnlich dieses Werk ist«, rief Johanna angetan. Wie gebannt stand sie vor dem ersten großen Gemälde, auf dem eine aus bunten Schlaufen und Kringeln bestehende Blume mit einem spiralförmig zulaufenden Zentrum dargestellt wurde.

Käthe schien ebenso begeistert. »Ja, es ist wirklich bewegend.«

»Hast du diese schräg angelegten Blütenblätter gesehen?«, schwärmte Johanna weiter. »Findest du nicht, dass sie wie ein wirbelndes und schwingendes Ganzes wirken und einem die Illusion vermitteln, dass man in einen Strudel gezogen wird?«

Berührt, dass ihrem Bild so viel Aufmerksamkeit zuteil wurde, musste Ada schmunzeln. »Ganz recht, deshalb habe ich es auch Blumenkind-Sog genannt«, antwortete sie und zeigte auf das kleine Schild unter dem Bild. »Es beschreibt einen harten Schicksalsschlag in meinem Leben.« Der Gedanke, dass es hinter dieser blumigen Spirale eine von ihr erfundene heile Welt gab, in der das geliebte Wesen in bunter Pracht weiterlebte, hatte etwas Tröstliches.

»Wie passend«, sagte Johanna ausweichend, räusperte sich und trat zum nächsten Gemälde. Ada meinte, einen raschen Blickaustausch zwischen den Schwestern beobachtet zu haben. Oder hatte sie sich das nur eingebildet? Innerlich schalt sie sich für ihr Misstrauen. War sie vielleicht nicht besser als die vorangegangenen Generationen, die diesen Familienzwist aufrechterhalten hatten?

Bevor sie diesen Gedanken noch weiter nachjagen konnte, wurde erneut die Galerietür aufgetan. Bei den Ankömmlingen handelte es sich diesmal um zwei jüngere Pärchen, deren äußere Erscheinung perfekt auf das Thema der Ausstellung abgestimmt zu sein schien. Das Auffälligste an den Männern waren die buschigen Bärte und langen Haare, wobei die Frauen weite Batik-Tuniken mit Stickereien und Elefantenbein-Hosen trugen.

Sofort entschuldigte sich Ada bei den wissensdurstigen Schwestern und eilte zu den neuen Gästen, die sie freudig begrüßte. Und kaum hatte sie diese mit ein paar Erklärungen in die Galerie geführt, da kamen auch schon die nächsten Besucher, die den Beginn eines nicht mehr endenden Stroms an schaulustigen Kunstliebhabern bildeten.

Schon bald war ersichtlich, dass sowohl die Vernissage als auch das Buffet ein voller Erfolg sein würden. Ada verbrachte den verregneten Nachmittag damit, Erläuterungen über ihre Werke abzugeben, den Interpretationen der einen und der anderen zu lauschen und ihre Gäste mit den Delikatessen zu verwöhnen, die einem jedem, der daran kostete, verhaltene Ahs und Ohs entlockten.

Wie auf Federn glitt Ada in ihrem leichten elfenbeinfarbenen Seidengewand, das aus einer fluffigen Hose und einem weiten flüssigen Oberteil bestand, durch die Räume. Sie fühlte sich wie eine Biene, die von Blüte zu Blüte schwebte, mal hier am verführerischen Puderstaub naschte, mal dort einen Augenblick verharrte, während sie sich an der Aufmerksamkeit, dem Lob und dem Wohlwollen labte, die ihr entgegengebracht wurden. Alles, was in Lindau und Umgebung Rang und Namen hatte, schien zugegen zu sein, sodass man bald nur noch im Strom der wogenden Menge vorankam. Geschickt bewegte Ada sich mit einem Champagnerglas in der Hand durch die eng Beieinanderstehenden, prostete mal hier einem Besucher zu, beantwortete mal dort eine Frage oder stieß mit dem Bürgermeister auf das gute Gelingen an.

Irgendwann zwängten sich die Schwestern durch die Masse der Gäste bis zum Eingang herüber, sichtlich erpicht darauf, dem Trubel endlich zu entkommen.

»Vielen Dank für diese fantastische Ausstellung, Ada«, rief Käthe ihr zum Abschied gegen den Geräuschpegel zu. »Wir dürfen Sie doch so nennen?«

»Aber selbstverständlich«, antwortete Ada. »Gerne sende ich Ihnen eine Einladung zu meiner nächsten Ausstellung.«

»Oh ja, Sie sind ein Schatz«, trällerte Johanna begeistert, und die beiden verabschiedeten sich. Weder auf der Miene der einen noch der anderen war die leiseste Spur von Verstimmung zu sehen. Zufrieden erwiderte Ada den Gruß und blickte den zweien nachdenklich hinterher. Sie freute sich sehr über die vielen Komplimente und die Leidenschaft der beiden Kunstliebhaberinnen. Und im Geheimen war sie fast ein bisschen stolz darauf, dass diesem dummen Streit durch ihre Generation endlich ein Ende gesetzt wurde. Was sie allerdings nicht so recht einzuordnen wusste, war das komische Gefühl, das sich seit der Szene vor dem ersten Bild in ihrem Magen breitgemacht hatte, ohne dass sie sich genau entsann, wodurch es ausgelöst worden war. War es vielleicht die sonderbare Reaktion der Schwestern auf den Bilduntertitel gewesen, die das Unwohlsein in Ada entfacht hatte?

Ach, du Dummerchen, rügte sie sich. *Da gibst du vor, den Konflikt beigelegt zu haben, und lässt dich weiterhin von Vorurteilen leiten. Pfui, schäm dich was.*

Bevor Ada noch weiter darüber nachdenken konnte, bemerkte sie plötzlich eine Frau mittleren Alters, die sich mit einiger Mühe einen Weg zu ihr bahnte. Ada erkannte in ihr die Dame wieder, die unglaublich viele Fragen über ihre Intentionen und Inspirationen sowie die verwendeten Materialien und Techniken gestellt hatte. *Sicher eine Anfängerin, die nach Ideen sucht*, mutmaßte Ada, wobei sie selbst nie so genau sagen konnte, woher ihr diese vielen Eingebungen kamen. Manchmal reichte schon ein einziger Satz, eine verregnete Ansicht des Sees oder ein Blick in die Vergangenheit, damit der Pinsel sich selbstständig machte und ohne ihr Zutun beliebige Formen auf die Leinwand zauberte. Zeitweise fühlte sie sich wie eine Betrügerin und fragte sich, ob es anderen Künstlern ähnlich erging. Denn während viele Betrachter davon ausgingen, dass es wahnsinnig viel schöpferische Kraft kostete, um ein Bild zu malen, ging es Ada so leicht von der Hand, dass es fast schon ungehörig erschien.

Als die Besucherin bei ihr angelangt war, lächelte diese erschöpft. »Vielen Dank, liebe Frau Beranger, für die wirklich gelungene Vernissage.«

»Aber nicht doch«, wiegelte Ada ab. Der Champagner war ihr mittlerweile zu Kopf gestiegen, und sie fühlte sich leicht beschwipst. »Ich habe zu danken, dass Sie gekommen sind.«

Erstaunt schaute die Frau sie an. »Wissen Sie denn, wer ich bin?«

Ada spürte Hitze in ihre Wangen schießen. »Nein, verzeihen Sie bitte«, stammelte sie bedauernd. »Bei so vielen Menschen konnte ich mir leider nicht alle Namen merken.«

Die Frau nickte. »Das ist doch verständlich«, entgegnete sie. »Und um ehrlich zu sein, ist es mir in gewisser Hinsicht sogar lieber; so haben Sie sich mir gegenüber natürlicher verhalten.« Als sie Adas verdutztes Gesicht bemerkte, lachte sie amüsiert und sagte: »Darf ich mich vorstellen? Ich bin Ursula Hammerhof, Kunstkritikerin und Journalistin beim ›Aufsteigenden Stern‹.«

Kapitel 11 – Morgenmuffel

Lindau, Bodensee – Seerosen-Villa – September 2018, Samstagvormittag

Verschlafen rekelte ich mich in Chris' Armen und blinzelte. Durch die Schlitze der Rollläden drang fahles Tageslicht ins Zimmer, und das Rauschen des Regens verbreitete eine lauschige Atmosphäre, die zum Weiterschlafen einlud. Es hörte sich so an, als würde das Unwetter den ganzen Tag anhalten. Mit Bedauern dachte ich an den Ausflug, den wir spät in der Nacht mit Rita und Bernd für den heutigen Tag geplant hatten. Ich seufzte. Daraus würde wohl nichts werden.

Ich schaute zu Chris, der noch tief und fest schlief, und lächelte in mich hinein. Er war einfach erstaunlich. Jedes Mal, wenn ich meinte, es gäbe nichts mehr, womit er mich noch überraschen könnte, entdeckte ich eine neue Eigenschaft an ihm. Der selbstverständliche Empfang, den er Bernd bereitet hatte, erfüllte mich mit Stolz. Hätte mir jemand vor zwei Wochen angekündigt, dass die beiden sich so gut verstehen und ein gemeinsames Ziel verfolgen würden, ich hätte ihn für verrückt erklärt.

Mein Blick wanderte zu den digitalen Ziffern des Weckers hinüber. Rot und grell sprang mir die 10 entgegen. Erschrocken kniff ich die Augen zusammen, vergewisserte mich, dass ich richtig gesehen hatte. Tatsächlich, es war bereits nach 10 Uhr! Höchste Zeit, Rex hinauszulassen und das Frühstück vorzubereiten.

Nach einer raschen Dusche schlüpfte ich in meine Jeans, zog eine gestreifte Bluse über und begab mich ins Erdgeschoss, wo unser Wuschel geduldig darauf wartete, ins Freie gelassen zu werden. Der einzige Grund, warum er uns nicht wachgebellt hatte, war sicherlich die Tatsache, dass es in Strömen regnete.

Liebevoll streichelte ich ihn. »Du wirst wohl oder übel in den sauren Apfel beißen müssen«, flüsterte ich. Wenig begeistert erscheinende Hundeaugen sahen mich an, als wollten sie fragen: *Wirklich?*

Unnachgiebig ließ ich die elektrischen Rollläden hochfahren und öffnete die Schiebetür, wodurch kühle Luft ins Wohnzimmer strömte und mich frösteln ließ. Der Sommer schien sich nahezu über Nacht verabschiedet und dem Einzug des Herbstes Platz gemacht zu haben. Und auch wenn ich diese Jahreszeit am Bodensee besonders liebte und die vielfältige Farbenpracht ein Fest für mein künstlerisches Fotografenauge war, so hätte er gerne noch zwei Tage warten können, bis Bernd und Rita abgereist waren.

Unschlüssig kam Rex näher an die Öffnung heran, reckte die Schnauze nach vorne und schnüffelte. Auf seinen vorwurfsvollen Blick antwortete ich ihm mit einem aufmunternden Nicken, sodass er sich schließlich ins Freie begab. Amüsiert stieß ich die Luft aus, als ich ihn mit fast tollpatschigen Schritten über die nasse Terrasse davonlaufen sah. Es wirkte, als würde er nach jedem Schritt die Pfote schütteln wollen. Eilig schloss ich das Schiebefenster und begab mich in die Küche. Herrlicher Duft nach Kaffee und Toast strömte mir entgegen.

»Hi, Isa«, begrüßte mich Rita, die mit Bernd bereits am gedeckten Tisch saß.

»Guten Morgen, ihr beiden«, entgegnete ich überrascht.

»Ich habe mir erlaubt, Frühstück zu machen«, sagte Bernd. »Ich hoffe, das geht in Ordnung.«

»Ja, klar«, antwortete ich verwirrt.

Bernd? Frühstück machen?, schoss es mir irritiert durch den Kopf und ich ertappte mich dabei, fast etwas eifersüchtig zu sein. Sofort erkannte ich, dass es einzig mein verletztes Ego war, das sich in mir regte. Warum war er mit mir niemals so fürsorglich gewesen? Wie kam es, dass er auf einmal so furchtbar sympathisch erschien? Chris musste ja geradezu den Eindruck gewinnen, dass meine Schilderungen der Schwierigkeiten, die ich mit Bernd gehabt hatte, maßlos übertrieben waren. Wo war der arrogante, fantasielose Mann, der lediglich seine eigenen Ziele im Kopf hatte? Wo war der Typ geblieben, der beim Frühstück kaum den Blick von der Zeitung losgerissen und mir zum Abschied gerade mal eben einen flüchtigen Kuss auf die Stirn gedrückt hatte?

Was ich am Vortag als bestenfalls lustig oder schlimmstenfalls sonderbar empfunden hatte, fühlte sich heute fast wie ein Affront an. Was ich gestern noch als philosophische Lebensweisheit hingenommen hatte, artete an diesem Morgen in einen inneren Kampf zwischen mir und mir selbst aus. Ich schüttelte die trüben Gedanken ab.

»Es tut mir leid, dass wir so lange geschlafen haben«, überspielte ich hastig mein Unwohlsein.

Rita lachte. »Bei dem Wetter ist das doch kein Wunder.«

Ich setzte mich zu ihnen, schenkte mir einen Wachmacher ein und bestrich ein Toast mit Butter und Marmelade. »Schade um den Ausflug«, bemerkte ich.

Bernd grinste und hauchte einen Kuss auf Ritas Nasenspitze. »So schlimm ist das auch wieder nicht, oder Schatz?«

»Ganz und gar nicht, Liebling, so können wir weiterforschen.«

Dieser Einklang zwischen den beiden, der mich doch eigentlich hätte glücklich stimmen sollen, nervte mich auf einmal, wofür ich mich sofort schämte. Freute ich mich denn nicht für meine beste Freundin? Die Tatsache, dass meine Gefühle verrücktspielten, ärgerte mich noch mehr.

»Ist alles in Ordnung?«, fragte Bernd fürsorglich.

Ich riss mich zusammen. »Jaja«, beteuerte ich. »Ich hatte mich bloß auf den Ausflug nach Mainau gefreut.«

»Ich mich doch auch!«, versicherte mir Rita. »Aber ich muss wirklich zugeben, dass mich Adas Schriften so ungemein faszinieren, dass ich nicht böse drum bin.«

Einen kurzen Augenblick fragte ich mich, ob Ada es gewollt hätte, dass so viele Menschen Einsicht in ihre Privatsphäre erhielten, schüttelte aber auch diese Zweifel sofort wieder ab. »Wir sind uns alle darüber einig, dass wir Adas Angelegenheiten vertraulich behandeln, nicht wahr?«

Fast erwartete ich von Bernd ein *Was-soll's-es-schert-sie-doch-jetzt-nicht-mehr-was-andere-von-ihr-denken*. Aber im Gegenteil: Er lächelte nur verständnisvoll.

»Klar«, sagte Rita. »Das versteht sich doch von selbst.«

Nachdem ich ein paar Schlucke vom Kaffee genommen und in den Toast gebissen hatte, fühlte ich mich schon etwas besser und schob meine Empfindungen auf eine außergewöhnliche Morgenmuffeligkeit, zu der ich eigentlich nicht neigte. Mir wurde bewusst, dass Thomas' Auftauchen, seine feindseligen Eröffnungen und mein ungutes Gefühl, dass an der ganzen Geschichte etwas faul war, an meinen Nerven zerrten, sodass ich auf alles überempfindlich reagierte.

»Habt ihr gestern Abend noch etwas gefunden?«, fragte ich, denn ich war die Erste gewesen, die gegen 1.00 Uhr nachts das Handtuch geworfen hatte und ins Bett gegangen war.

Rita schnalzte mit der Zunge. »Ich habe die Passagen mit Klaus verschlungen. Sehr hot.«

»Muss ich eifersüchtig sein?«, fragte Bernd.

Rita prustete leise. »Lass mich mal nachdenken.« Sie tat, als würde sie ihn eingehend mustern. »Ihr seid schon ziemlich verschieden«, gab sie zu bedenken. »Du bist groß und blond, er ist groß und dunkelhaarig.«

Bernd knurrte. »Und?«

Erneut gluckste Rita. »Aber es sind die Augen, die es Ada und mir am meisten angetan haben. Dieses Blau!« Neckend schaute sie Bernd an.

Ich horchte auf. »Warte!«, sagte ich plötzlich und versuchte, das Bild einzufangen, das eben an mir vorbeigehuscht war.

»Morgen, alle miteinander«, unterbrach Chris meine Konzentration, als er sich zu uns gesellte und mich liebevoll umarmte.

Wir grüßten ihn zurück, wobei ich weiterhin stirnrunzelnd meiner Idee nachjagte. »Was ist mit dir? Sehe ich heute Morgen so schrecklich aus?«, witzelte er, sodass Rita und Bernd lachten.

Ich stöhnte. »Natürlich nicht. Es ist … Ich hatte gerade einen Geistesblitz, aber der Gedanke ist mir entfallen.«

»Denke an etwas anderes, und es wird dir wieder einfallen.«

Seufzend zuckte ich die Achseln, war froh, dass Chris da war, was meine Laune augenblicklich anhob. »Du hast recht«, sagte ich resigniert.

Chris setzte sich neben mich und schenkte sich ebenfalls einen Kaffee ein. »Hat Bernd dir schon erzählt, was wir in der Nacht noch entdeckt haben?«

Bernd schüttelte den Kopf. »Nein, ich bin noch nicht dazu gekommen. Ich überlasse dir das Vergnügen.«

Meine Neugier war geweckt. »Was denn?«

Während Chris sich eine Schnitte mit Marmelade bestrich, setzte er eine geheimnisvolle Miene auf. »Stell dir vor, wir sind bis ins Jahr 1809 vorgedrungen und fündig geworden.«

»Und?«, fragte ich ungeduldig. »Was habt ihr herausfinden können?«

Chris schaute gewichtig drein. »Du wirst es mir nicht glauben, aber zwischen den Richters und den Kunzes hat es eine Familienfehde gegeben.«

Sofort dachte ich an Adas Tagebucheintrag. *Misstrauisch empfing ich die Kunze-Schwestern, suchte nach Anzeichen einer Gemeinheit, die sie gegen mich ausheckten. Ich fragte mich, ob sie tatsächlich in friedlicher Absicht und um der Kunstliebe willen gekommen waren. War es möglich, dass der jahrhundertelange Hass zwischen unseren Familien auf einmal vergessen war?* Jetzt machte es Sinn.

»Auch Ada hat darüber geschrieben«, bestätigte ich. »Aus ihrem Eintrag ging aber leider nicht hervor, um was es sich dabei genau handelte. Habt ihr vielleicht mehr herausfinden können?«

Chris schüttelte den Kopf. »Nein, leider ist die Chronik nicht wie ein Tagebuch, in dem näher auf solche Details eingegangen wird. Sicher ist nur, dass der Knatsch 1809 begonnen hat.«

»Aber das ist noch nicht alles«, trumpfte Bernd auf. »Wir haben neben den Büchern im Schrank noch ein Kästchen mit alten Briefen entdeckt.«

Schlagartig erinnerte ich mich an die verbogene Tabakdose und nickte. »Ja, auf die bin ich bei meiner Suche damals auch gestoßen, als ich herausfinden wollte, warum Ada ausgerechnet mir das Haus vererbt hat. Aber da die Korrespondenz sichtlich aus früheren Jahrhunderten stammt, habe ich sie nicht weiter beachtet. Wisst ihr denn schon, was es damit auf sich hat?«

Chris hob die Brauen an. »Dank des Wetters werden wir das schneller herausfinden als geplant«, antwortete er mir.

Der Groschen fiel. »Ah, jetzt verstehe ich besser, warum das Miesepeter-Wetter niemanden außer mich sonderlich zu stören scheint«, spöttelte ich.

Die anderen lachten.

Wir räumten den Frühstückstisch ab, beförderten das schmutzige Geschirr in die Spülmaschine, die Bernd und Rita zuvor schon geleert hatten, und begaben uns gemeinsam in den Salon. Genau wie am Vorabend setzten wir uns aufs Sofa und widmeten uns den Recherchen.

Rita versank augenblicklich in den Büchlein aus Adas Jugend, verschlang die Seiten mit der gleichen Inbrunst, wie ich es vor nicht allzu langer Zeit getan hatte. Chris und Bernd teilten die Briefbündel untereinander auf und begannen, nicht ohne Mühe, die schnörkelige altdeutsche Schrift zu entziffern. Von der allgemeinen eifrigen Stimmung getragen, schlug auch ich einen neuen Band auf, nicht ahnend, welche Entdeckung mich darin erwartete …

Kapitel 12 – Zwischenspiel – Ada

Wasserburg, Bodensee – 1993

Wahrscheinlich wäre alles anders gekommen, wenn der Mann, der fast etwas versteckt und unscheinbar in der Ecke saß, nicht den Blick gehoben und sie genauso flüchtig wie schüchtern angelächelt hätte.

Sie selbst konnte sich nicht erklären, was sie an dem kurzen Aufhellen seiner Miene so berührt hatte. Wie ein Blitz, der auf einen niedersauste, einen erfasste und elektrische Spannung verbreitete, die mitten ins Herz einschlug. Es kostete sie einiges an Überwindung, um ihr inneres Gleichgewicht wiederzuerlangen. Von diesem kurzen Aufflackern in seinen Augen war ein Hauch ungeahnter Fragilität ausgegangen, ein zartes Beben, das der Vergangenheit entstiegen zu sein schien und sie plötzlich eingeholt und gestreift hatte.

Verwirrt erwiderte sie das Lächeln, bemerkte, dass auch er seltsam betroffen wirkte und sich sofort wieder seiner Aufgabe widmete. »Ich komme gleich«, sagte er mit einer angenehmen warmen Stimme, die ihr Schauer über den Rücken jagte. Lebhafte bunte Bilder schwebten plötzlich an ihrem inneren Auge vorbei. Eine blühende Wiese. Ein Hauch von ausklingendem Sommer. Ein Lied, das alle Farben noch leuchtender wirken ließ. Blumenkränze. Geflochtenes Haar. Ein Nachmittag. Ein Lächeln. Blaues Blitzen. Ein Frisbee …

»Keine Sorge«, entgegnete sie. »Ich schaue mich zwischenzeitlich schon einmal um.« Sie tat, als wäre nichts geschehen, und näherte sich ihm vorsichtig, während sie das fremdartige Ambiente der Umgebung in sich aufsog wie ein vertrockneter Schwamm eine dargebotene Flüssigkeit. Gierig, hungrig, fast begehrlich wollte sie alles verstehen. Wollte dieses sonderbare Gefühl begreifen, das so schlagartig von ihr Besitz ergriffen hatte. Wollte das geheimnisvolle Mitwirken höherer Mächte erfassen, die ihre Finger mit im Spiel zu haben schienen.

Plötzlich wirkte alles um sie herum wie dem fernen Reich der Legenden entstiegen. Und doch verströmte es etwas unbeschreiblich Vertrautes. Die Luft schien auf einmal zu schwingen und ihre eigene Sprache zu sprechen. Eine Sprache, die nur Eingeweihte verstanden. Urplötzlich wurde ihr Körper von einem Vibrieren erfasst, und die Anmut seiner Gegenwart raubte ihr schier den Atem.

Sie blinzelte, richtete ihr Augenmerk auf seine Werke. Sie weckten das unwiderstehliche Bedürfnis in ihr, mehr darüber zu erfahren, mehr über *ihn* zu erfahren. Wie in Trance bewegte sie sich vorwärts, bemüht, die idyllische Stille des Ortes nicht zu stören. Des Ortes und der Erkenntnis, die mehr Trug als Echtheit in sich zu bergen schien. Denn in diesem nie gekannten Zustand der Schwerelosigkeit erwachte in ihr plötzlich die brennendste aller Fragen. Die Frage, die eigentlich nicht existieren sollte und die längst verheilte Wunden aufriss. Eine absurde Frage, die sie gehörig durcheinanderbrachte. Was war nur in sie gefahren? Kaum merklich schüttelte sie den Kopf, versuchte sich wieder zu fassen.

Unter normalen Umständen hätte sie diese sonderbaren Eindrücke und Empfindungen als Irrsinn abgetan und über sich selbst gelacht. Ja, unter normalen Umständen. Wäre da nicht dieses Lächeln gewesen. Dieses Lächeln, das sie an einen gewissen Sommernachmittag im Lindenhofpark erinnerte. Einen Nachmittag, an dem sie sich ungewöhnlich belebt gefühlt, an dem sie das Flirren auf ihrer Haut und das Kribbeln im Bauch gespürt hatte. Ähnlich wie jetzt.

Nur, dass es diesmal anders war. Dass sie eine gealterte Frau von 66 und Thomas ein blutjunger Mann war. Dass sie sich hier nicht in einem Park, sondern in einem kleinen Laden befand, den sie zuvor noch nie betreten hatte. Zwar hatte es die Töpferei schon in ihrer Kindheit gegeben, aber Ada hatte erst vor Kurzem erfahren, dass der Sohn der Besitzer das Geschäft übernommen und eine neue Technik der Reparatur von Geschirr eingeführt haben sollte. Eine Technik, die er aus Japan mitgebracht hatte und die in der Stadt zum Gesprächsthema Nummer eins geworden war.

Rechts neben dem Verkaufstisch hingen Diplome an der Wand. Unauffällig schielte sie darauf. *Diplom zum Porzellangestalter – 1988, Staatliche Porzellan-Manufaktur Nymphenburg. Diplom zum Restaurateur von Porzellan – 1992, Staatliche Porzellan-Manufaktur Nymphenburg. Diplome der Goldlacktechnik – Kintsug – 1993, Tokio.*

Ohne es zu wollen, rechnete sie. In der Regel ging man mit 16 in Ausbildung, die zumeist drei Jahre dauerte. Dann wäre er … Sie schluckte. Dann wäre er Jahrgang 1969. War das möglich?

Ihr schwindelte. Eine Hitzewelle packte sie, und sie musste sich einen Augenblick an der Theke festhalten, keuchte leise. *Werde ich wahnsinnig?*, fragte sie sich und schnappte nach Luft.

Der junge Mann legte schließlich seine Arbeit zur Seite, erhob sich von seinem Hocker und schob die rote Baseballmütze zurück, sodass er sie aus blauen Augen musterte. Erneut musste sie sich fassen. Konnte es so viel Zufall geben? Vor ihr stand Klaus. Seine Locken, sein Lächeln und sogar seine Augen.

»Griaß Godd, gnädige Frau, womit kann ich Ihnen dienen?«

Ada hatte Schwierigkeiten, sich zu besinnen, aus welchem Grund sie hergekommen war. »Ich … ich habe gehört, dass sie eine neue Technik aus Japan mitgebracht haben«, stammelte sie noch immer wie in Trance.

»Ja, ganz recht«, sagte er. *Diese Stimme*, dachte Ada. *Sogar die Stimme* … »Man nennt sie Kintsug, und es handelt sich um eine 600 Jahre alte Technik, Geschirr mit Goldlack zu reparieren.« Er zeigte auf ein paar Ausstellungsstücke, die fantastisch aussahen. »Sie dürfen sie gerne anfassen, um sich zu vergewissern, dass man die Adern nicht spürt.«

Ada tat, wie ihr geheißen, ließ ihre Fingerspitzen über die glatte Oberfläche einer Tasse gleiten. Tatsächlich schien das Goldäderchen schon eh und je zu dem Trinkgefäß zu gehören.

»Faszinierend«, hauchte sie. Prompt besann sie sich, warum sie zu ihm gekommen war, holte eine zerbrochene alte Vase aus ihrer Tüte hervor und stellte die Teile vorsichtig auf dem Tresen ab.

»Meinen Sie, dass sie noch zu retten ist?« Es war Ada, als spräche sie von sich selbst. War *sie* noch zu retten?

»Haben Sie alle Teile?«

»Ja«, sagte sie und zeigte ihm die drei Stücke. »Zum Glück haben sie nicht zu sehr gesplittert.« *Das Gleiche kann ich von meinem Herzen allerdings nicht behaupten*, dachte sie.

»Das ist gut«, erwiderte er mit einem Lächeln. »Also werde ich sie reparieren können.«

»Das wäre wunderbar«, hauchte sie und konnte ihren Blick nicht von ihm abwenden. »Sagen Sie, junger Mann …«

»Nennen Sie mich doch bitte einfach Thomas«, bot er an. »So nennen mich hier alle.« *Ich bin Klaus*, hörte sie das Echo vergangener Tage.

»Dann nennen Sie mich gerne Ada«, antwortete sie ohne Umschweife und schaute ihn gewinnend an. Was tat sie da? Herrje, er musste sie ja geradezu für eine Cougar halten.

»Gerne Ada«, erwiderte er gelassen. »Was wollten Sie mich fragen?«

»Waren Sie zufällig mal in Berlin?«

Er lachte, seine Augen blitzten. Es war kaum noch zum Aushalten. »Aber nein, ich hatte noch nicht das Vergnügen, warum?«

Ada bebte. »Ach, nur so. Sie erinnern mich an einen alten Bekannten aus Jugendtagen. Ich fragte mich, ob Sie sein Sohn sein könnten.« Sie lächelte entschuldigend. »Aber das ist natürlich Unsinn«, wiegelte sie ab.

Ihre Erklärung schien ihn zu beruhigen, und er wirkte gelöster. »Ach so«, sagte er lachend. »Das ist mir auch schon mal passiert, ich meine, jemanden zu verwechseln.«

Ada funkelte fröhlich zurück. »Nun ja, lassen Sie sich auf jeden Fall gesagt sein, dass Sie einen wundervollen Laden führen, Thomas«, wechselte sie das Thema.

»Vielen Dank, Ada«, antwortete er und schien sich sichtlich über das Kompliment zu freuen. »Es ist nicht allein mein Verdienst«, gestand er. »Ich habe ihn von meinen Eltern übernommen.«

Ein Stich durchfuhr sie. *Seine Eltern!* Am liebsten hätte sie ihn gefragt, ob … Aber nein, das gehörte sich nicht.

Erneut riss sie sich zusammen. »Nun, wann meinen Sie, dass es fertig sein wird?«

Es war, als wäre auch er leicht verwirrt, denn er brauchte einen Augenblick, um zu begreifen. »Ach so, Sie meinen die Vase«, sagte er. »In einer Woche. Lassen Sie mir einfach Ihre Telefonnummer da, und ich rufe Sie an.«

»Gerne«, antwortete Ada gefasst und hatte nicht die geringste Lust zu gehen. Sie wollte sich hier zwischen die vielen Gegenstände aus Glas und Porzellan setzen, ihm stundenlang bei der Arbeit zuschauen. Seine dunklen Löckchen wippen, seine zarten Hände den Pinsel halten sehen und immer und immer wieder sein Lächeln betrachten.

Du spinnst!, tadelte sie sich, während sie ihren Namen und ihre Rufnummer auf den dargebotenen Zettel schrieb. *Jetzt drehst du völlig durch.*

Er nickte dankend, als sie ihm das Papier hinhielt, und er prüfte, ob er es auch lesen konnte. »Ada Beranger?«, fragte er gedehnt, und sein Adamsapfel hüpfte mehrmals, als hätte er sich verheddert. »*Die* Ada Beranger?«

Er kannte sie? »Äh, ja, warum?«, fragte sie genauso verblüfft.

»Sie sind die berühmte Schauspielerin und Malerin?«, fragte er.

Ada nickte. »Ja, die bin ich«, gab sie etwas geniert zu, denn sie war sich ihrer Berühmtheit nie wirklich bewusst. Und ihm gegenüber störte sie es sogar ein wenig.

»Ganz Lindau spricht von Ihren Gemälden«, sagte er. »Und ich war auf Ihrer letzten Ausstellung. Einfach wundervoll.«

Ada errötete leicht, fühlte sich wie ein einfältiges junges Mädchen. »Vielen Dank, Thomas«, erwiderte sie. »Jetzt, da ich es weiß, werde ich Sie offiziell zu meiner nächsten Ausstellung einladen.«

Sie plauderten noch eine Weile und verabschiedeten sich schließlich. Beschwingt verließ Ada den Laden, schlenderte ein paar Häuserblöcke weiter, ganz so, als wäre nichts geschehen. Geschwind bog sie in eine kleine Seitengasse ein, um sich dort mit dem Rücken gegen die Mauer zu lehnen und die Augen zu schließen. Ohne es zu wollen und ohne zu wissen, wo das auf einmal herkam, schwappte die Emotion von ihrem Bauch die Brust hinauf. Ihr Hals wurde so eng, dass es schmerzte, und Tränen schossen ihr in die Augen. *So hätte er ausgesehen*, ging es ihr durch den Kopf, als sie schluchzend dastand und versuchte, ihrer Gefühle wieder Herr zu werden. *So sieht er aus!*, berichtigte sie sich.

Jahrelang hatte sie sich gefragt, wem ihr Kind wohl ähnlich gewesen, welche Träume es gehabt, welche Menschen es geliebt und welchen Beruf es gewählt hätte. Da waren sie, die Antworten. Brutal und faszinierend zugleich, unbarmherzig und wundervoll, schockierend und atemberaubend. Denn gegen jede Vernunft war sie davon überzeugt, eben ihren eigenen Sohn kennengelernt zu haben. So unmöglich das auch klingen, so abwegig es auch erscheinen mochte, und ohne dass sie den leisesten Schimmer hatte, wie der verfluchte Georg das eingefädelt haben könnte, konnte es nicht anders sein.

Und diese neue Erkenntnis, die sich auf der einen Seite so zart und rosig wie eine gerade erblühte Blume nach einem langen Winter anfühlte, weckte auf der anderen den alten Schmerz. Den Schmerz über all das nicht Gelebte, all die Versäumnisse. Über den Verlust der nie geteilten Vertrautheit, der Nähe, der Zusammengehörigkeit.

Immer und immer wieder ließ sie den qualvollen Moment der Geburt Revue passieren. Immer und immer wieder sah sie Georg das winzige Wesen aufnehmen, in ein Tuch wickeln, um es sofort herauszutragen. Warum hatte er es so eilig gehabt, es ins Auto zu schaffen? Kein Klopfen auf den Po, keine Befreiung der Atemwege vom Schleim, nein, nicht einmal einen Blick hatte er dem Säugling gegönnt. Er habe es getan, um ihr den kummervollen Anblick zu ersparen, hatte er später behauptet. Aber Ada hatte es halten wollen, wenigstens einmal. Und als sie noch im Wochenbett gelegen hatte, hatte es geheißen, dass es schnell unter die Erde müsse, und sie noch zu schwach sei, um der Bestattung beizuwohnen. Georg hatte ihr nur eine Urkunde vorgelegt, die es zu unterschreiben galt. Und Ada hatte unterschrieben. Zu niedergeschlagen, um sich Fragen zu stellen, zu zerschmettert, um Widerstand zu leisten.

Nach einer Weile kam sie wieder zu sich. *Es ist, wie es ist*, sagte sie sich schniefend. Vergangenes kann nicht zurückgeholt werden. *Aber die Zukunft, die gehört uns!* Aus ihrer Handtasche kramte sie ein Taschentuch hervor, tupfte sich damit die Augen trocken und schnäuzte sich ausgiebig. Sie würde extrem vorsichtig vorgehen müssen, damit Georg keinen Verdacht schöpfte. Und auch der Junge sollte es nicht erfahren. Es wäre sicher ein Schock für ihn. Er war in einer liebenden Familie aufgewachsen. Sollte sie ihm das nehmen? Vielleicht wusste er nicht einmal, dass er adoptiert worden war. Nein, sie hatte kein Recht, diesen herrlichen jungen Mann, der in der Blüte seines Lebens stand, aus dem Gleichgewicht zu bringen. Aber sie hatte ein Recht, seine Nähe und Freundschaft zu suchen. Immerhin hatten sie etwas gemein: Die Liebe zur Kunst. *Ja, die Zukunft gehört uns,* wiederholte Ada in Gedanken, als sie weiterschritt. *Sie ist wie ein ungeschriebenes Gedicht, dessen Verse wir mit unseren Träumen und Hoffnungen füllen dürfen, auch wenn die Wahrheit dahinter niemals aufgedeckt wird …*

Kapitel 13 – Der Besuch

Lindau, Bodensee – Seerosen-Villa – September 2018, Samstag

Benommen ließ ich das Tagebuch sinken. Erst jetzt spürte ich die Träne, die mir übers Gesicht lief, wischte sie mit dem Handrücken fort. *Ada*, dachte ich bewegt. *Du arme Ada.* Mein Herz war mit Weltschmerz gefüllt, und ich meinte, es könnte vor Kummer gleich zerplatzen. Mein Hass auf Georg erwachte, fauchte mit grellen Flammen, als wäre er niemals erloschen. Wie kann ein Mensch so grausam sein? Und warum? Aus Eifersucht? Hatte er Ada ganz allein für sich haben wollen, wohlwissend, dass er sie niemals besitzen würde? Hatte er ihr selbst das kleinste Zipfelchen Glück missgönnt, nachdem er bereits ihre große Liebe mit meiner Großmutter verhindert hatte? Und wie hatte er das angestellt? Ich starrte auf die Zeilen, las sie noch einmal, so unglaublich schien es mir. Ada war ihrem Jungen also begegnet und … hatte ihn erkannt!

Eine Gänsehaut jagte mir über den Körper. Was für ein zerreißendes Gefühl das gewesen sein musste, diesen gut aussehenden jungen Mann auf einmal vor sich stehen zu sehen. Plötzlich stockte mir der Atem. Meine Gedanken schwirrten durcheinander. Da war es wieder, das nicht Greifbare. Etwas in meinem Geist, das mir einen Hinweis geben wollte, wie einen Fehler, den ich übersehen hatte. Wie ein Wort, das einem auf der Zunge lag.

Plötzlich kam eine Frage in mir auf: Wenn Ada gewusst hatte, dass Thomas ihr Sohn war, warum hatte sie ihn nicht als Erben eingesetzt? Hatte sie doch Zweifel gehegt? Stirnrunzelnd entschied ich, diese neuen Erkenntnisse vorläufig für mich zu behalten, um zu vermeiden, dass Bernd sich wie ein ausgehungerter Löwe darauf stürzte. *Sie hatte es gewusst? Dann hat das Testament Gültigkeit, und er kann höchstens einen Pflichtanteil anfordern*, hörte ich ihn schon sagen. Allerdings war ich mir nach wie vor nicht sicher, ob ich mir diesen Kampf wirklich antun wollte. Lieber ausziehen und mit Chris ein neues Leben beginnen, ohne langjährige Gerichtsverfahren, ohne Stress. Das brauchte kein Mensch.

Unwillkürlich blickte ich zu Chris hinüber, der prompt in seiner Lektüre innehielt. Tiefblaue Augen funkelten mich verschmitzt an. Abwesend erwiderte ich sein Lächeln, sodass er sich erneut dem alten Schriftstück widmete. Urplötzlich versteifte ich mich. Mein Herz hämmerte wild. »Ich hab's!«, rief ich so energisch, dass alle erschrocken zusammenfuhren. Rita fasste sich an die Brust, Bernd starrte mich vorwurfsvoll an und Chris hätte um ein Haar das zarte Blatt in seiner Hand zerrissen.

»Gottverdammich Heidabimbam Saggzemend Abbrau«, schimpfte er. »Was ist denn in *dich* gefahren?«

Ich bebte. »Verzeihung«, stammelte ich. »Aber ich habe endlich begriffen, was mit Thomas nicht stimmt.«

Erwartungsvoll schauten mich drei Augenpaare an.

»Er hat braune Augen!«, rief ich.

»Und?«

»Ada und Klaus hatten beide blaue Augen«, erklärte ich.

Bernd wiegte den Kopf hin und her. »Das muss nichts heißen, weißt du«, sagte er mit Bedauern in der Stimme.

»Die Augenfarbe kann auch mehrere Generationen überspringen.«

»Das ist richtig«, insistierte ich. »Aber Ada hat eindeutig geschrieben, dass er Klaus wie aus dem Gesicht geschnitten sei und blaue Augen habe. Und der Mann, den wir gesehen haben, sieht weder Ada noch Klaus ähnlich.«

»Da muss ich dir allerdings recht geben«, bestätigte Rita.

Bernd seufzte. »Das Alter hinterlässt Spuren und kann einen Menschen krass verändern.«

»Aber doch nicht die Augenfarbe!«, hielt ich stur an meiner Theorie fest. »Ich bin davon überzeugt, dass es sich bei diesem Mann nicht um Thomas Bauer handelt!«

Bernd seufzte. »Es tut mir leid, dir erneut zu widersprechen, aber es gibt Studien, die belegen, dass sich bei 15 Prozent der weißen Bevölkerung im Laufe des Lebens allmählich die Augenfarbe verändert. Der Gesundheitszustand spielt dabei oft eine Rolle.«

Ich hasste es, wenn Bernd so pragmatisch blieb, während ich mir meiner absolut sicher war. »Das mag sein«, antwortete ich nüchtern. »Aber es wäre schon ein beachtlicher Zufall, wenn ausgerechnet Adas Sohn davon betroffen wäre.«

Bernd seufzte und schaute mich mitleidvoll an. »Wenn du meinst«, gab er nach.

Chris blinzelte. »Vielleicht hast du recht, Liebes«, sagte er beschwichtigend. »Du hattest schon immer ein fast überirdisches Gespür für solche Dinge. Allerdings ist es als Beweisführung für die Erbschaft etwas zu mager.«

Ich stieß die angehaltene Luft aus. »Darum geht es mir doch gar nicht«, widersprach ich. »Es ist nicht wegen der Erbschaft. Jedenfalls nicht ausschließlich. Aber stell dir nur vor, es würde sich tatsächlich um einen Schwindler handeln, der alles unrechtmäßig einheimsen will?«

Chris nickte verständnisvoll. »Zugegeben, das wäre großer Mist, aber leider reichen da eine vage Vermutung und ein Tagebucheintrag nicht aus, um das Unglück abzuwenden. Niemand wird dir Gehör schenken, geschweige denn Glauben.«

»Es klingt an den Haaren herbeigezogen«, stimmte Rita ihm zu. »Wie soll er das auf die Schnelle denn gemacht haben?«

Verzagt zuckte ich die Achseln. Mir war klar, wie eigenartig und unglaubwürdig meine Vermutung für andere klingen musste.

»Einen Anwalt, der diese These vertritt, findest du allemal«, sagte Bernd. »Solange du ihn bezahlst, setzt er sich für dich ein. Mit der Polizei und dem Gericht ist das allerdings etwas ganz anderes.«

Fragend schaute ich ihn an. »Wie meinst du das?«

»Thomas ... oder, wenn es dir lieber ist: *der falsche Thomas*, würde dich sicherlich wegen Verleumdung verklagen. So etwas kann sich dann über Jahre hinziehen.«

Ich seufzte. Die Aussicht auf einen langwierigen Rechtsstreit war mir zuwider. »Und man würde mich für die Verrückte halten, die um keinen Preis loslassen will«, fügte ich hinzu. *War ich das denn nicht auch?* Betrübt ließ ich die Schultern hängen. »Ihr habt ja recht«, wollte ich mich geschlagen geben. Aber in meinem Inneren rumorte es weiter. Es war dieses Summen, das ich mittlerweile so gut kannte. Blitzartig kam mir ein Gedanke: »Ich glaube, dass ich dieser Judith mal einen Besuch abstatten sollte«, verkündete ich entschlossen, stand auf und holte meinen Laptop, der auf dem Esstisch stand.

»Judith?«, fragte Chris.

Rita seufzte. »Meinst du die Tante vom Adoptionsbüro?«

»Genau die«, antwortete ich und gab »Judith, Adoptionsbüro, Lindau« in die Suchspalte ein.

Chris runzelte die Stirn. »Ist die nicht bereits in Rente?«

»Das habe ich mich auch gefragt«, kam Rita mir zuvor. »Aber selbst wenn, hat sie das nicht daran gehindert, eine Straftat zu begehen, indem sie Adas Sohn unbefugt die Unterlagen überbracht hat.«

»Dann kommst du mit?«, fragte ich Rita.

»Klar!«, kam die Antwort wie aus der Pistole geschossen. »Was glaubst du denn? Dass ich dich so etwas Aufregendes allein erleben lasse?« Sie grinste mich aufmunternd an, sodass ich mich gleich besser fühlte und zurücklächelte.

Indessen hatten sich auf dem Bildschirm mehrere Suchergebnisse abgezeichnet. Darunter stach mir eine Judith Schneider bei der »Lindauer Kinderhilfe – Sonnenblumen Adoptionsservice« ins Auge. Prompt gab ich ihren vollen Namen ins Lindauer Telefonbuch ein. »Na, dann lass uns aufbrechen«, frohlockte ich. »Ich habe nämlich ihre Adresse gefunden …«

»Es ist Samstag«, sagte Chris erstaunt.

Ich zuckte mit den Achseln. »Umso besser, dann ist sie bei diesem Wetter heute Nachmittag sicher zu Hause anzutreffen«, konterte ich.

Und so hielten wir es. Nach dem Mittagessen ließen wir die Männer mit ihren altertümlichen Briefen zurück und begaben uns auf den Weg in Richtung Altstadt. Diesmal bogen wir am Bahndamm nach links ab und befanden uns schon nach kurzer Zeit im südländischen Flair der mittelalterlichen und barocken Häuser, die zu einem malerischen Ensemble verschmolzen. Trotz des anhaltenden Regens luden schmale Gassen und verwinkelte Plätze dazu ein, sich in vergangene Zeiten zu träumen, und die grünen Oasen rund um den historischen Stadtkern boten ein harmonisches Zusammenspiel aus Natur und Architektur. Um die Insel herum versperrte ein Dunstschleier die Sicht über den See. An den Alpenhängen schwebten drollig verschlungene Nebelschwaden vorbei, die aussahen wie tanzende Feendamen in weiten weißen Gewändern, die in Zeitlupe um sie herumwehten. Unwillkürlich fragte ich mich, ob es wohl solche oder ähnliche Nebelgestalten gewesen sein könnten, die vor langer Zeit zu der Legende des Hexensprungs geführt hatten.

Dann standen wir vor der Haustür eines alten Gebäudes in der Krummgasse. Wir schauten uns an. Abermals klopfte mir das Herz bis zum Hals, und an Ritas Gesichtsausdruck meinte ich zu erkennen, dass es ihr ähnlich erging.

Schließlich drückte ich auf den Knopf, auf dem *J. Schneider* zu lesen war. Prompt knisterte die Sprechanlage, als hätte die Frau direkt danebengestanden. »Ja?«

Ich nahm meinen ganzen Mut zusammen. »Guten Tag«, sagte ich mit fester Stimme. »Ich bin Isabella Lampert und möchte Sie in einer dringenden Angelegenheit sprechen.« Sofort biss ich mir auf die Unterlippe, nicht sicher, ob ich den richtigen Ton gewählt hatte.

Eine Pause entstand.

»In welcher Angelegenheit?«, kam es schroff aus der Anlage.

Ich räusperte mich. »Das möchte ich nicht unbedingt mitten auf der Straße breittreten«, antwortete ich. »Ich kann Ihnen versichern, dass es nicht lange dauern wird.«

»Es tut mir leid«, kam es kratzig aus dem Apparat. »Ich empfange keine Besuche.« Es wurde aufgelegt.

Rita und ich starrten einander an. Da standen wir wie zwei begossene Pudel unter einem Regenschirm. Abgefertigt wie ein unerwünschtes Paket. Hätte Sie mich nicht wenigstens an der Wohnungstür anhören können? Sollten wir jetzt einfach klein beigeben und kehrtmachen? Unverrichteter Dinge heimlaufen und weiterhin mit all den unbeantworteten Fragen leben? Ich schnaufte.

Rita kniff wütend die Augen zusammen und drückte abermals auf den Klingelknopf, ließ den Finger länger als nötig darauf ruhen.

»Was denn noch?«, kam es gereizt aus dem Lautsprecher.

»Hören Sie, Frau Schneider. Es ist auch in Ihrem eigenen Interesse, uns anzuhören«, patzte Rita zurück. »Es geht um eine Akte, die sie aus dem Archiv des Sonnenblumen-Adoptionsservices entwendet haben.«

Kaum hatte sie den Satz beendet, ertönte auch schon das laute Surren des Türöffners. »Erster Stock«, sagte die Stimme und legte erneut auf.

Kapitel 14 – Die Finte

Lindau Altstadt, Bodensee – September 2018, Samstagnachmittag

Beeindruckt schaute ich Rita an, die mir selbstgefällig grinsend die Tür aufhielt. »Donnerwetter«, sagte ich. »Man sollte sich lieber nicht mit dir anlegen, wie?«

Rita presste beschämt die Lippen aufeinander. »Sagen wir mal, dass manche Menschen einfach nur Klartext verstehen.«

Wir schmunzelten uns an. Als wir den ersten Stock erreichten, öffnete uns eine schmächtige alte Frau die Tür. Sofort meldete sich mein schlechtes Gewissen. Aber bei der Erinnerung an die schwächlich wirkende Heidi und daran, was sie uns alles angetan hatte, wollte ich mich nicht vom ersten Eindruck verblenden lassen.

»Kommen Sie rein«, drängte Judith uns hastig und lotste uns ins Innere der Wohnung, nicht ohne sich mit einem Blick ins Treppenhaus zu vergewissern, dass uns auch bloß niemand gesehen hatte. »Am Ende des Flurs auf der rechten Seite.«

Drinnen kam uns der angenehme Duft nach Zwetschgenkuchen und frischem Kaffee entgegen. Wir folgten Judiths Anweisung und traten ins Wohnzimmer, das, wie kaum anders zu erwarten, ziemlich altmodisch im 80er-Jahre-Stil eingerichtet war.

»Setzen Sie sich«, forderte Judith uns auf und zeigte auf zwei Sessel, während sie uns gegenüber auf dem Sofa Platz nahm. »Nun? Was wollen Sie von mir?«, kam sie schließlich direkt zur Sache.

Irgendwie fühlte ich mich plötzlich unwohl. Sollte ich es wie Rita handhaben und mein Anliegen ohne viel Umschweife vorbringen? »Ich habe erfahren, dass Sie Thomas Bauer seine Geburtsakte überreicht haben«, setzte ich mein Vorhaben in die Tat um.

Sie schaute mich stoisch an. »Wenn überhaupt, dann eine Kopie«, antwortete sie leicht pikiert. »Und was geht Sie das an?«

»Sie wissen, dass Sie sich damit strafbar gemacht haben?«, fragte Rita, wobei ich mir nicht sicher war, ob Einschüchterung der richtige Weg war, um an Informationen zu gelangen.

»Meine Freundin will damit sagen, dass es erstaunlich ist, ein solches Risiko eingegangen zu sein«, versuchte ich, die Aussage etwas abzumildern.

»Ja, ich bin mir darüber durchaus im Klaren«, ließ die trotzige Antwort nicht auf sich warten. »Und ich bereue es nicht.«

So kamen wir nicht weiter. Ich lehnte mich vor. »Hören Sie, Judith, ich persönlich werde Ihnen daraus keinen Strick drehen. Ich möchte einfach verstehen, warum Sie das getan haben und was es mit dieser Adoption so Besonderes auf sich hatte.«

»Was kümmert Sie das?«

Ich zögerte. Sollte ich ihr reinen Wein einschenken? »Ich bin Ada Berangers Erbin und –«

»Ach, da geht es lang«, stieß sie aus und lachte abfällig. »Sie fürchten um Ihre Erbschaft und wollen mir an den Kragen.«

»Absolut nicht«, konterte ich. »Es geht mir darum zu verstehen, was damals wirklich geschehen ist. Sie müssen wissen, dass ich monatelange Untersuchungen angestellt habe, um hinter die Wahrheit zu kommen. Um zu verstehen, warum Ada mich als Erbin eingesetzt hat. Dabei bin ich natürlich auch über die Geburt des Kindes und die Todesurkunde gestolpert.«

Judith rieb sich nervös die Hände. »Und? Was hat das mit mir zu tun?«

Innerlich fluchte ich, weil sie weiterhin so verschlossen blieb. Ich atmete einmal tief durch. »Hören Sie, Frau Schneider. Wir können jetzt noch eine Zeit lang um den heißen Brei herumreden, aber das möchte ich Ihnen und uns ersparen. Sagen Sie mir einfach, was Sie wissen, und wir lassen Sie in Frieden.«

»Und wenn nicht?«

Rita beugte sich vor. »Hören Sie, Frau Schneider. Wir sind in friedlicher Absicht hier«, sagte sie zu meiner Erleichterung. Ich hatte schon befürchtet, dass sie noch auftrumpfen wollte. »Wir wollen bloß ein Mittel finden, Thomas zu helfen, um ihren Fehler wieder wettzumachen«, log sie unverfroren.

Ich musste Rita in diesem Moment genauso erstaunt angeschaut haben wie Judith, sodass sie meinem bohrenden Blick geflissentlich auswich.

»Was soll das heißen?«, keuchte Judith verunsichert.

»Wenn Thomas mit der entwendeten Akte vor Gericht geht, könnte die Art und Weise, wie er an sie gekommen ist, als Verfahrensfehler gewertet werden und somit sein Recht auf einen Erbschaftsanteil zunichtemachen«, ließ Rita die Bombe platzen. Es hörte sich so glaubwürdig an, dass selbst ich unsicher wurde und mich fragte, ob da etwas dran sein könnte. Oder war es nur eine Finte?

»Ach, du liebe Güte«, stieß Judith aus und schien plötzlich in sich zusammenzufallen.

»Aber deswegen sind wir ja hier«, sagte Rita nun sanfter. »Um das Schlimmste zu verhindern.«

»Ja, wie denn?« Mitgenommen schaute Judith von Rita zu mir. »Also gut, was möchten Sie genau wissen?«

»Alles über die Geburt«, sagte ich prompt, bevor sie es sich anders überlegen konnte. »Wie hat Georg Wächter es angestellt, das Kind für tot zu erklären?«

»Davon weiß ich nichts«, wich sie mit runden Augen meiner Frage aus. »Wir wurden von einer Dame kontaktiert, die uns das Kind anvertrauen wollte.«

»Von einer Dame?«, fragte ich perplex. »Sind Sie sich da sicher?«

»Oh ja, ganz sicher«, bestand Judith auf dieser Tatsache.

»Und wie hieß diese Dame?«, fragte ich weiter.

Judith knetete wieder ihre Finger. »Es handelte sich um eine der Kunze-Schwestern«, antwortete sie kaum hörbar.

Mir musste die Kinnlade heruntergefallen sein, denn Rita stieß mich an, sodass ich aus meiner Starre erwachte. »Die Kunzes?«, wiederholte ich heiser. »Was hatten die denn mit Adas Sohn zu tun?« Wild wirbelten meine Gedanken durcheinander, aber sosehr ich mich auch bemühte, eine Begründung dafür zu finden, wollte es mir einfach nicht gelingen. Ich dachte an die Familienfehde, daran, dass sie sich Ada in späteren Jahren durch ihre Kunst genähert hatten. Wo lag da der Sinn?

»Das kann ich Ihnen leider auch nicht sagen«, antwortete Judith. »Wir hinterfragen nicht das Warum, sondern handeln im Sinne der Kinder.«

»Natürlich«, fing ich mich wieder. Meine nächste Frage wägte ich etwas länger ab. »Was hat Sie nach so langer Zeit letztendlich dazu bewogen, Herrn Bauer die Wahrheit anzuvertrauen?«

Tatsächlich schien ich einen wunden Punkt getroffen zu haben. Verlegen schaute Judith auf ihre Finger, die vom vielen Drücken bereits ganz rot waren. »Es ist … also«, druckste sie herum und stieß einen Seufzer aus. »Nun, es war mein erstes Kind«, brachte sie plötzlich hervor. »Ich war noch blutjung, und … na ja, da hat man noch keinen Abstand zu den Vorkommnissen …«

Ich glaubte zu verstehen. »Sie meinen, ein wenig wie bei Ärzten, die sich zu Beginn ihrer Karriere die Dinge zu sehr zu Herzen nehmen?«

»Genau«, gestand sie. »Als sie mir das Bündel brachten, konnte ich mich vor Mitleid für den kleinen Wurm kaum noch einkriegen«, gestand sie, und ich spürte ihre Emotionen, die selbst nach all den Jahren noch sehr präsent schienen.

»Wie meinen Sie das?« Auch mir ging das Thema nahe, besonders da ich wusste, wie heftig Ada sich nach diesem Kind gesehnt hatte.

Kleinlaut schaute Judith auf ihre Hände, räusperte sich. »Sicher wissen Sie, dass ledige Mütter damals nicht nach ihrer Meinung gefragt wurden.«

Mir stockte der Atem. »Nein, das war mir nicht bekannt«, gestand ich. Zuvor hatte ich mich nie mit diesem Thema befasst.

Judith schluckte hart. »Das Sorgerecht von Kindern lediger Mütter lag bis 1970 beim Jugendamt, und die armen Frauen waren der Willkür der Beamten ausgesetzt.«

Entgeistert schaute ich sie an. »Ehrlich?«

Judith nickte. »Somit übernahm die Stadt von Geburt an die Vormundschaft für uneheliche Kinder, ohne den Müttern eine Wahl zu lassen. Und trotz der theoretischen dreimonatigen Schonfrist für die Adoptionseinwilligung kannten die meisten von ihnen nicht ihre Rechte, sodass schon vor der Geburt von ihnen verlangt wurde, Blankozustimmungen zu unterschreiben.«

Mir verschlug es die Sprache, ich brauchte einen Augenblick, um diese Ungeheuerlichkeit zu begreifen. »Das gibt es doch nicht«, stöhnte ich schließlich leise. »Dann wird es Sie sicher auch nicht überraschen, dass man Ada das Kind entwendet und für tot erklärt hat«, sagte ich matt.

Judith erzitterte leicht. »In der Tat, es wundert mich nicht«, erwiderte sie. Ihr anfängliches Misstrauen schien verflogen zu sein, und fast hätte man meinen können, dass es ihr sogar guttat, sich jemandem anzuvertrauen. »Ich muss gespürt haben, dass sich hinter seiner Geschichte etwas Ungewöhnliches verbirgt. Als ich ihn das erste Mal in den Armen hielt, verspürte ich den brennenden Wunsch, für ihn da zu sein. Und so habe ich ihn sein ganzes Leben lang mehr oder weniger im Auge behalten.«

Ihre Worte bewegten mich tief, und auf einmal tat es mir leid, dass Rita ihr so einen Schrecken eingejagt hatte. »Woher wussten Sie eigentlich, dass Ada die Mutter war?«

»Das wurde mir damals angegeben und stand so in den Unterlagen. Sie hatte den Schein unterschrieben.«

Ich runzelte die Stirn. »Sie meinen, Sie ist persönlich zu Ihnen ins Büro gekommen, um die Verzichtserklärung zu unterschreiben?«

»Nein, nein«, wehrte sie ab. »Das Dossier wurde uns von Frau Kunze bereits vollständig ausgefüllt überreicht.«

Abermals nickte ich nachdenklich. »Dann haben Sie also all die Jahre Kontakt zu Thomas gehalten?«, wollte Rita wissen.

»Kontakt? Nein, nein, nicht direkt. Aber ich wusste, wo er lebte, ging im Geschäft seiner Eltern und bis heute bei ihm ein und aus«, erzählte sie mit nostalgischem Vibrieren in der Stimme. »Ein guter Junge. Sehr fleißig in der Schule. Hat sich auch im Studium schwer ins Zeug gelegt.«

Das stimmte. »Ja, eine beachtliche Laufbahn. Besonders die Reise nach Japan scheint ihm bekommen zu sein.«

Ein Schatten huschte über Judiths Gesicht. »Es war das Beste, was ihm passieren konnte, ja«, bestätigte sie ernst und ihre Augen glitzerten, als wäre es ihr eigener Bub gewesen. »Ein paar Jahre zuvor ist er so unglücklich gewesen, dass mir ganz angst und bange war. Erst als er aus Japan zurückkehrte, wirkte er wie umgewandelt. Erwachsener, selbstsicherer, und er schien seinen Kummer verarbeitet zu haben.«

»Was ist denn geschehen?«, fragte ich.

»Och, das möchte ich lieber für mich behalten«, wich Judith aus. »Es tut auch nichts zur Sache. Was mich aber die ganzen Jahre über wirklich bewegt hat, war, dass er seine leibliche Mutter kannte, ohne es zu wissen.«

Ich nickte. »Verstanden die beiden sich gut?«

»Gut?«, fragte sie rein rhetorisch. »Er vergötterte sie geradezu.«

Rita wurde hellhörig. »Und warum haben Sie es ihm damals nicht schon gesagt?«, mischte sie sich ein.

Schuldbewusst wich sie unseren Blicken aus und schaute zum Fenster, auf dessen Scheiben der Regen lange Schlieren zog. »Das konnte ich doch nicht. Damals war ich noch Angestellte und das Risiko zu groß.«

Rita nickte. »Und als Ada gestorben ist, haben Sie die Akte dann trotzdem kopiert«, schlussfolgerte sie.

»So ist es.«

»Hatten Sie nicht befürchtet, dass es Thomas' ganzes Leben durcheinanderbringen könnte?«

»Ja, diese Befürchtung hat mich anfangs noch zurückgehalten. Aber letztendlich hat die Vernunft gesiegt: Erbe eines solchen Anwesens und Vermögens zu sein, kann ein Dasein doch nur positiv verändern. Warum sollte der arme Mann noch weiter darauf verzichten? Hatte er nicht genug entbehren müssen? Sollte ich ihm den Stolz über seine leibliche Mutter vorenthalten?« Sie schnaufte. »Nein, das habe ich nicht übers Herz gebracht.«

Ich nickte. »Und wie hat er es aufgefasst? War er nicht schockiert?«

Judith schüttelte sachte den Kopf. »Das war ja das Sonderbare. Er schien eher traurig als überrascht, fast als hätte er irgendwie geahnt, dass Ada seine Mutter war.«

Durchaus möglich, dachte ich, und ein Schaudern durchlief mich. Ada hatte es ja auch erkannt. »Wusste er denn, dass er adoptiert worden war?«

Judith nickte. »Ja, die Bauers sind immer aufrichtig zu ihm gewesen und haben ihm sogar mehrmals nahegelegt, Einsicht in seine Akte zu nehmen.«

Innerlich schüttelte ich mich. Wieder ein Drama, das Georg verschuldet hatte, einzig und allein um seine persönlichen Interessen durchzusetzen. Jedes Mal, wenn ich versuchte, mich vom Hass auf ihn zu befreien, kamen neue Katastrophenmeldungen auf mich zu. Betreten saßen wir da, jede in ihre Grübeleien versunken.

»Und war er … normal … ich meine, wie immer?«, wollte ich weiter wissen.

Judith schien die Frage nicht zu verstehen. »Wie meinen Sie das?«

»Hat er sich verändert?« Himmel, wie sollte ich sie fragen, ob es sich um den echten Thomas handelte, ohne dass sie mich für völlig übergeschnappt hielt?

»Wenn Sie auf seine Krankheit anspielen, dann ja. Sie hat ihn furchtbar mitgenommen«, sagte sie vorsichtig.

»Woran leidet er denn?«

»Er leidet unter einer seltenen Autoimmunkrankheit namens Alopecia areata.«

Fragend schauten Rita und ich uns an. »Wie macht sich die bemerkbar?«

»So genau weiß ich das auch nicht. Nur, dass sie die Haarfollikel angreift. Man erzählt sich, dass Thomas unheimlich unter dem Haarausfall leidet. Deshalb hat er sich den Kopf rasiert und trägt immer die rote Mütze, weil die kahlen Flecken trotz der Tonsur sichtbar bleiben.«

»Oh«, war alles, was mir dazu einfiel. Da saß ich hier und spionierte einem Kranken hinterher. Ein unbeschreibliches Schamgefühl packte mich. Hatte ihm die Krankheit so zugesetzt, dass ich deshalb das Gefühl nicht loswurde, es könnte sich bei dem Mann nicht um den echten Thomas handeln? Erneut musste ich an Bernds Worte denken, daran, dass sich die Augenfarbe durch Krankheit verändern konnte.

Rita und ich wechselten einen flüchtigen Blick. Sie schien das Gleiche zu denken, und wir nickten uns knapp zu. Wir waren uns einig, dass es an der Zeit war, das Verhör zu beenden. Mittlerweile konnte ich nachvollziehen, wie alles zustande gekommen war. Und je mehr ich erfuhr, umso weniger hatte ich das Bedürfnis, mich Thomas in den Weg zu stellen.

Eine Frage beschäftigte mich allerdings noch: »Sind Sie nicht schon ein paar Jährchen in Rente?«, hakte ich noch einmal nach und erntete ein Nicken. »Wie sind Sie dann überhaupt an die Akte gekommen? Werden die Unterlagen denn für gewöhnlich nicht im Jugendamt aufbewahrt?« Ich meinte, so etwas mal gelesen zu haben.

Erneut senkte Judith geniert den Blick. »Schon, aber wir behielten immer eine Abschrift in unseren eigenen Archiven, die sich in einem anderen Gebäude befinden. Vorsichtshalber, falls jemand auf den Gedanken gekommen wäre, im Zentrum einzubrechen, um an Informationen zu gelangen«, erklärte sie. »Und als ich in Rente gegangen bin, habe ich aus Versehen einen der Schlüssel vom Archiv mitgenommen«, gestand sie weiter. »Es geschah unbeabsichtigt, aber als ich ihn dann in Händen hielt, hatte ich plötzlich einen Geistesblitz, und ich brachte es einfach nicht über mich, ihn zurückzubringen. Es war wie ein Wink des Schicksals, der mir zu verstehen gab, dass meine Aufgabe noch nicht beendet war.«

Rita schien betroffen. »Und haben Sie daran gedacht, was passieren könnte, wenn er die Unterlagen wirklich vor Gericht verwendet?«

Judith presste trotzig die Lippen aufeinander. »Ja. Es gehörte zu meinem Plan.« Plötzlich wirkte sie jedoch verängstigt. »Glauben Sie, dass Sie Thomas helfen können?«, fragte sie mit bebender Stimme.

Betreten schaute ich zu Rita, die sich mittlerweile auch zu schämen schien.

»Hören Sie, Frau Schneider«, antwortete sie sanft. »Falls das wirklich alles auffliegen sollte, dann sind Ihre Beweggründe so nobel und menschlich, dass es selbst den Richter erweichen wird.«

Ich nickte zustimmend. »Außerdem können Sie auf meine Zeugenaussage zählen.«

Nun blickten mich beide erstaunt an.

»Obwohl es dazu dient, Ihnen die Erbschaft streitig zu machen?«, hauchte Judith ungläubig.

»Ja«, antwortete ich. »Wie gesagt, möchte ich mich Adas Willen nicht in den Weg stellen.«

Ergriffen verzog Judith ihr Gesicht zu einer gepeinigten Grimasse. »Das ist wirklich lieb von Ihnen«, sagte sie mit belegter Stimme und schniefte. »Wenn ich irgendetwas für Sie tun kann, dann zögern Sie bitte nicht, zu mir zu kommen, Kindchen.«

In meinem Inneren schwoll ein unbeschreibliches Brennen an, kroch in mir empor und schien meinen ganzen Brustkorb einzunehmen. Es war so verlockend, dass ich mich zügeln musste. Wollte ich denn wirklich solch einer einmaligen Gelegenheit widerstehen? Ohne Einholen von Genehmigungen, ohne viel Aufhebens, ohne das pingelige bürokratische Drumherum und das jahrelange Warten? *Damit werde ich mich in Kürze sicher beschäftigen müssen,* schwirrten mir Chris' Worte durch den Sinn. Meine Atmung ging schneller.

»Frau Schneider«, begann ich mit zugeschnürter Kehle.

»Nennen Sie mich doch bitte Judith«, forderte sie mich schüchtern auf.

»Judith, haben Sie vielleicht noch den Schlüssel?«, hörte ich mich scheinheilig fragen.

Perplex wandte Rita sich mir zu, sagte aber nichts. Allmählich schien sie zu begreifen. Ich meinte, ihren vorwurfsvollen Blick auf mir ruhen zu spüren.

»Äh, ja. Warum?«, fragte Judith verwirrt.

Ich lächelte wie in Trance, obwohl mein Inneres in lichterlohen Flammen stand, vom jagenden Adrenalin zerfressen. Mein Herz pendelte zwischen Aufregung und Zweifeln, Wissensdurst und Schuldgefühlen hin und her. Tat ich das Richtige? »Dann hätte ich noch eine letzte Bitte an Sie«, sagte ich wie im Bann, wohl wissend, dass Judith mir meinen Wunsch erfüllen würde …

Kapitel 15 – Der Fund

Lindau, Bodensee – Zurück in der Seerosen-Villa, am selben Tag

»Du bist ja ein richtiges Schlitzohr«, spaßte Chris, ohne die ganze Wahrheit zu kennen. »Die arme Frau.«

Bernd schürzte die Lippen. »Ganz unrecht hattest du allerdings nicht«, bestätigte er meine Befürchtung. »Es ist durchaus denkbar, dass ein guter Anwalt Bauers Anspruch deshalb vor dem Gericht für nichtig erklären lassen könnte.«

»Wie bist du denn darauf gekommen?«, wollte Chris wissen.

Rita seufzte. »Keine Ahnung. Not macht erfinderisch. Sicher wurde ich von den vielen Experten-Serien beeinflusst.«

Ich schnitt eine Grimasse. »Judith hat mir echt leidgetan«, gestand ich. »Sie hat doch nur aus Gutmütigkeit gehandelt.« *Nicht wie ich*, fügte ich in Gedanken beschämt hinzu. *Ich habe mich vom Eigenzweck verleiten lassen.*

Rita nickte. »Stimmt, mir auch.« Streng sah sie mich an und erinnerte mich dabei plötzlich an Bernd. »Aber du hast ihr ja großzugig deine Hilfe angeboten.«

»Was hast du?«, fragte Bernd ungläubig.

»Sie hat mich davon überzeugt«, brachte ich zu meiner Verteidigung hervor. »Und wie gesagt liegt mir nicht daran, Thomas sein Recht streitig zu machen.«

Verdrießlich schüttelte Bernd den Kopf. »Dann glaubst du also nicht mehr, dass er ein Usurpator sein könnte?«

»Hm«, überdachte ich meine Antwort. »Nein. Alles scheint seine Richtigkeit zu haben.« Warum ich mich trotzdem nicht mit dem Gedanken anfreunden konnte, hätte ich in diesem Moment nicht sagen können.

»Um ehrlich zu sein, kann ich mir nicht vorstellen, wie jemand in so kurzer Zeit die Identität eines anderen angenommen haben soll«, sagte Rita. »Das stelle ich mir nicht so einfach vor.«

»Stimmt«, gab ich mich geschlagen. »Jetzt, wo du es sagst. Es hat einfach zu viele Unklarheiten gegeben. Zum Beispiel, warum er plötzlich das Geschäft geschlossen hat. Oder die unstimmige Augenfarbe. Ganz zu schweigen von seinem sonderbaren Verhalten.«

»Das kommt sicher von der Krankheit«, sagte Chris und legte mir den Arm um die Schultern.

Ich seufzte, küsste ihn. »Ja, das denke ich jetzt auch.«

»Nach wie vor halte ich es für eine Dummheit, aber gut. Es ist euer Haus«, sagte Bernd.

Ich schluckte, wollte gar nicht weiter darüber nachdenken, was wir noch angestellt hatten. Wie hatte Ada so schön gesagt? Was geschehen ist, kann nicht mehr rückgängig gemacht werden. Deshalb würde es nicht viel nützen, sich mit Gewissensbissen herumzuschlagen. »Auf alle Fälle bin ich froh, dass wir Judith aufgesucht haben«, schloss ich das Thema ab.

Prüfend musterte Chris mich. »Irgendetwas bedrückt dich aber noch, oder?«

Ich lächelte schief. »Du kennst mich zu gut.«

»Raus damit!«

»Es ist nur, dass ich es mir noch immer nicht erklären kann, wie die Kunzes an das Baby gekommen sind.«

Chris zuckte die Achseln. »Vielleicht waren sie Georg noch einen Gefallen schuldig.«

Ganz zufrieden war ich mit dieser Vermutung nicht. »Ausgerechnet Georg soll den beiden Tratschen ein so großes Geheimnis anvertraut haben? Ein Geheimnis, das ihnen Macht über ihn verliehen hätte?«

Chris rieb sich das Kinn. »Auch wieder wahr. Aber auf der anderen Seite hat es vielleicht einen triftigen Grund gegeben, warum die beiden es bis heute verschwiegen haben. Es könnte doch auch andersherum sein.«

»Wie meinst du das?«

»Vielleicht hatte er ja die Schwestern in der Hand.«

»Es hätte ihm auf alle Fälle ähnlich gesehen«, erwiderte ich seufzend. »Wir werden es wohl niemals erfahren.«

»Außer du fragst die Kunzes«, mischte Bernd sich ins Gespräch ein.

»Oh nein«, wehrte ich den Gedanken ab. »Ich habe von Verhören jeglicher Art die Nase gestrichen voll.«

»Vielleicht wirst du deine Meinung bald ändern«, verhieß Bernd geheimnisvoll und wedelte mit einem Brief in der Hand.

»Ach ja?« Ich schaute fragend zwischen ihm und Chris hin und her. Dann fiel mein Blick auf den Wust an Schriftstücken, die über Couchtisch und Teppich verteilt lagen. »Seid ihr etwa fündig geworden?«

Bernds Augenbrauen tanzten vielsagend, und sein Gesichtsausdruck glich dem eines Honigkuchenpferdes.

»Ehrlich?«, fragte Rita genauso benommen wie ich.

Chris erlöste uns. »Wir haben einen hitzigen Briefaustausch zwischen den Richters und den Kunzes entdeckt.«

Überall hatten die Kunzes ihre Finger mit im Spiel. Bereits bei meiner Suche nach der Wahrheit über Adas Vergangenheit hatten sie eine Rolle gespielt, und hinterher auch bei der Geschichte mit Heidi und Alrun. Und jetzt schienen sogar ihre Vorfahren eng mit dem Schicksal von Adas Ahnen verbunden zu sein. Es war wie verhext. »Ich kann es kaum erwarten, schießt los«, sagte ich.

Bernd hielt Chris den Brief hin. »Dem Literaten gebührt die Ehre«, sagte er geschwollen, wie um uns auf die sprachliche Ebene des vergangenen Jahrhunderts einzustimmen.

»Ja, deine Stimme ist so schön«, schwärmte Rita.

Chris lächelte, schaute ernst in die Runde. »Bereit?«

Während ich mich an ihn kuschelte, tat Rita bei Bernd das Gleiche. Erwartungsvoll schauten wir zu Chris.

»Lindau, Anno 1809 – An Karl Ludwig Richter – Ehrenfester Gegenschwieger Karl, mit diesem Schreiben möchten wir uns der Ungeheuerlichkeit erwehren, die Ihr uns in Eurem letzten Brief unterbreitet habt. Bitte verliert nicht aus den Augen, dass es Eure Tochter Anneliese war, die das ›heilige Abkommen‹, wie Ihr es nennt, gebrochen und alles meinem Sohn Wilhelm gebeichtet hat. Nicht zuletzt, weil sie es als Zumutung angesehen hat, dass Ihr den werdenden Eltern das ihnen Zustehende verweigert habt. Wilhelm hat anschließend lediglich das ihm gebührende Recht eingefordert, wie es ein jeder obendrein irregeführter Gemahl gehalten hätte.« Chris räusperte sich.

»Wie spannend«, flüsterte Rita.

»Schließlich ist es nunmehr unsere Familie, die für den Unterhalt dieses unglückseligen Sprosses aufkommen muss. Und es mutet geradezu einer Unverschämtheit an, dass Ihr Euch erdreistet, den aus dem geheimen Übereinkommen entsprungenen Erlös einzubehalten, der hinter unserem Rücken mit besagter Obrigkeit ausgehandelt wurde. Das Pfand steht dem Kinde zu, welches wiederum zu Eurer Tochter gehört, welche durch die Vermählung mit meinem leidtragenden Sohn großmütig in unsere Familie aufgenommen wurde. Mei-

nem Sohn, der einer doppelten Täuschung zum Opfer gefallen ist. Weder war Eure Tochter die vor der Hochzeit verheißene Unschuld, noch entspringt besagtes Erzeugnis meines Sohnes Huld. Aber leider ist er Anneliese zu sehr ergeben, als dass er sie zu verstoßen vermag. Deshalb fordere ich Euch ein letztes Mal auf, Vernunft walten zu lassen, auf dass Ihr uns übergebet, was uns von Rechts wegen zusteht. Die Konsequenzen einer Ablehnung Eurerseits wären für unser beider Familien von verheerendem Ausmaß, da Ihr mir keine andere Wahl ließet, als die Ehre der Meinen bis aufs Blut zu verteidigen. Hochachtungsvoll, Maximilian Kunze.«

Langsam richtete ich mich auf und schaute Chris und Bernd fragend an. »Glaubt ihr, dass das Pfand, von dem darin die Rede ist, das Juwel sein könnte?«

»Möglich wäre es zumindest«, antwortete Chris.

Rita nickte. »Und die Obrigkeit Napoleon?«, mutmaßte sie.

»Es scheint mir zu verfrüht, um das mit Sicherheit behaupten zu können«, erwiderte Bernd. »Denn wir wissen zwar, wo sich der Berührungspunkt von Karl Richter und Napoleon befindet, aber nicht, was Karls Tochter Anneliese mit dem Kaiser zu tun hatte.«

Im Bann der Geschichte gefangen, grübelte ich angestrengt. »Vielleicht hatte es etwas mit ihrer unvernünftigen Entscheidung zu tun?«

Chris nickte. »Kein schlechter Gedanke«, gab er zu. »Wir müssten also herausfinden, was es damit auf sich hatte.«

»Und wie geht die Geschichte mit Karl Richter und Maximilian Kunze weiter?«, fragte ich. »Gibt es noch mehr Anhaltspunkte?«

»Leider haben wir Karls Antworten nicht«, bedauerte Chris. »Aber der nächste Brief, der ein paar Tage später verfasst wurde, gibt wiederum etwas mehr Aufschluss über die darauffolgenden Ereignisse.«

»Liest du ihn bitte auch vor?«, bettelte Rita.

»Klar macht er das, nicht wahr, Chris?«, bestimmte Bernd zuversichtlich, während er das nächste Schreiben aus dem vergilbten Wirrwarr wühlte. Es wunderte mich, dass sie sich darin überhaupt zurechtfanden.

Chris nahm das alte Dokument entgegen und las. *»Lindau, Anno 1809 – An Karl Ludwig Richter – Hochverehrter Gegenschwieger Karl, mit schwerem Herzen und der tief sitzenden Verbitterung über die gegenwärtige Situation sehe ich mich gezwungen, Euch erneut zu schreiben. Eure anhaltende Weigerung, Euch unserer gerechten Forderung zu beugen, zwingt mich, eine Angelegenheit von höchster Wichtigkeit zu unterstreichen. Ich muss Euch daran erinnern, dass bei der in unseren früheren Schriften angesprochenen Diskordanz die Ehre unser beider Familien auf dem Spiel steht. Deshalb kann die Verletzung des Ehrbegriffs ausschließlich durch eine gerechte Auseinandersetzung, wie es in unseren Kreisen Brauch ist, gesühnt werden. Es liegt mir fern, diese Schranken zu durchbrechen, deshalb muss ich darauf bestehen, Euch noch einmal die mögliche Tragweite Eurer Handlungen bewusst zu machen. Die Herausforderung, die ich Euch hiermit in feinster Form unterbreite, ist mein letztes Mittel, um die Ehre meiner Familie zu wahren. Ich rufe Euch ein letztes Mal auf, Eure Haltung zu überdenken und die notwendigen Schritte zu unternehmen, um einen befriedigenden Ausgleich herbeizuführen. In der Hoffnung auf Eure Einsicht verbleibe ich mit hochachtungsvollen Grüßen, Maximilian Kunze.«*

»Wow!«, rief Rita. »Ein Duell?«

Mir stockte der Atem. Es war unheimlich, so tief in die

Vergangenheit einzutauchen. »Aber warum sagt er, dass er die Schranken nicht überschreiten will? Welche Schranken?«

Chris lächelte. »Duelle waren in Österreich bei hoher Strafe verboten, was die Herren jedoch nicht daran hinderte, sich ihnen nach Leibeskräften zu widmen.«

»Aber gehörte Lindau nicht seit 1806 bereits zu Bayern?«, gab ich zu bedenken.

»Richtig, aber da Lindau zuvor eine Reichsstadt war, ist es durchaus möglich, dass die Rechtsprechung den Veränderungen noch etwas nachhinkte. Und so, wie Karl sich ausgedrückt hat, ist anzunehmen, dass er davon ausging, dass es verboten war.«

»Und wisst ihr schon, wie es ausgegangen ist?«

Bernd und Chris wechselten einen vieldeutigen Blick.

»Wir waren gerade dabei, einen Brief von Maximilians Frau Katharina Kunze zu lesen, als ihr gekommen seid«, antwortete Bernd.

»Na dann los, auf was wartet ihr noch?«, rief ich, woraufhin Chris ein weiteres Schriftstück aufnahm und zum Lesen ansetzte: »*Lindau, Anno 1809 – An die Damen und Herren der Familie Richter, mit schwerem Herzen und in tiefster Trauer über den tragischen Verlust meines verehrten Gatten Maximilian, vermag ich es nicht zu unterlassen, Euch gegenüber meine tiefste Abscheu kundzutun.*«

»Oh je, also wurde Maximilian Kunze bei dem Duell erschossen!«, raunte Rita entsetzt.

»Kein Wunder, dass die Familien sich zerstritten haben«, fügte ich hinzu und schaute erwartungsvoll zu Chris hinüber.

Sofort las er weiter. »*In diesem düsteren Augenblick, da das Schicksal das wohlgeachtete Mitglied unserer Mitte entrissen hat, erfüllt mich nicht allein der Schmerz über den Ver-*

lust meines innig geliebten Gemahls, sondern auch ein Gefühl des tiefen Unverständnisses ob der unheilvollen Wendung, die unsere Familienbande genommen hat. Die geheime Zusammenkunft, der mein Mann beigewohnt hat, um eine Ehrensache zu regeln, und der er zum Opfer gefallen ist, lässt mich in tiefer Betrübnis zurück. Gewiss erkenne ich die Tragik dieser verhängnisvollen Begebenheit, doch sind meine Gedanken unweigerlich von einem Gefühl des tiefen Zornes und der unheilvollen Verbitterung durchdrungen. Euch gegenüber, der Angehörigen der Richter'schen Sippe, empfinde ich nicht bloß eine unermessliche Enttäuschung, sondern auch einen schmerzlichen Groll, der sich in mir regt wie ein Sturm in düsteren Wolken, die nichts Gutes für die Zukunft verheißen. War es nicht Eure eigene Tochter, die mit den unbedachten Entscheidungen eines schamlosen Weibes nur nach ihrem eigenen Gutdünken handelte? War nicht sie es, die mit ihren verhängnisvollen Irrtümern Schande über uns alle gebracht hat, als sie sich gleich einer Käuflichen auf einen Wagen schwang, um der Armee als liederliche Marketenderin zu folgen? Was habt Ihr unternommen, um dem Kind den rechten Weg zu weisen? Was habt Ihr getan, um sie an den heimischen Herd zurückzuholen? Nichts! Stattdessen habt Ihr sie geradezu ins Bett dieses fremdländischen Monarchen, dieses Frauenhelden gelegt, damit sie Eurer Sippe Vorzüge verschafft. Denn wie erklärt Ihr sonst, dass Ihr einen so hohen Lohn für die Einpflanzung seiner Frucht in Eurer Tochter Leib erhalten habt, wenn das ganze Unterfangen nicht auf puren Spekulationen Eurerseits beruht haben soll? Nicht genug, dass Ihr es zugelassen habt, dass mein geliebter Sohn zum betrogenen Hahnrei wurde, einem Gehörnten, dem man noch dazu eine fremde Brut ins Nest gelegt hat, sondern Ihr habt uns obendrein die uns zustehende Abfindung verweigert, sodass mein geehrter

Gatte sein Leben für die Wahrung unserer Ehre hat lassen müssen. Möge dieses Schreiben als Zeichen der Zerrüttung und der Ankündigung einer nicht mehr abwendbaren Fehde unserer Familien dienen. Somit ist Eure Tochter nicht mehr Euer Kind, und ihr soll jeglicher Umgang mit Eurer Sippschaft verboten sein. Den durchlauchten Enkel könnt Ihr ebenfalls vergessen, denn Ihr werdet ihn zu Lebzeiten niemals wieder zu Gesichte bekommen. Ich verfasse diesen Brief nicht aus Leichtfertigkeit, sondern aus dem tiefen Bedürfnis heraus, der Wahrheit zu ihrem Recht zu verhelfen und meinen Gemahl zu sühnen. In finsterer Schwärze der Qual versunken, trage ich die Last dieser Ungerechtigkeit. Katharina Kunze.«

Es herrschte Stille. Betreten schauten wir uns an. Selbst ich musste zugeben, dass ich Maximilians Frau ein wenig verstehen konnte. »Dann war mit dem Monarchen wohl Napoleon gemeint, oder?«, durchbrach ich die Stille.

Die beiden Forscheramateure nickten gleichzeitig.

Nachdenklich kratzte Chris sich am Kopf. »Wenn ich das richtig verstanden habe, ist Anneliese Richter ausgerissen, um ihrem Vater als Marketenderin in die Armee zu folgen.«

»Und dort hat die Gute mit Napoleon angebandelt, sich ein Kind anhängen lassen, woraufhin der Vater eine Abfindung eingeheimst hat«, spann Rita die Geschichte weiter.

Bernd nickte. »So könnte es sich ungefähr abgespielt haben, ja.«

»Vielleicht handelte es sich dabei um das Juwel?«, hakte sie mit leuchtenden Augen nach. »Und vielleicht befindet es sich noch hier im Haus?«

Bernd lachte. »Du solltest es auch mal mit Geschichtenschreiben versuchen«, neckte er sie.

»Es könnte doch sein«, stimmte ich Rita zu. »Allerdings habe ich schon jeden Winkel im Haus durchsucht.«

Ritas Augen leuchteten. »Vielleicht sollten wir mal Adas kostbare Roben genauer unter die Lupe nahmen.«

Chris lächelte nachsichtig. »Auch die haben wir bereits gründlich inspiziert. Da es sich um Theaterroben handelt, enthalten sie lediglich Modeschmuck, und keiner der Steine passt auch nur annähernd zur Beschreibung des Juwels.«

»Leider sind das alles lediglich Hypothesen«, fügte Bernd nüchtern hinzu. »Es scheint mir eher unwahrscheinlich, dass es sich bei der Abfindung um das Juwel gehandelt haben könnte.«

»Warum?«, fragte Rita. Es klang fast ein wenig beleidigt.

»Wie wäre das Gerücht zustande gekommen, nachdem Napoleon es verloren haben soll?«

Aufgeregt wedelte Rita mit den Händen, als hätte sie die Antwort. »Könnte es sich nicht um ein Ablenkungsmanöver handeln?«, fragte sie. »Eine reine Erfindung, um Neider abzuwenden?«

»Alles ist denkbar«, antwortete Bernd. »Es erscheint jedoch unlogisch, dass sowohl die Richters als auch die Kunzes eine solche Geschichte in Umlauf gebracht haben sollen, um die Aufmerksamkeit geradezu auf das Juwel zu lenken. Das passt hinten und vorne nicht.«

Rita seufzte ernüchtert. »Stimmt auch wieder.«

»Auch ich denke, dass es höchst unwahrscheinlich ist, dass es sich bei dem Pfand wirklich um besagten Edelstein gehandelt hat«, fügte Chris hinzu.

Bernd fletschte verbittert die Zähne. »Am liebsten würde ich selbst mal tauchen gehen.«

Ich fuhr herum. »Bist du verrückt?«, fragte ich entsetzt.

»Chris, du hast doch sicher Taucheranzüge?«, überging er meinen Einwand.

Abwesend hob Chris den Kopf. »Klar, als Bodensee-

Anwohner, der etwas auf sich hält, ist eine gute Tauchausrüstung absolute Pflicht. Ich habe sogar zwei.« Er zwinkerte Bernd zu.

Perplex schaute ich vom einen zum anderen. »Das halte ich für eine sehr schlechte Idee«, herrschte ich die beiden an und warf Bernd einen wütenden Blick zu.

Auch Rita weitete erschrocken die Augen. »Ich meine auch, dass es zu gefährlich ist, Schatz«, gurrte sie und küsste Bernd in die Halsmulde, der allmählich von dem Gedanken abzuweichen schien.

»War ja nur so eine Idee«, grummelte er. »Dann hätten wir wenigstens Gewissheit.«

Chris schüttelte den Kopf. »Wenn er sich tatsächlich dort befinden sollte, dann wüsste ich nicht, warum wir mehr Erfolg hätten als all die anderen armen Teufel, die es vor uns versucht haben«, sagte er zu meiner Erleichterung.

»Hm«, brummte Bernd nicht sonderlich überzeugt. »Manchmal reicht es schon, ein Quäntchen mehr Glück zu haben als andere oder ganz fest an etwas zu glauben.«

»So wie Moritz?«, konterte ich spitz. Meine ursprüngliche Befürchtung, Bernd könnte letztendlich doch hauptsächlich wegen des Juwels in die Reise an den Bodensee eingewilligt haben, drängte sich langsam wieder in den Vordergrund. Plötzlich fragte ich mich, wer von den beiden wirklich die Idee zu dieser Reise gehabt hatte, wischte den Gedanken aber schnell fort. *Du siehst überall Gespenster*, tadelte ich mich. Im Grunde war es doch ganz normal, dass er Gewissheit haben wollte. Es passte wiederum zu dem Bernd, den ich von früher kannte. Dickköpfig, unnachgiebig und immer darauf erpicht, der Wahrheit auf die Schliche zu kommen, koste es, was es wolle.

Ritas Blick bohrte sich in Bernds. »Also wirklich, mein Herz, tu mir das nicht an, sonst mache ich heute Nacht kein Auge mehr zu«, flehte sie so unerbittlich, dass Bernd einlenkte.

»Ist ja gut, ist ja gut«, gab er nach und hob zum Zeichen der Kapitulation die Hände in die Höhe.

Aufatmend blickte ich zu Chris, den der Verbleib des Juwels kaum zu interessieren schien. Allerdings kannte ich ihn gut genug, um zu ahnen, dass ihn etwas ganz anderes beschäftigte. »Irgendetwas stört dich an der Geschichte, oder?«

Chris schmunzelte mich an. »Du liest in mir wie in einem offenen Buch, mein Schatzl«, gestand er nickend. »Mir will einfach nicht einleuchten, warum Napoleon das Kind nicht gewollt haben könnte. Es ist allgemein bekannt, dass er zwei uneheliche Kinder hatte und zu diesen auch ein privilegiertes Verhältnis unterhielt. Warum hätte er es in Annelieses Fall anders handhaben sollen?«

»Wahrscheinlich wurde es ihm auf die Dauer zu viel des Guten«, schlug Bernd vor.

Chris legte den Kopf schief. »Wie ich ihn einschätze, wollte er so viele Nachkommen wie möglich zeugen. Kinder ›linker Hand‹, wie er seine unehelichen Sprösslinge zu nennen pflegte, schienen kein Problem für ihn darzustellen. Außerdem war damals sein zweiter Sohn ›linker Hand‹ noch nicht geboren. Das ergibt also keinen Sinn.«

»Vielleicht schämte er sich, weil Anneliese Deutsche war?«, riet ich. »Oder weil es ihm aus anderen Gründen nicht in den Kram passte.«

»Hm«, antwortete Chris wenig überzeugt und holte seinen Laptop hervor. »Ich glaube nicht, dass ihn die Nationalität gestört hätte. Eines seiner Kinder hatte er mit einer

Polin und seine zweite Frau war Österreicherin, noch dazu die Tochter seines einstigen Erzfeindes.«

»Napoleon als Baby-Verhätschler«, witzelte Rita. »So kann ich mir diesen Grobian, der Abertausende von Menschenleben auf dem Gewissen hatte, gar nicht vorstellen.«

Empört hob Chris den Kopf. »Wenn du nur die napoleonischen Kriege zum Maßstab nimmst, dann hast du natürlich recht«, lenkte er diplomatisch ein.

»Aber?«, fragte Rita, die aufgrund der leichten Strenge, die aus seiner Stimmlage herauszuhören war, begriffen zu haben schien, dass ihm ihre Bemerkung gegen den Strich ging.

Chris' Augen funkelten. »Napoleon war viel mehr als das.«

»Ein misogyner Mann, der Frauen hasste?«, verteidigte ich Ritas Ansicht.

Jetzt mischte auch Bernd sich ein. »Ganz so stimmt das nicht. Er hat Frauen nicht gehasst, außer die, von denen er meinte, dass sie nicht an ihren Plätzen blieben.« Er grinste frech.

»Ha!«, rief Rita. »Da hast du es.«

Chris verkniff sich ein Lachen. »Man darf es nicht im heutigen Kontext betrachten. Schau, die Briefe sind doch das beste Beispiel dafür. Damals hatte die Frau – leider – eine untergeordnete Rolle inne, und die Männer wurden dazu erzogen, über sie zu herrschen.«

»Das ist wahr«, gab ich zu. »Aber das macht aus Napoleon noch keinen guten Mann.«

»Nein, aber man kann ihm bestimmte Verhaltens- und Denkweisen eher nachsehen und versuchen, hinter die Fassade zu blicken.«

»Und was siehst du hinter der Fassade?«, fragte Rita gedehnt.

Chris lächelte gutmütig. »Wusstest du zum Beispiel, dass

Napoleon als junger Mann extrem schüchtern gewesen sein soll?«, holte er aus. »Und als er es das erste Mal gewagt hat, sich einem Freudenmädchen zu nähern, hat er sie zu sich nach Hause mitgenommen und zwei Stunden mit ihr über die miserablen Zustände ihres Berufs geredet. Was ihn dabei am meisten am Herzen gelegen haben soll, war die Besorgnis, dass sich die Frauen während ihrer Runden vor dem Palais Royal auf der Suche nach Freiern den Tod holen könnten … Schau hier …« Er tippte auf den Tasten seines Laptops herum.

Währenddessen beugte ich mich zu Rita hinüber und wisperte. »Mannomann, da hast du was losgetreten. Chris hat für seine Doktorarbeit eine These über Napoleon verfasst.«

»Ach komm. Seine Doktorarbeit?«, piepste sie erschrocken.

»Ja, die Forschungsarbeit im Rahmen seines Geschichtsdoktorats«, ergänzte ich leise.

»Dann nennt er sich Doktor der Geschichte?«, fragte sie ehrfürchtig und schien ihn plötzlich mit anderen Augen zu sehen. »Deswegen schreibt er Romane über Sagen?«

Wir hatten nicht bemerkt, dass Chris bereits weiterredete. »… und außerdem hat er …« Abrupt hielt er inne und schaute uns tadelnd an. »Es interessiert euch vielleicht nicht?«, fragte er gespielt pikiert.

»Doch, doch, natürlich, Liebling«, versicherte ich ihm und stieß Rita leicht an, die sofort energisch nickte.

»Unbedingt!«, bestätigte sie und schaute wie eine ertappte Schülerin drein. »Du sagtest uns gerade, wie sorgsam und respektvoll er mit einer Prostituierten umgegangen ist.«

Chris verzog das Gesicht. »Das war vorhin. Ich war gerade dabei, euch zu erläutern, dass er sich außerordentlich sensibel zeigen konnte, besonders im Umgang mit Kindern. Mit Éléonore Denuelle de la Plaigne hatte er zum Beispiel ein Kind ›linker Hand‹, einen Sohn namens Léon, um den er sich jahrelang kümmerte und ihm später sogar eine monatliche Rente von 30.000 Franken zahlte.«

»War das damals viel?«, wollte Rita wissen, deren Neugier geweckt schien.

»Ja, das war ein ganzer Batzen Geld«, entgegnete Chris. »Und damit nicht genug: 1810 brachte die Gräfin Walewska, die als seine große Liebe galt, einen Jungen namens Florian Alexander zur Welt. Auch ihm und seiner Mutter zahlte er horrende Renten aus. Es hieß, dass er stundenlang mit seinen Söhnen auf allen vieren durchs Zimmer gerutscht sei, sobald er eine freie Minute fand, und alle seine Kinder, auch die unehelichen, abgöttisch geliebt haben soll.«

Mir kam plötzlich ein Gedanke. »Vielleicht war Annelieses Kind ›nur‹ ein Mädchen?«, sprach ich ihn laut aus.

Chris schüttelte den Kopf. »Das könnte zwar durchaus eine plausible Erklärung sein, aber dem Briefwechsel zufolge war das Kind noch nicht geboren, als es zu der Abfindung und schließlich zum Duell um das sogenannte ›Pfand‹ kam. Deshalb bin ich davon überzeugt, dass uns ein wichtiger Bestandteil fehlt … Die Frage ist auch, wie der Reporter an die Information gelangt ist. Er hatte sicher keinen Einblick in die Familienchronik der Richters.«

Bernd horchte auf. »Du hast recht«, sagte er. »Es muss noch andere Quellen geben.«

»Genau«, stimmte Chris zu.

»Vielleicht hatte er Zugang zu den historischen Unterlagen der Kunzes?«, schlug Bernd vor. »Sagtet ihr nicht, dass sie mitunter höchst geschwätzig seien?«

Chris lachte gequält. »Wenn es sich um die Geheimnisse anderer handelt, vielleicht. Aber ich bin mir nicht sicher, ob es sich bei Angelegenheiten, die ihre eigenen Vorfahren betreffen, genauso verhält.«

»Verständlich«, sagte Rita und schaute mich auffordernd an.

»Ich schlage vor, dass wir den Kunzes morgen einen kleinen Besuch abstatten«, hörte ich mich zu meiner eigenen Überraschung sagen. »Das wird uns vielleicht weiterbringen.«

Es war, als wäre die Sonne hinter den Regenwolken hervorgekommen. Drei Augenpaare strahlten mich begeistert an, sodass ich über meine eigene Schwäche nur lächelnd den Kopf schüttelte.

Beschwingt suchte Rita mit den Augen die Masse der Schriften ab. »Und ihr findet zwischenzeitlich vielleicht noch andere Briefe, die Aufschluss geben könnten.«

»Wir werden auf alle Fälle weitersuchen«, antwortete Bernd und warf ihr einen Kuss zu.

Chris nickte gedankenversunken vor sich hin. Ich beobachtete ihn, fragte mich, was gerade in ihm vorging. Legte er sich die möglichen Szenarien zurecht, um hinter das Geheimnis dieser sonderbaren Abfindung und Napoleons Beweggründe zu kommen?

»Auf jeden Fall habt ihr was gefunden«, sagte ich.

»Schon«, bestätigte Bernd. »Aber wir wissen nach wie vor nicht, wie es zu der Legende von Napoleon gekommen ist, laut der er den schwarzen Saphir beim Hexenstein verloren haben soll.«

Abschätzend verzog Chris die Lippen. »Diesbezüglich könnte man tatsächlich annehmen, dass er übers Wasser gekommen ist«, mutmaßte er plötzlich.

»Ist das realistisch?«, fragte ich.

»Wenn man bedenkt, dass Lindau seit dem Mittelalter und bis 1826 als einer der bedeutendsten Umschlag- und

Handelsplätze in Mitteleuropa galt, schon. Die Inselstadt hat sich durch den ›Lindauer Boten‹, der regelmäßig zwischen Lindau und Mailand verkehrte, zu einem zentralen Handelszentrum entwickelt.«

»Oh«, sagte ich. »Hielt Napoleon sich nicht oft in Mailand auf?«

Anerkennend nickte Chris. »In der Tat.«

»Lindauer Bote?«, fragte Rita. »War das ein Mann, der ständig hin- und herpendelte?«

Chris schaute sie amüsiert an. »Nein«, erwiderte er. »Es handelte sich dabei um ein deutsch-italienisches Unternehmen, das Briefe, Personen und eine Vielzahl von Handelsgütern wie Seide aus Italien sowie Leinen aus Deutschland übers Wasser beförderte.«

»Es könnte also durchaus sein, dass Napoleon sich auf einem dieser Schiffe befunden hat«, schlussfolgerte ich.

Chris nickte langsam. »Wie gesagt, kann das jedenfalls nicht völlig ausgeschlossen werden.«

Ich seufzte. Es gab so viel Wenn und Aber, dass es schier aussichtslos erschien, jemals die ganze Wahrheit zu ergründen. »Vielleicht werden wir niemals dahinterkommen, was sich damals wirklich zugetragen hat.«

Ein wölfisches Grinsen stahl sich auf Chris' Gesicht. »Diesbezüglich habe ich noch nicht mein letztes Wort gesprochen«, knurrte er liebevoll, und es hörte sich tatsächlich so an, als hätte jemand das Raubtier in ihm geweckt und von der Leine gelassen. »Napoleon ist für mich, was Ada für dich ist, Liebes«, sagte er mit solcher Inbrunst, dass man ihm nur glauben konnte. »Früher oder später gewährt er mir Einblick in alle seine Geheimnisse. Ich muss nur richtig danach suchen …«

Kapitel 17 – Der Anruf

Lindau, Bodensee – Seerosen-Villa – September 2018, Sonntagmorgen

Nach einer Nacht, in der ich von verworrenen Träumen heimgesucht worden war, fühlte ich mich an diesem Morgen wie zerschlagen. Erstaunlicherweise war Chris bereits aufgestanden, als ich die Augen aufschlug. Träge erhob ich mich aus dem Bett, duschte und kleidete mich an. Allmählich kehrte die Erinnerung an den Vorabend zurück.

Nachdem Chris uns zum Abendessen mit einer leckeren Flädlesuppe verwöhnt hatte, waren Rita und ich früh schlafen gegangen, während Bernd und Chris noch weiter die Briefe auf den Spuren vergangener Zeiten durchstöbert hatten. Unruhig hatte ich mich im Bett hin und her geworfen, bis ich schließlich doch eingeschlafen sein musste, da ich Chris nicht ins Bett kommen gehört hatte.

Plötzlich stutzte ich. War er denn überhaupt ins Schlafzimmer gekommen? Ich schaute auf seine Bettseite. Das Kissen schien benutzt, was nichts heißen musste, denn oft wälzte ich mich auf seine Seite und schlief dort weiter. Ich schluckte schwer und ein mulmiges Gefühl stieg in mir auf. Ein leises Stimmchen in meinem Ohr flüsterte mir Worte zu, die ich nicht bereit war zu hören. Hastig machte ich das Bett, als ob nichts gewesen wäre, oder als wollte ich die Zeit hinauszögern, bis ich der Wahrheit ins Auge schauen musste.

Schließlich verließ ich das Zimmer. Bereits auf den Treppenstufen vernahm ich leises Gemurmel aus dem Salon. Männerstimmen. Erleichtert atmete ich auf.

»Hi, du Schlafmütze«, begrüßte mich Chris.

Aufmüpfig schaute ich ihn an. »Das musst du gerade sagen«, konterte ich. »Warst du denn überhaupt im Bett?«

Chris lächelte. »Ja, du Murmeltier. Aber du hast so tief geschlafen, dass dich selbst ein Schlagbohrer nicht geweckt hätte.«

»Ehrlich? Dabei habe ich das Gefühl, furchtbar schlecht geschlafen zu haben.«

»Das liegt sicher daran, dass du nicht genug paradoxen Schlaf abbekommen hast«, legte Bernd sein Fachwissen dar.

Ich schnitt eine Grimasse. »Bitte nicht vor dem Frühstück«, wies ich seinen Vortrag weit von mir und begab mich schnurstracks in die Küche, wo Rita bereits putzmunter am Frühstückstisch saß und in einem Buch las.

»Morgen«, begrüßte sie mich. »Na, du siehst aber fertig aus.«

»Moin«, antwortete ich. »Danke, du bist auch dufte.«

Wir grinsten uns an.

Gierig schenkte ich mir einen Kaffee ein und nahm sogleich einen kräftigen Schluck. Es war, als ob das Elixier wie ein Wunderheilmittel durch meine Venen floss und mich sofort in bessere Laune versetzte. »Du glaubst nicht, was ich vorhin für einen Schreck bekommen habe«, gestand ich leise.

»Warum?«

»Es ist äußerst ungewöhnlich, Chris um diese Uhrzeit nicht im Bett vorzufinden, und ich dachte schon, dass die beiden …«

Rita begriff sofort. »Das würde Bernd niemals wagen. Er weiß, dass ich ihm den Kopf abreißen würde.«

Ich lachte verhalten in mich hinein. »Eigentlich würde ich es Chris auch nicht zutrauen, aber Bernd wirkte gestern so …«

»Entschlossen?«

Ich nickte. »Ja. Oder eher starrköpfig.«

»Das sagst du nur, weil du ein schlechtes Bild von ihm hast.«

Ich habe über 10 Jahre mit ihm zusammengelebt, wäre es mir fast herausgerutscht, aber ich hielt mich zurück. »Ist er das nicht?«

»Hm, ja, wenn ihn etwas beschäftigt, lässt er sich schwer davon abbringen«, gab sie zu. »Aber er lässt auch mit sich reden.«

Das liegt daran, dass ihr noch frisch verliebt seid, schoss es mir durch den Sinn. *Herrje, musst du so negative Gedanken haben?*, schalt ich mich sofort. »Mag sein«, murmelte ich vor mich hin und nahm einen weiteren Schluck Wachmacher.

Es entstand eine Pause.

»Weißt du«, sagte Rita plötzlich. »Bernd hat sich sehr verändert.«

»Ach ja?«, antwortete ich, darum bemüht, nicht skeptisch zu klingen. Es war doch erst ein paar Monate her …

»Seit eurer Trennung hat er mehrere Phasen durchlebt«, gestand Rita. »Am Anfang war es nicht einfach. Er hasste Gott und die Welt, war unzugänglich und ganz mies drauf.«

»Das tut mir leid«, erwiderte ich ehrlich betrübt. »Es hat viel gegeben, was mich an Bernd gestört hat, aber mir lag es fern, ihn zu verletzen«, gestand ich.

Rita nickte. »Da wir Freunde waren, hat er mir sein Herz ausgeschüttet, und glaube mir, es war heftig für mich. Isa hier, Isa da …«

»Das wusste ich nicht«, gab ich zu. *Natürlich nicht, du hast ihn sitzen gelassen, um dein Glück mit Chris auszuleben.* »Aber glaubst du nicht, dass da auch ganz viel verletztes Ehrgefühl eine Rolle gespielt haben könnte?«

Rita nickte. »Ja, das hat er in seiner Therapie dann auch herausgefunden.«

Erstaunt schaute ich sie an. »Bernd hat eine Therapie gemacht?«

»Ja, zum Glück«, sagte sie. »Er hat eingesehen, dass er sich nicht an *dich* festklammerte, sondern an die Idee, die er sich von euch beiden gemacht hatte. Und, na ja …«

»Er hat eingesehen, dass es auch für ihn nicht so befriedigend gewesen ist, wie er es sich immer eingeredet hat …«

Überrascht blickte Rita mich an. »Ja, genau. Woher weißt du das?«

Ich lächelte unfroh. »Weil es mir auch so ergangen ist. Jahrelang habe ich unsere Beziehung als etwas Selbstverständliches betrachtet. Es wäre mir gar nicht der Gedanke gekommen, dass etwas nicht in Ordnung sein könnte. Wir funktionierten. Jeder hatte seine Rolle. Jeder seine unerfüllten Träume. Jeder hat die Marotten, die er am anderen nicht mochte, hingenommen.«

»Das ist doch eigentlich normal, dass man Abstriche macht, oder?«

»Ja, natürlich«, gab ich zu. »Bis zu einem gewissen Punkt schon. Aber wenn man sich mit den Jahren auseinanderlebt und es einzig die Kompromisse sind, die einen zusammenhalten, dann stimmt da etwas nicht.«

Abermals nickte Rita. »Das hat Bernd letzten Endes dann auch eingesehen. Er hat begriffen, dass ihr nicht so gut zusammengepasst habt, wie er es sich jahrelang eingeredet hatte.«

Gut, dachte ich. »Und hast du nicht befürchtet, er könnte dich … ich meine …«

»Als Lückenbüßer sehen?«, sprach sie meinen Gedanken offen aus.

»Hm?«

»Am Anfang schon ein bisschen. Aber da waren wir nur Freunde, und ich fand es normal, dass er mich als Rettungsring ansah«, gestand sie mir. »Doch mit der Zeit, nachdem er mehr über sich gelernt hat, änderte sich das. Wir verstehen uns so gut, dass es einfach zur Offensichtlichkeit wurde.«

»Das freut mich wirklich für euch«, sagte ich aufrichtig und fühlte mich erleichtert. »Es tut mir leid, wenn ich schlecht über ihn geredet habe.«

»Ach was«, wiegelte Rita ab. »Ich streite ja nicht ab, dass er mit dir ein völlig anderer gewesen ist und dass auch du Wunden davongetragen hast. Ende gut, alles gut. Ich bin so froh, dass du mit Chris so glücklich bist.«

»Bist du das?«, kam es plötzlich frech von der Tür.

Wir lachten, als Chris plötzlich neben uns stand und sich zu mir herunterbeugte, um mich zu küssen.

»Kann sein«, wich ich aus. Ich spürte, dass meine Wangen glühten. »Die Frage ist: Bist du wirklich Chris? Der Chris, den ich kenne, schläft nämlich am Sonntag lange aus.«

Jetzt war er es, der lachte. »Auf frischer Tat ertappt«, witzelte er. »Versprochen, das wird bald wieder ins Lot kommen.« Erneut küssten wir uns.

»Und, seid ihr weitergekommen?«, wollte ich wissen. »Damit es für meine morgendliche Bett-Einsamkeit wenigstens eine triftige Begründung gibt.«

Erneut musste Chris lachen. »Leider noch nicht. Aber es ist trotzdem wahnsinnig lehrreich, die alte Korrespondenz zu durchforsten.«

Während er und Bernd sich erneut ihrer Suche nach Indizien widmeten, verplauderten Rita und ich den restlichen Vormittag. Sie erzählte mir Neuigkeiten über alte Bekannte, ich beschrieb ihr meine Galerie und die Zusammenarbeit mit Verena. Zum Mittagessen bestellten wir Pizzen und öffneten dazu eine Flasche Rosé.

Obwohl unsere Männer weiterhin nichts Herausragendes in den Schriften gefunden hatten, schienen sie außergewöhnlich guter Dinge zu sein, was mich fast ein wenig stutzig machte. Misstrauisch beäugte ich sie, fragte mich, ob sie etwas im Schilde führten. Aber ich schien mit meinem Verdacht allein dazustehen. Sicher rührte die gute Laune von der wundervollen Stimmung her, die unter uns vieren herrschte. Seit Chris und ich zusammen waren, war es eher selten, dass wir Zeit mit Freunden verbrachten. Das lag zum Teil daran, dass Chris durch seinen Beruf eher zurückgezogen lebte und ich bislang keine Gelegenheit gehabt hatte, um neue Verbindungen zu knüpfen. Außer Verena kannte ich kaum jemanden in der Gegend.

Gerade waren wir dabei, den Tisch abzuräumen, als plötzlich die Anrufmelodie von Chris' Handy ertönte.

»Wer kann das sein? Deine Schwester?«, fragte ich überrascht.

Kopfschüttelnd schaute er aufs Display, und seine Miene erhellte sich, als er das Gespräch entgegennahm und dabei den Lautsprechermodus aktivierte. »Griaß Goddl, Heiko, wie geht's?«

Neugierig horchte Bernd auf, als hätte auch er auf dieses Telefonat gewartet.

»Chris, na so was. Als ich deine Nachricht eben entdeckt habe, bin ich fast vom Stuhl gefallen, du Schlitzohr«, rief die Stimme aus dem Smartphone. »Und da wollte ich dich nicht zappeln lassen und dich gleich zurückrufen.«

Aufmerksam lauschte ich Heiko, den ich bislang nur vom Hörensagen kannte. Wenn ich mich richtig entsann, war er Konservator beim Lindauer Stadtarchiv, und Chris und er kannten sich bereits seit Jahren.

Chris grinste. »Nein, nein, ist völlig in Ordnung, du alter Haudegen«, versicherte er seinem Freund. »Im Gegenteil, wir haben mit Ungeduld auf deinen Anruf gewartet.« Er warf einen Blick zu Bernd, der zustimmend nickte.

»Das habe ich mir fast schon gedacht«, erwiderte Heiko. »Hat sich dringend angehört. Schreibst du wieder an einem neuen Roman?«

»Das nicht, aber ich verfolge eine wirklich aufregende Spur, die mich ins Jahr 1809 führt«, antwortete Chris. »Vielleicht hast du davon schon etwas gehört? Es geht um ein Juwel, das Napoleon im See verloren haben soll.«

»Na so was, du bist der Zweite in diesem Monat, der mich danach ausfragt.«

Chris schaute verdutzt in die Runde. »Ach ja? Ein Forscher?«

»Nö, irgend so ein Hobby-Schatzsucher, der eine Geschichte im Fernsehen gesehen hat und mehr darüber herausbekommen wollte.«

»Ach so«, sagte Chris. »Und? Hat er was gefunden?«

»Keine Ahnung. Ich habe ihm einen Termin gegeben, und er hat die Archive eingesehen. Allerdings hat er nicht bei 1809 gesucht, sondern hauptsächlich Zeitungsausschnitte aus dem Jahr 1805 gesichtet. Aber meiner Ansicht nach ist er nicht fündig gewesen.«

»Das wundert mich nicht, denn 1805 ist ein Irrtum.«

»So ist die Legende jedenfalls verbreitet worden.«

»Eben, die Legende«, konterte Chris vielsagend.

»Mit dir streite ich mich nicht mehr, das weißt du«, witzelte Heiko. »Vielleicht findet deshalb niemand etwas.«

»Möglich«, lenkte Chris ein. »Also, hast du für einen alten Freund einen Termin frei?«

»Klar, wann möchtest du denn kommen?«, fragte Heiko.

»Gestern.«

Sie lachten.

Heiko räusperte sich. »Ich bin noch im Urlaub und komme erst heute Abend spät nach Hause.«

Chris stieß enttäuscht die Luft aus. »Fängst du morgen wieder an?«

»Ja«, antwortet Heiko. »Aber du weißt ja, wie das ist, wenn man aus dem Urlaub kommt. Da gibt es eine Menge aufzuarbeiten.«

»Hm«, brummte Chris resigniert.

»Aber wir können uns für Dienstagnachmittag verabreden. In Ordnung?«

Chris warf Bernd einen bedauernden Blick zu. Dieser nickte, als hätte er gerade entschieden, erst später abzureisen. Auch das sah ihm nicht ähnlich. Früher war ihm jegliche Spontanität fremd gewesen.

»Jaja, alles klar«, stimmte Chris zu. »Dann wünsche ich dir noch einen schönen Sonntag und gute Rückreise.«

»Die werde ich sicher in Staus verbringen«, erwiderte Heiko. »Also dann, sagen wir schon mal bis Dienstag um 14.30 Uhr vor dem Gebäude in der Maximilianstraße? Passt das?«

Chris legte sich die Hand aufs Herz. »Mensch, das ist echt super, Heiko, vielen Dank«, sagte er bewegt. »Freue mich darauf, dich mal wiederzusehen.«

»Ich mich auch, du Pfeife«, antwortete Heiko und verabschiedete sich.

Triumphierend wandte sich Chris zu Bernd um.

»Hervorragend«, lobte ihn Bernd. »Dienstag lüften wir also das Geheimnis um Napoleons wahre Geschichte in Lindau.«

»Wie spannend«, sagte Rita.

»Kommt ihr mit?«, wollte Chris wissen.

»Klar«, sagte Rita und schaute mich fragend an. »Was meinst du?«

Ich zögerte. »Dann muss ich allerdings morgen mal in der Galerie vorbeischauen, wenn ich Dienstag schon wieder fortbleibe«, antwortete ich. »Ich kann Verena nicht ständig allein lassen.«

Rita freute sich. »Ich war noch nie in einem Stadtarchiv.«

Chris schaute auf die Uhr. »Wolltet ihr nicht zu den Kunzes gehen?«

Ich nickte. »Ja, wir brechen gleich auf. Ihr könnt es wohl kaum erwarten, uns loszuwerden, wie?«, flachste ich.

»Genau, damit wir endlich in Ruhe weiterstöbern können«, konterte er und hauchte mir einen Kuss auf die Wange.

»Seid artig, ja?«, fügte ich noch hinzu, bevor ich mich zum Eingang begab, um mich startklar zu machen.

»So artig, wie man es mit alten Schriften aus anno dazumal sein kann«, rief er mir hinterher, während Rita und ich uns bereits die Jacken überzogen.

Rex wuselte fröhlich wedelnd zwischen unseren Beinen hin und her, schien auf sich aufmerksam machen zu wollen. Als ich zu ihm hinunterschaute, blickte er mich so treuherzig an, dass ich lachen musste und in die Hocke ging. »Mein lieber Wuschel«, sagte ich, nahm seinen Hundekopf zwischen meine Hände und kraulte ihn. »Leider können wir dich nicht mitnehmen. Da musst du schon das Herrchen fragen, ob er dich nicht mal ausführen will.«

Gerade wollte ich mich aufrichten, da bemerkte ich einen großen braunen Umschlag, der unter dem Türschlitz auf dem Boden lag. *Post? Am Sonntag*?, fragte ich mich verwirrt. Sofort kamen ungute Erinnerungen in mir hoch, und ich erschauderte. Wieder eine Drohung? Von wem dieses Mal? *Lass mich raten: Thomas?*, dachte ich sarkastisch. Wie in Zeitlupe hob ich den Umschlag auf und starrte auf die Beschriftung. Mit einer Schnörkelschrift, die mich arg an Georgs Klaue erinnerte, stand *Isabella Lampert* auf dem Umschlag geschrieben. *Wenn überhaupt, werde ich ihn später aufmachen*, beschloss ich und bugsierte ihn wütend auf die Kommode, auf dem das Festnetztelefon stand. *Später oder niemals …*

Kapitel 18 – Geheimnisvoller Sog

Lindau, Bodensee – September 2018, Sonntag

Als Rita und ich uns auf den Weg zu den Kunzes machten, erinnerte allein der glitzernde Tau und hier und da vereinzelt hinwegziehende Wölkchen an das Unwetter vom Vortag. Gleißendes Sonnenlicht ergoss sich wie Glitzerspray über die Landschaft am See, auf dem sich ein goldschimmernder Teppich ausgebreitet hatte. Durch den Regen hatte sich die Umgebung im wahrsten Sinne des Wortes über Nacht in ein farbenfrohes Meer aus Laub verwandelt. Die Bäume und Sträucher schillerten in herbstlichen Nuancen, und die Wege waren mit buntem Blattwerk übersäht.

Gemächlich schlenderten wir am Seeufer entlang, genossen die frische Luft, die Stille und den herrlichen Ausblick. Wir sprachen kaum. Jeder von uns schien in seine eigenen Gedanken vertieft zu sein. Ich für meinen Teil versuchte, mich zu entspannen, und bemühte mich, nicht an den Umschlag oder all den Ärger zu denken, den die neuesten Erkenntnisse über Adas Vermächtnis noch mit sich bringen würden. Immer wieder redete ich mir ein, dass Ada es so gewollt hätte. Der einzige Grund, warum sie ihrem Sohn das Erbe nicht vermacht hatte, schien ihre Befürchtung gewesen zu sein, es könnte seine Welt zu sehr durcheinanderbringen. Aber dieser Aspekt war mit Judiths Eröffnungen völlig irrelevant geworden, sodass es keinen Grund mehr gab, warum Adas Sohn ihr Anwesen nicht bekommen sollte.

Aber warum fühlte ich tief in meinem Inneren einen Widerstand? Warum sträubte sich alles in mir bei dem Gedanken, dass Thomas schon bald in Adas Villa leben würde? War ich so garstig, dass ich dem armen Mann den ihm zustehenden Nachlass nicht gönnte? Oder war ich in Wirklichkeit weit weniger großmütig, als ich von mir selbst dachte? *Es ist doch ganz normal, dass du enttäuscht bist,* gestand ich mir ein. *Versuche, ehrlich zu dir selbst zu sein, anstatt die Heldin zu spielen.*

So angestrengt ich auch darüber nachdachte und versuchte, meine Gefühle zu analysieren, spürte ich, dass da noch etwas anderes war. Etwas, das mich nicht losließ. Sicher, ich konnte nicht leugnen, dass ich an dem Haus hing, dass es mir das Herz zerreißen würde, es zu verlassen, es loszulassen. Ada loszulassen. Allein bei dem Gedanken, das Gemälde, auf dem meine Großmutter und Ada als junge Frauen abgebildet waren, an Thomas abgeben zu müssen, stieg das nackte Elend in mir auf. So schön und melancholisch war es, so edel und doch so traurig. Ob ich es vielleicht behalten könnte, wenn ich ihn darum bat? Womöglich könnte er es mir ja auch verkaufen. Sofort wurde mein Hoffnungsschimmer von einer weiteren Erkenntnis verscheucht. Ein Schreck durchfuhr mich, als ich realisierte, dass ich die anderen Gemälde, die Verena und ich von Ada in der Galerie ausstellten, wieder würde zurückgeben müssen. Ja, selbst die Tagebücher, die Gedichte, die Fotografien … Alles! War es da nicht natürlich, dass das Bevorstehende an mir nagte?

Und doch … Trotz aller Ehrlichkeit und Nachsicht mit mir selbst, trotz der Eingeständnisse, die ich mir machte, und des Verständnisses, das ich meiner Missgunst entgegenbrachte, schien das nicht alles zu erklären.

Dann fragte ich mich wiederum, ob ich Thomas gegenüber nicht zu voreingenommen war. Klar, er ähnelte in nichts der Vorstellung, die ich mir von Adas Sohn gemacht hatte. Aber war das wirklich ausschlaggebend? Wer war ich, dass ich ihn für unwürdig hielt? Hätte Ada ihn deshalb verstoßen? Nein!

Mir kam auch der Gedanke, dass ihm das Schicksal übel mitgespielt hatte. Und vielleicht hatte er Judiths Enthüllung nicht so gut aufgenommen, wie diese es sich erhofft haben mochte. Womöglich hatte sie Stress bei ihm ausgelöst. Doch so oft ich die Gedanken herumwälzte, blieb das Ganze undurchsichtig und erschien mir wie ein Chorgesang, aus dem man eine schiefe Note heraushörte, ohne genau sagen zu können, wer von den Sängern der Missetäter war. Deutlich spürte ich den falschen Klang in mir vibrieren, obwohl ich nichts gefunden hatte, womit ich ihn mir noch hätte erklären können.

Ich brauchte mehr. Doch mehr von was? Mehr Gewissheit? Mehr Einzelheiten? Hatte Judith mir nicht alles erzählt? Und wenn es so war, warum hatte ich nicht weiter in Adas Tagebüchern nach Hinweisen gesucht, warum war ich nicht weiter in die Geschichte eingedrungen? Schlagartig wurde mir bewusst, dass ich mich vor der Antwort fürchtete. Denn so gerne ich auch grundsätzlich mehr über Ada erfuhr, so verheerend waren jedes Mal die Auswirkungen, sobald ich meine Nase in ihre Angelegenheiten steckte. Würde ich einen neuerlichen Schlag verkraften? Wollte ich es wirklich so genau wissen?

Mit Erschütterung stellte ich fest, dass sich in diesem Fall mein Verstand und mein Gespür nicht einig zu werden schienen. Während mein Kopf laut »Stopp« brüllte, forderte mein Bauch »Mehr, mehr, mehr«. Mehr Wahrheit, mehr Aufdeckung, mehr Gewissheit. Sobald mein Kopf entschied, dass alles stimmig war, stellte sich mir mein Gefühl mit vor der Brust verschränkten Armen entgegen und schleuderte mir den kleinsten Zweifel vor die Füße.

Zügig liefen wir in Richtung Aeschach, und je mehr wir uns dem vornehmen Villenviertel näherten, umso heftiger schlug mein Herz.

»Ich verstehe dich total«, sagte Rita plötzlich, die meinen inneren Aufruhr zu spüren schien. »Auch mich lässt das Ganze nicht los, obwohl ich mir nicht so recht erklären kann, warum. Es ist wie verhext. Ständig spukt mir dieser Thomas im Kopf herum.«

Ich zuckte die Achseln. »Du fühlst eben mit mir und willst es nicht wahrhaben, dass ich diese schöne Villa wieder verlieren soll.«

Skeptisch schüttelte sie den Kopf. »Das ist es nicht allein, Isa. Glaub mir. Das ist es nicht allein.«

Ich lächelte verhalten. »Es ist auf alle Fälle beruhigend, dass es nicht nur mir so ergeht. Wie ich es auch betrachte, ich habe das blöde Gefühl, dass ein Teil des Puzzles fehlt.«

»Und du meinst, die Kunzes könnten im Besitz dieses Teiles sein?«

»Möglich ist es allemal«, erwiderte ich. »Bislang hatten sie noch immer ein Geheimnis auf Lager. Gerne geben sie es nie frei, man muss ihnen die Würmer regelrecht aus der Nase ziehen.«

Rita giggelte. »Dann lass uns mal auf Wurmjagd gehen«, spaßte sie. »Ist mal was anderes.« Sie schnitt eine Grimasse, und wir mussten lachen.

Als wir vor dem Tor der vornehmen Villa anlangten,

stieß Rita einen Laut der Verzückung aus. »Himmel, ist die traumhaft«, flüsterte sie überwältigt.

Auch mich beeindruckte die zartrosa Villa immer wieder aufs Neue. Die Sicht durch das schmiedeeiserne Tor bot einen sagenhaften Ausblick auf die mit jahrhundertealten Linden umgebene Allee, die sich durch den Laubteppich der weitläufigen Wiese zog. Ausladende Äste, die rote und goldene Blätter schmückten, betteten das zweistöckige Gebäude in ein sanftes Nest aus Herbstfarben. Die im traditionellen Heimatstil gestaltete Villa mit ihren Fachwerkapplikationen im Obergeschoss und den spitzen Dachtürmen wirkte im Laubtaumel wie ein traumhaftes Märchenschloss.

Es war nicht das erste Mal, dass ich mit klopfendem Herzen und feuchten Händen vor dem verschlossenen Gitter stand und zögerte. Diesmal nahm Rita mir die Entscheidung ab und drückte auf die breite Taste der Sprechanlage.

»Hallo«, kam es kratzig aus dem Kasten.

»Grüß Gott, es ist Isabella Lampert«, sagte ich. »Ich wollte –«

Das laute Surren des Türöffners unterbrach mich, und zu unserer großen Verwunderung ging das Tor sofort auf.

»Das war einfacher als erwartet«, flüsterte Rita, als wir das Grundstück betraten.

Während wir durch die zauberhafte Baumallee liefen, dachte ich unwillkürlich an meinen letzten Besuch bei den Schwestern. Diesmal waren es keine Blüten, die von den Bäumen taumelten, sondern ockergelbe, zimtrote und orangefarbene Blätter, die eine genauso idyllische Atmosphäre erzeugten wie einst das feenhafte Blütenmeer. Es roch erdig nach Wald und nach Pilzen.

Wie beim letzten Mal erwartete Käthe mich am Eingang. Um ihre schmächtigen Schultern hatte sie eine Seidenstola geschlungen.

»Was für eine Freude, Sie wieder einmal bei uns begrüßen zu dürfen«, sagte Johannas Schwester und strahlte. »Geht es um die nächste Ausstellung?«

Prompt begriff ich den Grund für diesen herzlichen Empfang. Die Schwestern waren von meiner ersten Vernissage so begeistert gewesen, dass sie mir ihre Hilfe angeboten hatten. Unwillkürlich musste ich wieder die Parallelen zu Adas erster Ausstellung ziehen. Die Kunzes mussten davon ausgehen, dass ich sie deshalb aufsuchte. Insgeheim schämte ich mich ein wenig dafür, dass dem nicht so war. Tat ich wirklich gut daran, diese beiden Damen, die einen nicht zu verleugnenden Einfluss auf die Lindauer Kunstszene hatten, mit dieser leidlichen Angelegenheit zu belästigen? Zweifel stiegen in mir hoch.

»Darf ich Ihnen Rita, meine Freundin aus Kindertagen, vorstellen?«, überspielte ich meine Unsicherheit.

»Angenehm, Ihre Bekanntschaft zu machen, junge Frau«, begrüßte Käthe Rita herzlich. »Dann stammen Sie also auch aus Frankfurt?«

»Ja, ganz recht«, antwortete Rita sonnig, während Käthe uns in den Salon führte und aufforderte, auf der barocken Couch Platz zu nehmen. »Oh, was für eine hübsche Einrichtung«, schwärmte Rita. »Man fühlt sich in eine andere Epoche zurückversetzt.«

»Danke schön, das ist sehr liebenswürdig von Ihnen«, antwortete Käthe sichtlich verzückt und läutete ihre französische Bedienstete heran. »Bringen Sie uns bitte Tee und Plätzchen«, beauftragte sie die Hausangestellte, die sofort kehrtmachte, um der Aufforderung Folge zu leisten.

»Wo ist denn Ihre Schwester?«, fragte ich, weil diese in der Regel die Gesprächigere der beiden war.

»Hier bin ich«, trällerte es zu meiner Erleichterung und Johanna kam in den Raum gerauscht. »Oh, wie reizend, wen bringen Sie uns denn heute Schönes mit?«

Käthe kam mir zuvor. »Das ist Rita, eine Freundin aus Isabellas Jugend«, antwortete sie an meiner Stelle.

»Angenehm, Sie kennenzulernen«, sagte Johanna und ließ sich auf ihrem üblichen Sessel uns gegenüber nieder. »Sind Sie auf Urlaub hier, oder wollen Sie sich auch dauerhaft am Bodensee einrichten?«

»Nein, leider sind wir bloß für ein paar Tage hier«, antwortete Rita. »Aber die Gegend ist so wundervoll, dass nichts auszuschließen ist.«

»So ist es üblich«, hauchte Johanna und schien dabei an jemand bestimmten zu denken. »Andersherum ist es eher unverständlich, nicht wahr?« Ich meinte, einen finsteren Schatten über ihr Gesicht huschen zu sehen und wunderte mich über die Wortwahl.

»Nun, meine Lieben«, überspielte Käthe die Bemerkung ihrer Schwester. »Was führt sie diesmal zu uns?«

Bildete ich mir das nur ein, oder hatte ich tatsächlich einen leichten Hauch von Vorwurf aus der Frage herausgehört? Ich räusperte mich. »Nun, die neuesten Ereignisse und … Erkenntnisse haben ein paar Fragen und Unsicherheiten bei mir offen gelassen«, antwortete ich vorsichtig. »Und da wollte ich mal nachfragen, ob Sie mir vielleicht behilflich sein könnten, die Zusammenhänge besser zu verstehen.« Mist, dachte ich. Warum fühlte ich mich so schlecht dabei? Ich tat doch nichts Falsches.

Rita lächelte mir aufmunternd zu, schien meine Unsicherheit zu spüren.

Misstrauisch sah Johanna mich an. »Welche Ereignisse denn?«

Ich überwand meine Hemmungen. »Am Freitag stand ein Herr bei mir vor der Tür und behauptete, Adas Sohn zu sein.« Mit Argusaugen fixierte ich die beiden. Da! Nein, diesmal war es keine Einbildung. Käthe versteifte sich sichtlich, und Johanna wurde blass um die Nase.

»Wie bitte?«, stammelte Letztere und schaute hilfesuchend ihre Schwester an, die sichtlich um Haltung bemüht und noch kerzengerader als sonst in ihrem Sessel saß.

»Er teilte uns mit, dass er die Erbschaft anzufechten gedenkt«, sprach ich weiter. »Was nach so langer Zeit etwas ungewöhnlich erschient.«

»Heidanei!«, stieß Johanna aus.

»Fürwahr, das ist mehr als eigenartig«, antwortete Käthe scheinheilig. »Aber ... Was haben wir damit zu tun?«

Rita und ich wechselten einen wissenden Blick. *Schade*, dachte ich. Es wäre so viel angenehmer gewesen, wenn die beiden von sich aus ausgepackt hätten.

»Um das herauszufinden, bin ich hier«, sagte ich mutig und zwang mich zu einem Lächeln.

Käthe blickte mich irritiert an. »Was meinen Sie damit? Diese Geschichte geht uns nichts an.« Rote Flecken bildeten sich auf ihrem Hals.

Mir wurde mulmig zumute. Sollte ich es nicht lieber dabei belassen? Es als Irrtum abtun und nach einem kurzen Sonntagsplausch über Kunst das Haus verlassen?

»Vielleicht solltest du den Damen erst einmal erklären, was wir herausgefunden haben«, half Rita mir über meine Beklemmung hinweg.

Ich besann mich wieder und nickte. »Nachdem dieser Thomas Bauer uns die Neuigkeit eröffnet hat, haben wir uns natürlich gewundert, warum er so lange damit gewartet hat, die Erbschaft anzufechten.«

»In der Tat«, erwiderte Käthe weiterhin stoisch. Johanna schien in sich zusammengesackt zu sein, schaute aus dem Fenster, als ginge sie das alles nichts mehr an.

»Also haben wir den Herrn noch einmal aufgesucht. Er erklärte uns, dass er durch eine Judith Schneider an die Unterlagen gekommen sei.«

»Judith Schneider?«, fragte Käthe und zog die Augenbrauen zusammen. »Dieser Name sagt mir nichts.« Es klang aufrichtig.

»Es handelt sich um eine Dame vom Adoptionsservice, die sich im Mai 1969 um Adas Sohn gekümmert hat«, half ich ihr auf die Sprünge. Erneut nahm ich Johannas Beben wahr.

Käthe schluckte. »Und?«, gab sie sich gelassen.

Rita schien es langsam zu bunt zu werden. »Also haben wir die Dame aufgesucht, um mehr drüber zu erfahren. Immerhin geht es hier um Adas Anwesen.«

»Natürlich«, krächzte Käthe. »Aber müsste diese Frau nicht mittlerweile in Rente sein?«

»So ist es«, bestätigte ich. »Zum Glück gibt es heutzutage aber Internet, wodurch wir sie leicht ausfindig machen konnten.«

»Gütiger Himmel«, murmelte Johanna, die sich immer unwohler zu fühlen schien.

»Sei doch still«, herrschte Käthe sie leise an. »Du bringst mich ganz durcheinander.« Erneut wandte sie sich mir zu. »Und was ist dabei herausgekommen?«

»Judith hat uns alles erzählt«, behauptete ich und beobachtete die Reaktion der Schwestern.

Doch Johanna zwang sich sichtlich zu absolutem Stillschweigen, und Käthe starrte mich fragend an. »Und?«

Enttäuscht ließ ich die Schultern hängen. »Schade. Ich hatte gehofft, dass Sie mir entgegenkommen würden«, sagte ich.

In diesem Moment betrat die Bedienstete mit dem Tablett den Raum und stellte es vor uns ab. Die anfänglich überschwängliche Stimmung war mittlerweile einer frostigen Atmosphäre gewichen.

»Danke, ist schon gut«, scheuchte Käthe ihre Hausangestellte wedelnd fort, schenkte gemächlich Tee aus und reichte jedem eine Tasse. Es war, als wollte sie Zeit gewinnen, sich zurechtlegen, was sie sagen würde. »Bedienen Sie sich gerne«, forderte sie uns mit einem Zeichen zu den Plätzchen auf.

Mein Magen war wie zugeschnürt, sodass ich dankend ablehnte. »Ich verstehe, dass es für Sie nicht einfach ist, über dieses Thema zu sprechen. Aber für mich ist es wichtig. Bitte.«

Vorsichtig nippten die beiden fast synchron an den dampfenden Tassen. Schließlich stellte Käthe die ihre ab, strich sich das Kleid glatt und schaute mir geradewegs in die Augen. »Was möchten Sie wissen?«

Es war so weit. Ja, was wollte ich wissen? »Ich würde gerne erfahren, wie das alles genau abgelaufen ist. Möchte begreifen, wie es dazu hatte kommen können«, sprudelte es plötzlich aus mir heraus, als hätte jemand einen Hebel umgelegt und die Schleusen geöffnet. »Ich meine, warum hat Georg ausgerechnet Sie um Hilfe gebeten? Und was hat Sie dazu bewogen, darauf einzugehen?«

Käthe nickte langsam. »Ich weiß nicht, was Judith Ihnen für einen Bären aufgebunden hat, aber –«

»Sag doch die Wahrheit«, unterbrach Johanna plötzlich ihre Schwester. »Wozu soll leugnen noch gut sein?«

Bösartig schaute Käthe sie an. »Du bist wie immer unmöglich«, stieß sie unleidig aus. »Es ist auch zu deinem Schutz.«

Langsam begriff ich. »Falls Sie Angst vor dem Gesetz haben, so kann ich Ihnen versichern, dass die Angelegenheit längst verjährt ist.«

Johanna seufzte. »Das wissen wir wohl«, antwortete Johanna, die aus ihrer Lethargie erwacht zu sein schien. »Was Käthe eher befürchtet, ist, dass es unserem Ruf schädigen könnte.«

Auf diesen Gedanken war ich noch gar nicht gekommen. »Ach so. Auch diesbezüglich kann ich Ihnen versichern, dass alles, was Sie mir anvertrauen, unter uns bleiben wird. Aber bitte verstehen Sie mich. Ich bin Ada so nahegekommen, leide mit ihr mit und stelle sogar ihre Kunstwerke aus. Wenn dieser Thomas tatsächlich der ist, für den er sich ausgibt, werde ich Adas Werke nicht mehr ausstellen können.«

Käthe zuckte mit den Schultern. »Und was ändert das, wenn Sie wissen, wie es dazu gekommen ist?«

Erneut gab ich mir einen Ruck. »Ich habe das Gefühl, dass etwas an der Geschichte faul ist. Dass der Mann nicht die ganze Wahrheit sagt, oder vielleicht sogar ein Hochstapler sein könnte.« Nun war es ausgesprochen.

Betreten schauten mich die Schwestern an. »Na, na«, sagte Käthe. »Das wird schon alles seine Richtigkeit haben.«

Innerlich wand ich mich. »Bitte.« Flehend schaute ich zu Johanna.

»Also gut«, sagte diese und räusperte sich. »Ich werde Ihnen alles erzählen, wenn Sie mir versprechen, dass Sie uns nie wieder mit dieser Geschichte behelligen.«

»Versprochen«, sagte ich. »Aber bitte lassen Sie nichts aus.«

»In Ordnung«, willigte Johanna ein und begann zu erzählen. »Eines Vormittags im Dezember 1968 läutete es am Tor«, begann sie. »Wissen Sie, damals hatten wir noch nicht so eine moderne Gegensprechanlage.«

Ich nickte. »Und um wen handelte es sich?«

Johanna schien die ihr plötzlich zuteilwerdende Aufmerksamkeit vollends zu genießen. Neben mir spürte ich Rita, die genauso gebannt zuhörte wie ich. Ich konnte kaum glauben, dass ich endlich erfahren würde, was sich am 12. Mai 1969 wirklich in Adas Schlafzimmer abgespielt hatte. Der geheimnisvolle Sog der Vergangenheit gewann ein weiteres Mal die Oberhand und trug einen Sieg davon. Sosehr ich mich auch dagegen wehrte, in den Mahlstrom hinabzuschauen, aus Furcht vor der Tiefe, dem Schwindel und den Konsequenzen, so sehr sehnte ich mich fast schmerzhaft danach, endlich die ganze Wahrheit zu erfahren.

Johanna beugte sich leicht vor. »Es war Georg, der uns einen Besuch abgestattet hat«, wisperte sie. »Aber er kam nicht als Arzt, sondern in privater Sache …«

Kapitel 19 – Zwischenspiel – Kunzes

Lindau-Aeschach, Bodensee – Dezember 1968

In der Luft hing der klare metallene Geruch von Schnee, und die klirrende Kälte ließ Johanna erzittern. War es wirklich allein die Kälte? Nervös fummelte sie an ihrem Kleid herum, während Georg strammen Schrittes die Allee auf das Haus zulief und unaufhaltsam näher kam. Sein Anblick löste wie immer Unwohlsein in ihr aus. Unwohlsein und schlechte Erinnerungen. Ein Schauer durchlief sie. Und wie üblich wirkte sein Gesicht ernst und verschlossen, undurchdringlich, sodass man nie wusste, woran man bei ihm war. Johanna konnte ihm nicht verzeihen, auch wenn ihre Schwester immer behauptete, er habe einen guten Kern und sei der beste Arzt im Umkreis von Hunderten von Kilometern.

»Griaß Godd, Doktor Wächter«, grüßte Johanna den Arzt. »Was verschafft uns die Ehre Ihres Besuchs?«

Ächzend stapfte er die letzten Stufen hinauf, reichte ihr die Hand. »Griaß Godd, Johanna«, erwiderte er. »Ich bin heute in persönlicher Angelegenheit unterwegs. Ist Ihre Schwester auch da?«

»Ja, natürlich«, antwortete sie spitz. Immer wollten alle nur ihre Schwester sprechen. Sicher, weil sie vernünftiger und weniger emotiv wirkte. Dabei hatte Vernunft nichts mit Intelligenz zu tun. Ein gutes Gespür schon. Und ihr Gespür sagte ihr, sich vor dem Mann in Acht zu nehmen. »Sie hält gerade ein Mittagsschläfchen. Soll ich sie wecken?«

»Das wäre sehr freundlich von Ihnen, Johanna, ja bitte«, antwortete Georg. Auf seiner Stirn hatten sich Schweißperlen gebildet. Vom strammen Laufen?

Johanna spürte ein inneres Frösteln. War etwas geschehen? Mit weichen Knien geleitete sie Georg in den Salon und bat ihn, auf dem Sofa Platz zu nehmen. Sie kannte wohl die Gerüchte, die über ihn im Umlauf waren. Er hatte eine Affäre mit seiner Assistentin Alrun, die auch gleichzeitig Johannas und Käthes Untermieterin war. Aber außer, dass sich die Lindauer die Mäuler darüber zerrissen, schien es niemanden sonderlich zu stören. Er sei sicher nicht der Erste und auch nicht der Letzte, hieß es.

Nachdem Johanna ihn gebeten hatte, im Salon Platz zu nehmen, eilte sie ins Obergeschoss, um ihre Schwester zu wecken, die jedoch bereits putzmunter im Zimmer stand.

»Was will er?«, fragte sie trocken.

»Oh, hat er dich geweckt?«

»Frag nicht so dumm, das siehst du doch.«

Pikiert reckte Johanna das Kinn. »Ich kündige ihm also an, dass du gleich kommen wirst«, sagte sie und machte auf dem Absatz kehrt.

»Johanna!«, zischte Käthe streng. »Du hast meine Frage nicht beantwortet. Weshalb ist er hier?«

»Das wirst du schon noch früh genug erfahren«, antwortete Johanna bissig und verschwand im Treppenhaus, bevor ihre Schwester protestieren konnte. Zwar wusste sie selbst nicht, was Georg wollte, aber sie spürte eine listige Schadenfreude dabei, ihre Schwester glauben zu lassen, dass sie ihr die Information vorenthalten wollte. Es war eine kleine Rache für die stets überhebliche Art und Weise, mit der Käthe sie seit den Vorkommnissen behandelte. Seit … Sie seufzte, verwarf den Gedanken.

Zurück im Salon sorgte Johanna dafür, dass ihrem Besuch eine Erfrischung gereicht wurde. Während sie gemeinsam auf Käthe warteten, plauderten sie über das Wetter, die Herrlichkeit des Sees selbst im Winter und die Grippe, die den einen oder anderen Bewohner bereits in die Mangel genommen hatte.

»Ich hoffe doch, dass wir uns in diesem Jahr nicht anstecken werden«, sagte Johanna gerade, als Käthe auch schon in den Raum rauschte.

Der Doktor und ihre Schwester begrüßten sich, woraufhin Käthe sich setzte. Wie üblich lenkte sie die Aufmerksamkeit auf sich. »Nun, mein lieber Georg«, eröffnete sie das Gespräch. »Womit können wir Ihnen behilflich sein?«

Georg wartete, dass das Personal den Raum verlassen und die Tür hinter sich geschlossen hatte. Schließlich räusperte er sich ausgiebig. »Ich bin heute in einer äußerst heiklen Angelegenheit hier«, begann er. »Jedoch müssen Sie mir auf Ihre Ehre schwören, dass das, was ich Ihnen anvertrauen werde, niemals diese vier Wände verlassen wird.«

Käthe und Johanna wechselten einen überraschten Blick.

»Ich schwöre es bei allem, was mir heilig ist«, sagte Käthe.

Johanna schlug ein Kreuz. »Ich schwöre es«, piepste sie.

Erwartungsvoll starrten die beiden Georg an.

»Gut«, sagte er. »Wie Sie wissen, bin ich in Adas Familie aufgewachsen.«

»Natürlich«, bestätigte Käthe ruhig. »Adas Vater hat Sie nach dem Börsenkrach, dem unglücklichen Schicksalsschlag Ihres eigenen Vaters und dem Tod Ihrer Mutter an Sohnes statt bei sich aufgenommen.«

»So ist es. Herr Richter war wie ein Vater zu mir«, bekannte er heiser.

Johanna beäugte ihn misstrauisch, fragte sich, ob er nicht etwas übertrieb, um sie zu erweichen. Sie nahm sich vor, auf der Hut zu bleiben.

»Das wissen wir«, antwortete Käthe verständnisvoll.

»Dann ist Ihnen sicher auch bekannt, dass ich ihm mein Medizinstudium zu verdanken habe.«

»Auch das ist uns nicht entgangen, ja«, antwortete Johanna, um ihrer Schwester zuvorzukommen. Prompt erntete sie deren strengen Blick, was sie mit Genugtuung erfüllte.

»Kurz vor dem Unfall, bei dem er und Adas Mutter ums Leben gekommen sind, weihte er mich in die Geheimnisse der Familie ein.«

Johanna wurde es mulmig zumute, und sie spürte, wie auch Käthe sich versteifte. »Hmhm«, antwortete diese.

»Aber vor allem bat er mich, auf Ada achtzugeben, die zu diesem Zeitpunkt, wie sie beide wissen, noch in Frankreich lebte.«

»Ja, mit ihrem Ehemann Marcel Beranger«, ergänzte Johanna wohl wissend, wie schmerzlich es für Georg sein musste, diesen Namen zu hören. Hatte er damals Rücksicht auf Johanna genommen? Nein, im Gegenteil. Auf seine schonungslose Art hatte er alles dafür getan, ihr das Herz aus der Brust zu reißen und darauf herumzutrampeln.

Um der hochschwappenden Gefühlswallung Einhalt zu gebieten, presste sie die Lippen aufeinander und schluckte ihren Gram herunter, so, wie sie es immer tat. Seit jeher.

»Herr Richter hat immer geahnt, dass Ada nicht für ewig in Frankreich bleiben würde, und obwohl er sie des Hauses verwiesen hatte, machte er sich große Sorgen um seine Tochter. Sie sei wankelmütig, unvernünftig und unbändig und werde es nicht leicht haben im Leben, hat er immer gesagt.«

Käthe nickte verständnisvoll. »Deswegen haben Sie ihm also versprochen, sich ihrer anzunehmen. Das war wirklich großzügig von Ihnen.«

Oh ja, wie gütig, dachte Johanna gehässig. Wenn man den Gerüchten glaubte, war er ihr sogar versprochen und sehr enttäuscht darüber gewesen, dass sie mit einem anderen durchgebrannt war. Waren seine Bemühungen um Ada also tatsächlich so selbstlos?

»Genau«, sagte Georg. »Sie ist wie eine Schwester für mich, und ich bin bereit, alles zu tun, um sie vor Unheil zu bewahren.«

»Um Himmels willen, Georg«, flüsterte Käthe, die langsam zu ahnen schien, woher der Wind wehte. »Hat Ada etwas angestellt?«

Georg hüstelte, trank einen Schluck aus seinem Glas. »Ein gutes Tröpfchen«, bemerkte er.

»Nur vom Besten«, antwortete Käthe steif.

»Natürlich, etwas anderes habe ich von Ihnen auch nicht erwartet, meine Gnädigste.«

Käthe neigte zur Antwort huldvoll den Kopf.

Gebannt beobachtete Johanna das nervöse Muskelspiel in Georgs Gesicht, das Mahlen der Kiefer. Eine Ahnung befiel sie.

»Wie Sie sicher schon erraten haben, ist Ada in anderen Umständen«, platzte er heraus.

Johanna riss die Augen auf, bekreuzigte sich aufs Neue.

»Jessas, Maria und Joseph«, rief Käthe. »Ja, von wem denn?«

Georgs Miene verfinsterte sich, und er machte eine abfällige Handbewegung, wie um diese Nebensächlichkeit fortzufegen. »Von einem Taugenichts, einem Urlauber, dem sie im Park begegnet ist.«

»Du heiliger Bimbam, und jetzt?«, fragte Käthe. »Sie wollen sie doch nicht etwa zu so einem … na ja, Pfuscher bringen, oder sich gar selbst diese Schuld aufladen?«

»Nein, nein, dieser Gefahr möchte ich die Arme auf keinen Fall aussetzen, und außerdem ist es dafür bereits zu spät.«

Erleichterung machte sich auf Käthes Miene breit, während Johanna darüber nachgrübelte, was er wohl von ihnen verlangen könnte. »Und was gedenken Sie zu tun?«, fragte sie geradeheraus.

»Nun, wie Sie aus eigener Erfahrung wissen, gibt es leider nicht sehr viele Möglichkeiten«, gestand er mit sorgenvoller Miene, worauf Johanna den Blick senkte. »Es ist selbstverständlich ausgeschlossen, dass Ada das Kind behält.«

»Selbstverständlich«, wiederholte Käthe gefasst.

In Johanna rebellierte etwas. »Warum?«, keuchte sie.

»Stellen Sie sich doch nur mal vor, was die Leute sagen würden«, spann Georg den Faden weiter. »Wie würde ich als ihr Ziehbruder dastehen? Ich, der Arzt, der beispielhaft sein soll. Ich, der ihrem Vater hoch und heilig versprochen, ach was, geschworen habe, alles Leid von ihr abzuwenden.«

»Ganz zu schweigen von der Schande, die ein Bastard über die Familie Richter bringen würde«, fügte Johanna sarkastisch hinzu, doch niemand schien es zu bemerken.

»Um Himmels willen. Es würde dieser alteingesessenen Familie einen harten Schlag versetzen, den sie nach allem Unbill sicher nicht gebrauchen kann.« Käthe blieb pragmatisch. »Ich sehe nur eine Möglichkeit«, schlussfolgerte sie. »Das Kind muss gleich nach der Geburt zur Adoption freigegeben werden.«

Für den Bruchteil einer Sekunde huschte der Ausdruck von tiefer Genugtuung über Georgs Gesicht. »Ja, Sie haben vollkommen recht«, sagte er inbrünstig. »Es ist …«

Käthe und Johanna horchten auf.

»Was?«, fragte Johanna.

Georg war blass um die Nase. »Sie weigert sich.«

Käthe schlug sich die Hand vor den Mund. »Om da älles!«, murmelte sie aufgebracht. »Ja, und jetzt?«

Theatralisch warf Georg die Arme in die Luft und ließ sie resigniert fallen. »Wie Sie sehen, sitze ich gehörig in der Tinte.«

Käthe nickte nachdenklich.

Johanna runzelte die Stirn. »Ich verstehe nicht ganz, was wir daran ändern könnten, wenn Ada doch das Kind behalten möchte?«, fragte sie schnippisch, bemüht, ihre Gefühle im Zaum zu halten. In ihrer Brust brannte es.

»Es ist so, dass ich es auf die eine oder andere Weise fortbekommen muss.«

Käthe schnappte nach Luft. »Wie meinen Sie das?«

Georg zögerte. »Wenn Ada es nicht freiwillig hergeben möchte, muss ich es ihr eben mit Gewalt entwenden.«

»Um Gottes willen«, rief Johanna entsetzt. Zwar war es schon furchtbar gewesen, was man ihr hatte antun wollen, aber das hier übertraf alles, was die Menschheit an Grausamkeit aufbieten konnte. »Das geht doch nicht.«

Käthe fasste sich am ehesten. »Georg, hören Sie. Selbstverständlich verstehe ich, dass Ihnen dieses Balg ein Dorn im Auge ist, aber welche Rolle haben Sie uns dabei zugedacht?«, fragte Käthe verunsichert.

»Ich brauche eine Vertrauensperson, die am Tag der Geburt vor dem Haus im Wagen wartet. Sie soll den Säugling entgegennehmen und schleunigst außer Reichweite bringen, damit ihn niemand schreien hört.«

Wie versteinert saßen die Schwestern da und starrten ihn an. Johanna hatte schon immer gewusst, dass dieser Mann verrückt war. Sie hatte es gespürt. Wie würde er reagieren, wenn sie ablehnten? Er war jemand, den man lieber nicht zum Feind haben sollte. Mit einem Schlag begriff sie, dass sie in der Falle saßen.

Käthe räusperte sich. »Sie verlangen Unmögliches von uns«, brachte sie bestürzt hervor. »Das ist gotteswidrig.«

Es kam nicht oft vor, aber in diesem Punkt musste Johanna ihrer Schwester recht geben. Er war der Teufel.

Nervös strich Georg sich mit der Hand über das Gesicht. »Wie gesagt hat Adas Vater mich in alle Belange der Familie eingeweiht«, wiederholte er plötzlich.

Konsterniert zuckte Käthe zusammen, schien die Anspielung ignorieren zu wollen. »Ich verstehe nicht …«

»Oh doch, das tun Sie, Käthe«, antwortete er.

Auch Johanna begriff. Sie spürte die brennende Magensäure, die ihr die Speiseröhre emporkroch, schmeckte das Bittere. Angewidert starrte sie den Arzt an.

»Also?«, fragte er.

Erneut räusperte Käthe sich. »Wir sollen das Kind also den Behörden aushändigen?«

Georg nickte.

Johanna schluckte die Säure hinunter, reckte das Kinn und schaute dem Teufel direkt in die Augen. »Nur über meine Leiche …«

Kapitel 20 – Tiefe Schluchten

Lindau-Aeschach, Bodensee – September 2018, Sonntagnachmittag

Stille erfüllte den Raum. Lediglich das monotone Ticken der Louis-XVI.-Standuhr war zu vernehmen, der einzige Beweis, dass die Zeit nicht stillstand. Wie vor den Kopf gestoßen saßen Rita und ich da. Mein Hals war trocken, und ich fühlte mich elend.

Rita fand als Erste die Sprache wieder. »Wie ich sehe, sind Sie noch putzmunter«, bemerkte sie sarkastisch.

Käthe fing sich. »Nun, meine Schwester hat ihre ganz eigene Art, der Geschichte eine gewisse Dramatik zu verleihen.«

Johanna prustete unwillig. »Das sagst du nur, weil du darin nicht besonders gut wegkommst.«

Ich räusperte mich, versuchte, meine Gefühle in den Griff zu bekommen. Alles, was mich interessierte, war die Wahrheit, nicht das Gezanke der beiden Frauen, dessen Wurzeln in alten Uneinigkeiten verankert zu sein schien. »Sie haben also eingewilligt?«, fragte ich rein rhetorisch, da ich die Antwort bereits kannte.

Käthe nickte. »Letztendlich hat er die Worte gefunden, uns umzustimmen.«

»Um *dich* umzustimmen«, betonte Johanna.

»Es ist auch dein Schaden nicht gewesen, nicht wahr?«, widersetzte sich Käthe im strengen Tonfall.

Johanna verstummte und senkte betreten den Kopf.

»Und so haben Sie das Kind gegen Adas Willen und ohne ihr Wissen zum Jugendamt gebracht?«, fragte Rita heiser.

Käthe schaute verlegen auf ihre Tasse, die sie noch immer mit dem mittlerweile erkalteten Tee auf dem Schoß hielt. »Ich weiß, dass es sich für die heutige Zeit furchtbar anhören muss. Aber damals war alles anders. Die Antibabypille war noch nicht für alle zugänglich, weil es noch viele Restriktionen und moralische Bedenken seitens der Gesellschaft im Allgemeinen und der Ärzteschaft im Besonderen gab. Von der Kirche mal ganz abgesehen. Ihre Generation kann selbstredend nicht mehr nachvollziehen, was es hieß, ein uneheliches Kind aufzuziehen. Ganz zu schweigen von dem Los, das diese armen Geschöpfe erwartete. Als Mutter tat man dem Wurm keinen Gefallen, ihn allein aufzuziehen, glauben Sie mir.«

Ich musste mich beherrschen, um nicht auszurasten. Im Grunde verstand ich die Situation. Es war mir vollkommen klar, dass Käthe die kalte, pragmatische Wahrheit aussprach. Die beiden hatten Wort gehalten, uns die Geschichte erzählt, also durfte ich sie jetzt nicht dafür zur Rechenschaft ziehen. Aber mein Herz war anderer Meinung. Sie hatten ihm eine tiefe Pein zugefügt. Der Gedanke, dass Ada ihr Kind hätte großziehen können, zerriss mich innerlich. Nicht nur, dass sie es sich sehnlichst gewünscht hatte, noch dazu hätte sie die nötigen Mittel besessen, um für den kleinen Thomas zu sorgen.

»Ada war so selbstsicher, dass ihr die Meinungen der einen und anderen völlig gleichgültig gewesen wäre«, sagte ich nur, obwohl ich meinen Schmerz am liebsten hinausgeschrien und den beiden an den Kopf geworfen hätte. Es kostete mich unbeschreibliche Überwindung, Ruhe zu bewahren.

»Ada vielleicht«, konterte Käthe gefasst. »Aber Sie haben ja keine Ahnung, wie grausam die Gesellschaft mit dem Kind umgegangen wäre.« Es klang nach bitterer Erfahrung.

Ich sah, wie Johanna bewegt den Kopf abwandte, und meinte, einen unterdrückten Schluchzer zu vernehmen. Ein Jammer, der aus tiefen Schluchten vergangener Leiden emporzuschießen schien wie druckhaltiges Wasser aus dem Ventil eines Springbrunnens, das gerade aufgedreht worden war.

Stirnrunzelnd beugte ich mich vor. »Aber wenn Sie Georgs Anweisungen, das Kind als Findling auszugeben, damals befolgt haben, wie kam dann Adas Name in die Akte?«

Käthes Augen blitzten auf. »Das, meine liebe Isabella, ist mir allerdings auch ein Rätsel.« Vorwurfsvoll schaute sie zu Johanna, die mit vor den Mund gehaltener Faust wie ein Häufchen Elend auf ihrem Sessel saß. »Aber vielleicht kann Ihnen meine liebe Schwester diese Frage beantworten?«, fügte sie spitz hinzu. »Was meinst du, Johanna? Wie kommt es, dass das Kind nicht als Findelkind registriert wurde, wie er es von uns verlangt hatte?« Sogleich wandte Käthe sich uns wieder zu. »Letztendlich ist *sie* es nämlich gewesen, die das Kind zu dieser Judith Schneider ins Adoptionsbüro gebracht und das Formelle abgewickelt hat. Trotz ihres ursprünglichen Sträubens hat sie geradezu darauf bestanden, diesen Gang selbst zu absolvieren. Nach all den Jahren begreife ich endlich, warum.«

Alle Blicke richteten sich auf Johanna, die sich langsam im Sessel aufrichtete, als würde eine tonnenschwere Last ihre

Glieder niederdrücken. »Die Vorstellung, dass der Junge für alle Zeiten in Unwissenheit verweilen sollte, war mir schier unerträglich«, wisperte sie. »Das wäre unserer unwürdig gewesen. Also habe ich Ada als Mutter angegeben und ihre Signatur auf der Blankozustimmung gefälscht.«

Danke Johanna, dachte ich ermattet. Der Zipfel Menschlichkeit, der aus dieser Tat schimmerte, tat mir in der Seele gut, auch wenn noch immer der Zorn auf das Mitwirken der beiden in mir tobte.

Als hätte Johanna meine Gedanken gelesen, fügte sie hinzu: »Wissen Sie, Georg hätte das Ganze so oder so durchgezogen, auch ohne unser Zutun. Und wer weiß, zu welchen Mitteln er in seiner Verzweiflung noch gegriffen hätte, wenn wir nicht eingewilligt hätten. So habe ich wenigstens das Allerschlimmste verhindern können, indem ich dem Jungen die Möglichkeit gegeben habe, seine Herkunft zu erforschen.«

Tief in meinem Inneren wusste ich, dass Johanna recht hatte, auch wenn sich in diesem Augenblick alles in mir sträubte, mir dies einzugestehen.

Ungläubig schüttelte Käthe den Kopf. Die Spannung zwischen den beiden war so deutlich zu spüren, dass die Luft elektrisch aufgeladen zu sein schien. Irgendetwas musste zwischen Johanna, Käthe und Georg vorgefallen sein. Etwas, das Johanna ihnen nie verziehen hatte. Aber das war eine andere Geschichte. »Und wie hat Georg es fertiggebracht, eine Beisetzung für das Kind zu bekommen?« Chris und ich hatten das Grab mit eigenen Augen gesehen. »Ich meine, es war doch sicher nicht einfach, einen leeren Sarg unter die Erde zu bringen, oder?«

Käthe seufzte. »In diesen Belangen, meine Liebe, konnte Georg höchst einfallsreich sein.«

»Es gab wohl kaum jemanden in der Stadt, der ihm keinen Gefallen geschuldet hat«, ergänzte Johanna. »Sicher war der Pfarrer der St.-Georgs-Kirche da auch keine Ausnahme. Georg konnte Menschen manipulieren, wie niemand anderes.«

»Das scheinen Sie wohl am besten zu wissen, denn auch Sie haben sich seinen Forderungen gefügt«, stichelte Rita weiter.

Käthe ging dazwischen. »Vielleicht hat er auch bloß eine verendete Katze in ein Tuch gewickelt und eine größere Spende für die Gemeinde getätigt, damit der Geistliche keine Fragen stellte.«

Johanna nickte, schien über das Ablenkungsmanöver ihrer Schwester erleichtert zu sein. »Es könnte auch sein, dass er ihm vorgegaukelt hat, das Kind sei von einer ansteckenden Krankheit befallen gewesen, damit es ohne Verzögerungen und Salbungen unter die Erde kam. Ihm war alles zuzutrauen. Er war immerhin der Doktor.«

Das stimmt allerdings, dachte ich angewidert. Georg war alles zuzutrauen gewesen. Alles, außer einem Kindsmord, wie Chris und ich ursprünglich vermutet hatten. Doch was er Ada ein weiteres Mal angetan hatte, war von so teuflischer Grausamkeit gewesen, dass ich mich wie benebelt fühlte.

Als ich meine aufgewühlte Gefühlswelt wieder einigermaßen im Griff hatte, wandte ich mich ein letztes Mal an Käthe. »Vielen Dank für Ihren Empfang, und dass sie diese dunklen Ereignisse mit uns geteilt haben«, sagte ich beherrscht.

Plötzlich spürte ich Ritas eindringlichen Blick auf mir ruhen, als wollte sie mir etwas mitteilen. Ich schaute sie an, und prompt fiel es mir ein. »Bevor wir Sie verlassen, hätte ich noch eine letzte Frage: Was können Sie mir über die Fehde zwischen ihrer Familie und den Richters sagen?«

Johanna zuckte merklich zusammen.

»Was für eine Fehde?«, fragte Käthe stirnrunzelnd. »Davon weiß ich nichts.«

»Ach ja?«, blieb ich hartnäckig. »Dabei soll sie über Jahrhunderte angehalten haben. Es scheint irgendetwas mit Napoleon zu tun zu haben.«

Deutlich spürte ich, wie Johanna wieder in sich zusammensackte, als würde sie sich an einen anderen Ort wünschen.

»Ach, diese alte Geschichte«, wiegelte Käthe ab. »Das ist doch alles nur Schmarrn.«

Erstaunt blickte ich sie an. Hätte ich die Briefe nicht mit eigenen Augen gesehen, wäre ich in diesem Moment sicher ins Wanken gekommen, so überzeugend wirkte Käthe. »Hm, dabei haben wir Briefe gefunden, die eindeutig davon handeln. Napoleon soll den Richters für das uneheliche Kind, das er Anneliese Richter angehängt hat, sogar ein Pfand hinterlassen haben.«

Erschüttert starrten uns die beiden an. »Davon ist mir nichts bekannt«, stieß Käthe aus.

Rita kam in Fahrt. »Sie soll einen Ihrer Vorfahren geheiratet haben, einen gewissen … wie hieß er noch?« Sie schnipste mit den Fingern und schaute mich fragend an.

»Wilhelm«, half ich ihr weiter.

»Genau, einem gewissen Wilhelm Kunze.«

Käthe zuckte die Achseln. »Das mag schon sein. So genau kenne ich mich mit unserm Stammbaum nicht aus.«

Skeptisch schaute ich sie an. »Und wissen Sie irgendetwas über die Geschichte von Napoleon und dem Pfand?« Aufmerksam verfolgte ich jede Regung der Schwestern.

Johanna starrte angestrengt vor sich hin, schien einen inneren Kampf auszufechten, während Käthe eher nachdenklich wirkte. »Nein, das sagt mir überhaupt nichts. Ich denke, wir wüssten, wenn einer unserer Vorfahren von diesem Napoleon abstammen würde, nicht wahr, Johanna?«

Die Angesprochene fuhr herum. »Wie bitte? Verzeihung, ja, sicher.«

Plötzlich spiegelte sich Erkenntnis auf Käthes Miene wider. »Warten Sie mal. Gab es da nicht diese Legende?«

Johanna zuckte die Achseln. »Ja«, hauchte sie. »Irgend so einen Unsinn von einem Juwel, das Napoleon am Hexenstein verloren haben soll. Eben eine Legende. Nichtssagend.«

Ich seufzte. »Ja, davon haben wir auch schon gehört.«

»Na, dann kann ich Ihnen leider auch nichts Neues beibringen«, entgegnete Käthe, während wir uns erhoben.

Wir tauschten noch ein paar belanglose Höflichkeitsfloskeln aus und verabschiedeten uns. Noch immer war ich wie benommen von den Eröffnungen über Georgs Vorgehensweise. Eigentlich hatten wir nicht viel Neues erfahren. Aber die Ereignisse von jemandem erzählt zu bekommen, der das Ganze so hautnah miterlebt hatte, war schon überwältigend, besonders, da es nicht mehr den geringsten Zweifel gab.

Erst als wir das Grundstück verlassen hatten, fand ich wieder zu mir. »Ich bin so etwas von aufgewühlt«, gestand ich.

Rita nickte. »Eine furchtbare Geschichte. Sicher nicht die einzige.«

»Wie meinst du das?«

»Hast du nicht gesehen, wie Johanna sich verhalten hat?«

»Stimmt.« Jetzt wurde es mir auch bewusst. »Sie hat ständig Anspielungen gemacht.«

Rita nickte. »Und was denkst du über die Geschichte mit den Vorfahren?«

Ich lachte unfroh. »Dass sie nichts darüber wissen wollen, nehme ich den beiden irgendwie nicht ab«, sagte ich. »So wie ich sie einschätze, liegt ihnen die Geschichte ihrer Ahnen sehr am Herzen.«

»Du meinst, dass die Schande, eines von Napoleons Kindern ›linker Hand‹ in der Familie gehabt zu haben, schwerer wiegt als die Tatsache, von einem Kaiser abzustammen?«

»Das würde ich den beiden durchaus zutrauen.«

»Auf jeden Fall war diese Reise in die Vergangenheit heftig.«

Ich nickte. »Nun siehst du, was ich seit Monaten durchmache«, antwortete ich. »Und es scheint einfach kein Ende nehmen zu wollen.«

Rita hakte sich bei mir unter. »Daher ist es vielleicht gar nicht so schlecht, wenn du das alles endlich hinter dir lassen kannst. Es gibt sicher andere schöne Häuser, die ihr hier mieten könnt und die keine so schwere Vergangenheit belastet.«

»Damit magst du recht haben«, sagte ich, auch wenn ich dem verheißenen Frieden, der mit dieser Aussicht einherzugehen versprach, nicht ganz über den Weg traute. »Allerdings wird es schon hart werden, von Ada Abschied nehmen zu müssen.« Allein bei dem Gedanken wurde mir der Hals eng.

»Jetzt weißt du wenigstens, wie es dazu gekommen ist, und kannst mit Sicherheit sagen, dass Thomas Adas rechtmäßiger Nachkomme ist.«

Abermals musste ich ihr recht geben. »Der einzige Trost in der ganzen Sache ist, dass es Thomas mit seiner Adoptivfamilie gut getroffen hat.«

Wir lächelten uns an und machten uns auf den Weg in Richtung Bad Schachen, um unseren Männern bei ihren

Recherchen beizustehen. Ich für meinen Teil wollte das Kapitel tatsächlich abschließen, um wieder nach vorne zu schauen. Prompt musste ich an Judith Schneider denken und fragte mich, ob sie Wort halten würde. Ein Schauer durchrieselte mich bei der Vorstellung, was ihre Handlung aufdecken könnte.

Seufzend schaute ich auf den See, der sich zu dieser Spätnachmittagsstunde in seinem herrlichsten Gewand präsentierte. Die Sonne neigte sich dem Horizont zu und tauchte alles in ein warmes Licht, ließ das Blau des Himmels mit orangen Farbtönen verschwimmen und bildete auf der Wasseroberfläche einen samtig goldenen Weg. Wie zwei ineinander zerfließende Welten spiegelten sich der glühende Himmel und die Uferbäume auf der glatten Wasseroberfläche, vermittelten den Eindruck einer zauberhaften doppelseitigen Gesamtheit.

Über uns zogen Möwen ihre Kreise, erfüllten die Luft mit ihrem unverkennbaren Gesang. Die leichte Brise trug den dezenten Geruch von Algen und Fisch zu uns hinüber, der sich mit dem herbstlichen Duft von Laub und frischer Erde vermischte. Das sanfte Plätschern der winzigen Wellen, die immerzu ans Ufer schlugen, klang wie die schüchternen Hilferufe verlassener Seelen, die unablässig aus den ewigen Tiefen zu uns drangen.

Bei dem Gedanken schüttelte ich mich. Für mich war dieses Gewässer nicht einfach nur ein See. Es war ein lebendiges Wesen, das sich mit den Jahreszeiten veränderte und dabei seine zeitlose Schönheit auf ewig bewahrte. Ein Wesen, das je nach Stimmung grausam oder herrlich sein konnte. Mal Verbündeter, mal Herausforderung, mal Freund, mal Widersacher, mal Heiler, mal Unruhestifter. Er konnte einem Mut spenden oder alles zerstören. Er wusste um viele Dinge, barg Geheimnisse, die er mal preisgab, mal für sich behielt bis in alle Ewigkeit. So schien es sich auch mit dem Edelstein zu verhalten.

In einiger Entfernung sahen wir zwei Gestalten mit einem Hund am Ufer entlangspazieren.

Ich kniff die Augen zusammen. »Sag mal, sind das nicht …«

»Hey, ja, das habe ich mir auch gerade gesagt.«

Wir beschleunigten unsere Schritte, und beim Näherkommen wurde unsere Vermutung bestätigt. Während Bernd und Chris sich angeregt unterhielten und uns gar nicht zu bemerken schienen, tollte Rex freudig am Ufer entlang, neckte eine ruhende Entenfamilie, sodass sich die Vögel aufgebracht auf den See retteten. Wir mussten herzlich über Rex' enttäuschte Miene lachen, hatte er doch nur spielen wollen.

Als die beiden uns schließlich wahrnahmen, unterbrachen sie ihr Gespräch.

»Oh, da seid ihr ja«, rief Bernd uns erfreut zu.

»Na? Ist alles klar?«, erkundigte sich Chris, als wir sie erreicht hatten.

Ich nickte. »Es war nicht leicht, aber das Kapitel ist jetzt abgeschlossen«, antwortete ich ehrlich. »Alles ist stimmig, davon bin ich überzeugt. Jetzt kann ich mit gutem Gewissen behaupten, dass ich die Aufgabe, die Ada mir erteilt hat, erfüllt habe.«

Chris drückte mich an sich.

»Und was haben sie über die Geschichte mit der Fehde gesagt?«, wollte Bernd wissen.

»Nichts«, antwortete Rita. »Sie haben alles abgestritten. Sie behaupten sogar, dass sie nichts davon wüssten, Napoleon zum Vorfahren zu haben.«

Chris schüttelte verständnislos den Kopf. »Kommt es nur mir so vor, oder stinkt da was zum Himmel?«

Ich lächelte gequält. »Sicher, aber um ganz ehrlich zu sein, war mir nicht danach zumute, den beiden noch weiter auf den Zahn zu fühlen.«

»Das hätte auch gar nichts genützt«, stimmte Rita mir zu. »Die waren so etwas von verschlossen.«

Chris nickte. Ich war ihm dankbar, dass er mich nicht weiter bedrängte. Irgendwann würde ich ihm ausführlicher von dem Gespräch berichten, aber nicht hier und nicht jetzt.

Nachdem wir die Villa umrundet hatten und den Vorgarten am Haupteingang erreichten, hatte ich das dumpfe Gefühl von einem Déjà-vu. Etwas in mir verkrampfte sich.

»Was ist?«, fragte Chris, der wie so oft auch in diesem Augenblick meine Gefühlsregung wahrnahm.

»Ich weiß nicht«, hauchte ich. Es war doch nur eine dumme Vorahnung, ein Knoten im Magen.

Rex wurde unruhig, schnüffelte vor der Haustür auf dem Pflasterstein hin und her. Als hätte er die Fährte einer unerwünschten Katze aufgenommen, zog er Schleifen und bellte schließlich aufgebracht.

»Was ist denn mit Rex los?«, fragte Rita, als wir sie an der Haustür aufgeholt hatten.

»Etwas stimmt hier nicht«, antwortete Chris, der es nun auch zu spüren schien.

Ein Rumpeln aus dem Inneren des Hauses bestätigte meine ärgsten Befürchtungen. Chris ließ mich los, schob sich an Bernd und Rita vorbei und lauschte an der Tür. »Bleibt hier«, zischte er uns zu.

Bernd straffte die Schultern. »Kommt gar nicht infrage«, flüstert er.

»Bitte, Chris, lass uns lieber die Polizei rufen«, flehte ich kaum hörbar.

Zu spät. Chris schloss bereits leise die Tür auf und trat auf Zehnspitzen ins Haus, gefolgt von Bernd.

Meine Knie wurden weich, mein Puls raste, und ich war unfähig, einen klaren Gedanken zu fassen. *Nein*, dachte ich, *nicht schon wieder.*

Plötzlich drang Gebrüll zu uns heraus, und Rita und ich hielten es nicht mehr aus, stürmten ins Innere. Durch die offen stehende Fensterfront des Wohnzimmers sahen wir Bernd und Chris einer Gestalt über den Rasen hinterherjagen, die aber bereits zu viel Vorsprung erlangt hatte, als dass die beiden sie noch hätten einholen können. Fluchend und die geballten Fäuste in die Luft reckend stellten sie die Verfolgung ein.

Erst in diesem Augenblick wurden wir uns des Zustandes des Salons bewusst, der aussah, als hätte eine Bombe eingeschlagen. Kreuz und quer lagen der Inhalt ausgeleerter Schubladen und die Scherben zerbrochener Vasen auf dem Boden verstreut. Der Einbrecher hatte nichts an seinem Platz gelassen, alles herausgerissen, umgestülpt, durchwühlt. Selbst die Gemälde hingen schief.

Wie im Nebel erkannte ich, wie Chris zwei Stufen auf einmal nehmend ins Obergeschoss verschwand, verlor plötzlich den Boden unter den Füßen und schwankte.

»Isa«, hörte ich Rita wie aus der Ferne rufen. Meine Ohren rauschten so laut, als sei ich in einem Vakuum verpackt. Ich bekam kaum mit, wie sie mich zum Sofa führte und beruhigend auf mich einredete, und es schien mir eine Ewigkeit vergangen zu sein, als Chris auf einmal neben mir saß, mich an sich drückte und küsste.

»Bella«, flüsterte er. »Bella, alles ist gut. Er ist nicht mehr hier.«

Ich nickte, unfähig ein Wort herauszubringen. *Warum?*, schoss es mir immer und immer wieder durch den Sinn. *Warum können wir nicht in Ruhe leben?*

Mein Blick wanderte zu dem Gemälde mit den zwei jungen Frauen, die in Trauer Abschied zu nehmen schienen. Ada und meine Großmutter! *Sei stark,* schienen sie mir zuzurufen. *Wir brauchen dich. Kämpfe!*

Kämpfe? Worum? Schlagartig wurde es mir klar: um das Haus! *Himmel, nein, verlangt das nicht von mir.*

Ich dachte an die beiden Frauen, die hier ihre glücklichsten Stunden erlebt hatten. Ich dachte an Georg, der ihre Liebe verhindert hatte und für noch so viel mehr Unheil verantwortlich war. Und ich hegte keinen Zweifel daran, dass selbst dieser Einbruch die Konsequenz seiner liederlichen Handlungen und Intrigen gewesen war. Selbst nach seinem Tod schien er noch die Fäden zu ziehen.

In mir regte sich etwas. War es die Macht von Adas Geist, der, so meine Überzeugung, noch immer dieses Haus bewohnte? War es meine eigene Widerspenstigkeit, mir nichts diktieren zu lassen, was mir unrecht erschien? Ich hätte es nicht sagen können. Es war in diesem Moment, dass ich die Entscheidung traf, mich zu wehren. Der Einbruch war der berühmte Tropfen, der das Fass zum Überlaufen brachte. Etwas setzte bei mir aus. Die Vernunft?

Chris' warme Arme umfingen mich wie eine Schutzmauer, die mich vor allem Bösen bewahren wollte. »Bella?«

»Ja?«, antwortete ich heiser.

»Geht es wieder?« Tiefgründige blaue Augen fixierten die meinen, wirkten auf mich wie zwei Anker, die meine Seele vor dem Abdriften retteten.

Ich nickte. »Ich glaube schon.«

Bernd fluchte. »Wo sind die Chroniken?«

Wir horchten auf. »Sicher in dem Wust am Boden«, antwortete ich und ließ meinen Blick über das Desaster schweifen.

Bernd schüttelte den Kopf, während er Bücher, Kästchen, Hefte, Schubladenkrimskrams und Tischdecken aufhob. »Nein, sie sind nicht da.«

Mit schweren Gliedern löste ich mich aus Chris' Umarmung und erhob mich vom Sofa. »Fehlt sonst noch etwas?«, fragte ich lakonisch.

»Im Obergeschoss scheint alles unberührt.«

»Auch im Dachboden?«

Chris nickte. »Die Tür ist verschlossen, und der Schlüssel liegt an seinem Platz.«

»Wie steht es mit den Briefen?«

Fast erleichtert hob Bernd die Kiste in die Luft. »Zwar wurde sie geöffnet, aber er schien kein Interesse an ihnen gehabt zu haben.«

»Oder nicht genug Zeit, um sie mitgehen zu lassen«, antwortete Chris bissig.

»Wir sollten die Polizei rufen«, schlug Bernd vor.

Skeptisch schauten Chris und ich uns an, schienen das Gleiche zu denken. »Wegen ein paar alter Bücher, die abhandengekommen sind, und zwei zerbrochen Vasen werden die sich sicher nicht hierherbemühen«, antwortete ich. Aufgrund unserer Erfahrung früherer Vorkommnisse konnte ich mir denken, was der Beamte uns sagen würde: »Wegen ein paar alter Schinken können wir leider keine Untersuchung einleiten, junge Dame …«

»Anzeige können wir immer noch morgen erstatten«, sagte Chris mit grimmiger Miene.

Also machten wir uns an die Arbeit, alles wieder an seinen Platz zu räumen. Zu meiner Erleichterung hatte der Eindringling kein Interesse an Adas Tagebüchern gehabt. Plötzlich stellte sich mir die Frage, ob ich diese tatsächlich ihrem Sohn überlassen sollte. Hätte Ada gewollt, dass er so tief in ihre intimsten Gedanken eindrang? Würde ich wollen, dass meine Kinder alles über mich wüssten? *Nein*, dachte ich. *Es gibt Dinge, die gehörten mir. Dinge, die auch ich nicht über meine Mutter oder meinen Vater zu wissen brauche.*

Beim Aufsammeln einiger Fotos, die aus einem alten Album gefallen waren, das ich noch nie zuvor gesehen hatte, richtete sich mein Augenmerk auf eine der Abbildungen. Darauf befand sich ein Grüppchen Menschen, die vor einer Kunstgalerie für den Fotografen posierten. Der Kleidung nach zu urteilen, musste die Aufnahme vom Beginn der 2000er-Jahre stammen. Sofort erkannte ich Ada, die mit strahlendem Lächeln ein Champagnerglas in der Hand hielt. Ich schmunzelte berührt und war nicht überrascht, auch die Kunze-Schwestern auf dem Foto zu erkennen. *Lustig*, dachte ich. Ich kniff die Augen zusammen. Links neben Ada stand ein Mann um die 40, der … Himmel, es musste sich dabei um ihren Sohn handeln. Als junger Mann hatte er ganz anders ausgesehen als heute. Nur die rote Brille war die gleiche. Seine strahlendblauen Augen lachten fröhlich und sein Lächeln war umwerfend. Genau so hatte ich mir Klaus vorgestellte. Seufzend packte ich das Bild zu den anderen ins Album, nahm mir vor, dieses demnächst mal zu sortieren.

»Glaubst du, Thomas könnte der Einbrecher gewesen sein?«, fragte Rita mich plötzlich.

»Ich weiß nicht«, sagte ich. »Es wäre naheliegend, was meinst du?«, wandte ich mich an Chris.

»Wie bitte?«, fragte er abwesend, während er eine Zimmerpflanze aufrichtete.

»Ihr habt ihn doch gesehen, oder?«, hakte Rita nach.

»Da ich ihn nur von dem Bild auf seiner Website kenne, kann ich das nicht genau sagen«, antwortete Chris ausweichend.

»Auch ich habe ihn fast nur von hinten gesehen«, bemerkte Bernd. »Er war ganz in Schwarz gekleidet und hatte die Kapuze seines Sweatshirts tief in die Stirn gezogen.« Er unterstrich seine Worte mit einer passenden Geste.

»Warum die Chronik?«, platzte es aus mir heraus.

Bernd kratzte sich am Kopf. »Vielleicht hat er wie ich die Sendung im Fernsehen gesehen.«

»Er hätte mich darum bitten können«, rief ich aufgebracht.

»Vielleicht hatte er Angst, dass du ablehnen könntest«, mutmaßte Bernd weiter.

»Unsinn«, patzte ich. »Spätestens nach unserem Besuch bei ihm wusste er, dass ich ihm wohlgesinnt bin.«

»Das stimmt«, bestätigte Rita. »Isa war wirklich klasse. Ich weiß nicht, ob ich so großmütig gewesen wäre.«

Bernd nickte nachdenklich. »Vielleicht war er aus anderen Gründen hier und hat die Chronik durch Zufall entdeckt und die gleichen Schlussfolgerungen wie ich gezogen.«

»Und die wären?«

»Dass sie ihm Aufschluss über die Geschehnisse um Napoleon geben könnten.«

Ich nickte. »Und trotzdem. Ist das ein Grund, das ganze Haus auf den Kopf zu stellen?«

»Vielleicht hatte er die Absicht, uns glauben zu machen, dass es sich um einen gewöhnlichen Einbruch handelt, in der Hoffnung, dass wir das Fehlen der Bücher nicht bemerken«, schlug Rita vor.

»Ja, oder er wollte lediglich ein wenig herumschnüffeln, sozusagen sein Erbe schon mal von Innen begutachten«, spann Bernd das Szenario weiter. »Dabei ist er auf die Chronik gestoßen und hat dann das Haus durchsucht.«

Ich seufzte. »Na gut, Sherlock«, sagte ich resigniert. »Das klingt plausibel.« Ich schaute zu Chris, der sich sonderbar ruhig verhielt. »Was meinst du, Schatz?«

»Hm, ja, so wird es gewesen sein«, antwortete er unbeteiligt.

Ich zuckte die Achseln. »Es tut mir echt leid, dass euer Aufenthalt davon überschattet wird. Vielleicht wärt ihr doch besser im Hotel geblieben.«

»So ein Unsinn«, blaffte Rita und nahm mich in die Arme. »Du spinnst doch.«

Auch Bernd schüttelte vehement den Kopf. »Es ist doch total geil, auf den Spuren des Kaisers zu wandeln, was, Chris?«

Chris rang sich ein Lächeln ab. »Das ist es, ja.«

Zu sehr mit mir selbst, meinen Grübeleien und dem Wust auf dem Boden beschäftigt, bemerkte ich nicht, dass sich mit Chris ein sonderbarer Wandel vollzog. Nach außen hin wirkte er wie immer, sodass ich nicht mitbekam, dass sich in seinem Inneren ein Sturm entfachte. Ein gefährliches Tosen, das Menschen durchlebten, die von etwas die Nase gestrichen voll hatten. Ein Grollen, das, ohne dass man sichs versah, aus der Tiefe des Nirgendwo plötzlich in einem aufstieg; unbändig, ungestüm und einem mit voller Inbrunst dazu verleiten wollte, Unvernünftiges zu tun …

Kapitel 21 – Tragisches Ereignis

Lindau, Bodensee – Kunstatelier Bella – September 2018, Montag

An diesem Morgen stand ich früh auf, da ich Verena versprochen hatte, ihr beim Anbringen der neuen Bilder zur Hand zu gehen, vorher allerdings noch im Polizeirevier vorbeischauen musste. Auch wollte ich mich langsam mit dem wachsenden Berg aus Rechnungen, Quittungen und Lieferscheinen auseinandersetzen und endlich die Papiere für den Steuerberater sortieren, damit sie nicht zu einem unübersichtlichen Haufen heranwuchsen.

Ein weiteres Mal stellte ich beim Aufwachen fest, dass Chris nicht mehr neben mir im Bett lag. Entwickelte er sich allmählich zum Frühaufsteher? Nach meiner gewohnten Morgenroutine begab ich mich ins Untergeschoss. Zu meiner Überraschung fand ich ihn weder im Wohnzimmer noch in der Küche vor. Vermutlich hatte er keinen Schlaf gefunden und war früh aufgestanden, um zu joggen, dachte ich mir. Auch Bernd und Rita schienen noch zu schlafen, sodass ich allein frühstückte. Als ich schließlich das Haus verließ, war weder Chris zurückgekehrt noch Bernd oder Rita auf den Beinen.

Im Polizeirevier nahm der diensthabende Beamte meine Anzeige entgegen. Wie nicht anders erwartet, merkte er an, dass die Chronik zwar kostbare Erinnerungen enthielte und er durchaus verstünde, wie schmerzlich der Verlust für mich sei, aber zum Glück bei dem Einbruch ja niemand Schaden genommen habe. Als ich ihm zu verstehen gab, dass ich glaubte, den Täter zu kennen, rief er den leitenden Ermittler mit hinzu, der sich als Kommissar Heckelmann vorstellte und mich darauf hinwies, dass es nicht unbedingt klug sei, eine solche Behauptung ohne konkrete Beweise in die Anzeige aufzunehmen, weil ich womöglich mit einer Gegenklage wegen Verleumdung rechnen müsse.

»Aufgrund von vagen Vermutungen sollte man keine Anschuldigung erheben«, äffte ich ihn auf dem Weg ins Atelier nach.

Plötzlich fiel mir der Umschlag ein, den ich in all dem Chaos ganz vergessen hatte. Wäre sein Inhalt vielleicht ein treffender Beweis, um den Kommissar zu überzeugen? Jetzt bereute ich, dass ich ihn noch nicht geöffnet hatte, und nahm mir vor, dies bei meiner Rückkehr gleich nachzuholen.

Verena war erleichtert, mich zu sehen. Auch mir tat es gut, von meinen Sorgen abgelenkt zu werden. Gemeinsam überdachten wir die Umgestaltung der Galerie, verrückten Möbel und befestigten die Neuzugänge, sorgten dafür, dass die Harmonie der Ausstellung erhalten blieb.

Gemäß unserer eingespielten Montagsgewohnheit holte ich uns zum Mittagessen nebenan in unserem Lieblingsfischrestaurant Lachsbrötchen. Als ich zurückkam, hatte Verena bereits den kleinen Bistrotisch für uns gedeckt und ihren lokalen Lieblingsradiosender eingeschaltet, der ausschließlich Schlager der 80er-Jahre spielte.

Während wir alles auspackten, stellte ich fest, dass Chris mich ganz gegen seine Gewohnheit nicht angerufen hatte, und fragte ich mich, was er wohl gerade machte. Was immer es sein mochte, ich entschied mich, ihn nicht dabei zu stören. Vielleicht war er einer neuen Romanidee auf der Spur und steckte mitten im Plotten für das nächste Buch. Oder Rita und Bernd hatten ihn bei seiner Rückkehr vom Joggen in Beschlag genommen und zu einem Ausflug überredet.

Verena biss in ihr Brötchen und stöhnte wohlig. »Ich glaube, ich werde es niemals leid sein.«

Ich grinste. »Stimmt. Da haben wir ein tolles Ritual eingeführt.« Auch ich kaute genüsslich vor mich hin.

»Was gedenkst du mit der Ada-Ecke zu tun?«, fragte sie mich. »Lassen wir sie so, oder möchtest du dort auch ein paar neue Gemälde einfügen?«

Fast hätte ich mich verschluckt, musste husten und trank hastig einen Schluck Limo, um den Brocken hinunterzuspülen. »Verzeih«, stammelte ich mit tränenden Augen. Gleichzeitig war mein Innenleben aufs Neue in Aufruhr. Natürlich war die Neuigkeit noch nicht zu Verena durchgedrungen. »Am besten belassen wir sie vorerst so, wie sie ist, da wir Adas Gemälde wahrscheinlich eh bald entfernen müssen«, eröffnete ich ihr betrübt.

Verena, die gerade einen weiteren Bissen nehmen wollte, hielt in der Bewegung inne und schaute mich verwundert an. »Warum denn das?«

Seufzend ließ ich die Schultern hängen und erzählte ihr in groben Zügen von den Vorkommnissen um Thomas, seiner Forderung und meiner Suche nach der Wahrheit.

»Heidanei«, stieß sie aus. »Das tut mir aufrichtig leid.« Betroffen schüttelte sie den Kopf. »Und du bist noch immer nicht 100 Prozent sicher, dass er Adas Sohn ist?«, fragte sie mich ungläubig.

Verwirrt sah ich sie an. »Wie kommst du darauf?«

»Weil du sagtest, dass wir Adas Gemälde *wahrscheinlich* entfernen müssen; es hörte sich so an, als ob es nicht sicher sei.«

Mein Unterbewusstsein, der Verräter! »Ich gebe zu, dass es sich völlig irrsinnig anhören muss«, sagte ich. »Es muss so wirken, als würde ich hoffen, dass ein Wunder geschieht und ich das Haus doch noch behalten kann.«

»Das würde ich sicher auch«, erwiderte Verena kauend. »Also hast du tatsächlich Zweifel?«

Ich holte tief Luft, fuhr mir mit der Zunge über die Zähne, um Unreinheiten zu beseitigen. »Jein!«, antwortete ich. »Im Grunde scheint alles stimmig. Die Kunzes haben mir bestätigt, dass Thomas Adas Sohn ist. Die Frau vom Adoptionsbüro hat es mir ebenfalls belegt. Selbst in Adas Tagebuch steht es drin. Er ist ihr Sohn, Punkt.« Ich hob die Schultern.

»Aber?«

»Nichts aber ...«

»Ich kenne dich mittlerweile recht gut, Isabella«, insistierte Verena. »Da ist noch etwas, oder?«

Erneut stieß ich die Luft durch die Nase aus. »Hm, nichts Konkretes jedenfalls«, antwortete ich. »Ich kann es nicht beschreiben, und das macht es so unglaubwürdig. Es ist nur so ein dummes Gefühl, ein Rumoren, aber ich kann es nicht greifen.«

»Versuche es«, forderte sie mich auf. »Wir haben Zeit.«

Aus der Vergangenheit wusste ich, dass Verena eine gute Zuhörerin war. Noch dazu war sie neutral und emotional nicht in die Affäre verwickelt, was eine klare, objektive Meinung versprach. »Nun, zuerst fiel mir sein ruppiges Auftreten auf. Aber das habe ich auf seine Wut geschoben, weil er bei der Erbschaft übergangen wurde oder davon ausgegangen ist, dass ich mich gegen seine Ansprüche wehren würde.«

»Aber das möchtest du nicht?«

»Nein. Deshalb habe ich ihn aufgesucht und ihm beteuert, dass er keinen Widerstand von mir zu fürchten hat.«

»Und?«

»Es hat nichts an seinem Verhalten geändert«, antwortete ich. »Und dann ist da noch seine Augenfarbe, die sich wegen einer schweren Krankheit geändert haben soll, aber so ganz glaube ich nicht daran.«

»Ja, das hört sich sonderbar an«, stimmte Verena mir zu.

»Und zuletzt sind wir uns nahezu sicher, dass er hinter dem Diebstahl der Familienchronik steckt, haben aber keine Beweise dafür.«

Verena nickte. »Das ist allerdings etwas mager«, gab sie zu. »Und lass mich raten: Die Polizei hat deine Vermutungen als unzureichend belegt abgetan, richtig?«

Ich lächelte unfroh.

Wir schwiegen. Verena schien nachzudenken. Im Hintergrund liefen gerade die Nachrichten. »*Traurige Kunde aus Lindau*«, verkündete der Sprecher, aber ich hörte nur mit halbem Ohr zu. »*Ein tragischer Todesfall hat sich heute Nacht in der Krummgasse in Lindau ereignet.*«

Schlagartig wurde ich hellhörig. Mein Herz zog sich zusammen. Hastig drehte ich die Lautstärke höher. »*Die genauen Umstände, die zum Tod der Siebzigjährigen geführt haben, konnten bislang nicht geklärt werden. Nach vorliegenden Informationen befinden sich die Ermittlungen noch im frühen Stadium, sodass für das Ableben Judith Schneiders, die in Lindau nicht nur für ihre Arbeit als ehemalige Angestellte der Lindauer Kinderhilfe – Sonnenblumen Adoptionsservice bekannt war, sondern auch für ihren*

Einsatz in den hiesigen Kinderschutz-Verbänden, zurzeit keine Ursache ausgeschlossen wird.«

Ein Beben durchzuckte mich, und mir wurde schummrig. Mein Inneres schien sich schmerzlich in sich zusammenzuziehen, und ich schnappte hörbar nach Luft. »Oh Gott«, hörte ich mich ächzen. Fassungslos starrte ich den Apparat an.

»Die örtliche Polizei ruft die Bevölkerung auf, jegliche Informationen, die zur Klärung des Falles beitragen könnten, umgehend bei Kommissar Heckelmann im Polizeirevier Lindau zu melden. Und nun zu den aktuellen Verkehrsmeldungen: Aufgrund von Baumaßnahmen auf der Holbeinstraße sind mit Verzögerungen im Umkreis …«

Wie erschlagen saß ich da, konnte nicht glauben, was ich da eben vernommen hatte. Alle meine Sinne schienen laut Alarm zu schlagen, jedoch in eine dicke Watteschicht gepackt zu sein. Gedämpft hörte ich das Rasseln und Tröten meines Geistes, der vor mir begriffen zu haben schien, was mein Bewusstsein nicht einmal in Erwägung zu ziehen bereit war.

»Bella, Heidaweddr, was ist denn mit dir? Du bist weiß wie eine Wand«, hörte ich Verena sagen. »Kanntest du die Frau etwa?«

Ich blinzelte, nickte. »Es … Judith war besagte Angestellte, die Adas Sohn die Wahrheit gesagt hat.« Vor Entsetzen hielt ich mir die Hand vor den Mund. Mein Gewissen meldete sich schrill. Hatte ich zu viel von ihr verlangt? »Vielleicht hat sie sich das Leben genommen«, hauchte ich.

»Unsinn, warum denn das?«

»Womöglich hat sie befürchtet, dass ihr Vergehen durch den zu erwartenden Erbschaftsstreit aufgedeckt und angezeigt werden könnte.«

»Meinst du?« Verena wirkte skeptisch. »Wenn sie so ein Angsthase war, warum sollte sie die Unterlagen dann überhaupt preisgegeben haben? Sie musste doch damit gerechnet haben, dass es zu einer Verhandlung kommt, oder?«

»Stimmt«, nahm ich wieder Vernunft an. »Sie hat ihm die Akte ja sogar zu diesem Zweck ausgehändigt.«

»Na also«, bestätigte Verena. »Es scheint wahrscheinlicher, dass sie noch andere Probleme hatte. So was steht den meisten Unglücklichen, die zur Tat schreiten, leider nicht ins Gesicht geschrieben, weißt du?«

Auch damit hatte Verena recht. Allmählich beruhigte sich mein Herzschlag, und ich konnte wieder klare Gedanken fassen. Sofort dachte ich an Chris, verspürte das dringende Bedürfnis, seine Stimme zu hören. Doch erneut hielt ich mich zurück, ihn anzurufen. Er würde es noch frühzeitig erfahren. Also sah ich davon ab.

»Ich glaube, ich brauche mal frische Luft«, stammelte ich.

»Keine Sorge«, sagte Verena verständnisvoll. »Wir haben ja einiges heute Vormittag geschafft. Nimm dir gerne frei, Liebes.«

»Du bist so ein Schatz«, sagte ich, klaubte meine Sachen zusammen, drückte ihr einen Kuss auf die Wange und verließ fluchtartig das Atelier. Ziellos lief ich durch die Gassen. Doch nichts kam bei mir an. Ich wich den bummelnden Fußgängern aus, grüßte hier und da einen Geschäftsinhaber, der mich erkannte, und fühlte mich verloren. Warum? So gut hatte ich Judith nun auch wieder nicht gekannt. Wieso ging mir ihr Tod so nahe? Erneut dachte ich an Chris. Wie sehr wünschte ich, er wäre jetzt bei mir. Wie sehr sehnte ich mich nach seiner Wärme, nach seinem Lächeln.

Ohne es zu merken, bewegte ich mich in Richtung westlicher Küste, überquerte den Bahnübergang und fand mich plötzlich am Ufer gegenüber des Hexensteins wieder. Er ragte aus dem Wasser wie ein fauliger Zahn aus einem Drachengebiss. Wirkte unbedeutend und doch magisch. Seit Chris die Geschichte über Moritz und Franz erzählt hatte, schien ihn etwas Finsteres zu umgeben. Ein unheimlicher Zauber. Vielleicht eine Lüge. Eine Lüge mit schweren Folgen. Wie viele Menschenleben hatte sie bereits gekostet?

Stirnrunzelnd setzte ich mich auf die Bank, auf der wir der Legende gelauscht hatten. Der wohlbekannte Geruch nach Algen und Fisch kam zu mir herübergeweht, vermischt mit einer anderen, zwar dezenten, aber unangenehmen und leicht süßlichen Note. Es roch, als hätte jemand seinen Mülleimer in den See geleert, oder als wäre irgendwo ein toter Vogel an Land gespült worden. Naserümpfend wandte ich den Kopf ab.

Im Hintergrund vernahm ich das helle Geräusch der Schrankenglocke. So irrsinnig es auch klingen mochte, wurde ich das Gefühl nicht los, dass es einen Zusammenhang zwischen allen Vorkommnissen gab. Zwischen Chris und mir, Ada, Moritz, Thomas, den Kunzes, dem Hexenstein, Napoleons Legende und selbst dem Juwel. Mir schien nur das unsichtbare Bindeglied zu fehlen, das alles zusammenhielt. Spielte mein Geist allmählich verrückt?

Auf einmal sah ich den Vorabend Revue passieren. Den Überfall, das Aufräumen, das spartanische Abendessen. Erst jetzt wurde mir bewusst, wie verschlossen sich Chris danach verhalten hatte. Schlagartig schoss mir ein ungeheuerlicher Gedanke durch den Sinn. *Am liebsten würde ich selbst mal tauchen gehen*, schossen mir Bernds Worte vom Vortag durch den Kopf. *Chris, du hast doch sicher Taucheranzüge*? Ich hielt die Luft an, als ich mich an Chris' Antwort erinnerte. *Klar, als Bodensee-Anwohner, der etwas auf sich hält, ist eine gute Tauchausrüstung absolute Pflicht. Ich habe sogar zwei …*

Wieder meinte ich, den Klageruf zu vernehmen, der von dem spröden Felsen auszugehen schien. Es war, als würde er mich auf etwas aufmerksam machen wollen, auf etwas, das er unbedingt loswerden wollte. Diffuse Bilder schwirrten vor meinem inneren Auge umher. Bilder von Tauen und Blasen, von fehlender Luft und panischer Angst. Sie wirkten zu greifbar, um der Vergangenheit anzugehören. Erschrocken versuchte ich, mich davon zu befreien. Doch das Rumoren blieb in mir bestehen. Ich hätte nicht sagen können, ob Chris' sonderbares Verhalten, seine morgendliche Abwesenheit, Bernds Bemerkung, die Legenden oder der Hexenstein selbst dafür verantwortlich waren. Oder alles zusammen …

Kapitel 22 – Zwischenspiel – Sprudel

Lindau, Bodensee – September 2018

Sein Herz war wie von einer Klammer umfasst, pochte mühevoll in seiner Brust, als wollte es sich mit jedem Schlag aus dieser bedrückenden Enge befreien. Alles um ihn herum war still. Zu still. Wie die Nacht. Wie der Tod. Einzig das röchelnde Geräusch des Schlauches war zu vernehmen. Sein Röcheln, das Blasen bildete. Er fühlte sich elend. Wünschte sich an jeden anderen Ort als an diesen. Hoffte, dass es bald vorbei sein würde.

Noch immer kreisten seine Gedanken um das Ungeheuerliche, das er erfahren hatte. Das Unglaubliche hatte Gestalt angenommen. Er hatte sie gefunden, sah sie vor sich, anmutig, schön und geheimnisumwoben, so, wie er sie sich in seinen Träumen immer ausgemalt hatte. Er hörte ihr Lachen, das wie Champagnerbläschen um ihn herumperlte. Mal perlend, mal gurrend. Spürte ihre Hand auf seinem Arm, eine Berührung so leicht wie die eines Schmetterlings. Ein bloßes Streifen. Champagnerperlen und Gänsehaut. Verbundenheit. Ein Gefühl der Zusammengehörigkeit. Unbeschreiblich.

Mühsam hangelte er sich am Seil entlang, fasste nach. Zentimeter um Zentimeter ging es in die Tiefe. Es wollte kein Ende nehmen. Fahl durchbrach das Stirnlicht das gefährliche Schwarz, das ihn umhüllte. Kleine Partikelchen schwebten an ihm vorüber, sprachen vom Leben, das hier unten stattfand. Winzigste Wesen trieben in der Brühe umher, tanzten nach einer Melodie, die nur sie vernahmen. Ließen sich vom Strom leiten. Auch er selbst hatte sich leiten lassen. Vielmehr verleiten. Er war ihm gefolgt, weil er sein Freund war. Wollte es hinter sich bringen. Ihm beweisen, dass seine Theorie Unsinn war.

Seine Atmung ging stoßweise. Zentimeter um Zentimeter. Er schaute auf seine Hände, die nachfassten. Wie tief waren sie? Es war die falsche Frage, die, die er sich nicht hätte stellen dürfen. Er spürte das Böse in sich aufsteigen, hinterhältig, fies, rücksichtslos. Er schnappte nach Luft. Der Atemregler stolperte, rauschte wütend auf, stieß Strudel aus. *O Gott.*

Denke an sie. An die schönen Stunden. Denke daran, wie du ihr begegnet bist. Wie ihre Gegenwart sich anfühlt. Echt. Wertvoll. Einzigartig. Er brauchte Ablenkung. Brauchte Luft. Brauchte ein Zeichen. Musste ihn sehen. Aber da war nur Schwarz und schwebendes Winzlingsleben. Nur Schwarz und Partikelchen. Nur Schwarz und er selbst. Verloren. Allein. Eingezwängt. Der Anzug. Zu eng. Die Jahre. Man aß, man trank. Der Bauchumfang wuchs. Das Neopren nur bedingt.

Wo befanden sie sich, verdammt? Seine Ohren schmerzten. Er schluckte, um sie vom Druck zu befreien, hörte nichts mehr. Weder das gleichmäßige Rauschen, noch sein Herz. Schlug es? Da! Ein heftiges Pochen und es setzte wieder ein. Erleichtert stöhnte er auf. Schweiß brach ihm aus. Er spürte, dass er an die Grenze des Möglichen kam. An seine Grenze. Es ging nicht mehr. Er konnte nicht mehr. Er musste umkehren. Jetzt. Wo war sein Freund? Hatte er nicht versprochen, ihm im Falle einer Attacke beizustehen? *Hey, es ist so weit. Wo bist du?*

Er spürte seine Beine nicht mehr, sein Kopf dröhnte, schien zu zerspringen. Kalte Furcht umfing ihn wie eine Zange, die zudrückte. Ein eiserner Mantel, eine Hülle, die er nicht mehr abstreifen konnte. Er atmete schneller. Hoch, nur wieder hoch. In das Herumtreiben mischten sich die Bläschen des Mundstücks. Sie wurden zu wilden Strudeln. Alles verschwamm, wirkte verzerrt. Hoch, hoch. Panisch zog er sich am Seil empor. Eine Hand nach der anderen, in die entgegengesetzte Richtung.

Er spürte nur die Enge. Das Atmen wurde bleischwer. War die Flasche leer? Auf welcher Höhe befand er sich? Auf halbem Weg? Der Druck auf den Ohren wurde unerträglich. Er schluckte. Es half nichts. Zu stark war die Pression. Die Vernunft wollte, dass er Sicherheitsstopps einlegte, aber die nackte Angst trieb ihn weiter, ohne dass sein Geist etwas daran ändern konnte. Er sah kein Licht näher kommen, konnte nicht abschätzen, wie weit es noch war. Dass es Nacht war, vergaß er. Nur das Lämpchen schien. Schien ins Sprudeln. Schien ins Wasserleben, das auf einmal wild umherwirbelte.

Ein fürchterlicher Schmerz durchdrang ihn, und er packte sich an die Brust. Es war, als würde die Zange zudrücken. Er konnte nicht mehr weiter. Er konnte nicht mehr atmen, sich nicht mehr halten. In Sekundenschnelle spulte sich sein Leben vor seinem inneren Auge ab. Seine Träume, seine Wege, seine Liebe, seine Eltern … *Das ist es also gewesen,* dachte er. *So fühlt es sich an.* Dann war alles aus. Das Letzte, was er noch spürte, war der Arm des Freundes, der ihn packte. Zu spät. Das Schwarz wurde noch schwärzer, die Stille noch stiller, die Taubheit noch tauber. Allein die Angst schwand, verwandelte sich in ein Schweben – in ein Abgleiten ins Nichts …

Kapitel 23 – Abgetrennt

Lindau, Bodensee – Am Hexenstein – September 2018, Montag

Ich keuchte, holte mich aus der Tiefe der Versunkenheit hervor. Mein Herz donnerte, und meine Hände waren feucht geworden. Meine Fantasie war mit mir durchgegangen. So ein Blödsinn. Doch instinktiv spürte ich, dass etwas passiert war. Es machte mich halb wahnsinnig, nicht zu wissen, wonach ich suchen sollte. Ich hielt es nicht mehr aus, brauchte Gewissheit. Mit zittrigen Fingern wühlte ich in meiner Tasche nach dem Handy, rief Chris an. Der Verbindungston trötete mir ins Ohr. *Geh dran, bitte*, flehte ich innerlich. Doch ich landete auf der Mailbox. Es tat gut, seine warme Stimme zu hören, half mir aber nicht, mich zu beruhigen. »Chris«, sagte ich um Beherrschung bemüht. »Ruf mich bitte sofort an, sobald du meine Nachricht erhältst.«

Einen Augenblick lang zögerte ich. *Was soll's*, dachte ich und rief Ritas Nummer an, landete jedoch ebenfalls direkt auf der Nachrichtenbox. Und jetzt? Ich schüttelte den Kopf, versuchte, mich auf andere Gedanken zu bringen. So ein Unsinn, redete ich mir ein. Niemals hätte Chris sich einfach so davongemacht, ohne es mir vorher zu sagen. *Außer, um Bernd etwas zu beweisen*, meldete sich das fiese Stimmchen in meinem Ohr.

Erneut schüttelte ich den Kopf. *Nein!*

Und wenn Bernd ihn geradezu angebettelt hatte? Chris war zu entgegenkommend, um dem Drängeln einer inbrünstigen Bitte lange standzuhalten, besonders, wenn ihn das Thema selbst unter den Nägeln brannte. Und das tat es!

Napoleon ist für mich, was Ada für dich ist, Liebes. Früher oder später gibt er mir Einblick in alle seine Geheimnisse. Ich muss nur richtig danach suchen, gingen mir seine Worte durch den Sinn. Ich erschauerte.

Während ich so dasaß und mir alle möglichen Szenerien ausmalte, näherte sich mir ein älterer Herr mit einem Gehstock.

»Na, so gedankenversunken?«, sprach er mich an.

Ich fuhr herum. »Ja, es tut manchmal gut, einfach an nichts zu denken«, wich ich aus.

»Oder vom Hexenstein zu träumen und davon, was er verbergen könnte«, sagte er wissend und zwinkerte.

Betroffen sah ich ihn an. »Wie … was meinen Sie damit?«

»Nun, Sie sind wahrlich nicht die Einzige, die sich in letzter Zeit für diesen belanglosen Brocken interessiert, junge Dame«, sagte er. »Die kommen jetzt sogar mitten in der Nacht, um sich nicht erwischen zu lassen.«

Das Herz rutsche mir in die Hose, und es fühlte sich an, als ob mein Blut auf einmal durch meine Adern raste. »Ach ja?«

»Jaja«, bestätigte er. »Wissen Sie, in meinem Alter schläft man nicht mehr so gut. Meine Beine sind immer so unruhig und fühlen sich an, als ob sie von einer zentnerschweren Last zerdrückt werden. Und dann muss ich raus, um sie mir zu vertreten.«

»Verstehe«, antwortete ich mitfühlend. »Das kenne ich von meiner Omi, die auch immer ausschlagende Beine hatte.«

»Und als ich so die einsame Straße daherkam, da hörte ich plötzlich Stimmen und habe mich flink hinter der Baumgruppe dort versteckt.« Er zeigte mit seinem Stock in Richtung des Parkplatzes und ließ ihn kurz kreisen. »Und wissen Sie was?«

»Nein?« In mir begann sich alles zu drehen.

»So wahr ich hier stehe, waren da zwei Männer in Taucheranzügen.« Er stützte sich wieder auf die Gehhilfe.

In mir regte sich etwas. »Wann war das?«

»Ach, du liebe Zeit, da fragen Sie mich aber zu viel«, stammelte er und dachte angestrengt nach. »Warten Sie mal. Das war, nachdem ich beim Arzt war ... Nein, bevor ich beim Arzt war, ja genau«, fiel es ihm wieder ein. »Vor zwei Wochen.«

Als Erstes erfasste mich maßlose Erleichterung. Doch gleich darauf erwachte in mir ein schwaches Flirren. »Und? Konnten Sie noch mehr beobachten.?«

»Es ist ja nicht so, als hätte ich die beiden bespitzelt.«

»Nein, natürlich nicht«, beruhigte ich ihn hastig.

»Erst einmal habe ich mich ein Stück entfernt«, gestand er. »Man weiß ja nie bei solchen Fanatikern, die auf Schatzsuche gehen.«

Insgeheim gab ich ihm recht. Ein unangenehmes Gefühl meldete sich in mir. »Und dann?«

»Um denen nicht wieder über den Weg zu laufen, habe ich einen weiten Bogen um den Parkplatz geschlagen und bin etwas weiter unten wieder ans Ufer gelangt.« Er zeigte mir die Stelle. »Es muss ungefähr eine halbe Stunde später gewesen sein.« Mit bedauernder Miene zeigte er mit seinem Kinn auf den Stock. »Komme halt nur im Schneckentempo voran.« Er lachte in seinen Schnauzer, der leicht zitterte.

»Haben Sie die Männer noch einmal gesehen?«, fragte ich gebannt.

»Ja ... das heißt: lediglich den einen, der ständig Befehle gegeben hat«, berichtigte er sich sofort.

»Wie das? Und wo war der andere?«

Er zuckte die Achseln. »Keine Ahnung. Aber vielleicht kam mir das bei der schlechten Beleuchtung auch nur so vor, oder der andere war schon vorausgefahren. Jedenfalls hatte es dieser Typ anscheinend sehr eilig. Hat nicht einmal seinen Anzug ausgezogen und ist in voller Montur fortgefahren, ohne die Scheinwerfer des Wagens anzuschalten.«

Mein Hals verengte sich. Das Vibrieren in meinem Inneren wurde stärker.

»Machen Sie sich nichts draus. Solche Verrückten hat es schon immer gegeben«, beschwichtigte er mich. »Heute kommt sicher niemand mehr dafür ins Gefängnis. Nur eine Geldstrafe bekommt man aufgebrummt.«

Ermattet nickte ich. »Und haben Sie letzte Nacht vielleicht auch etwas Ungewöhnliches bemerkt?«, hakte ich nach.

Er seufzte. »Nein, seit mein Arzt mir das neue Medikament verschrieben hat, schlafe ich wieder besser«, erwiderte er lächelnd. »Nun, junge Frau, es war mir ein Vergnügen, mit Ihnen zu plaudern, aber wenn ich vor Einbruch der Dunkelheit daheim sein will, dann sollte ich mich mal wieder auf den Weg machen«, spaßte er und wandte sich zum Gehen. »Ade.«

»Auf Wiedersehen«, antwortete ich verstört und ebenfalls um ein Lächeln bemüht. Sofort starrte ich wieder auf den Stein. Ich fröstelte, schlang die Arme um mich. Auch ich wollte aufbrechen, aber irgendetwas hielt mich zurück. Wirr wirbelten Gedanken, Sätze und einzelne Wörter durcheinander. *Zwei Wochen!,* hallte es in mir wider, als hätte es eine tiefere Bedeutung. *Zwei Männer!* Abermals hatte ich das Gefühl, der Felsen würde nach mir rufen. Moritz würde nach mir rufen. Ich stand auf, trat ein Stück ans Ufer heran. Ein Gegenstand tanzte auf den kleinen Wellen. *Pfui!,* dachte ich. War das Müll? Ich bückte mich, um ihn aufzuheben. Der Gestank stieg mir diesmal noch heftiger in die Nase.

Ein gellender Schrei ertönte; es war der meine. Entsetzt wich ich zurück. Schnappte ich nun völlig über? Mir wurde speiübel. Ich wandte mich ab und übergab mich. Mit bebenden Fingern suchte ich nach meinem Handy, wählte die Nummer, die mir der Kommissar gegeben hatte.

»Polizeirevier Lindau.«

»Hier ist Isabella Lampert«, krächzte ich in den Apparat. »Ich muss dringend mit Kommissar Heckelmann sprechen.«

»Herr Kommissar, eine Frau Lampert möchte Sie sprechen, sie behauptet, es sei dringend.«

»Hallo«, dröhnte eine Männerstimme an mein Ohr. »Frau Lampert, wenn es wieder um Ihre Chroniken geht, so habe ich Ihnen doch bereits –«

»Nein«, unterbrach ich ihn unwirsch. »Es geht um einen Mord!«

»Sie meinen, Sie haben eine Leiche gefunden?«

»Nein … das nicht«, druckste ich herum.

Ich spürte, dass dem Beamten allmählich der Geduldsfaden riss. »Und was lässt Sie vermuten, dass es sich um einen Mord handelt?«, presste er hörbar beherrscht hervor.

Ich biss mir auf die Unterlippe, um nicht aufzuschluchzen. »Ich weiß nicht«, hauchte ich. Waren es meine Nerven, die mit mir durchgingen? Ich zitterte am ganzen Leib. »Ich habe einen abgetrennten Fuß im Wasser gefunden …«

Kapitel 24 – Gähnende Leere

Eine Stunde später am Hexenstein

Die rotierenden Blaulichter der Kranken- und Streifenwagen schienen grell um die Wette zu blinken. Absperrbänder wurden um die Uferkante gezogen, während in weiße Overalls gehüllte Ermittler der Spurensicherung die Umgebung nach weiteren Indizien absuchten. Als die Taucher der Spezialeinheit eintrafen, hatte sich bereits eine Menschentraube aus Schaulustigen um das Geschehen versammelt. Ihr leises Murmeln, das sich wie das Summen eines Bienenstocks anhörte, drang gedämpft zu mir herüber. Gefühlt Hunderte von Handykameras blitzten. Hier und da schnappte ich Gesprächsfetzen der umherlaufenden Beamten auf, war unfähig, einen klaren Gedanken zu fassen. Weiterhin schwieg mein Telefon, sodass ich es einmal aus und gleich wieder anschaltete, um eine eventuelle Blockade zu beseitigen. Nichts.

Vom Anblick des Grauens schockiert, zitterte ich am ganzen Leib. Wut packte mich. Wut auf Chris, weil er nicht da war. Wut auf Rita und Bernd, weil sie sich nicht bei mir meldeten. Gott und die Welt schienen mich in dieser schweren Stunde im Stich zu lassen. Immer wieder sah ich das scheußliche Bild vor mir. Dieser zerfetzte Klumpen, der nur noch vage etwas Menschliches an sich gehabt hatte.

Als die Taucher schließlich einen leblosen Körper aus dem Wasser bargen und an Land brachten, bekam ich es wie aus der Ferne mit. Erschüttert wandte ich den Blick ab. Mein Geist schien sich abgekapselt zu haben, keine Informationen mehr aufnehmen zu können. Fast schien es, als wollte ich die Wahrheit nicht kennen. Je länger ich im Ungewissen blieb, umso besser, redete ich mir ein. Alles, nur nichts Endgültiges. Alles, nur nicht Chris …

Nach einer gefühlten Ewigkeit erschien der Kommissar neben mir. »Frau Lampert?«

»Ja?«, antwortete ich leise und schluckte. Ein Beben durchlief mich.

»Soweit wir das jetzt schon beurteilen können, handelt es sich bei dem von Ihnen gefunden Körperteil um einen Fuß, der schon eine ganze Weile im Wasser gelegen hat.«

Mir fiel ein Stein vom Herzen. »In Ordnung. Und bei der …« Ich bekam das Wort nicht über die Lippen und zeigte auf den geborgenen Leichnam, der auf einer Plastikplane abgelegt worden war.

»Auch hier steht fest, dass es sich bei dem Opfer um einen Mann handelt, der schon längere Zeit im Wasser gelegen haben muss, und dass der Fuß zu ihm gehört.«

Erneut musste ich trocken schlucken. »Opfer?«, flüsterte ich. *Also doch …*

Kommissar Heckelmann wand sich. »Nun ja. Eigentlich sollte ich Ihnen darüber noch keine Auskunft erteilen, aber wir haben allen Grund zur Annahme, dass der Mann tatsächlich keines natürlichen Todes gestorben ist, da sein Körper mit einem Fischertau am Fuße des Felsen festgebunden war.«

Ich fühlte mich hundeelend, wollte weinen. »Wie grausam«, stieß ich aus. »Und … und warum war der Fuß so … zugerichtet?«

»Das ist leider bei Wasserleichen nichts Ungewöhnliches«, antwortete Heckelmann sachlich. »Die Wassertiere machen sich immer zuerst an den Extremitäten zu schaffen, wobei sie Hände und Füße bevorzugen.«

Prompt bereute ich, überhaupt gefragt zu haben, denn mein Magen meldetet sich erneut. Ich krallte mich am Positiven dieser Auskünfte fest: Es war nicht Chris! Jäh kamen mir meine Ängste albern vor. Wie hatte ich ihn nur für so unvernünftig halten können? Mein Herzschlag beruhigte sich allmählich, und ich versuchte, meine Gedanken zu sortieren.

»Entschuldigen Sie, wenn ich noch einmal nachhake«, sagte der Kommissar. »Aber Ihre Aussage vorhin am Telefon war mehr als konfus: Könnten Sie mir bitte noch einmal sagen, was es mit dem alten Herrn auf sich hatte?«

»Ja, Verzeihung. Es stimmt, ich war ziemlich durcheinander«, entschuldigte ich mich.

»Das ist verständlich«, beruhigte er mich. »Versuchen Sie bitte, sich an alle Einzelheiten zu erinnern.

Während ich mich bemühte, nichts auszulassen und die Aussagen des Spaziergängers der Reihenfolge nach wiederzugeben, dämmerte es mir plötzlich. Zwei Wochen. Zwei Männer. Einer kam alleine zurück ... Alles machte auf einmal Sinn. Ich sah Thomas' Gesicht vor meinem inneren Auge. Die Brille, die Glatze, den gräulichen Bart, den düsteren Blick aus braunen Augen. Ein anders Bild von ihm schob sich davor. Das von dem Foto, das breite Lachen, die dunklen Locken, die blauen Augen ... *Wenn Sie zu Tom wollen, der hat seit zwei Wochen geschlossen,* hallten die Worte der alten Frau, die Rita und ich in Wasserburg getroffen hatten, in mir nach. Natürlich ...

»Ich glaube, ich weiß, wer das Opfer ist«, presste ich hastig hervor.

Skeptisch schaute mich der Beamte an. »Wer soll es Ihrer Meinung nach sein?«

»Sie werden mir wieder einmal nicht glauben, aber ich bin davon überzeugt, dass es sich bei dem Unglücklichen nur um Thomas Bauer aus Wasserburg handeln kann.«

Heckelmann zog die Augenbrauen zusammen. »Ist das nicht der Mann, den Sie heute Morgen noch des Einbruchs beschuldigt haben?«

Verflucht! »Ja und nein«, antwortete ich. »Es ist etwas komplizierter als es erscheint. Dies da«, sagte ich und zeigte auf die Leiche, »ist der richtige Thomas Bauer. Bei dem Mann, der bei mir eingebrochen ist, handelt es sich meines Erachtens um einen Hochstapler.«

Zumindest schien ich die Neugier des Polizisten geweckt zu haben. »Und was lässt Sie das vermuten?«

Tief holte ich Luft und schilderte ihm in wenigen Worten die Ereignisse der letzten Tage. Ich vermied es, von Bauchgefühl und Vorahnung zu sprechen, berichtete so nüchtern wie möglich und ließ nichts aus.

Noch immer schien er Zweifel zu hegen. »Ich fasse zusammen: Ein Mann namens Thomas Bauer hat sich als Ada Berangers Sohn ausgegeben, aber Sie hatten von Anfang an den Eindruck, dass da etwas nicht stimmte, obwohl der Betroffene in der Wohnung von Thomas Bauer lebt und auch aussieht wie Thomas Bauer, wenn man mal von der Augenfarbe absieht, richtig?«

Ich nickte. »Zugegeben, es klingt wie aus der Luft gegriffen«, sagte ich bedrückt. »Aber ich versichere Ihnen, dass ich keine Zweifel mehr habe.«

»Und was macht Sie so sicher?«

»Laut einer Anwohnerin in Wasserburg soll Thomas Bauers Keramikladen seit genau zwei Wochen geschlossen sein«, antwortete ich.

»Er ist vielleicht krank«, mutmaßte der Kommissar.

»Ja, das habe ich mir anfangs auch gesagt, aber als wir ihm einen Besuch abgestattet haben, wirkte er putzmunter.«

Heckelmann tippte sich mit dem Stift gegen die Lippen und nickte. »Was sich wiederum mit der Aussage des Spaziergängers decken würde, der die merkwürdigen Beobachtungen ungefähr vor zwei Wochen gemacht haben will.«

»Genau«, sagte ich. »Es würde passen. Thomas Bauer wurde vor zwei Wochen hier ermordet, und der Täter hat seitdem dessen Identität angenommen.«

»Alles schön und gut«, entgegnete Heckelmann. »Aber mir fehlt das Motiv.«

»Die Erbschaft«, platzte ich heraus.

»Könnten Sie bitte etwas mehr ins Detail gehen?«

Ich zögerte. Sollte ich ihm wirklich die ganze Wahrheit sagen? Ihm von der Familienfehde, der Legende von dem Juwel und von Moritz erzählen? War es Zufall, dass Thomas Bauer auf die gleiche Weise wie der Junge an den Stein gebunden worden war? Ich erzitterte bei dem bloßen Gedanken daran. »Es war eine logische Schlussfolgerung aus allen Elementen«, antwortete ich. »Wie gesagt: Plötzlich hat der angebliche Thomas Bauer vor meiner Tür gestanden und sein Erbe eingefordert. Er verhielt sich angriffslustig und unzugänglich, ganz anders, als der richtige Thomas Bauer von den meisten, die ihn kennen, beschrieben wurde. Außerdem sah er ganz anders aus als auf den Fotos, die ich von ihm gesehen habe. Und dann war da eben noch die Augenfarbe. Thomas hatte stechend blaue Augen, der Mann, der sich mir gegenüber als Thomas ausgegeben hat, aber dunkelbraune. Wäre er wirklich der rechtmäßige Erbe, hätte er sich sicher anders verhalten. Zumal ich ihm zu verstehen gegeben habe, dass ich nicht vorhatte, mich gegen seine Ansprüche zu wehren.«

Prüfend blickte der Kommissar mich an. »Warum nicht?«

Ich zuckte die Achseln. »Weil ich kein Anwesen behalten möchte, das mir nicht zusteht.« Ich machte eine kurze Pause. »Und dann ist Judith Schneider auch noch *rein zufällig* umgekommen«, fügte ich hinzu.

Heckelmann setzte eine erstaune Miene auf. »Und inwiefern soll Frau Schneiders Freitod etwas mit der ganzen Geschichte zu tun haben?«

»Freitod?«, fragte ich betroffen. »Sind Sie sich sicher?«, rutschte es mir heraus.

Argwöhnisch kniff Heckelmann die Augen zusammen. »Was wollen Sie damit andeuten?«

Ich räusperte mich. »Sie war es, die Thomas Bauer – also dem richtigen – vor ungefähr vier Wochen die Nachricht überbracht hat, dass er Ada Berangers Sohn ist«, antwortete ich.

»Einfach so?«

Knapp und bündig erläuterte ich ihm die Umstände, die Judith dazu veranlasst hatten. »Sie war sich darüber bewusst, eine Straftat zu begehen, und war bereit, dafür einzustehen.« Verlegen musste ich an meine eigene Bitte denken, die ich an Judith gerichtet hatte. Jetzt war ich fast erleichtert, dass sie diese nicht in die Tat umgesetzt hatte, sonst hätte ich mich noch scheußlicher gefühlt, als ich es ohnehin bereits tat. Ich hatte das Gefühl, ihre Freundlichkeit ausgenutzt zu haben.

Der Kommissar brummte. »Hm, es könnte sein, dass sie es bitter bereut hat, das Gesetz gebrochen zu haben. Manche Menschen handeln im Affekt, und es wird ihnen erst hinterher klar, was sie angestellt haben.«

Es versetzte mir einen Stich, und mein Schuldgefühl wuchs. Wenn seine Annahme stimmte, hatten wir mit unserem Besuch bei ihr sicher zu ihrer Reue beigetragen. Standhaft hielt ich jedoch an meiner Hypothese fest. »Oder sie war die Letzte, die den echten Thomas lebend gesehen hat, und vielleicht auch die Einzige, die den falschen klar hätte identifizieren können«, setzte ich noch einen drauf.

»Verstehe«, sagte der Kommissar und schien mich allmählich ernst zu nehmen.

»Und dieser Mann lebt also in Bauers Wohnung, sagen Sie?«

»Ja. Zwar habe ich keinen blassen Schimmer, wie er es hinbekommen hat, sich dessen Identität anzueignen, aber wie bereits gesagt, bin ich davon überzeugt, dass es sich bei dem jetzigen Thomas Bauer um einen Betrüger handelt.« Ich schluckte.

Heckelmann presste die Lippen aufeinander. »Nun gut. Auch weiterhin haben wir keine standfesten Beweise. Und das Motiv ist etwas zu schwach für einen Mord«, sagte er. »Außerdem hätte es mit Sicherheit andere, weniger spektakuläre Methoden gegeben, um sich einer Leiche zu entledigen.«

Verdammt, damit hat er allerdings recht, dachte ich und ließ die Schultern hängen.

Ein Mann, den ich für den Gerichtsmediziner hielt, näherte sich dem Kommissar und sagte ihm leise etwas ins Ohr.

Heckelmann wandte sich mir erneut zu. »Wie es scheint, ist der Mann eines natürlichen Todes gestorben.«

Perplex schaute ich die beiden an. »Ach ja?« Es brachte

meine ganze Theorie ins Wanken. Nichts schien mehr zu passen.

Heckelmann nickte dem Mediziner zu, damit er auch mir seine ersten Schlussfolgerungen mitteilte.

»Soweit wir das auf den ersten Blick beurteilen können, ist der Tod im Wasser eingetreten, da der Stimmritzenkrampf ausgelöst wurde.«

Fragend schaute ich den Kommissar an, der sich wiederum an den Arzt richtete. »Bitte werden Sie deutlicher.«

Der Mediziner fuhr fort: »Dabei handelt es sich um einen Schutzreflex, der verhindert, dass Wasser in die Lunge gelangt, wodurch der Ertrinkende erstickt. Und da der Tote keinen Schaumpilz vor dem Mund gebildet hat, heißt das, dass er zu diesem Zeitpunkt bereits bewusstlos war. Ferner weist der Körper weder Abwehrverletzungen noch sonstige Blessuren auf.«

Heckelmann nickte. »Es ist also kaum anzunehmen, dass sich jemand die Mühe gemacht hat, ihn nach seinem Tod extra mit Taucheranzug und Sauerstoffflasche auszustatten.«

Irgendetwas stimmte da nicht. Ich grübelte. »Vielleicht wollte der Täter, dass es wie ein Unfall aussieht«, mutmaßte ich.

»Dann hätte er ihn nicht an den Felsen gebunden, sondern lose herumtreiben lassen«, gab der Kommissar zu bedenken.

Abermals pflichtete ich ihm bei. »Aber selbst bei einem Unfall ergibt das keinen Sinn. Vielleicht kam er ihm ja gelegen?«

Nachdenklich nickend wandte er sich ab.

Während er weiter Informationen einholte, hielt ich in der immer dichter werdenden Menge nach Chris Ausschau.

Möglicherweise hatte er bereits im Radio über die fürchterliche Entdeckung vom Hexenstein gehört. Nervös warf ich einen neuerlichen Blick auf mein Handy. Gähnende Leere leuchtete mir vom Display entgegen. Eine Leere, die sich wie ein stummes Echo aus meinem Unterbewusstsein anfühlte. Leere Pixel, die vor meinen Augen tanzten wie schweigende Schatten, deren Bedeutung nur ich zu erkennen vermochte.

Hatte Chris sein Telefon zu Hause liegen lassen? Oder war er spontan zu seiner Schwester auf den Bauernhof gefahren, wo er keinen Empfang hatte? Auch diesen Gedanken verwarf ich wieder, denn wenn ich ihn anrief, kam der Verbindungston. Außerdem hätte er mir vorher auf alle Fälle Bescheid gegeben.

Ich versuchte mir einzureden, dass es keinen Grund zur Sorge gab. Die Möglichkeit, dass er tatsächlich etwas mit Rita und Bernd unternommen haben könnte und sein Handy vergessen oder verloren hatte, wurde immer plausibler. Vielleicht beim Jogging am Morgen? Mit Sicherheit gab es eine ganz einfache Erklärung dafür, dass ich ihn nicht erreichen konnte, und ich schämte mich fast, weil ich mich wie eine Glucke aufführte, die ihr Küken vermisste. Aber sosehr ich mir auch gut zuredete, es half alles nichts, sodass meine innere Unruhe wuchs. Wieder einmal hatte ich das Gefühl, etwas übersehen zu haben. Eine Eindeutigkeit. Aber welche?

Chris, dachte ich betrübt. *Wo steckst du nur?*

Kapitel 24 – Zwischenspiel – Chris

Am selben Morgen in der Seerosen-Villa

In der Nacht hatte Chris kaum ein Auge zubekommen. Immer wieder hatte er die Szene vor sich gesehen, wie der Kerl ihm um ein Haar entwischt war. Immer wieder spulte sie sich vor seinem inneren Auge in den verschiedensten Versionen ab. Der Anblick des Hauses, die Verwüstung, das Eindringen in sein Leben, hatten ihm den Bauch zerrissen. Er fühlte sich wie vergewaltigt. Wie lange sollte das noch so weitergehen? Wann würden sie ihr Glück endlich voll auskosten können? Er malte sich aus, was geschehen wäre, wenn … Wenn er schneller gewesen wäre. Wenn er am Eingang nicht so lange gezögert hätte. Wenn er nicht vom Anblick der Unordnung, die im Haus geherrscht hatte, abgelenkt gewesen wäre … *Ja, wenn, wenn, wenn. Mit Wenns kann man eine ganze Stadt in eine Flasche zwängen,* dachte er zynisch.

Kalte Wut wallte in ihm hoch. Sie tobte und brüllte. Wut auf diesen Typen, Wut auf sich selbst. Er fühlte sich wie ein Versager, der nicht einmal in der Lage war, Bella zu beschützen. Wäre es das erste Mal gewesen, hätte er es sich vielleicht noch verzeihen können. Aber Vergangenes lastete schwer auf seinem Gewissen. Um ein Haar hätte er sie verloren, als Heidi sie und das Haus in Brand hatte stecken wollen. Oft sah er noch das durch die Luft segelnde Streichholz vor sich, das im Flug erloschen war. Was, wenn er nur eine Minute später gekommen wäre? Wenn das Streichholz nicht ausgegangen wäre, wenn … *Wenn, wenn, wenn.*

Gegen Morgengrauen fasste er einen Entschluss. Vorsichtig erhob er sich aus dem Bett. Er fühlte keine Müdigkeit. Obwohl kaum etwas abhandengekommen war, wollte der Zorn nicht weichen. Es fehlten die Bücher. Wertvolle Bücher. Geschichte. Familiengeschichte. Adas Geschichte. Ada, an der Bella so sehr hing. Er hatte es ihr angesehen, wie schmerzlich es für sie war. Nicht das Fehlen der Bücher, nicht der Verlust des Hauses. Aber das ewige Wiederkehren des Stresses, der von Menschen verursacht wurde, die voller Hass waren. Der fehlende Respekt für Adas Willen, Adas Andenken. Ohne Einhalt, seit Monaten. Es zerriss ihm das Herz. Es zerriss ihm das Herz, Bella so traurig zu sehen, sie dem Ganzen stetig ausgesetzt zu wissen, ohne dass er etwas dagegen tun konnte. Wie gerne würde er mit den Fingern schnipsen und dem ewigen Drangsalieren ein Ende setzen. Einfach den Hebel umlegen, den Knopf abschalten. Ende!

Aber was sollten sie tun? Weglaufen? Nein! Das war weder seine noch Bellas Art. Und auch wenn er nicht zu Adas Verwandtschaft gehörte, und im Grunde mit dem Haus, der Erbschaft und dieser Familienchronik nichts zu tun hatte, so war es durch seine Verbindung mit ihr auch zu seiner Angelegenheit geworden. Ja! Seine Angelegenheit. Seine Privatsphäre. Seine Liebe.

Und der Kerl war eindeutig zu weit gegangen. Es reichte. Bislang hatte Chris immer versucht, sich im Hintergrund zu halten, sich nicht einzumischen, Bella machen zu lassen. Er wollte da sein für sie. Sie unterstützen. Sie seine Liebe und Verbundenheit spüren lassen. Aber diesmal schaffte er es nicht. Der Einbruch war der berühmte Funke gewesen, der das Pulverfass entzündet hatte. Das Maß war voll!

Da war sie wieder, die Wut. Es reichte, sich die Szene aufs Neue vor Augen zu führen, und sie machte sich breit wie ein unkontrollierbares Feuer, das rasant durch seine Emotionen fegte. Scheuchte seine Erschöpfung fort, peitschte den Adrenalinspiegel empor. Unwillig schnaufte er. Er konnte es nicht einfach dabei belassen. Die Polizei? Was würde die schon unternehmen? Es waren doch *nur* Bücher.

Entschlossen ging Chris ins Badezimmer, duschte und zog sich eine Jeans und ein dunkelblaues T-Shirt über, jenes, das Bella so liebte. Aber weder der Gedanke an sie noch an das, was sie liebte, konnten ihn versöhnlicher stimmen. Nichts vermochte ihn zu besänftigen. Nichts, außer eine Gegenüberstellung. Der Ausgleich. Das Richtigstellen der Dinge. Nichts anderes zählte in diesem Augenblick.

Das ohnmächtige Grollen in ihm war so stark, dass es ihm das Atmen erschwerte. Er fühlte eine innere Last, einen Druck auf seiner Brust, der ihn zum Handeln zwang. Wie sollte er ein guter Vater sein, wenn er nicht einmal den Mumm hatte, das zu tun, was nötig war, um seiner Familie Sicherheit zu gewährleisten? Solange er nicht in der Lage war, Entscheidungen zu treffen und die Dinge in die Hand zu nehmen? Taten Väter das nicht? Sollten sie einfach weiter so leben? Darauf warten, dass irgendein Geisteskranker wieder bei ihnen auftauchte, um irgendwann das Unverzeihliche zu begehen? Wie war man überhaupt ein guter Vater? Er wusste es nicht, denn er hatte ja keinen. Hatte nie einen gehabt.

Falsch, dachte Chris. Er hatte seinen Adoptivvater. Den Mann, der ihn aufgezogen und dem er so viel zu verdanken hatte. Er liebte und verehrte ihn. Und doch änderte es nichts an der quälenden Frage, wer er wirklich war. Von wem er genetisch abstammte. Sein Vater konnte theoretisch alles sein: Ein Präsident, ein Gangster, ein Unsympath oder ein ehrenwerter Mann wie der, der ihn aufgezogen hatte. Gut. Rechtschaffen. Großzügig. Hatte sein Vater gewusst, dass er einen Sohn hatte? War er damit einverstanden gewesen, dass man ihn fortgegeben hatte?

Und seine Mutter? Wer war sie? Was hatte sie erlebt, dass sie ihn nicht mehr bei sich hatte behalten wollen? Seit Thomas' Auftauchen brannten diese Fragen immer mehr auch in ihm. Und er spürte wohl, dass auch Bella sie sich stellte. Ja, was für ein Vater würde er sein? Welche Laster schleppte er in seinen Genen mit sich herum? War er ein Feigling? Sollte er weiter einfach dabei zusehen, wie jemand seine Familie angriff? Sich erlaubte, durch sein Haus zu spazieren, seine Privatsphäre zu stören und Bella und ihn zu bestehlen?

Nein!

Die Wut stieg weiter. Verlieh ihm Flügel. Gab ihm Auftrieb.

Ohne weiter nachzudenken, bereitete er sich in aller Hast einen Kaffee zu, schüttete ihn hinunter und eilte durch die Haustür. Rex jaulte. Chris rollte die Augen, kehrte um, bückte sich und tätschelte den Hundekopf. »Du musst das Haus bewachen, klar? Ich brauch nicht lange, also sei artig.« Ein zustimmendes Kläffen ertönte. Chris küsste Rex zwischen die Augen und verließ erneut das Haus. Diesmal verhielt der Hund sich still.

Im Auto schnallte Chris sich an, startete den Motor und fuhr los. Das Radio ließ er ausgeschaltet, er wollte sich konzentrieren. Sein Körper war angespannt, seine Muskeln schmerzten. Es war nicht warm, aber auf seiner Stirn bildete sich Schweiß.

Als Chris bei der avisierten Adresse ankam, parkte er den Wagen schräg gegenüber vom Haus und blieb zunächst darin sitzen, beobachtete es. Im ersten Stock, hatte Bella gesagt. Gegen 7 Uhr gingen die Rollläden hoch. Im Zimmerlicht erkannte er hinter den Gardinen eine Gestalt, die nervös auf und ab lief. In Chris' Bauch glühte eine Feuerkugel. Unerträglich. »Na warte!«, stieß er aus, stieg aus dem Auto und überquerte die Straße. Er näherte sich dem Gebäude, blieb vor der Sprechanlage stehen, als die Eingangstür aufgerissen wurde und ein junges Pärchen auf dem Weg zur Arbeit heraus kam.

»Guada Morga.« Die Frau hielt ihm die Tür auf.

»Guada Morga«, erwiderte Chris. »Vielen Dank.« Flink huschte er ins Treppenhaus. Sein Puls raste, als er im ersten Stock vor der Tür innehielt. Kein Zögern. Er klopfte, ohne weiter nachzudenken. Ohne sich etwas zurechtzulegen. Es gab nur einen Grund, warum er hier war. Es würde schnell gehen. Ohne viel Aufhebens. *Etwas zurückholen ist nicht gestohlen. Los, mach schon.*

Erneut trommelte Chris gegen die Tür. »Hey, machen Sie auf, ich weiß, dass Sie da sind.« Er vernahm ein Rascheln.

»Was wollen Sie?«

»Ich denke, das wissen Sie.«

»Was soll ich wissen?«

»Hören Sie zu, Thomas«, grollte Chris. »Bislang bin ich nur stinksauer auf Sie. Geben Sie mir zurück, was uns gehört, und das Ganze wird kein Nachspiel haben.«

»Ich habe keine Ahnung, wovon Sie sprechen oder wonach Sie suchen. Gehen Sie, sonst rufe ich die Polizei.«

»Ha, ja, tun Sie sich keinen Zwang an«, konterte Chris. »Die werden sicher sehr viel Interesse an meiner Geschichte haben.«

Stille.

Erneut hämmerte Chris gegen die Tür. Seine Fäuste brannten. »Ada würde sich im Grab umdrehen, wenn sie wüsste, was ihr Sohn hier abzieht. Sie haben nichts, aber auch gar nichts mit ihr gemein. Fast ist es suspekt.«

Weiterhin geschah nichts.

Chris' Zorn steigerte sich ins Unermessliche. »Wenn Sie nicht freiwillig aufmachen, Sie Volltrottel, dann trete ich die Tür ein. Wollen Sie das?« Er erkannte sich selbst nicht wieder.

»Warten Sie.« Erneutes Rascheln war zu hören, gefolgt von Klimpern. Der Schlüssel wurde umgedreht.

Chris atmete tief durch. Sein Kopf glühte. Kaum war die Tür einen Spalt breit offen, schob er den Fuß dazwischen, stieß sie mit Schwung auf und schritt in die Wohnung. Ein Schwall abgestandener Luft kam ihm entgegen. Wie im Wahn lief er von Raum zu Raum. Im Schlafzimmer herrschte wüste Unordnung. Auf Bett und Boden häufte sich schmutzige Wäsche. Es roch schal. Der Mann schien nicht ganz richtig im Kopf zu sein. Chris sollte es egal sein.

Er keuchte angewidert, als er den Salon erreichte. Vor ihm auf dem Wohnzimmertisch lagen die aufgeschlagenen Chronik-Bände. »Na also«, spie er aus. »Da haben wir sie ja.« Mit einem Schritt war er bei den Büchern, klappte sie zu und stapelte sie übereinander, um sie sich unter den Arm zu klemmen. Gerechtigkeit. Eine Welle der Genugtuung durchflutete ihn. Polizei war bei solchen Angelegenheiten nicht nötig. Er hatte ja niemandem geschadet. Lediglich einem Einbrecher und Dieb ein wenig Angst eingejagt. Und sein, oder vielmehr Bellas Hab und Gut wieder zurückgeholt.

Energisch wandte er sich um, schaute dem Mann direkt ins Gesicht, sah die schwammige Haut aus der Nähe, roch die Alkoholfahne. Sein Gegenüber hatte einen sonderbaren Gesichtsausdruck, den Chris nicht zu deuten wusste.

»Bis das Haus Ihnen gehört, ist das unser Eigentum, klar?«, fragte er, ohne wirklich eine Antwort zu erwarten. »Und ab sofort halten Sie sich von meiner Familie fern.«

Als er einen Schritt vortrat, hob Thomas Bauer den Arm. Reflexartig schoss Chris' freie Hand hervor und packte ihn am Handgelenk. Zu spät. Ein leises Zischen ertönte. Plötzlich erfüllte eine Spraywolke die Luft, traf Chris direkt im Gesicht und fraß sich in seine Augen.

Brennen. Höllischer Schmerz. Chris schrie auf, ließ die Bücher fallen. »Verdammtes Schwein«, rief er, schlug um sich, um seinen Angreifer zu fassen zu bekommen. Doch er sah nichts mehr. Das Feuer in seinen Augen wurde unerträglich. Völlig blind stolperte er in die Richtung, in der er die Wohnzimmertür vermutete, tastete sich fluchend und vor Schmerz stöhnend vorwärts. Er rempelte eine Kommode an, stolperte im Flur über ein Paar Gummistiefel, fing sich wieder. Weiter tastete er sich vorwärts, bis ihn ein krachender Schlag am Hinterkopf traf. Schwärze.

Kapitel 25 – Das Stoßgebet

Lindau, Bodensee – Am Hexenstein – September 2018, Montagabend

Hinter mir vernahm ich Stimmen, die sich deutlich aus dem Brummen der Menge abhoben. Sofort erkannte ich Bernds markanten Bariton und fuhr herum. Sowohl er als auch Rita wurden von einem Beamten daran gehindert, zu mir vorzudringen.

Aufgeregt wandte ich mich an Heckelmann. »Da sind meine Freunde. Sicher können sie meine Aussage bestätigen und vielleicht noch die eine oder andere Ergänzung hinzufügen«, sagte ich.

Mit einem Handzeichen bedeutete der Kommissar seinen Kollegen, die beiden durchzulassen. Rita rannte auf mich zu, schloss mich in die Arme. »Als wir deine Nachricht erhalten haben, sind wir so schnell wie möglich gekommen«, beteuerte sie außer Atem. »Himmel, Isa!« Sie schaute auf das Geschehen. »Wie scheußlich ist das denn! Hast *du* etwa den Toten entdeckt?«

Ich schüttelte den Kopf. »Nur seinen Fuß«, sagte ich matt, während ich mir fast den Hals verrenkte. Doch hinter Bernd kam niemand mehr.

»Du Arme«, hauchte sie.

»Wo ist Chris?«, fragte ich mit bebender Stimme.

Verwundert blickten mich die beiden an.

»Wir dachten, er wäre bei dir«, antwortete Bernd. »Hast du ihn denn nicht benachrichtigt?«

Mein Herz zog sich zusammen. Ich schüttelte den Kopf. »Ich kann ihn nicht erreichen«, brach es aus mir heraus. »Und ich fange echt langsam an, mir Sorgen zu machen.«

»Womöglich ist er nur mal eben den Hund ausführen gegangen?«, versuchte Rita, mich zu beschwichtigen.

Erstaunt schaute ich sie an. »Warum? Ist Rex nicht zu Hause?«

»Keine Ahnung« wiegelte Rita ab. »Wir waren den ganzen Tag in den Bergen unterwegs und hatten keinen Empfang. Und sobald wir deine Nachricht erhalten haben, sind wir direkt hierhergedüst.«

»Chris muss extrem früh aufgestanden sein«, sagte ich. »Als ich aufgewacht bin, war er schon fort.«

»Wir haben ihn heute Morgen auch nicht gesehen«, sagte Bernd. »Und der Hund war im Haus.«

»Hat er dir denn gestern nichts gesagt?«, bohrte ich weiter.

Bernd schüttelte den Kopf. »Nur, dass er etwas Dringendes zu erledigen hätte.«

Sosehr ich meinen Geist auch marterte, erschloss es sich mir nicht. »Es könnte sein, dass er zu seinem Agenten gefahren ist«, murmelte ich, ohne wirklich daran zu glauben.

»Hätte er dir dann vorher nicht zumindest Bescheid gegeben?«, rührte Rita in der Wunde.

Ich nickte beklommen. »Ja, schon. Aber wenn es das nicht ist, weiß ich auch nicht weiter.«

Bernd runzelte die Stirn, als ob etwas in ihm arbeitete. Gerade als er den Mund aufmachen wollte, um mir zu antworten, wandte sich der Kommissar den beiden zu und nahm sie ins Verhör. Einer nach dem anderen berichteten sie ihm, was sie wussten.

»Es könnte etwas mit der Suche nach dem Juwel zu tun haben«, schloss Bernd seinen Beitrag.

Auf diesen Gedanken war ich am Anfang zwar auch gekommen, hatte aber nicht gewagt, dem ohnehin schon skeptischen Polizisten davon zu erzählen. Ich war beeindruckt, mit welcher Selbstverständlichkeit Bernd diese Hypothese vorbrachte. Bernd, der Realist. Bernd, der Pragmatiker. Bernd, den ich niemals dazu in der Lage gesehen hätte, an so etwas wie eine Legende zu glauben, geschweige denn in Betracht zu ziehen, dass eine solche Auswirkungen auf die Gegenwart haben könnte.

Nachdenklich strich sich der Kommissar übers Kinn. »Meinen Sie diesen Hokuspokus um den Stein, den Napoleon angeblich hier verloren haben soll?«

Bernd nickte. »Genau.«

»Daran glaubt heute doch kein Kind mehr, oder?«, stieß Heckelmann abfällig aus.

Wir schauten uns an.

»Nun, bis vor ein paar Wochen mag das sicher noch der Fall gewesen sein. Aber seit ein anerkannter Historiker einen ganzen Dokumentarfilm darüber im Fernsehen gebracht hat, scheinen sich die Dinge geändert zu haben«, merkte Bernd an.

Der Beamte wurde hellhörig. »Soso, und deshalb meinen Sie also, dass es sich hierbei um eine Schatzsuche gehandelt haben könnte, die ein schlechtes Ende genommen hat?«

Abermals nickte Bernd.

Heckelmann machte sich Notizen. »In Ordnung, ich werde dem mal nachgehen. Halten Sie sich bitte noch eine Weile zur Verfügung, falls wir weitere Fragen haben«, bat er uns freundlich.

»Natürlich«, versicherte ich ihm, woraufhin er sich entfernte.

Allmählich brach die Abenddämmerung herein. Ich fühlte mich völlig ausgelaugt. Einzig die steigende Sorge um Chris hielt mich noch aufrecht. Auch Bernd schien von Minute zu Minute hibbeliger zu werden, trat von einem Bein aufs andere, schaute unentwegt auf die Uhr.

»Verdammt«, sagte er plötzlich. »Da stimmt was nicht.«

Fragend blickte ich ihn an.

»Jetzt fällt es mir wieder ein, was ich dir vorhin sagen wollte.«

»Was denn?«, fragte ich beängstigt.

»Seit dem Einbruch war Chris … anders. Wie weggetreten.«

Auf einmal fiel es mir wie Schuppen von den Augen. »Ja, stimmt«, bestätigte ich. Wie hatte ich das nur übersehen können?

»Und als wir dem Typen hinterher sind und schließlich einsehen mussten, dass er uns entwischt ist, da hat er so etwas wie ›*Na warte du Arschloch, mit dir bin ich noch lange nicht fertig*‹ gesagt.«

»Chris?«, fragte ich schriller als beabsichtigt.

Bernd nickte.

Es sah Chris gar nicht ähnlich, so ausfallend zu werden. Doch sofort spürte ich mein eigenes inneres Rumoren bestätigt. Diese unerklärliche Angst, die mir stetig im Nacken saß und nicht weichen wollte. »Du meinst …?« Mir stockte der Atem. Oh Gott! Jäh kam mir Chris' Verbitterung vom Vorabend in den Sinn. Sein brummiges Auftreten, seine Versunkenheit, was ich auf die Müdigkeit geschoben hatte. Er kannte Thomas' Adresse …

»Scheiße«, sagte ich. »Meinst du, er könnte …?« Ich

wagte kaum, den ungeheuerlichen Gedanken auszusprechen.

»Du kennst ihn besser als ich«, sagte Bernd. »Aber wenn du mich fragst …«

»Du liebe Zeit«, stammelte Rita aufgelöst. »Was sollen wir tun?«

Es gab nur eine Möglichkeit. »Kommt mit«, forderte ich sie auf und bahnte mir einen Weg durch die umstehenden Polizisten und Spurensicherer bis zum Kommissar, der gerade ein Gespräch am Handy beendete und fast erfreut wirkte, uns zu sehen. »Ah, gut, dass Sie da sind«, sagte er. »Sie können jetzt gerne heimfahren. Falls ich noch Fragen -«

»Kommissar Heckelmann«, unterbrach ich ihn aufgelöst. »Es besteht die Möglichkeit, dass mein Freund in großer Gefahr schwebt.«

»Wie das?«

Bernd kam mir zu Hilfe. »Wir haben allen Grund zu der Befürchtung, dass er auf eigene Faust die entwendeten Chroniken zurückholen wollte und ihm etwas zugestoßen sein könnte.«

Ich nickte mehrmals heftig, als bedurfte es einer besonderen Unterstreichung. »Seit heute Morgen haben wir keine Nachricht mehr von ihm, was äußerst ungewöhnlich ist.«

»Das wäre aber höchst unvorsichtig von ihm«, antwortete der Ermittler stirnrunzelnd. »Warum sollte er sich freiwillig in die Höhle des Löwen begeben, zumal Sie ja sogar vermuten, dass der Mann etwas mit dem Ableben der Dame vom Adoptionsbüro zu tun haben könnte?«

Erneut erbebte ich. »Davon weiß er doch noch gar nichts«, jammerte ich. »Bitte, schicken Sie jemanden dorthin, bevor ein Unglück geschieht.« Mein Herz raste. Wenn es nicht bereits zu spät war ... *Oh Gott, Chris ...*

Der Kommissar nickte nachdenklich. »Also gut.« Abrupt wandte er sich zwei Polizisten zu und befahl ihnen, mal bei Thomas Bauer nach dem Rechten zu sehen.

Wie besessen wandte ich mich meinen Freunden zu. »Wo steht euer Auto?«, keuchte ich.

»Dort drüben auf dem Parkplatz«, antwortete Rita.

Wir liefen los. Tief in mir spürte ich, dass jede Sekunde zählte. Spürte, dass Chris etwas zugestoßen sein musste. Alles wurde glasklar. Niemals versäumte er es, mich mittags im Atelier anzurufen. Wir brauchten das beide wie die Luft zum Atmen. Niemals war er verschlossen, schlecht gelaunt oder muffig. Wie hatte ich diese Anzeichen nur übersehen können? Schlagartig wurde mir bewusst, dass er ausgerastet sein musste. Dass er nach alldem, was wir mit Georg und Heidi durchlebt hatten, nicht mehr einfach derjenige sein wollte, der die andere Wange auch noch hinhielt, um darauf zu warten, dass man uns aufs Neue einen reinwürgte. Wie sehr ich ihn verstand und gleichzeitig verwünschte.

Kaum auszudenken, wenn ihm etwas passiert war. Weder war ich fromm noch besonders gläubig, aber in diesem Moment ertappte ich mich dabei, ein Stoßgebet gen Himmel zu senden. *Lieber Gott, wenn es dich wirklich gibt, dann beschütze Chris, bitte, bitte!,* flehte ich innerlich. *Bitte mach, dass ihm nichts zustößt ...*

Kapitel 27 – Zwischenspiel – Chris

Wasserburg, Bodensee – Spätsommer 2018, Montag

Chris' Kopf dröhnte, als er allmählich zu sich kam. Mit Entsetzen stellte er fest, dass er an einen Stuhl gefesselt bei Thomas Bauer im Wohnzimmer saß. Noch immer brannten seine Augen wie Feuer. Alle Glieder schmerzten. Wie lange war er bewusstlos gewesen? Sein Körper fühlte sich so steif an, als hätte er schon Stunden in dieser Position ausgeharrt. Allmählich kam die Erinnerung zurück. Die Chroniken, die Wut, das Eindringen in Thomas' Wohnung, das Spray, der Schlag …

Sein Angreifer hockte ihm gegenüber auf dem Sofa und starrte ihn hasserfüllt an, während aus einer Stereoanlage Hardrock dröhnte, wie um ihn auf etwas einzustimmen. Er schien nur darauf gewartet zu haben, dass Chris aus seiner Ohnmacht erwachte.

»Sie verdammtes Arschloch, was mache ich jetzt mit Ihnen, he?«, keifte er.

»Am besten sagen Sie mir erst einmal, was hier los ist«, ächzte Chris und blinzelte. »Warum halten Sie mich fest?« Wie spät mochte es sein? Er schielte auf die altmodische Wanduhr, die 12 Uhr anzeigte. Erschrocken erkannte er, dass er tatsächlich seit dem Vormittag auf diesem Stuhl sitzen musste. Oder hatte Thomas ihn erst einmal eine Weile am Boden liegen lassen?

»Was hier los ist? Das fragen ausgerechnet *Sie*?«

Trotz der brenzligen Lage, in der Chris sich befand, versuchte er, sich gelassen zu geben. »Ich habe mir nur wiedergeholt, was mir gehört«, antwortete er um eine ruhige Stimme bemüht. »Sie hingegen halten mich gegen meinen Willen fest.«

»Sie sind unbefugt bei mir eingedrungen.«

»Dann sind wir wohl quitt«, konterte Chris. »Also lassen Sie mich gehen.«

Sein Gegenüber wippte nervös mit dem linken Bein. »Das ist leider nicht möglich«, spie der Mann aus.

»Warum nicht?« Erst jetzt bemerkte Chris die Pistole, die vor ihm auf dem Couchtisch lag. Vorsichtig versuchte er, an den Fesseln zu ruckeln, die so eng geschnürt waren, dass es aussichtslos erschien.

»Weil Sie zu viel wissen, Sie Klugscheißer.«

»Was weiß ich? Dass Sie ein Einbrecher sind?«

Urplötzlich griff sein Häscher zu der Waffe und fuchtelt damit vor Chris' Gesicht herum. »Tun Sie nicht so unschuldig. Sie haben es vorhin doch selbst ausgesprochen. Sie wissen, dass ich nicht Thomas bin.«

Verdammt, dachte Chris. Er konnte sich nicht mehr entsinnen, etwas in diese Richtung gesagt zu haben. Oder doch? *Ada würde sich im Grab umdrehen, so einen Sohn zu haben*, kam ihm prompt die Erinnerung wieder. *Sie haben nichts, aber auch gar nichts mit ihr gemein.* Chris stöhnte innerlich.

»Diesbezüglich haben wir Vermutungen angestellt, ja«, gab er zu und legte die Betonung auf »wir«. »Wie ist es dazu gekommen, dass Sie sich für ihn ausgeben? Haben Sie ihn … beseitigt?«, fragte Chris so nüchtern wie möglich.

Zähnefletschend starrte der Mann ihn an. »Ich? Warum

hätte ich meinen besten Freund beseitigen sollen?«, fragte er gefährlich leise und richtete die Waffe auf Chris' Stirn. »Sie ticken wohl nicht mehr richtig da drin?«

Chris rutschte das Herz in die Hose. Instinktiv spürte er, dass dies nicht die richtige Methode war, um sich aus dem Schlamassel zu ziehen. Er würde sich beherrschen und klein beigeben müssen. »Wollen Sie es mir denn nicht erklären?«, fragte er mit fester Stimme.

Es war, als hätte Chris ein Zauberwort ausgesprochen. Plötzlich ließ der Kerl von ihm ab, setzte sich in der Couch zurück und schaute mit zusammengepressten Lippen aus dem Fenster. Die Worte sprudelten aus ihm heraus, als hätte er seit Langem darauf gewartet, sich die Geschichte von der Seele reden zu können …

*

Vier Wochen zuvor in Wasserburg

Als es an diesem heißen Sommertag an der Tür klingelte, saß Thomas gedankenversunken auf dem Sofa und blickte auf den See. Vor dem Horizont lag die Lindauer Insel, die selbst unter dem erdrückenden Hitzeschleier noch eine verträumte Anmut ausstrahlte. Der See schien eine glühende Brühe zu sein, die träge und in dickflüssigen Wellen ans Ufer schwappte. Vom Balkon aus wirkten der Bahndamm und die Gleise wie die einer niedlichen Minitrix-Eisenbahn, was Thomas immer wieder aufs Neue faszinierte. Dahinter ragte breit und imposant der österreichische Pfänder in die Lüfte, als müsste er all dieser Niedlichkeit unbedingt einen Riegel vorschieben und jedem Betrachter klarmachen, wer hier das Sagen hatte. Wie um diesem Streit um Ruhm und

Macht ein Ende zu setzen, lächelte der See seinen Betrachter mit seinem unbefangensten Blau an.

Ferne Motorbootgeräusche drangen zu Thomas herüber, als es ein zweites Mal an der Tür läutete. Wer mochte an einem Sonntag etwas von ihm wollen? Der Laden war geschlossen, und bei dieser Hitze wagte sich kaum ein Mensch nach draußen. Er fächelte sich Luft zu.

»Gehst du nicht zur Tür?«, fragte Jan.

»Du bist näher dran«, antwortete Thomas.

Er bekam mit, wie Jan sich schwerfällig erhob und zur Tür schlurfte. Sollte er sich ruhig endlich mal nützlich machen. Zwar verstand er durchaus die heikle Lage, in der sich sein Freund befand, aber das ewige Herumhängen in seiner Wohnung begann Thomas allmählich auf den Geist zu gehen. Wenn er sich doch wenigstens mal einen Job suchen würde! Aber jedes Mal hatte Jan eine andere Ausrede, behauptete, dass ihn, den Loser, keiner haben wollte.

Sie kannten sich seit ihrer Kindheit. Jan war immer der Tollkühnere von ihnen beiden gewesen, Thomas der Artige. Während Thomas in die Lehre gegangen war, hatte Jan auf einer Weltreise von der Hand in den Mund gelebt. Als Thomas schließlich das Geschäft seiner Eltern übernommen hatte, war Jan irgendwo in Brasilien untergetaucht. Deshalb hatte Thomas seinen Freund immer heimlich bewundert und manchmal sogar ein wenig darum beneidet. Jan war sein Vorbild gewesen, weil er Dinge wagte, die Thomas sich niemals getraut hätte. Denn wer träumte nicht insgeheim davon, einfach mal auszusteigen? In der Welt herumzureisen, ohne ans Morgen zu denken.

Jedoch hatte dieses Vagabundenleben auch seine Schattenseiten gehabt, fast wie zum Ausgleich dafür, dass Jan zu viel vom Guten abbekommen haben könnte. So hatte er unschöne Bekanntschaften gemacht, sich in schmutzige Geschäfte hineinziehen lassen und war im Gefängnis gelandet. Drogenhandel, hatte es geheißen. Und obwohl Jan die Anschuldigungen nach wie vor von sich wies, hatten die Haftstrafen ihn alles in allem fünf Jahre seines Lebens gekostet.

Diesem Lotterleben wurden aber auch andere Grenzen gesetzt: und zwar das Alter und das Geld. Ersteres sorgte dafür, dass Jan nicht mehr überall so gut ankam, wodurch Letzteres unerlässlich wurde. Wo er als junger Reisender oft einen Schlafplatz auf einer Couch oder in einer Scheune umsonst angeboten bekommen hatte, war er später als alternder Mann für einen Obdachlosen gehalten worden, der er ja im Grunde auch war. Vielmehr: gewesen war. Denn seit geraumer Zeit lebte Jan bei ihm. Thomas seufzte. Zwar war es für ihn Ehrensache, seinem Freund in der Not zu helfen, aber dessen Hirngespinste und sonderbaren Pläne störten ihn mitunter gewaltig, besonders, wenn Jan versuchte, ihn zu etwas zu überreden, wozu er keine Lust hatte.

»Ja, einen Moment, ich hole ihn«, hörte Thomas seinen Freund gerade sagen.

Thomas wandte sich von dem wundervollen Anblick ab und kam Jan, dessen Augen verklärt zu leuchten schienen, entgegen.

»Da ist eine Frau, die etwas von einer Erbschaft faselt und dich unbedingt sprechen möchte.«

Flink schnappte Thomas sich die rote Mütze, die am Knauf einer Stuhllehne hing, und setzte sie sich auf. Nach wie vor stand er weder zu seiner Glatze noch zu den Hautabschürfungen, die durch seine Autoimmunerkrankung hervorgerufen worden waren.

»Griaß Godd«, begrüßte er die Dame, die er auf zwischen 70 und 80 Jahre schätzte.

»Griaß Godd, Herr Bauer«, piepste diese verunsichert.

»Frau Schneider?«, stieß er verblüfft aus. Sie war eine langjährige Kundin bei ihm.

Bewegt musterte sie ihn. »Ich müsste Sie in einer dringenden Angelegenheit sprechen. Privat.«

Er hielt ihr die Tür auf. Da Jan im Wohnzimmer hauste, und dort ein heilloses Chaos herrschte, führte er Frau Schneider in die Küche und forderte sie auf, sich an den kleinen Tisch zu setzen.

»Darf ich Ihnen etwas zu trinken anbieten? Einen Kaffee oder Tee, ein Glas Wasser?«

»Nein danke«, wiegelte sie ab.

»Worum geht es denn?«, fragte Thomas und setzte sich ihr gegenüber. Neugierig musterte er die Kundin, die er schon seit Jahren kannte. Es schien ihm sonderbar, dass sie bei den hohen Temperaturen überhaupt unterwegs war.

Nervös wischte sie sich die Hände am Kleid ab. »Es geht um eine … delikate Angelegenheit.« Verunsichert schaute sie zur Küchentür, wo Jan mit vor der Brust verschränkten Armen gegen den Rahmen gelehnt stand und sie eindringlich ansah.

»Er ist mein bester Freund«, versicherte Thomas ihr. »Sie können offen vor ihm sprechen.«

Judith fasste sich ein Herz und schilderte ihm den Grund ihres Kommens. »… somit gehört Ihnen sowohl das Haus als auch der Rest.«

Wie benebelt saß Thomas da. *Ada Beranger war Ihre Mutter*, hallte der Satz in ihm wider. Sein Herz zog sich so schmerzhaft zusammen, dass es stillzustehen drohte. *Schlag wieder, schlag wieder!* Und es schlug. Heftig. Es polterte. *Ada? Meine Mutter?* Bilder stiegen in ihm auf. Bilder von ihrer ersten Begegnung. Dieser Augenblick, der so wuchtig gewesen war. Bilder von den Ausstellungen, zu denen sie ihn stets eingeladen hatte. »Kommen Sie doch bitte, Thomas«, hatte sie ihn immer gedrängt. Er hatte sich geschämt. Sich seiner Glatze und der Flecken auf seinem Kopf geschämt. Seiner roten Kappe, an der er hing, wie die Mutter an ihrem Kind. Die Mutter? Hatte sie es gewusst? Szenen kamen ihm in den Sinn. Sie hatte ihn vergöttert, ohne dass es jemals etwas Unanständiges gehabt hatte. Es war ihm normal erschienen. Richtig. Und er hatte sie verehrt. Für ihre Fröhlichkeit, ihre Güte, ihre Zuneigung, die sie ihm entgegengebracht hatte, und vor allem für ihr immenses Talent.

Und dann war sie gestorben. Einfach so. Hatte ihn zurückgelassen. Wie eine Waise hatte er sich gefühlt. Er stockte. Ja, tief in seinem Inneren musste er es geahnt haben. Tief in seinem Inneren schien er gewusst zu haben, dass da etwas war. Etwas, das man nicht in Worte fassen konnte. Ein Band. Eine Aura. Vielleicht sogar eine Gewissheit. Und jetzt das.

Der Schmerz wurde unerträglich, er japste.

Schuldbewusst schaute Judith ihn an. »Ist alles in Ordnung?«

Er nickte. »Ja«, presste er heraus.

»Hier ist die Kopie der Akte«, sagte sie ruhig. Allein ihre zittrigen Hände verrieten ihre Emotionen. »Sie werden diese Angaben sicher benötigen, um ihr Recht geltend zu machen.«

»Was ist das?«, mischte Jan sich ein.

»Die Geburtsurkunde und alle Unterlagen, die die Adoption betreffen«, antwortete Judith und erhob sich.

»Ich lasse Ihnen meine Adresse da, falls Sie noch Fragen haben.«

Wie vor den Kopf gestoßen erhob er sich, begleitete sie an Jan vorbei in den Korridor bis zur Tür. »Verzeihen Sie, aber ich muss das jetzt erst einmal verarbeiten«, stammelte er. »Vielen Dank für alles …«

Die Besucherin nickte verständnisvoll. Dann war sie fort.

Jan lief nervös im Wohnzimmer auf und ab und fuhr sich mit den Händen durch das schüttere Haar. »Das ist doch Wahnsinn«, ereiferte er sich. »Hast du die Hütte von der Diva mal gesehen? Die ist der absolute Knaller.«

Thomas rang sich ein Lächeln ab. Aber die Freude wollte sich nicht so recht einstellen. War er undankbar? Ada! Seine Mutter! Die Augen, das Lächeln … Sein Herz platzte vor Stolz, zerriss vor Kummer. So nahe waren sie sich gewesen, ohne es jemals aussprechen zu können. Weil es ungehörig schien, weil es missverstanden hätte werden können. Er dachte an die unzähligen Male, die sie mit zerbrochenem Geschirr bei ihm aufgetaucht war, um es mit Goldfäden reparieren zu lassen. Er hatte gewitzelt, sie würde die Tassen wohl absichtlich zertrümmern, um sie anschließend von ihm schmücken zu lassen. Vielleicht war es wirklich so gewesen.

Dabei hatte sie … Schmerzgepeinigt verzerrte sich sein Antlitz. Dabei hatte sie ihm nur nah sein wollen … Er schlug die Hände vors Gesicht und weinte leise. Schluchzend ging er zurück in die Küche und sackte dort auf dem Stuhl zusammen. Es war, als bräche sich ein jahrzehntelang angestauter Kummer Bahn, flösse aus ihm heraus wie Eiter aus einem prallen Pickel, erlösend und schaurig zugleich. Wie grausam das Leben sein konnte, wie ungerecht, ja, wie ironisch. Und doch hatte das Ganze etwas Tröstliches. Er hatte sie gekannt. Er hatte sie geliebt. Er hatte sie verehrt.

Und sie hatte es ihm tausendfach zurückgegeben. Mit ihrem Lächeln, ihrem Lob und ihrer guten Laune. Sogar seine Krankheit hatte er in ihrer Gegenwart vergessen. Und jetzt wusste er, dass diese zauberhafte Frau in Wirklichkeit seine Mutter gewesen war. Die Anziehung zwischen ihnen war genetisch gewesen, vorbestimmt, natürlich. Allmählich versiegten die Tränen. Er schaute auf. Jan saß ihm gegenüber, dort, wo Judith eben noch gesessen hatte, und starrte ihn verständnislos an.

»Was ist?«

»Du bist der einzige Mensch, den ich kenne, der bei so einer Nachricht flennt«, spöttelte Jan. »Ist das Haus nicht gut genug für dich?«

Thomas sah es ihm nach. Wie hätte er auch ahnen sollen, dass Ada und er sich so nahegestanden hatten? Er hatte es nie jemandem anvertraut, nicht einmal Jan. »Doch, natürlich«, antwortete Thomas.

»Jetzt bist du fein raus. Und was wird aus mir?«

Thomas zuckte die Achseln. »Na, ich nehme dich mit.« Sollte er ihn etwa auf der Straße sitzen lassen?

»Na, wunderbar«, murrte Jan. »Dann werde ich zum armen Anhängsel des Reichen, wie?«

Thomas schüttelte den Kopf. »So ein Unsinn.«

»Kein Unsinn. Es war schon immer so. Du, der alles hatte, und ich, der Nichtsnutz«, nörgelte er.

»Mann, du bist gereist, hast dir deinen Traum von der großen, weiten Welt erfüllt, hast tolle Menschen kennengelernt«, regte Thomas sich auf. »Wie kannst du so etwas sagen? Nicht viele bringen den Mut auf, die Ketten zu sprengen.«

»Aber schau, was mir im Endeffekt außer Erinnerungen davon geblieben ist. Heute kommt es mir teuer zu stehen.«

Betrübt starrte er vor sich hin. »In Frankreich gibt es ein Sprichwort: *Pierre qui role n'amace pas mousse.*«

»Was heißt das?«

»Ein Stein, der rollt, setzt kein Moos an«, antwortete Jan grimmig.

Thomas lächelte. »Aber auch ich habe kein Moos angesetzt.«

»Du hattest liebende Eltern, keine Alten wie ich, die dich halb tot prügelten. Du besitzt ein Geschäft, ein Heim, eine Arbeit, die dich ausfüllt … Und jetzt auch noch das Erbe.«

»Stimmt, aber ich habe keine Kinder, keine Frau, keine Liebe …« Thomas' Herz zog sich schmerzhaft zusammen, wenn er daran dachte. Er war ein Idiot gewesen. Einst hatte er seine große Liebe verloren und in Ada eine neue, andere wiedergefunden. Die Mäuler hatten sie sich zerrissen, Ada eine Cougar genannt, weil keiner die Reinheit ihrer Beziehung verstanden hatte. Er selbst hatte es damals nicht so recht begriffen. Sie schien wie er, eine verlorene Seele gewesen zu sein. Ein Mensch, der viel gelitten hatte, sich aber nicht unterkriegen ließ. Nicht vom Leid, nicht von ihren Gegnern, nicht vom Schicksal und schon gar nicht vom Gerede …

»Habe ich vielleicht Kinder? Eine Frau? Eine Liebe?«, tönte Jan.

Thomas schüttelte den Kopf. »Nein.«

»Da siehst du es. Du hast wenigstens deine Leidenschaft.« Jan packte ihn am Arm. Seine Augen leuchteten fanatisch. »Gönne mir auch ein Häppchen vom Glück und komm endlich mit. Bitte.«

Thomas stöhnte, wischte sich mit dem Ärmel über die Augen. »Hast du diese Schnapsidee denn noch immer nicht verworfen?«

»Nein.«

»Jetzt brauchen wir das doch nicht mehr, oder?«

»Du vielleicht nicht, aber ich umso mehr.«

»Hey, Jan. Das ist doch sicher nur Stuss.«

»Ach ja? Und du meinst, im Fernsehen bringen die Stuss?«, zischte er. »Das sagst du nur, weil du mir nicht helfen willst, auch endlich zu Reichtum zu gelangen.«

»Du weißt, dass das nicht stimmt.« Thomas seufzte. »Wenn es so einfach wäre, dann hätte man ihn bestimmt bereits geborgen.«

»Quatsch. Außerdem ist es offensichtlich, dass du gerade in einer Glückssträhne steckst. Und da unten muss man zu zweit sein, falls dem anderen etwas zustößt. Du verstehst ...«

Thomas verstand. Nur zu gut. Er erschauderte. »Kennst du die Geschichte von Franz und Moritz?«

»Wer kennt sie nicht«, knurrte Jan. »Aber im Gegensatz zu den beiden Jungen haben wir Taucheranzüge und Sauerstoffflaschen. Und heutzutage bindet man niemanden mehr zur Strafe an einen Felsen.«

Verzweifelt suchte Thomas nach Argumenten. Er hatte nicht die geringste Lust, mit Jan auf Schatzsuche zu gehen, und er hasste vor allem das Tauchen. »Ich bekomme Panikattacken unter Wasser.«

»Ich bin doch da«, versicherte Jan und schaute ihn flehend an. »Bin ich nicht dein bester Freund?«

Thomas wand sich. »Schon, aber –«

»Nichts aber«, unterbrach ihn Jan. »Wir haben alles, was wir benötigen. Eine Tauchausrüstung, Lampen, Taue, an denen wir uns orientieren können«, ereiferte er sich. »Bitte, ein einziges Mal. Und wenn wir nichts finden, dann belästige ich dich nie wieder damit, versprochen.«

»Schwöre es.«

»Ich schwöre …«

*

Wasserburg – September 2018, Montag

Chris schwieg eine Weile. Noch immer plärrte die Musik im Hintergrund. Er brauchte einen Moment, um die Situation zu erfassen.

»Ich habe es ihm geschworen, verstehen Sie?«, greinte sein Gegenüber den Tränen nahe. »Ich habe ihm geschworen, dass es das letzte Mal sein würde.«

Chris rang nach Fassung. »Dann ist Thomas also …«

Nicken.

»Dann sind Sie also Jan?«

Erneutes Nicken.

»Jan«, sagte Chris eindringlich. »Ich darf sie doch so nennen, oder?«

Mit seinem Ärmel wischte Jan sich über Nase und Augen, nickte abermals. »Mir soll's recht sein.«

»Wenn Sie ihn nicht umgebracht haben, was ist dann passiert?«, fragte Chris vorsichtig.

»Es war ein Unfall«, antwortete Jan traurig. Es klang aufrichtig. »Als wir bereits einige Meter unter Wasser waren, hat er eine Panikattacke bekommen und ist erstickt.«

»Erstickt? Mit einer Sauerstoffflasche?«

»Vielleicht hatte er auch einen Herzinfarkt, was weiß ich. Ich bin kein Arzt«, grummelte er.

»Vielleicht war er nur ohnmächtig?«, mutmaßte Chris entsetzt.

»Nein, so bescheuert bin ich nun auch wieder nicht«, blaffte Jan ihn an. »Er hatte keinen Puls mehr.«

Chris schüttelte den Kopf. »Und da haben Sie seine Leiche einfach beseitigt und sich für ihn ausgegeben?«

»Verdammte Scheiße, schauen Sie mich nicht so an«, spie Jan aus und fuchtelte erneut mit der Waffe in der Luft herum. »Ja, ich habe meinen besten Freund auf dem Gewissen«, sagte er plötzlich, hielt sich die Hand vor die Augen und schluchzte.

Verstört blickte Chris ihn an. »Weil Sie ihn zu dem Tauchgang überredet haben?«, fragte Chris vorsichtig.

»Ja, verdammt noch mal«, jammerte er. »Er wollte nicht mitkommen. Er hatte Angst.«

Chris schwieg einen Augenblick. »Und ... wo ist er jetzt?«, erkundigte er sich. *I'm on the hihgway to hell,* dröhnte es im Hintergrund. Die Musik zerrte an seinen Nerven.

Jan fuhr hoch. »In meinem Kopf hat etwas ausgesetzt. Da war das Erbe. Und er war tot. Und ich, sein bester Freund, sollte leer ausgehen, wieder zum Penner werden. *Ist das gerecht*?, habe ich mich gefragt. Habe ich nicht auch ein bisschen Glück verdient? Alles hat sich in meinem Gehirn zu einem dicken Brei vermischt. Das Haus, das er nicht mehr erben würde. Die Akte, die bei ihm zu Hause auf dem Tisch lag. Unsere Ähnlichkeit, mal von der Augenfarbe und der Glatze abgesehen. Und da war die Angst vor der Zukunft. Davor, wieder ohne etwas dazustehen. Haben Sie schon einmal in der Gosse gelebt?«

Zögerlich schüttelte Chris den Kopf. »Nein«, gestand er.

»Es ist furchtbar. Nach einer Woche fängt man an zu stinken. Die Menschen gehen einem aus dem Weg oder sehen einfach durch einen hindurch. Man bettelt, bekommt hier und da ein Almosen. Dann die Gewalt. Penner untereinander sind erbarmungslos …«

Chris nickte. »Verstehe.«

»Das glaube ich nicht«, sagte Jan so abwesend, als befände er sich noch immer am Hexenstein. »Da war Thomas' lebloser Körper, das Tau, das wir am Felsen befestigt hatten, um uns herabzulassen …«

Erschüttert starrte Chris ihn an. »Sagen Sie nicht, dass Sie ihn …« Ihm blieb der Satz im Hals stecken.

Jan nickte, senkte betreten den Kopf. »Es war doch das Naheliegendste, oder?«

Chris schluckte. »Und jetzt?«

»Und jetzt muss ich Sie auch beseitigen, weil Sie zu viel wissen …«

»Sie sind kein Mörder.«

»Und wenn doch?«

»Bis jetzt haben Sie sich nichts zuschulden kommen lassen.«

»Ich war bei Judith, bevor sie …«

Verständnislos schüttelte Chris den Kopf. »Judith?«

»Na, die Tante vom Jugendamt, die abgekratzt ist.«

Chris wurde schummrig. »Davon weiß ich nichts.«

»Das werden die mir sicher auch noch anhängen wollen«, sagte er mehr zu sich selbst.

»Haben Sie denn etwas damit zu tun?«, fragte Chris vorsichtig.

Vehement schüttelte Jan den Kopf. »Nein, aber sicher finden sie Spuren von mir bei ihr.«

»Das will nichts heißen. Wenn Sie ihr doch nichts angetan haben, kann Sie ein guter Anwalt da sicher herausboxen.«

»Ein guter Anwalt«, spie er unfroh aus. »Haben Sie schon mal einen Penner mit einem guten Anwalt gesehen?«

Chris presste die Lippen aufeinander. »Auch Pflichtverteidiger können gut sein.«

»Ha! Und dann? Angenommen, er bekommt mich frei. Vielleicht mit einer dieser bescheuerten elektronischen Fesseln am Fußgelenk. Und wozu? Um wieder betteln zu gehen? Lieber sterbe ich.«

»Nun, wenn Sie sich obendrein einen Mord aufhalsen wollen, dann haben Sie lebenslänglich ausgesorgt und brauchen sich wenigstens keine Gedanken mehr um eine Bleibe zu machen«, stieß Chris sarkastisch aus.

»Oh, Sie sehen die Sache mit Humor«, zischte Jan. »Aber der wird Ihnen schon noch vergehen.«

Chris merkte, dass er einen Fehler gemacht hatte. »Verzeihen Sie.«

»Ganz unrecht haben Sie allerdings nicht. Und da man mir sowieso nicht glauben wird, was macht das noch für einen Unterschied? Da ich vorbestraft bin, werden die mich allein schon deswegen einbuchten.« Er zeigte auf Chris' Gesicht, die geschwollenen Augen.

»Ich könnte auf die Klage verzichten«, schlug Chris vor. »Immerhin war ich es, der hier Hausfriedensbruch begangen hat.«

»Sie versuchen mich einzuwickeln«, sagte Jan skeptisch. »Wie wäre es, wenn ich mich zu Thomas ins Jenseits befördere und Sie einfach mitnehme?« Demonstrativ hob er die Pistole an, tat, als würde er auf Chris zielen, ahmte das Geräusch eines Schusses nach und zielte dann auf sich selbst. »Ich war schon im Gefängnis. Es ist noch schlimmer als die Straße.«

Chris spürte, wie sein Mund trocken wurde. Die Fesseln saßen zu fest. Er hätte keine Chance. Sein Puls beschleunigte sich. *Ich will nicht sterben,* dachte er. *Ich will Bella lieben, ein Kind mit ihr haben, heiraten. Ich will wissen, wer meine leiblichen Eltern sind …* Am liebsten hätte er geschrien. Aber er zwang sich zur Ruhe. »Die Vorstellung, wie sich unsere Hirnmassen auf dem Couchtisch vermischen, finde ich recht unappetitlich«, sagte er gelassen und schnalzte mit der Zunge.

Jan nickte. »Ich könnte auch bis heute Abend abwarten, Sie in den anderen Tauchanzug stecken und zum Hexenstein zu Thomas bringen, damit er nicht allein bleibt.« Er grinste grimmig, scheinbar erfreut, dass er Chris den dummen Scherz heimgezahlt hatte. »Das wäre dann sauberer, was meinen Sie?«

»Die sind Ihnen schon auf der Spur, Jan«, log Chris. »Retten Sie, was noch zu retten ist. Lassen Sie mich frei, und ich gebe Ihnen mein Ehrenwort, dass niemand etwas über den Vorfall hier erfahren wird.«

»Ach ja, und warum sollte ich Ihnen glauben?«, fragte Jan skeptisch. »In Ihrer Lage würde ich auch das Blaue vom Himmel herunterlügen.«

»Weil es mir peinlich ist«, sagte Chris ohne Umschweife. »Glauben Sie wirklich, ich möchte, dass meine Freundin erfährt, wie ich den Helden spielen wollte und eins übergezogen bekommen habe?«

Jan kicherte nervös, wurde aber gleich wieder ernst. »Stimmt, das war dumm von Ihnen.« Er schien zu überlegen. »Und wie werden Sie das da erklären?« Er zeigte auf Chris' Gesicht, das einen verheerenden Anblick bieten musste.

»Die Augen? Eine Allergie«, wiegelte Chris ab.

»So einfach, von heute auf morgen? Ihre Freundin weiß doch sicher, dass sie nicht allergisch sind.«

»Wir kennen uns erst seit letztem Winter«, sagte Chris. »Also kann sie es nicht wissen.«

Jan schien ins Wanken zu geraten. »Und wie erklären Sie die Wunde und das Blut am Hinterkopf?«

Chris' Gedanken rasten. »Gar nicht«, erwiderte er. »Sie leihen mir Ihre rote Kappe, die über der Stuhllehne dort drüben hängt, damit es niemand sieht.«

»Es ist Thomas' Mütze«, sagte er gedankenversunken, schien den erneut aufsteigenden Jammer hinunterzukämpfen. Plötzlich erhob Jan sich und verließ das Zimmer. Verdutzt schaute Chris ihm hinterher. Wartete. Es geschah nichts. Hatte Jan etwa entschieden, ihn einfach verhungern und verdursten zu lassen? Kalter Schweiß brach ihm aus. Vergeblich ruckelte er an den Seilen, die definitiv zu fest saßen, um sie zu lockern. Mutlos ließ er den Kopf hängen.

Nach einer Weile verstummte die Musik, und das monotone Ticken der Uhr erfüllte den Raum. Über die Wohnung schien sich ein schwerer Mantel der Stille zu legen. Nichts rührte sich mehr. Kein Knacken, kein Rascheln, kein Knistern. War Jan fort? Schlief er? Oder grübelte er über die beste Methode nach, ihn aus dem Weg zu räumen? Dem Kerl war alles zuzutrauen.

Bella! Sie würde ihn sicher vermissen. Ob sie sein Verschwinden bereits gemeldet hatte? Fieberhaft rechnete er, wusste, dass die Polizei erst nach 48 Stunden reagieren würde. Zu spät! Chris' Gedanken schweiften ab, suchten Zuflucht in einer anderen Welt. In seiner Welt. Die, in die er zurückkehren wollte. Wie hatte er nur so idiotisch und unvorsichtig sein und sich wie ein pubertierender Halbstarker verhalten können? Was hatte er da angerichtet? Er dachte an Bella, sah sie vor sich, wie sie im Sommer mit den Haaren im Wind auf der Jacht an der Reling gestanden hatte. Wie sie beide gemeinsam dem Sonnenuntergang und einer wonnigen Zukunft entgegengesehen hatten. Immer weiter driftete er ab.

Irgendwann musste er vor Erschöpfung eingenickt sein, denn als die Musik wieder einsetzte, fuhr er erschrocken hoch. Die Zunge klebte ihm am trockenen Gaumen, schien geschwollen. Mittlerweile saß Jan ihm wieder gegenüber. Sein Gesichtsausdruck hatte sich jedoch völlig verändert, er wirkte wie besessen. Mit einem flüchtigen Blick auf die Uhr stellte Chris fest, dass es bereits später Nachmittag war. Was hatte Jan vor?

»Könnte ich bitte etwas Wasser haben?«, krächzte Chris.

Anstatt einer Antwort drehte Jan die Lautstärke der Stereoanlage noch höher, als wolle er das kommende Desaster übertönen.

»Machen wir's kurz«, sagte er schließlich, hob die Pistole an, zielte mit zittriger Hand auf Chris' Kopf und stützte sie mit der anderen ab. »Adieu.«

»Bitte«, flehte Chris leise. Seine Knie wurden zu Pudding, sein Herz galoppierte, und seine Ohren rauschten. »Noch ist Zeit -« Sein Blick haftete sich auf die Waffe, und er stutzte. Plötzlich schoss ein sonderbarer Gedanke durch seinen Sinn. War es möglich, dass -

Dann krachte es …

Kapitel 28 – Das Versprechen

Mit den Fäusten trommelte ich gegen die Eingangstür. »Machen Sie auf, wir wissen, dass Sie da sind, und auch, dass Chris bei Ihnen ist«, rief ich außer mir. Mein Hals war wie zugeschnürt, mein Magen ein Klumpen.

»Öffnen Sie, verdammt, oder wir treten die Tür ein«, brüllte Bernd. »Die Polizei ist unterwegs. Sie haben keine Chance, Ihren Kopf aus der Schlinge zu ziehen. Das Spiel ist aus!«

Aus der Wohnung dröhnte Hardrock-Musik, ließ die Wände wackeln.

Ich zitterte am ganzen Leib. Warum antwortete er nicht? Warum dauerte es so lange, bis er öffnete? Hatte er Chris vielleicht schon etwas angetan? Oder ihn gar fortgeschafft? Mir wurde übel.

»Bei dem Radau hört er uns sicher nicht«, sagte Rita aufgelöst.

Mein Blick traf auf Bernds. Ich nickte ihm zu.

Fürsorglich, aber bestimmt schob er uns beiseite, nahm Anlauf und warf sich gegen die Tür, die laut krachte. Er wiederholte den Vorgang. Einmal, zweimal, beim dritten Mal sprang sie laut splitternd auf.

Perplex starrten wir in den Flur und trauten unseren Augen kaum. Uns gegenüber standen Chris, der sich eine rote Baseball-Mütze auf die Locken gedrückt hatte, und der Kerl, der sich als Thomas ausgab, und schauten uns verblüfft an.

»Ich wollte Ihnen gerade öffnen«, sagte Thomas und schaute nervös zu Chris.

»Chris?«, fragte ich verwirrt. »Ist alles in Ordnung?« Ich lief auf ihn zu, fiel ihm um den Hals. Als ich den Zustand seiner Augen sah, verschlug es mir die Sprache. Aus rot umränderten Schlitzen schaute er mich an.

»Ja, Liebes«, sagte er eindringlich. »Jan wollte mich gerade zur Tür begleiten, nicht wahr, Kumpel?«

»Ganz genau«, antwortete der ungehobelte Kerl mit kratziger Stimme.

Fassungslos starrte ich von einem zum anderen. »Jan?«

Chris hob die Tüte, die er in der Hand hielt. »Wir haben nur ein paar Dinge geklärt.«

Chris kam näher, gab mir mit eindringlichem Blick zu verstehen, keine weiteren Fragen zu stellen.

Plötzlich ertönte ein Poltern im Treppenhaus, und wenige Sekunden später standen zwei Polizisten in der Tür. »Was ist denn hier passiert?«, fragte der Ältere der beiden mit tiefer Stimme, als er die zerschmetterte Tür sah.

»Nichts weiter«, antwortete Chris um ein Lächeln bemüht. »Wir mussten die Tür aufbrechen, weil der Blödi seinen Schlüssel vergessen hatte.«

Ich blinzelte verstört, schaute zu ihm auf. Über den geschwollenen Augen zuckte die Braue. Es war mir unmöglich, Chris' Spiel zu durchschauen.

»Um Himmels willen, Chris«, rief Rita erschrocken. »Was ist denn mit dir passiert?«

»Sieht nach Pfefferspray aus«, sagte der Beamte.

»Zu dieser Jahreszeit sind die immer so geschwollen«, wich Chris aus.

»Allergie?«, fragte der Jüngere.

Chris bejahte. »Pollen, ja.«

»Sie sollten mal zum Arzt gehen, um sich ein Antihistaminikum verschreiben zu lassen, das sieht nämlich gar nicht gut aus.«

»Das werde ich, danke.«

Der Polizist wandte sich an Jan. »Nun, dann kommen Sie bitte trotzdem mit aufs Revier«, sagte er.

»Aber warum? Was ist denn los?«, fragte der verängstigt wirkende Betrüger.

»Das werden Sie noch früh genug erfahren.«

Jan nickte und folgte dem Beamten, wobei er Chris einen sonderbar eindringlichen Blick zuwarf, den ich nicht zu deuten wusste. Fast sah es aus, als wollte er ihm sagen: *Siehst du, egal, was ich mache, es fällt immer auf mich zurück.*

Chris presste die Lippen aufeinander und nickte nur knapp. *Du kannst auf mich zählen*, schien es zu heißen. *Ich werde Wort halten …*

Kapitel 28 – Das Gerücht

Lindau, Bodensee – September 2018, Dienstag

Nachdem am Vormittag unsere Aussagen über den Vorfall in der Wohnung im Revier noch einmal schriftlich festgehalten worden waren, standen wir unschlüssig vor dem Polizeigebäude. Chris' Augen waren mittlerweile zwar abgeschwollen, aber noch immer rot gerändert. Am Vorabend hatte er uns die Vorkommnisse in allen Einzelheiten geschildert und uns erklärt, warum er persönlich keinen Wert darauf legte, Anzeige gegen Jan zu erstatten. Ich hatte zwischen Erleichterung, Wut und Unverständnis hin und her geschwankt. Erleichterung, dass das Ganze für Chris letztendlich so glimpflich ausgegangen war, Wut auf Jan, für die Ängste, die wir seinetwegen durchlebt hatten und wegen seines Versuchs, sich die Erbschaft Adas zu erschleichen; und Unverständnis für Chris, weil er dem Übeltäter gegenüber so milde gestimmt war. Mitunter fragte ich mich sogar, ob er nicht unter dem Stockholm-Syndrom litt und eine emotionale Bindung zu seinem Kidnapper entwickelt hatte. Doch je mehr Chris mir seine Beweggründe offenbarte, umso besser konnte ich es letztendlich nachvollziehen. Jan sei ein armer Teufel, der im Leben einige falsche Entscheidungen getroffen habe und von einer infernalen Spirale des Abstiegs aufgesaugt worden sei. Und die Pistole, mit der er ihn bedroht habe, sei keine echte gewesen. Es gebe also keinen triftigen Grund, ihm noch mehr Schwierigkeiten zu bereiten, als er wegen der Zurückhaltung des Leichnams sowieso schon bekomme.

»Ich finde, es war ein gescheiter Schachzug von Chris, keine Anzeige zu erstatten«, hatte Bernd, der einstige Paragrafenreiter, zu Chris' Verteidigung gesagt. »Zum einen, weil der Kerl so oder so aufgrund des Erberschleichungsversuchs und der Geschichte mit Thomas sein Fett wegkriegen wird, zum anderen, weil Chris somit einer möglichen Anklage wegen Hausfriedensbruchs entkommen konnte, was die ganze Geschichte nur unnötig erschwert hätte.«

Mein Vorschlag, meine eigene Anzeige bezüglich des Einbruchs auch zurückzuziehen, wurde von allen einstimmig angenommen. Die Bücher stünden doch wieder unversehrt im Regal, und auch sonst hätten wir von Jan nichts mehr zu befürchten. Schließlich hatte ich mich der mehrheitlichen Meinung gefügt, sodass unsere Aussagen aufeinander abgestimmt gewesen waren. Als Kommissar Heckelmann mich nach dem Grund für meinen Meinungsumschwung gefragt hatte, antwortete ich ihm, dass ich das Kapitel schließen und den normalen Gang meines Lebens wieder aufnehmen wolle, was ja genau genommen auch der Wahrheit entsprach. Was brachte es mir, wenn Jan noch ein paar Monate mehr an Haftstrafe aufgebrummt bekäme? Nichts.

Wir beschlossen, uns für das letzte gemeinsame Mittagessen einen Restaurantbesuch zu gönnen, um anschließend alle gemeinsam zur Verabredung mit Heiko in das Stadtarchiv zu gehen. Obwohl Rita und ich uns nicht viel davon versprachen, waren wir neugierig, einen Einblick in Chris' Welt der Recherchen zu bekommen. Die Männer hingegen blieben weiterhin davon überzeugt, dass sie Napoleons Geheimnis und der Geschichte mit dem Juwel auf die Schliche kommen würden, und fieberten dem Nachmittag erwartungsvoll entgegen. Der Schock vom Vortag war einigermaßen überwunden, und so stürzten wir uns nach einer üppigen Mahlzeit aus Bodenseefelchen mit Kartoffelsalat ins Abenteuer historischer Nachforschungen.

Als wir vor dem Gebäude in der Maximilianstraße nahe der Bahngleise angelangt waren, sendete Chris ein SMS an Heiko, der uns kurze Zeit später einließ.

»Heidanweldnei!«, rief Heiko. »Hast Verstärkung mitgebracht?«

Chris grinste. »Wie du siehst, wird Napoleon keine Chance haben.«

Wir lachten, was sofort die gewichtige Atmosphäre auflockerte, die an diesem Ort herrschte. Während Chris und Bernd nicht umhinkamen, sich mit Heiko über die Vorfälle des Vortages auszutauschen, führte er uns durch die Gänge bis zu einem Lesesaal, der mit vier Arbeitsplätzen ausgestattet war. In einer Ecke standen ein Fotokopierer und ein Readerprinter, und auf den Tischen lagen Schreibblöcke bereit.

»Du kennst dich ja aus«, sagte Heiko lächelnd. »Ich halt mich im Hintergrund. Wenn ihr Fragen habt, weißt du, wo ich zu finden bin.«

»Alles klar, Heiko, vielen Dank«, antwortete Chris, dessen Augen zu funkeln begannen.

Sofort spürte ich die besondere Aura, die von diesem Saal ausging. Hier befanden wir uns inmitten des Informationszentrums, in dem Gegenwart und Vergangenheit, Wissenschaft und Ahnenforschung, Politik und Verwaltungswesen der Stadt aufeinandertrafen.

Rita und ich waren überrascht, ja fast ein wenig enttäuscht, dass wir keine Originale sichten konnten, woraufhin Chris uns erklärte, dass historische Dokumente wie Zeitungen in speziellen Archivboxen oder Mappen aufbewahrt wurden, um sie vor Licht, Staub und anderen Umwelteinflüssen zu schützen. Deshalb würden sie zumeist digitalisiert und elektronisch archiviert. Um ihre Erhaltung zu gewährleisten, sei der Zugang zu den Originalen eingeschränkt, und man müsste diesbezüglich spezielle Anträge stellen.

Gebannt beobachteten wir die beiden, wie sie sich konzentriert auf die Suche machten. Eine fast unheimliche Stille herrschte zwischen den vier Wänden. Ab und zu vernahmen wir Chris' Schnaufen oder Bernds Seufzen. Während sie Tageblatt um Tageblatt auf der Suche nach einem Indiz durchwälzten, vertieften auch wir uns allmählich in die altertümlichen Schriften, wobei es mir schwerfiel, das Altdeutsche zu entziffern.

Ich spürte das Fieber, das von Chris ausging, seine Konzentration. Sein ganzes Wesen schien von den Dokumenten aufgesaugt zu werden, sodass man fast hätte meinen können, er hätte die Materie durchdrungen und befände sich in einer anderen Epoche. Gebannt ließ ich seinen Zustand auf mich einwirken, spürte seine gespannten Muskeln, erlebte seine abwesende Miene und fragte mich, wo er gedanklich wohl gerade war. Im Krieg? In Austerlitz? Auf einem Schiff mit dem französischen Kaiser?

»Ha!«, durchbrach Chris plötzlich das einvernehmliche Schweigen und machte einen Satz auf seinem Stuhl, was mich zusammenfahren ließ.

»Ehrlich?«, fragte Bernd und schaute auf.

»Ja«, triumphierte Chris. »Hier haben wir's. Himmelarsch und Zwirn.« Ich erkannte Tränen der Freude in seinen Augen.

Bernd beugte sich zu ihm hinüber und las: »*Newe Staats- und Gelehrtenzeitung des Lindauer unparteiischen Korrespondenten, 22. Oktober Anno 1809*«

»Unglaublich«, staunte ich.

»Wärst du so lieb, uns den Artikel vorzulesen?«, bat Rita. »Leider kann ich die vielen Schnörkel und Sonderzeichen nicht entziffern.«

Bernd und ich stimmten ihr zu.

Chris nickte aufgeregt, holte tief Luft und las: »*Lindau, 22. Oktober Anno 1809 - In einem außergewöhnlichen Belang ward unserer respektablen Schreiberstube durch einen uns bisweilen unbekannten Boten mit einem reichlich dubiosen Auftreten eine Auskunft von größter Wichtigkeit zuteil, welche auf die mögliche Anwesenheit des französischen Kaisers Napoleon Bonaparte hier in Lindau schließen lässt. Diese Nachricht allein ist bereits von großem Ausmaße, doch dem nicht genug! An unseren Gestaden soll sich obendrein bei Nacht und Nebel eine regelrechte Tragödie ereignet haben. Nach den uns vorliegenden Informationen, soll seine Majestät Napoleon Bonaparte während dieses mutmaßlichen Aufenthalts in unserer erhabenen Stadt einen schmerzlichen Verlust erfahren haben. So wird behauptet, dass dem Kaiser der kostbare schwarze Saphir, bekannt als ›Der Engel der Nacht‹, den Seine Durchlaucht sein Eigen nannte, am Hexenstein abhandengekommen sein soll.*« Chris holte tief Atem.

»Wie schön geschwollen sich das wieder anhört«, spöttelte Rita. »Und so spannend.«

Nervös lachend stieß Chris die Luft wieder aus und fuhr fort: »*Weiter ließ der Bote verlauten, dass besagter Edelstein ein Mitbringsel des französischen Kaisers von seiner Ägypten-Expedition für die geliebte Gattin Josephine gewe-*

sen sein soll. Daraufhin soll Ihre Majestät die Kaiserin das Juwel bei jedem Feldzug ihrem vergötterten Ehemann als eine Art Glücksbringer immer wieder mit auf den Weg gegeben haben. Der Verlust dieses einzigartigen Schmuckstücks wird ebenso den Kaiser wie die Kaiserin der Franzosen schwer belasten.«

Ein sonderbarer Gedanke beschlich mich. »Wie soll der Informant denn an die Geschichte gekommen sein?«, fragte ich nachdenklich.

»Gute Frage«, gestand Bernd. »Zumal es sicherlich weder im Sinne der Richters noch der Kunzes gewesen ist, diesen Tatbestand an die große Glocke zu hängen.«

Chris schüttelte den Kopf. »Es muss jemand aus Napoleons nahem Umfeld gewesen sein. Denn woher sollte der Zubringer sonst so viele Einzelheiten kennen?«

Gebannt lauschten wir weiter.

»*Was uns der Berichterstatter hingegen nicht zu offenbaren vermochte, war, was Napoleon zum Verweilen beim Hexenstein bewogen haben und wie es zu diesem unglücklichen Ereignis gekommen sein könnte. Diente der Aufenthalt Seiner Durchlaucht alleinig der Erkundung unserer malerischen Örtlichkeit? Oder verweilte er zwecks Erforschung verteidigungsstrategischer Maßnahmen in unseren erlesenen Gefilden? Bedauerlicherweise wich besagter Zuträger unseren diesbezüglichen Hinterfragungen geflissentlich aus.«* Erneut legte Chris eine Pause ein und lächelte. Seine Freude über diesen Fund stand ihm unverkennbar ins Gesicht geschrieben.

»Wenn die gewusst hätten, dass er Anneliese Richter geschwängert hat«, unterbrach Rita grienend.

Bernd nickte zustimmend. »Ja, das hätte sicher für viel Aufhebens gesorgt.«

»Das hat diese Nachricht wohl auch, wenn man den Gerüchten über den Juwelen-Rausch Glauben schenkt«, erwiderte ich.

Chris nickte und las weiter. *»Fest steht allenthalben, dass der Monarch dem bayerischen Offizier Karl Richter, unserem auserlesenen Heimathelden, seine hoheitliche Aufwartung zuteilwerden ließ. Im Übrigen steht zu vermuten, dass dieses Zusammentreffen zwischen Napoleon und dem richterlichen Familienoberhaupt auf die Huldigung des Offiziers nach der Schlacht von Austerlitz zurückzuführen ist, für die ihm der Kaiser, wie wir in der Vergangenheit schon verlauten ließen, bereits Ende 1805 eine Auszeichnung verliehen hat. Bislang gibt es weder vonseiten des Kaisers noch von der Karl Richters eine Äußerung zu diesem Vorfall. Somit bleiben die Umstände um den Verlust des ›Engels der Nacht‹ ein Rätsel, was die Gemüter unserer Einwohner sicherlich noch eine Weile beschäftigen wird …«*

»Wahnsinn«, hauchte ich. »Also wissen wir jetzt, dass Napoleon den Stein tatsächlich dort verloren hat, und wie es zu dem Ansturm auf den Hexenstein kam.«

Gedankenversunken nickte Chris vor sich hin. »Hm«, antwortete er abwesend.

»Bist du denn nicht zufrieden?«, wollte ich wissen, war ich doch eben noch vom Gegenteil überzeugt gewesen.

»Doch, doch«, entgegnete Chris. »Es ist nur … ich bin mit eurer Interpretation nicht ganz einverstanden.«

Verwundert sahen wir ihn an.

»Ach ja, warum das?«, wollte Bernd wissen.

Chris schien die passenden Worte zu suchen. »Wenn wir davon ausgehen, dass ich mit meiner Vermutung richtig liege und der Berichterstatter nur einer von Napoleons

Vertrauten gewesen sein konnte, dann stellt sich doch die Frage, warum dieser alle knusprigen Details an die damalige Presse weitergegeben haben soll.«

Wir grübelten.

»Stimmt«, sagte Bernd.

»Jemand, der Profit daraus schlagen wollte?«, schlug ich vor.

Chris schüttelte den Kopf. »Er wäre Gefahr gelaufen, dass Napoleon es erfahren hätte. Da sicher nicht viele darüber Bescheid wussten, wäre er schnell als Verräter enttarnt worden. War es das wirklich wert?«

Wir schüttelten den Kopf.

»Ein Spion?«, fragte Rita.

»Das halte ich ebenfalls für unwahrscheinlich. Ein Spion hätte sicher kein Blatt vor den Mund genommen und auch gleich die Sache mit dem unehelichen Kind aufgedeckt.«

Aufgeregt weitete ich die Augen. »Die Kunzes! Um sich bei den Richters zu rächen und Napoleon glauben zu lassen, dass diese den Mund nicht gehalten haben.«

Chris tippte sich mit dem Zeigefinger auf die Lippen. »Das ist kein dummer Gedanke, allerdings wussten die am 23. Oktober sicher noch nichts von der Angelegenheit. Nach den Chroniken fand das Treffen mit Napoleon am 22. Oktober statt. Und Anneliese Richter hat ihrem Liebsten erst nach der Hochzeit gestanden, dass es ein Abkommen und eine Abfindung gegeben hat.«

»Richtig«, sagte ich geknickt. »Weil sie meinte, das Pfand stünde ihr zu, und weil ihr Vater es partout nicht rausrücken wollte.«

»Genau!«

Ratlos schauten wir einander an.

»Und was meinst du?«, wollte ich an Chris gerichtet wissen. »Wie ich dich kenne, hast du bereits deine eigene Theorie entwickelt, oder irre ich mich?«

Er schmunzelte und hauchte mir einen Kuss auf die Stirn. »Dir, Schatzl, kann ich anscheinend nichts verheimlichen, wie?«

»Warum solltest du das auch wollen, Spatzl?«, konterte ich frech.

Er lachte.

»Jetzt sag schon«, forderte Bernd ihn ungeduldig auf.

Chris holte aus: »Also, wenn ich meinen Gedanken weiterverfolge und davon ausgehe, dass Napoleon sicher in geheimer Sache unterwegs war, dass er wie gewöhnlich bei solchen Unterfangen in einem schlichten Gefährt und in bürgerlicher Aufmachung reiste, und sich ausschließlich von Murat, seinem Schwager, begleiten ließ, dann liegt es für mich nahezu glasklar auf der Hand, dass es der Kaiser persönlich gewesen sein muss, der dieses Gerücht in Umlauf hat bringen lassen.«

Bernd runzelte die Stirn. »Du meinst gebracht hat?«

»Nein, hat bringen lassen«, insistierte Chris. »Er muss Murat damit beauftragt haben, das Ganze einem Druckhaus zu stecken.«

»Na so was«, ereifert sich Rita. »Warum hätte er das denn tun sollen? Es war doch nicht in seinem Sinne, dass alle wussten, dass sein Aufenthalt in Lindau etwas mit den Richters zu tun hatte.«

Chris nickte. »Guter Einwand. Dafür gibt es sicher eine Erklärung. Vielleicht die, dass er ja irgendeinen Grund für seine Anwesenheit angeben musste. Und was wäre da glaubwürdiger als ein Besuch bei einem von ihm ausgezeichneten Offizier der bayerischen Armee?« Er zuckte mit den Achseln, schien selbst zu spüren, dass sich das irgendwie nicht ganz stimmig anhörte.

»War es wirklich in seinem Interesse, die Geschichte an die Öffentlichkeit zu tragen? Offensichtlich gehörte der Edelstein ja Josephine, oder?«, warf ich ein.

»Eben«, erwiderte Bernd, dem es allmählich zu dämmern schien, worauf Chris hinauswollte.

»Also, ich weiß nicht«, sagte ich skeptisch und suchte Ritas Blick, die ebenfalls völlig perplex wirkte. Wir schienen beide auf der Leitung zu stehen. War mein Geist noch derart von den letzten Ereignissen umnebelt, sodass ich mir keinen Reim aus Chris' Worten machen konnte? Oder war seine Theorie vielleicht doch zu fragwürdig? »Könntest du vielleicht etwas deutlicher werden?«, bat ich ihn.

Geheimnisvoll lächelte Chris vor sich hin. »Wenn ihr darauf besteht«, sagte er und blinzelte verschmitzt.

Ich zwinkerte zurück. »In der Tat, das tun wir.«

»Na gut. Alles begann in einer unscheinbaren Kutsche, die in der Nacht vom 21. auf den 22. Oktober im Jahre 1809 auf dem Weg von München nach Lindau über die vereinsamten Landstraßen holperte ...«

Kapitel 29 – Zwischenspiel – Napoleon

Auf Reisen – 21.Oktober 1809

Im tosenden Wind bogen sich die hohen Halme der weitläufigen Wiesen, und die Bäume schienen unter den heftigen Böen zu ächzen und zu schwanken. Während Napoleon die karge Herbstlandschaft am Fenster vorbeifliegen sah, zog er den Kragen seines einfachen schwarzen Bürger-Mantels noch etwas höher, sodass dieser fast den runden Hut berührte. Seine Uniform, der Zweispitz und sein allbekannter grauer Militärmantel waren bei Berthier im Generalstab in Verwahrung geblieben. Die Grande Armée solle ohne ihn nach Augsburg weiterziehen, während er sich einer dringlichen privaten Angelegenheit annehmen müsse, hatte er seinem Generalstabschef erklärt.

Ungeachtet der Jahreszeit und der Kälte ratterte das unscheinbare Gefährt durch die Lande. Es trug kein Wappen und musste ohne jeglichen Luxus und Komfort auskommen. Es durfte nichts enthalten, was dem Betrachter auch nur den kleinsten Hinweis auf seinen Status hätte geben können. Niemand wusste über die Angelegenheit Bescheid, nicht einmal seine engsten Vertrauten. Einzig sein treuer Freund Murat, der darauf bestanden hatte, ihn auf diese unangenehme Reise zu begleiten, hatte Kenntnis von der leidlichen Affäre.

»Es kommt nicht infrage, dass Sie allein reisen, Sire«, hatte der Gatte seiner Schwester Caroline insistiert, sodass Napoleon sich gezwungen gefühlt hatte, einzulenken, obwohl es ihm weitaus lieber gewesen wäre, diese knifflige Situation allein zu bewältigen. Je weniger Mitwisser, desto besser.

Aber er war nun einmal Kaiser und als solcher vulnerabel. Ihm war also nichts anderes übrig geblieben, als Murat in die Geschichte einzuweihen. Es war nicht das erste und sicher auch nicht das letzte Mal, dass sein Schwager über solche Vorkommnisse Bescheid wusste. Bei dem Gedanken lachte Napoleon unfroh in sich hinein. Besonders seine Schwester Caroline, von seiner Mutter und allen anderen Weibsbildern seiner Familie angestachelt, mischte sich gerne in seine Angelegenheiten ein. Stetig sorgte sie dafür, dass er bei seinem Aufenthalt in Paris immer die hübschesten Vorleserinnen und Hofdamen antraf, um sie ihm als Geliebte unterzujubeln.

Es funktionierte, denn er konnte dem Charme der Schönen nie lange widerstehen. Aber der eigentliche Grund dieser Intrigen, die sich um ihn herumspannen wie die klebrigen Fäden einer Tarantel, war der Wunsch seiner Familie, ihn von der ›alten Frau‹, wie seine Sippe Josephine zu nennen pflegte, zu entfernen. »Sie hat dir noch immer keinen Thronfolger geschenkt«, hörte er seine Mutter zetern. »Was findest du nur an ihr?«, piesackten ihn seine Schwestern fast täglich. Und was anfänglich noch kleine Sticheleien ohne Bedeutung waren, hatte sich mit der Zeit zu aufdringlichen Attacken entwickelt, die Josephine und ihm gleichermaßen nahegingen.

Denn ja, er liebte Josephine. Aber die Wahrheit, die in der ewigen Hetzerei seiner Familienangehörigen steckte, war unverkennbar, und seine Sorge, er könne vielleicht selbst zeugungsunfähig sein, war stetig angewachsen. Als er Josephine zur Frau genommen hatte, war diese bereits Mutter von zwei wundervollen Kindern gewesen. War der Gedanke, dass das Problem bei ihm liegen könnte, wirklich so abwegig? Die stetig von dem Quengeln der anderen angefachten Zweifel, die sich wie Flammen in seinem Inneren ausbreiteten und unterhielten, hatten ihn mit dieser Frage über Monate hinweg gequält, bis zu dem Tag, als Eleonore ihm einen Sohn geschenkt hatte. Léon! Am 13. Dezember 1806 hatte dieses Wunder das Licht der Welt erblickt und ihn seiner Zweifel enthoben! Dieses Datum würde er sein Lebtag nicht vergessen, denn es beschrieb den glücklichsten Tag seines Lebens. *Es liegt nicht an mir!*, hatte er damals in die Welt rufen wollen.

Für seine Ehe mit Josephine war dieses Ereignis allerdings der Anfang vom Ende gewesen. Wehmütig schaute er aus dem kleinen Kutschenfenster und seufzte in sich hinein. Trotz allem hatte er durchgehalten, ihr Zeit für Kuren gewährt, die laut der Ärzte ihre Fruchtbarkeit entfachen sollten. Doch die Sanduhr nahm ihren Lauf, unaufhaltsam und unerbittlich, und noch immer hatte er keinen offiziellen Thronfolger. Er stöhnte. In ihm hallten die hässlichen Worte *keinen Thronfolger, keinen Thronfolger* wider.

Dieser Umstand hinderte ihn jedoch nicht daran, weiterhin seine Zeugungskraft unter Beweis zu stellen. So war seine über alles geliebte polnische Blume, die delikate Gräfin Maria Walewska, mittlerweile ebenfalls guter Hoffnung. Um ihr die Zeit so angenehm wie möglich zu gestalten, hatte er seinen Palastmarschall Duroc damit beauftragt, ihr in Paris ein Heim in der Rue de la Victoire N. 48 einzurichten und dafür zu sorgen, dass es ihr an nichts fehlte.

Verträumt dachte er an diese Frau, mit der ihn eine so innige Liebe verband, dass diese selbst seine anfängliche Leidenschaft zu Josephine in den Schatten stellte. Das jugendliche Lodern, das er einst für seine Frau in seinem Herzen gespürt hatte, war jäh erloschen, als er während der Ägyptischen Expedition von ihrer Untreue erfahren hatte. Er erinnerte sich noch genau, wie Junot, der damals direkt aus Frankreich angereist war, ihm in Kairo die Gerüchte überbracht hatte. Es war, als hätte ihm eine Kanonenkugel ein Loch in die Brust gerissen, so stark hatte er darunter gelitten. Doch als er sich wieder in den Griff bekommen hatte, war es um seine Gefühle für Josephine geschehen gewesen.

Und Maria? Ihr zartes, schüchternes Wesen hatte ihn verzaubert, ihm offenbart, wie er sich seine Gemahlin gewünscht hätte: Diskret und ganz auf ihn allein fixiert. Wo andere Damen den Trubel suchten, sehnte Maria sich nach der Ruhe ihres Gemachs und ihren Strickarbeiten. Wo andere Damen tratschten, war sie die Verschwiegenheit in Person, und wo sich die meisten Angehörigen des schwachen Geschlechts unter den Blicken der Herren aalten, war sie ausschließlich für ihn da. Seine Empfindungen für sie waren aufrichtig und tief. Er fühlte sich ihr verbunden wie nie einer Frau zuvor.

Aber die Pflicht verlangte ihm Opfer ab. Sie heiraten? Er hatte es tatsächlich in Erwägung gezogen, jedoch schnell wieder verworfen. Der mächtigste Kaiser Europas durfte seine Gunst nicht vergeuden. Nicht nur, dass er sie geschickt einsetzen musste wie einen taktischen Zug auf dem Schachbrett, um das bestmögliche Bündnis für die Nation auszuhandeln, es sollte ihm auch die Türen zum Hochadel öffnen. Ihm, dem Sohn der Revolution, dem

Emporkömmling lagen heute die ältesten europäischen Herrschaftsgeschlechter zu Füßen, und er durfte wählen. Und seine Wahl war gefallen. Weder die Tochter des Prinzen Maximilian von Sachsen noch eine andere hatte in seinen Augen Gefallen gefunden. Keine Geringere als Marie-Louise von Österreich, Tochter von Kaiser Franz, würde er zum Altar führen. Die Verhandlungen mit Minister Graf von Metternich waren im vollen Gange. Der Scheidungstermin mit Josephine stand bereits für Januar fest. Und nichts, aber auch gar nichts durfte weder das eine noch das andere behindern.

Und genau das war der Grund der heutigen Reise. Was würde seine Zukünftige von ihm denken, wenn sie erführe, dass er während seiner kaiserlichen Brautschau eine Bürgerliche in andere Umstände versetzt hätte? Sicher, Anneliese kam aus gutem Hause, aber sie war eines Kaisers nicht würdig.

Leise stieß er die Luft aus und schüttelte den Kopf. Was hatte er sich dabei gedacht? Wieder und wieder sah er die Szene vor sich, wie sie sich mit ihm ganz ungezwungen unterhalten und Spaß mit ihm getrieben hatte. Ihre Augen hatten lebenshungrig gefunkelt, ihre Zähne geblitzt und ihre Wimpern verführerisch geklimpert. Wie hätte er sich dem Unabwendbaren entziehen sollen? Gerade hatten sie eine Schlacht beendet und eine weitere hatte bevorgestanden. Wie hätte er in der Hitze dieser dringlichen Momente, zwischen Leben und Tod, wenn man nicht wusste, was das Morgen einem brachte, ihrer stürmischen Aufforderung widerstehen sollen?

Verdammt, da hatte er sich was eingebrockt!

Würde es sich um eine einfache Dirne handeln oder um ein unbedeutendes Weibsbild aus einem der umliegenden

Dorfschaften, wäre die Angelegenheit in der Masse an Behauptungen solcher Art untergegangen. Aber nein. Es hatte ausgerechnet die Tochter von diesem wackeren Soldaten Karl Richter sein müssen. Das Kind des Offiziers der verbündeten bayerischen Armee, den er vor nicht allzu langer Zeit sogar für seine Heldenhaftigkeit ausgezeichnet hatte, und der noch dazu ein angesehener Mann in Lindau war. Jemand, der Gehör bei einem angesehenen Druckhaus hatte. Jemand, dem man glauben schenkte.

Und genau da lag der Hase im Pfeffer begraben. Denn der gute Herr hatte es gewagt, ihm, dem Kaiser von Frankreich, ein Ultimatum zu stellen. Als Napoleon die Nachricht von Annelieses Zustand erreichte, hatte es ihn umgerissen. Was tausend Kanonenkugeln und zig Schlachten zuvor nicht in der Lage gewesen waren zu bewirken, hatten die kläglichen Worte dieser Nachricht erreicht.

Napoleon hätte durchaus jemanden mit der Verhandlung beauftragen können. Doch wem in seinem Umfeld konnte er noch vertrauen? Murat! Sicher. Er war ein bemerkenswerter Soldat und der Mann seiner Schwester. Aber hätte er seinen liebestollen Schwager damit beauftragen sollen, diese mehr als brenzlige Angelegenheit in die Hand zu nehmen? Hätte er das Risiko eingehen sollen, dass er in seinem jugendlichen Leichtsinn alles nur noch schlimmer machte? Womöglich könnte Karl Richter es sogar als Beleidigung auffassen, dass Napoleon sich der Sache nicht persönlich annahm. Und was würde Marie-Louise von ihrem zukünftigen Gatten halten, wenn es herauskäme? Womöglich würde sie seinen Antrag doch noch ausschlagen.

Nein, er durfte kein Wagnis eingehen, das seine hochtrabenden Hochzeitspläne gefährden oder spätere Folgen haben könnte. Also würde er selbst in den sauren Apfel beißen und das Thema aus der Welt schaffen müssen. Und da er sich gerade in München aufgehalten hatte und am folgenden Abend in Augsburg erwartet wurde, hatte er sich die allgemeine Aufbruchstimmung zunutze gemacht, um ungesehen in privater Sache einen Abstecher nach Lindau zu unternehmen.

»Wie wollen Sie es anstellen, Sire?«, fragte Murat plötzlich über das eintönige Rumpeln der Kutsche hinweg, als hätte er des Kaisers Gedanken erraten.

Napoleon rümpfte die Nase. Er hasste Fragen, auf die er keine Antwort wusste. Sie zwangen ihn, welche zu finden. »Er wird sicher ein Schweigegeld fordern«, antwortete er nachdenklich.

»Hieß es nicht, dass die Tochter bereits einen Anwärter hat, Sire?«

Napoleon nickte. »Ja, aber Richter ist nicht dumm. Er scheint zu ahnen, dass ich mir in der aktuellen Lage kein Aufsehen leisten kann.«

»So eine Ratte«, erzürnte sich der erst kürzlich ernannte König von Neapel und verschränkte die Arme vor der Brust.

Napoleon zuckte mit den Schultern. »Im Grunde ist es verständlich«, knurrte er. »Er hat einen Trumpf in der Hand und spielt ihn aus. Kann man es ihm verdenken?« War es nicht das, was er selbst ständig tat?

»Reicht es denn nicht, dass er nun kaiserliches Blut in der Familie hat, Sire?«, fragte Murat verstimmt.

Napoleon schaute seinen Schwager nachdenklich an. »Anscheinend nicht. Ich werde ihm etwas noch Kostbareres geben müssen.«

»Eine Abfindung und damit basta, Sire.«

»Würde er sich damit zufriedengeben, hätte er mir seine Forderungen klar in seinem Schreiben unterbreitet«, erwiderte Napoleon missmutig. »Dies ist nicht der Fall. Es scheint also, dass er den höchstmöglichen Gewinn herausschlagen will.«

»Eine Auszeichnung?«

»Die hat er bereits.«

»Eine Rente auf Lebenszeit?«

»Geht nicht, sonst erscheint es in den Konten, und das muss ich unbedingt vermeiden.«

»Ein Versprechen?«

Napoleon schüttelte den Kopf. »*Diable*! Was für ein Versprechen könnte der Halunke mir Ihrer Meinung denn abverlangen wollen?«

»Eine Heirat, Sire.«

Erschrocken starrte Napoleon seinen Schwager an, wollte ihn für seine Dummheit zurechtweisen, doch die Worte blieben ihm im Hals stecken. Und wenn es wahr wäre? Wenn sich dieser Tölpel eines Deutschen tatsächlich erdreistete, diese Ungeheuerlichkeit zu fordern? Von ihm, dem Kaiser? Wenn ihn nichts anderes zum Schweigen bringen würde? Verdrossen ließ er die Finger unter den Mantel in seine Westentasche gleiten und holte seine Schnupftabakdose hervor. Ein edles Stück aus geschnitztem Elfenbein. Er grunzte unzufrieden. In seinem Inneren glomm ein sonderbares Gefühl auf, als läge ihm die Antwort bereits auf der Zunge. Sie schien fast greifbar nah, warm, sehr warm, fast heiß … Gereizt legte er die Stirn in Falten, ließ die Büchse aufschnappen, streute sich vom braunen Pulver auf den Daumenrücken und sog es zuerst mit dem einen Nasenloch, dann mit dem anderen ein.

»Ah!«, stieß er aus, schniefte mehrmals laut und ließ den kostbaren Behälter wieder unter dem Mantel verschwinden. Stutzig hielt er inne. Seine Hand tastete die andere Seite seiner Weste ab, spürte die kleine feste Erhebung unter dem Stoff. Der Gedanke, der seinen Geist durchzuckte, versetzte ihm einen heftigen Stich in der Brust. Fast war es ihm genauso schmerzlich wie die bevorstehende Scheidung von Josephine. In beiden Fällen würde sie die Leidtragende sein.

»Sie haben eine Idee, Sire«, erriet Murat, der seinen Schwager besser kannte als jeder andere.

Napoleon verzog unwillig den Mund. »Ja, aber sie ist grottenschlecht«, zischte er ungehalten. »Jedoch ein Ausweg.« Vorsichtig pulte er das harte Etwas aus seiner Tasche und hielt es zwischen Daumen und Zeigefinger in die Luft.

»*Sapristi*, Sire«, rief Murat erschrocken. »Ist das Euer Ernst?«

»Wenn Ihnen etwas Besseres einfällt, dann nur zu.«

Verlegen senkte Murat den Blick. »Verzeihung, Sire. Ich meine ... er ist unbezahlbar.«

Napoleon nickte. »Ja, es würde ein großes Opfer bedeuten.«

»Er stammt aus dem Ägypten-Feldzug. In meinem Leben habe ich noch niemals so etwas Wunderbares gesehen, Sire«, hauchte Murat.

»Dabei soll es dort eine ganze Menge davon geben.«

»Dort ja, Sire. Aber wie oft im Leben hat man die Gelegenheit, nach Ägypten zu reisen?«

»Hm«, brummte Napoleon. »Das ist wohl wahr. Und nicht jeder bekommt ein so wertvolles Geschenk von einem Mameluken-König überreicht.«

»Und mit Verlaub, Sire, wie wollen Sie das Josephine erklären?«

Innerlich fluchte Napoleon, denn das war der Haken an der Sache. Auch wenn es ihn unfassbar viel Überwindung kostete, sich von diesem Kleinod der Vollkommenheit zu trennen, so war er bereit, diese Entbehrung zum Wohle seines Reiches und der Krone in Kauf zu nehmen. Aber es war Josephines Schatz. Er hatte ihn ihr bei seiner Rückkehr aus dem Pharaonenland zur Versöhnung geschenkt, und er hätte nicht sagen können, wer damals mehr gestrahlt hatte, der schwarze Saphir oder Josephine. Wehmütig lächelte er vor sich hin.

Seither war es zu einem unumstößlichen Ritual geworden, dass sie ihm vor jeder neuen Schlacht das Meisterwerk der Schöpfung zurückgab, auf dass es ihn beschütze. Und jetzt sollte er ihr mitteilen, dass er sich nicht nur von ihr scheiden lassen wollte, sondern obendrein auch noch ihr Eigentum als Schweigegeld für eine Bürgerliche vergeben hatte, damit er ohne Hindernisse die Tochter des österreichischen Kaisers zur Frau nehmen konnte?

Nein, das durfte er ihr nicht antun. Auf dem Schlachtfeld war er wacker und schreckte vor keiner Heldentat, keiner Verrücktheit zurück. Aber er fürchtete nichts mehr als Josephines Tränen. »Ich könnte behaupten, dass er mir abhandengekommen ist?«, kam ihm plötzlich der Gedanke.

Murat sah ihn skeptisch an. »Wird Sie Ihnen das wirklich abnehmen, Sire?«

Napoleon seufzte. »Nein, es hört sich zu platt an. Josephine ist zu gescheit, um auf solch eine fadenscheinige Ausrede hereinzufallen.« *Zu gescheit und zu misstrauisch*, dachte er. Ihre Eifersucht hatte sich in den letzten Jahren ins Unermessliche gesteigert und kannte keine Grenzen.

»Vielleicht könnte er in den Bodensee gefallen sein, Sire?«, schlug Murat vor.

»Einfach so?«, fragte Napoleon wenig überzeugt. »Auch das klingt weit hergeholt. Die Geschichte braucht mehr

Anreiz, etwas Außergewöhnliches. Etwas, das zu verrückt klingt, als dass es erfunden sein könnte.«

»Woran denken Sie, Sire?«

Plötzlich erinnerte Napoleon sich an die Geschichten, die Anneliese ihm über ihre Heimat erzählt hatte. Zwar hatte er nur mit halbem Ohr hingehört, weil seine Gedanken entweder wollüstig mit ihrem Körper beschäftigt oder immer wieder zum Schlachtfeld abgeschweift waren, aber an eine dieser Legenden erinnerte er sich noch recht gut. »Nicht unweit des Ufers der Insel soll es einen geheimnisumwobenen Felsen geben, der im Volksmund ›Hexenstein‹ genannt wird. Wir könnten das Gerücht in die Welt setzen, dass ich den Edelstein dort verloren habe.« Er nickte mehrmals.

»Meinen Sie, Sire?«, fragte Murat skeptisch. »Ist das nicht zu viel des Guten?«

»Ach, Murat, kennen Sie denn die Grundfeste einer guten Lüge nicht?«, donnerte Napoleon. »Sie ist eine Kunst, die bei Verhandlungen mit dem Gegner aufs Beste beherrscht sein will. Je mehr Einzelheiten man hinzudichtet, umso glaubwürdiger wird sie.«

»Natürlich, Sire.«

»Nun, was meinen Sie zu der Idee?«

»Sie hört sich tatsächlich zu verrückt an, um erfunden zu sein, Sire«, gestand Murat ihm zu. »Aber wie erklären wir, dass Eure Majestät in Lindau gewesen ist?«

»Lassen Sie uns das Ganze wie ein Gerücht darstellen«, antwortete Napoleon und grinste. »Verstehen Sie? Der Zweifel sollte weiterhin bestehen bleiben.« Im wahrsten Sinne des Wortes fiel ihm ein Stein vom Herzen. Genau so würden sie es handhaben. Eine solch kostbare Abfindung würde selbst der habgierigste aller Väter nicht ausschlagen können. Und Murat hatte recht: Die Geschichte mit dem Hexenstein klang so unwahrscheinlich, dass sie nicht auf seinem eigenen Mist gewachsen sein konnte.

»Und was, wenn Richter die Wahrheit ausplaudert, Sire?«

»Murat«, schimpfte Napoleon. »Benutzen Sie doch bitte Ihren Verstand. Warum sollte er das tun? Schon allein aus Sorge um den Ruf seiner Familie wird er über diese Transaktion den Mund halten. Und natürlich auch aus Furcht vor Überfällen wird er sich hüten, die Wahrheit herauszuposaunen.«

»Und wenn er es doch tut, Sire?«

»Dann bezichtige ich ihn des Diebstahls und fordere mein Eigentum zurück.«

Murat nickte, schien allmählich Gefallen an dem Gedanken zu finden.

»Wir werden klug vorgehen müssen«, fügte Napoleon hinzu und ließ das edle Objekt wieder in seine Westentasche gleiten. »Während ich den Richterlichen meine Aufwartung mache, kümmern Sie sich darum, eilends eine Offizin aufzusuchen.«

»Soll ich mich nicht lieber unter die Leute mischen und das Gerücht auf diese Weise in die Welt setzen, Sire?«

»Nein, *sacrebleu*, auf keinen Fall. Das wäre viel zu auffällig. Außerdem wäre das Risiko zu groß, dass man Sie für einen geisteskranken Spinner hält, was zur Folge haben könnte, dass das Gerücht im Sande verläuft. Nein, nein. Fragen Sie sich bis zur bekanntesten Zeitungsdruckerei der Stadt durch und bieten Sie denen eine höchst vertrauliche Information über den französischen Kaiser zum Kauf an. Halten Sie den Preis hoch, damit es glaubwürdig wirkt. Nur so werden die Halunken Sie auch ernst nehmen.«

Murat nickte. »Und wie verständige ich mich, Sire?«

»Die sprechen doch alle Französisch in dieser Ecke«, wischte Napoleon seine Bedenken beiseite. »Und tragen Sie möglichst dick auf, ohne zu viel zu verraten. Verstanden?«

Murat nickte folgsam und schien bereits damit beschäftigt zu sein, sich seinen Vortrag zurechtzulegen.

Zufrieden lehnte Napoleon sich im unbequemen Sitz des wenig angemessenen Gefährts zurück und schaute aus dem Fenster. Der Morgen graute, und der Tag schien sich wesentlich besser anzukündigen als ursprünglich gedacht. Sicher, er würde einen hohen Preis für seine Unbeflecktheit zahlen müssen. Doch sie war es wert. Josephines Seelenheil und die Absicherung seiner zukünftigen Vermählung mit Marie-Louise von Österreich waren es allemal. Wie hätte er auch ahnen sollen, dass der Dummbeutel von einem Schwager in dem Märchen, das er den Zeitungsleuten auftischte, auch die Richters erwähnen würde …

Kapitel 30 – Das Erwachen

Stadtarchiv Lindau, Bodensee – September 2018, Dienstag

Fasziniert waren alle Augen auf Chris gerichtet, der sie mit roten Wangen erwiderte. Jetzt mussten selbst Rita und ich uns eingestehen, dass seine Version der Ereignisse der Wahrheit ziemlich nahezukommen schien. Alles machte plötzlich Sinn.

»Wenn deine Hypothese stimmt, würde das also heißen, dass der Saphir niemals in den See gefallen ist«, schlussfolgerte ich ermattet.

»Hmhm, so scheint es«, bestätigte Bernd. »Und auch, dass es sich bei dem ›Engel der Nacht‹ um besagtes Pfand handelt, um das sich die Familie seit Jahrhunderten streitet.«

»Das würde auch erklären, warum ihn bislang niemand beim Hexenstein gefunden hat«, ergänzte ich.

Rita nickte, wirkte genauso betroffen wie ich. »Und stellt euch nur all die armen Menschen vor, die auf der Suche danach umgekommen sind.«

Ich biss mir auf die Unterlippe. »Du liebe Zeit, ja«, stimmte ich ihr zu. »Wie furchtbar.« Ich dachte an Thomas, Moritz und all die anderen armen Teufel, die ihr Leben gelassen hatten.

Chris rieb sich die Stirn mit dem Daumen. »Ganz zu schweigen von denen, die aufgrund der Reportage wieder auf dumme Gedanken kommen könnten«, sagte er mit einem vielsagenden Blick zu Bernd, der prompt rot anlief.

Ich nickte betroffen. Wir hatten sowohl das Rätsel um Thomas' Geburt gelöst als auch den Schleier gehoben, der über der Familienfehde hing, und waren sogar hinter Napoleons geheime Machenschaften gekommen. »Im Grunde sah es dem Strategen ähnlich, eine so kniffelige Lösung zu finden«, sagte ich mehr zu mir selbst.

Chris lächelte und stieß mich mit der Schulter an. »Ich scheine hier nicht der einzige Napoleon-Kenner zu sein, wie?«

Wir lachten befreit auf.

»Nur eines will mir noch nicht so recht einleuchten«, gab Rita zu bedenken. »Hatte die Fernsehreportage nicht von 1805 gesprochen? Hat sich der Experte etwa geirrt oder vielleicht absichtlich eine falsche Fährte gelegt?«

Belustigt stieß ich die Luft aus der Nase aus. »Du siehst jetzt wohl hinter allem eine Intrige.«

Rita grinste. »Das ist das doch kein Wunder, so verworren wie das alles ist.«

»Nein, nein«, wiegelte Bernd ab. »Der Sprecher hat von Begebenheiten gesprochen, die sich während der Epoche der Koalitionskriege abgespielt haben sollen. Da Napoleon erst im Jahre 1804 zum Kaiser gekrönt wurde, haben wir letztendlich begriffen, dass es sich um die Zeitspanne von 1805 – also der Schlacht bei Austerlitz – bis zum letzten Koalitionskrieg 1809 gehandelt haben muss. Deshalb haben wir mit der Suche in der Familienchronik vorsichtshalber im Jahre 1800 begonnen, damit uns nichts entgeht.«

Chris nickte. »So halte ich es bei all meinen Recherchen«, bestätigte er. »Es ist immer wichtig, so breit wie möglich zu streuen.«

Ich nickte. Des Öfteren hatte er mir schon erklärt, dass er als Schriftsteller oft Unmengen an Fakten durchforsten musste, um schließlich nur einen Bruchteil davon in seinem Buch zu verwenden. Es diene dazu, die Atmosphäre der Epoche einzufangen und die Zusammenhänge besser zu begreifen, ohne den Leser mit Wissen zu erschlagen.

Chris schien noch etwas sagen zu wollen. Er zögerte. »Im Klartext bedeutet das also, dass der Edelstein theoretisch noch immer im Besitz der Richters sein könnte«, schlussfolgerte er leise.

Überrumpelt schaute ich Chris an.

Rita bekam den Mund nicht mehr zu. »Also doch?«, hauchte sie.

»Wer weiß, was aus ihm geworden ist.« Bernd nickte nüchtern.

Ich musste zugeben, dass Bernds Bedenken nicht von der Hand zu weisen waren. »Sicher hätten wir ihn gefunden, als wir das Haus auf den Kopf gestellt haben.«

Nachdenklich grübelten wir vor uns hin. Jeder für sich versuchten wir uns auszumalen, wo der Edelstein wohl verblieben sein könnte.

Ein Poltern riss uns aus der Versunkenheit. Plötzlich stand Heiko wieder im Raum. »Na? Wie ich sehe, seid ihr fündig geworden«, stellte er aufgrund der herrschenden Stimmung fest.

»Das kann man wohl sagen«, antwortete Bernd erfreut.

Chris nickte. »Liege ich richtig mit der Annahme, dass diese Dokumente jahrelang unter Verschluss gehalten wurden, damit niemand auf dumme Gedanken kommt?«

»Genau«, antwortete Heiko. »Sie wurden erst vor ein paar Jahren freigegeben, warum?«

»Befürchtet ihr denn nicht, dass es erneut mit den Schatzsuchern losgehen könnte?«, hakte Chris nach.

Heiko zog die Mundwinkel nach unten und zuckte mit

den Achseln. »Die Herren vom Stadtrat scheinen das anders zu sehen. Sie meinen, dass die Menschen des 21. Jahrhunderts nicht mehr an solche Ammenmärchen glauben.«

Bernd bejahte mit einem Kopfnicken. »Da mag was dran sein«, entgegnete er. »Ich für meinen Teil würde jedenfalls keinen Taucheranzug überwerfen, um danach zu suchen.«

Wir mussten uns alle ein Schmunzeln verkneifen.

»Das sieht dir in der Tat nicht ähnlich«, neckte ich ihn, was ihm ein verlegenes Grinsen ablockte.

Wir bedankten uns herzlich bei Heiko, versprachen ein baldiges Wiedersehen zu einem Grillabend und verabschiedeten uns.

Als wir ins Freie traten, war der Abend bereits hereingebrochen und zauberte blau-orangene Schlieren an den Himmel. Erst jetzt wurde mir bewusst, wie lange wir uns in den Räumlichkeiten des Stadtarchivs aufgehalten hatten. Eine leichte Brise wehte vom See zu uns herüber, und das Geschrei der Möwen wirkte wie eine melancholische Melodie, als wollte sie uns auf den nahenden Abschied vorbereiten. Schlagartig rief sie mir in Erinnerung, dass unsere Freunde gleich abreisen würden.

»Ende gut, alles gut«, sagte Bernd, als wir am Ufer entlang nach Hause liefen. Er und Rita schlenderten Hand in Hand vor uns her, schienen den Anblick sehnsüchtig noch einmal in sich aufzusaugen. Eng umschlungen folgten wir ihnen. Und obwohl wir keinen Abschied vom See nehmen mussten, legte sich auch über unsere Gemüter ein Schleier. Wissend schauten Chris und ich uns an, küssten uns. Ich legte meinen Kopf an seine Schulter, und sein Arm schlang sich noch fester um mich.

Ja, dachte ich, *Ende gut, alles gut.* Oder war es ein Anfang? Der Beginn einer wundervollen Freundschaft.

Ein erster Besuch unter vielen. Ein wundervoller Neuanfang, ein wohlverdienter Blick ins Morgen, jetzt, da wir das Gestern bewältigt hatten.

Trotz der positiven Aspekte hinterließ das Wochenende in mir einen Wermutstropfen. Die arme Judith weilte nicht mehr unter uns, und somit war auch meine Hoffnung auf eine baldige Aufklärung bezüglich Chris' Herkunft verschwunden wie die Sonne hinter den majestätischen Bergen. Hier und da schimmerte der Himmel noch in den herrlichsten Farben, die aber letztendlich mit ins Vergessen gezogen wurden, bis sie ebenfalls am Ende der Welt versanken.

Als wir heimkamen, luden Rita und Bernd die bereits am Morgen fertig gepackten Koffer ins Auto. Rex freute sich, dass wir endlich zurück waren. Er schien die Abschiedsstimmung zu spüren und schlich zwischen unseren Beinen umher. Mein Hals wurde eng, als Rita auf mich zukam und mich herzte. »Wir telefonieren, Isa-Schatz, ja?«, fragte sie mit belegter Stimme. Ich nickte, unfähig etwas zu antworten. Ich fing mich, legte meine Hand auf ihren leicht gewölbten Bauch. »Gebt auf euch acht.«

Sie nickte berührt.

Bernd ging auf Chris zu. Sie grinsten sich verlegen an.

»Schwabenbabbler«, sagte Bernd und reichte ihm die Hand.

»Wöschtchenfressender Eintracht-Anbeter«, trumpfte Chris auf.

Bewegt schauten sie sich an, nahmen sich plötzlich in die Arme und schlugen sich gegenseitig kräftig auf den Rücken, um gleich wieder auseinanderzugehen.

Tränen schimmerten in unserer aller Augen. Während sich Rita mit überschwänglichen Küsschen von Chris verabschiedete, näherte Bernd sich mir. »Isa«, sagte er und drückte mich ebenfalls. »War schön, dich wiederzusehen.«

Ich schniefte. »Ja«, presste ich hervor. »Nun macht endlich, dass ihr fortkommt, bevor ich losheule.«

Mit wässrigen Augen lachten wir uns an.

Als Rita und Bernd ins Auto stiegen, legte Chris den Arm um meine Schultern. Wir winkten. Der Motor startete. Dann waren sie fort.

Eine Weile blieben wir so stehen.

»Das ist eine Anekdote, die wir unseren Kindern später erzählen können.«

Ich lächelte durch Tränen. »Die beiden haben Vorsprung.«

»Das holen wir im Nullkommanichts auf«, konterte Chris selbstbewusst.

»Soso, im Nullkommanichts, ja?«, frotzelte ich.

»Am besten verlieren wir keine Zeit mehr und fangen schnellstmöglich damit an.«

Als wir das Haus betraten, fiel mein Blick sofort auf einen gewissen braunen Umschlag, der nach mir zu rufen schien. Bei seinem Anblick schnaufte ich abfällig. *Du wirst mein Leben nicht mehr durcheinanderbringen*, dachte ich, nicht ahnend, wie falsch ich damit lag …

Kapitel 31 – Das Geständnis

Lindau, Bodensee – Seerosen-Villa – Eine Woche später, Oktober 2018

Es dauerte eine Weile, bis ich begriff, dass wir das Haus behalten durften. Allerdings wollte sich die Freude nicht so recht bei mir einstellen; zu sehr lagen mir die Geschehnisse noch auf dem Magen. Ständig musste ich an Ada und ihren Sohn denken. Daran, wie die beiden sich heimlich geliebt hatten, als gäbe es ein unsichtbares Band zwischen Mutter und Kind, das keine Macht, keine Scheußlichkeit und kein Mensch jemals durchtrennen konnte. Daran, wie er erfahren hatte, dass Ada seine leibliche Mutter war, um wenige Tage später einsam und vielleicht unter Qualen im Dunkel der Gewässer zu verenden.

Zwar hatte uns der Kommissar mehrfach versichert, dass alles recht schnell gegangen sei und Thomas nicht gelitten habe. Aber was bedeutete schon schnell, wenn man begriff, dass es aus und vorbei war? Weder ein noch so hervorragender Kommissar noch ein geschulter Mediziner konnte mit hundertprozentiger Sicherheit sagen, wie es sich wirklich anfühlte.

Jetzt stand unserem gemeinsamen Glück nichts mehr im Wege. So hätte es zumindest sein können, wenn da nicht noch eine brenzlige Aufgabe auf mich gewartet hätte. Bislang hatte ich keine Ahnung, wie ich sie bewältigen sollte. Sie drückte wie ein zu enger Schuh, ohne wirklich zu schmerzen. Noch nicht. Früher oder später würde ich das Thema jedoch ansprechen müssen. Vergeblich wartete ich auf den richtigen Augenblick, um Chris meine Entdeckungen mitzuteilen. Es gab nicht nur *einen* Grund, warum ich zögerte. Die Erkenntnis, die ich seit Tagen mit mir herumschleppte, war doppelt delikat. Zum einen musste ich mein eigenes Vergehen aufdecken, zum anderen etwas eröffnen, das Chris vielleicht noch nicht bereit war anzunehmen. Jedenfalls nicht in der Form, in der es sich präsentierte …

Unauffällig schielte ich zu ihm hinüber. Mit dem Kopf an meine Schulter gelehnt lag er neben mir auf dem Sofa und war völlig in seine Lektüre vertieft. Ich hingegen las seit fünf Minuten immer wieder denselben Absatz, ohne dessen Inhalt zu verstehen.

»Woran denkst du, Spatzl?«, riss Chris mich aus meinen Grübeleien.

Ich stieß die unbewusst angehaltene Luft aus und ließ das Buch sinken. »Warum fragst du?«

»Weil du ständig seufzt«, kam prompt die Antwort. Er schmunzelte listig.

Auch ich musste lächeln. »Ich habe an Thomas und Jan gedacht und an Rita und Bernd«, wich ich aus. *Und an …* Aber ich sagte nichts.

»Sie fehlen mir auch«, gab Chris zu. »Trotz allem war es eine schöne Zeit.«

Ich nickte. »Ja, stimmt. Das Highlight war die Suche nach der Wahrheit über Napoleon«, erinnerte ich mich.

Wir schwiegen.

Plötzlich schlug Chris sein Buch zu, setzte sich auf und drehte sich mir zu. Er räusperte sich umständlich. »Bella?«

Fragend blickte ich ihn an. Warum so feierlich? »Ja, Spatz?« Verunsichert richtete ich mich ebenfalls auf, drehte mich zu ihm.

»Als ich an den Stuhl gefesselt war und geglaubt habe, mein letztes Stündlein hätte geschlagen, sind mir viele Dinge durch den Kopf gegangen«, gestand er ernst.

Abermals nickte ich, freute mich darüber, dass er sich mir anvertraute. Endlich. Erwartungsvoll schaute ich ihm in die Augen.

Chris atmete tief ein und aus. »Natürlich habe ich daran gedacht, wie sehr ich dich liebe. Daran, dass ich nicht sterben wollte, weil wir noch so viel miteinander zu erleben haben.« Er ergriff meine Hand, umschloss sie mit der seinen. »Und daran, dass ich Kinder mit dir haben möchte.«

Mein Herz tat einen Satz. Zwar wusste ich das alles bereits, es aber erneut gesagt zu bekommen, war berührend. »Das weiß ich doch, Liebling«, antwortete ich bewegt.

»Aber das war nicht alles«, sprach er weiter. »Ich … wollte nicht sterben ohne zu wissen, wer meine leiblichen Eltern sind«, platzte er heraus und wirkte erleichtert, ja fast selbst ein bisschen überrascht, dass es letztendlich so einfach gewesen war, es auszusprechen. »Ich werde also gleich morgen zum Jugendamt gehen, um die nötigen Schritte in die Wege zu leiten.«

Mein Herz raste. Ich presste die Lippen aufeinander und hielt die hochschießenden Tränen zurück. »Das finde ich wunderbar.« Ich lächelte bewegt.

»Ich denke, dass du recht hattest, als du gesagt hast, dass man sich selbst kennen muss, um gute Eltern zu sein.«

»Hab ich das wirklich so gesagt?«, fragte ich benebelt.

Chris lachte leise, hob meine Hand an seinen Mund und küsste sie. »Ja, Äffchen, das hast du.«

War jetzt der Augenblick gekommen, an dem ich es ihm sagen sollte? Mein Inneres war im Aufruhr. Meine Kehle wie zugeschnürt. Ich drückte den Rücken durch, holte tief Luft. »Chris?«

»Hm?«

»Diesbezüglich muss ich dir ein Geständnis machen.«

Er hob die Brauen. »Ach ja?«

Es fiel mir nicht leicht. Meine Hände wurden feucht. Auf einmal nahm ich das Rauschen des Windes vor der breiten Fensterfront intensiver wahr, meinte, die Blätter rascheln zu hören. »Kannst du dich noch an den braunen Umschlag erinnern, der hier eingetrudelt ist, als Rita und Bernd noch da waren?«

»Du meinst den, der tagelang herumgelegen hat, weil du davon überzeugt warst, dass es sich dabei wieder nur um eine Drohung handelte?«

Mir wurde mulmig. Sollte ich wirklich …? »Ja, genau der.«

»Und? Ich dachte, du hättest ihn entsorgt.«

Innerlich wappnete ich mich. »Bitte versprich mir, dass du nicht sauer auf mich sein wirst.« Mein Magen war nur noch ein Klumpen.

Mit zusammengekniffenen Augen sah Chis mich an. »Versprochen«, versicherte er mir skeptisch.

»Als ich mit Rita bei Judith war, um mehr über die Umstände von Thomas' Geburt herauszubekommen, und sie mir die Angelegenheit mit dem Schlüssel fürs Archiv gestanden hat …« Ich stieß die Luft aus.

Es brauchte ein paar Sekunden, bis sich auf Chris' Miene das Erkennen abzeichnete. »Nein!«, hauchte er ungläubig. »Das hast du nicht gewagt, oder?«

Abermals presste ich die Lippen aufeinander und nickte. »Doch«, flüsterte ich beschämt.

»Du hast sie erpresst?« Es klang furchtbar aus seinem Mund.

Ich schluckte. »Ich habe sie um einen Gefallen gebeten, den sie mir nicht ausschlagen wollte«, drückte ich es anders aus und fühlte mich elend. »Im Nachhinein schäme ich mich unheimlich dafür und frage mich sogar, ob sie deshalb …«

Fassungslos starrte Chris mich an. Er schien einen inneren Kampf auszustehen, zwischen Empörung und Wissensdurst hin und her zu wanken. Ein bisschen wie ich damals. Was würde siegen?

»Bella!«, sagte er vorwurfsvoll.

Ich senkte den Kopf. Würde er mich jetzt mit anderen Augen sehen? »Es … es tut mir leid, dass ich dich enttäusche.«

Er biss sich auf die Unterlippe und schüttelte den Kopf. »Nein, du überraschst mich eher«, antwortete er. »Du hast es faustdick hinter den Ohren, Liebste. Da kann Clyde einpacken, denn Bonnie ist gar nichts dagegen.« In seinen Augen blitzte der Schalk.

»Chris!«, rief ich empört. »Die Frau hat sich das Leben genommen.«

Er wurde wieder ernst. »Verzeih, das stimmt. Aber ich glaube nicht, dass du die Schuld daran trägst.«

»Warum bist du dir da so sicher?«

Er zuckte die Achseln. »Nur so ein Gefühl. Ich würde es, wenn überhaupt, auf Jans Besuch bei ihr zurückführen.«

Erneut schluckte ich trocken. »Jans Besuch?«

»Kurz vor ihrem Tod ist er zu ihr gegangen, weil er wusste, dass sie die Einzige war, die ihn bei einem möglichen Rechtsstreit um das Erbe hätte entlarven können.«

»Ehrlich?«, fragte ich schockiert. Hätte Heckelmann uns nicht klar und deutlich belegt, dass es sich bei Judiths Tod um einen Selbstmord gehandelt hatte, wären mir sicher wieder Zweifel gekommen.

»Er hat ihr damit gedroht, sie zu verpfeifen, sollte sie über seine Identität nicht den Mund halten.«

Ich zuckte die Achseln. »Ja, aber sie hatte damit gerechnet, deshalb Schwierigkeiten zu bekommen. Ich glaube nicht, dass dies der Auslöser für ihre Verzweiflungstat war.«

»Außer, dass er ihr ganz beiläufig auch mitgeteilt hat, dass Thomas nicht mehr unter uns weilt, und sie sich dafür verantwortlich gefühlt haben soll.«

Damit hatte ich nicht gerechnet. »Woher willst du das wissen?«, fragte ich bestürzt.

»Von Jan selbst«, erwiderte er.

»Oh«, sagte ich. In all dem Chaos hatte Chris mir noch nicht alles erzählt.

»Es muss ihr einen Schock bereitet haben«, schlussfolgerte er.

»Das ist gut möglich«, hauchte ich. Sofort erinnerte ich mich, wie zärtlich sie von Thomas gesprochen hatte und wie sehr sie an ihm gehangen zu haben schien.

»Bella«, sagte Chris ernst und nahm nun meine beiden Hände in die seinen, streichelte sie liebevoll. »Ich möchte dich nicht entschuldigen, aber ich verstehe dich auch. Sicher hat sich plötzlich diese einmalige Möglichkeit vor dir aufgetan, und du hast ohne viel nachzudenken die Gelegenheit beim Schopf gepackt.«

Plötzlich wurde mir bewusst, dass ich aus dem gleichen Impuls heraus wie Thomas' Freund gehandelt hatte. »Wie Jan«, flüsterte ich.

Chris nickte zögerlich. »Auf einer weitaus weniger dramatischen Ebene, ja.«

Wie einfühlsam er war. »Genau so war es«, gab ich zu. »Eine spontane Idee, die auf einmal da war und richtig wirkte. Jedenfalls nicht unbedingt falsch …«

Er lächelte nachsichtig.

»Dann verzeihst du mir also?«

Chris zwinkerte. »Wie könnte es anders sein, du Strolch?«

Wir fielen uns in die Arme, drückten uns lange. »Ich lieb dich so«, flüsterte ich ihm ins Ohr.

»Und ich dich erst«, raunte er zurück.

Langsam ließ ich von ihm ab. »Nun«, sagte ich. »Somit hatte ich also Einblick in deine Akte.«

Chris' Adamsapfel hüpfte mehrmals. »Okay.«

»Aber bevor ich dir alles verrate, möchte ich, dass wir gemeinsam jemandem einen Besuch abstatten.«

»Wann?«, presste er heraus. »Ich halte es nämlich kaum noch aus.«

Ich schaute auf die Wanduhr. Es war Tea-Time, der perfekte Zeitpunkt. »Jetzt, wenn du möchtest.«

»Und wem sollen wir diesen Besuch abstatten?«, keuchte er hibbelig.

»Vertraust du mir?«

Chris schaute mich mit so viel Liebe in den Augen an, dass ich Schmetterlinge im Bauch verspürte. »Natürlich«, sagte er. »Mal davon abgesehen, dass du ein gewieftes Luder bist und obendrein auch noch Foltermethoden anwendest, vertraue ich dir bis in alle Ewigkeit.«

Wir blickten uns an und brachen plötzlich in befreiendes Gelächter aus. Doch darin lag auch eine Spur Nervosität. Chris fieberte der bevorstehenden Herausforderung entgegen, endlich seine wahre Herkunft zu erfahren. Und ich konnte es kaum erwarten, mit ihm auf diese neue Erkundungsreise zu gehen, um auch noch das letzte Tröpfchen Wahrheit aus der nicht immer milde gestimmten Vergangenheit zu pressen …

Kapitel 32 – Mit Haut und Haar

Am Himmel türmten sich tief hängende Gewitterwolken, die mit ihren dicken Bäuchen an trächtige Herdentiere erinnerten. Über den Berggipfeln drangen bereits Blitze zwischen ihnen hindurch, tauchten den aufgewühlten See in ein unheimliches Licht. Boote schaukelten im Wind, und es schien, als wollte das Gewässer sich dagegen auflehnen, dass nun auch das letzte seiner Geheimnisse aufgedeckt werden sollte.

In Regencapes gehüllt, liefen wir die verlassen daliegende Strandpromenade entlang, genossen die Stille des Augenblicks, in der jeder seinen Gedanken nachhing. Ich konnte Chris' Anspannung geradezu körperlich spüren und war versucht, ihm ein paar Anhaltspunkte zu geben. Doch ich hielt mich zurück, weil ich davon überzeugt war, dass er besser erst die Zusammenhänge kennen sollte. Denn auch wenn ich zwei Namen hatte, so fehlten mir die Geschichte und der Hintergrund, die sie real werden ließe.

»Geht's auf die Insel?«, versuchte Chris zu raten.

»Kalt.«

»Nach Aeschach?«

»Warm«, erwiderte ich.

Er runzelte die Stirn. Vermutete er bereits etwas? In der Ferne krachte ein Donner. Eine Mahnung?

Noch hatte der Regen nicht eingesetzt, aber wir beschleunigten unbewusst den Schritt, bis wir vor der Luxusvilla mit dem hohen Eisentor zum Stehen kamen.

»Das ist nicht dein Ernst!«, stieß Chris entsetzt aus.

Ich presste die Lippen aufeinander. »Bist du bereit?«

Er zögerte, als würde allein schon diese Erkenntnis ihn an die Grenzen seiner Entschlossenheit führen, so heftig an ihm rütteln, als würde er sich fragen, ob es nicht doch besser sei, sich weiter hinter der Ungewissheit zu verschanzen. Schließlich nickte er. Aus der Befürchtung heraus, er könnte es sich doch noch anders überlegen, drückte ich auf den breiten Knopf der Anlage. Wider Erwarten brach mir der Schweiß aus. Erneut krachte es am Himmel, diesmal deutlich näher.

So hatte alles begonnen, dachte ich und sah plötzlich die Szene meiner Ankunft in Lindau vor mir. Das fürchterliche Gewitter, die Schlüssel, die nicht ins Schloss gepasst hatten, ein pitschnasser Zottelhund und ein ebenso begossener Nachbar, der mich zum Tee einlud, bis ich den Notar erreichte. Vor mir sah ich wieder Chris, der mir seinen Jogging-Anzug lieh, wie er mich foppte. Sein wundervolles Lächeln, den Schalk in seinen Augen, in diesen wundervollen blauen Augen …

»Ja?«, kam es kratzig aus der Sprechanlage.

Ich räusperte mich. »Gruß Gott«, sagte ich heiser. »Ich bin es noch einmal …«

»Oh, Isabella? Was treibt Sie bei diesem Wetter nach draußen?«

»Wir … Chris und ich … möchten Sie in einer dringenden Angelegenheit sprechen.«

Schweigen.

Verunsichert schaute ich zu Chris, der wie apathisch dastand und die Anlage anstarrte, als enthielte sie die Antworten auf all seine Fragen.

»Leider sind wir heute unpässlich«, kam es aus der Anlage. »Versuchen Sie es bitte ein andermal wieder.«

Verwirrt starrte ich auf den runden Lautsprecher.

Im Hintergrund meldete sich eine andere Stimme. »Da ist auch Christian.«

»Sei still«, zischte die Sprecherin.

»Lass sie ein«, hörte ich Johannas Stimme nun deutlicher.

Hoffnung brandete in mir auf. »Es ist wirklich extrem wichtig«, drängte ich. »Es wird das letzte Mal sein, versprochen.«

»Das haben Sie bereits bei Ihrem vorigen Besuch behauptet«, kam die pikierte Antwort.

Ich war zutiefst erschrocken, hatte nicht mit dieser Ablehnung gerechnet. Sicher hatte ich in den letzten Monaten den Bogen etwas übergespannt, die beiden zu oft mit meinen Angelegenheiten belästigt.

»Es geht diesmal nicht um Ada«, versuchte ich einen letzten Anlauf.

Plötzlich erwachte Chris aus seiner Starre, beugte sich an die Sprechanlage heran. »Bitte«, sagte er mit sanfter Stimme.

Als das Surren ertönte, und das Tor aufschnappte, warf ich ihm einen beeindruckten Blick zu. Es war, als hätte er ein Zauberwort gesprochen. Oder steckte mehr dahinter?

Diesmal war es Johanna, die uns am Eingang erwartete. Verstohlen musterte sie Chris, schaute uns kaum in die Augen, während sie uns ins Innere des Hauses führte, das mir mittlerweile so vertraut geworden war. Im Salon wartete Käthe in ihrem gewohnten Sessel auf uns, grüßte mit einem Kopfnicken und bedeutete uns, auf dem Sofa Platz zu nehmen. Ich spürte Chris' Zittern, legte meine Hand auf die seine.

»Dürfen wir Ihnen etwas anbieten?«, fragte Käthe unterkühlt.

»Nein, danke«, entgegnete Chris mit einem kläglichen Lächeln.

»Was kann ich diesmal für Sie tun?«, wollte sie wissen.

Inzwischen hatte Johanna auf ihrem Sessel Platz genommen und schaute wie üblich aus dem Fenster, an das die ersten Tropfen trommelten und eine wohlige Atmosphäre verbreiteten.

Ich wappnete mich für das bisher schwierigste Gespräch, das ich in meinem Leben jemals geführt hatte. »Wie Sie sicher wissen, wurde Chris adoptiert«, begann ich ohne Umschweife.

Johanna regte sich nicht.

»Das ist mir neu«, behauptete Käthe. »Und, was haben wir damit zu tun?«

»Ich habe mehr oder weniger durch Zufall erfahren, wer Chris' wirkliche Eltern sind.« Hatte ich ein leichtes Zucken in Käthes Miene entdeckt? »Die Suche hat mich ein weiteres Mal bis zu Ihnen geführt.«

Wieder schwiegen die beiden. Unwohlsein stieg in mir auf. Hatte ich einen Fehler begangen? Hätte ich Chris doch lieber nur die Namen mitteilen sollen, anstatt ihn in dieses eisige Haus zu führen?

Käthe seufzte. »Ich wüsste nicht, wie ich ihnen diesbezüglich behilflich sein könn–«

»Ach, sei doch still«, unterbrach Johanna ihre Schwester schroff. »Warum willst du es weiterhin verschweigen?«

Entsetzt blickte Käthe zu ihr. »Es ist niemals gut, die Vergangenheit auszugraben. Besonders nicht eine solche ...«

»Das brauchen wir auch nicht«, konterte Johanna lakonisch. »Wie du siehst, deckt sie sich von selbst auf.«

Mein Herz flatterte aufgeregt. Auch Chris schaute überrascht zu Johanna hinüber.

Käthe stöhnte. »Wie du meinst«, entgegnete sie spitz. »Aber komm hinterher nicht zu mir, um dich bei mir auszuheulen, oder damit ich wieder Lösungen finde.«

»Auf deine *Lösungen* kann ich wahrlich gut verzichten«, murrte Johanna leise. »Siehst ja, wo es hingeführt hat.«

Ich fasste mich wieder. »Könnten Sie uns also etwas mehr sagen? Für Chris wäre es wichtig.«

Johanna nickte, atmete tief ein und stieß die Luft langsam aus. »Ich war noch ein junges Mädchen, als Joachim in mein Leben trat. Er war einer der wundervollsten Menschen, die ich jemals gekannt habe. Wir … wir waren einander versprochen.«

Käthe schnaubte, schüttelte widerwillig den Kopf.

»Wann war das?«, wollte ich wissen.

»Och, vor langer Zeit, in den 60ern«, antwortete Johanna. »1967, um genau zu sein.«

»Wenn ich daran zurückdenke, kommt mir noch immer die Galle hoch«, murmelte Käthe mit angewiderter Miene.

Johanna ließ sich nicht beirren. »Es kam, wie es kommen musste, und ich war im Handumdrehen in anderen Umständen.« Ihre Augen bekamen einen feuchten Schimmer. »Doch Joachim war plötzlich unauffindbar, sodass ich ihm die gute Nachricht nicht einmal mitteilen konnte.« Sie schnappte nach Luft, fing sich wieder. Es ging ihr sichtlich nahe. »Erst viel später erfuhr ich, dass meine Schwester mich an die Eltern verpetzt hatte, sodass mein Vater zu Joachims Eltern gegangen war und ihnen unter Androhung schlimmer Folgen für die ohnehin schon verarmte Familie nahegelegt hat, umgehend die Stadt zu verlassen. Er soll ihnen eine große Geldsumme angeboten haben, damit sie das Weite suchten.«

»Sie sehen, dass es mit der Liebe nicht weit her war«, sagte Käthe bissig und zuckte mit den Achseln. »Und für den Ruf unserer Familie war es das einzig Vernünftige«, verteidigte sie ihre Eltern. »Unser Vater war ein angesehener Mann und konnte keinen Skandal gebrauchen.«

»Dabei hat Vater damals noch nicht einmal gewusst, dass ich ein Kind erwartete«, fügte Johanna hinzu, ohne Käthes Einwände zu beachten.

Chris hörte aufmerksam zu, schien zu rechnen und sich zu sagen, dass es sich bei dem Kind nicht um ihn gehandelt haben konnte. »Und?«, fragte er.

Johanna schluckte. »Sie wollten mir das Kind bei der Geburt wegnehmen, so, wie Georg es auch bei Ada getan hat«, sagte sie mit bebender Stimme. »Sie wollten, dass ich ihnen so einen Wisch unterschreibe und auf meine Rechte als Mutter verzichte.« Prompt kam mir das letzte Gespräch mit ihr ins Gedächtnis, und allmählich verstand ich die Zusammenhänge und Anspielungen. »Aber ich habe mich gewehrt und meinen Willen durchgesetzt.«

»Vergiss nicht zu erwähnen, dass es Vater umgebracht hat«, fügte Käthe verbittert hinzu. »Und Mutter ist ihm gleich nach seinem Schlaganfall gefolgt. Herzversagen.«

Johanna erzitterte.

Sie tat mir leid. »Und dann?«, forderte ich sie mit einem mitfühlenden Lächeln auf, weiterzuerzählen.

»Ich brachte meine Julia am 1. Juni 1968 zur Welt«, sagte sie leise.

Mir stockte der Atem. *Julia Schulze*, dachte ich. Es war der Name in der Akte. Neben mir zog Chris die Luft durch die Zähne ein. Langsam schien er zu begreifen, obwohl er noch keinen Blick auf die Dokumente geworfen hatte.

Käthe schüttelte sich. »Es war der Beginn des Abstiegs unserer Familie.«

Johanna reckte das Kinn. »Das war es nicht«, erwiderte sie. »Ich habe mein Bestes gegeben. Trotz der Frauenbewegungen war es damals nicht einfach, ein uneheliches Kind großzuziehen.«

Ich nickte, musste an Judiths Worte zurückdenken und fragte mich, ob Johanna die Behörden vielleicht geschmiert hatte, um ihr Kind behalten zu können. Oder hatten die bei unehelichen Kindern aus gehobenen Kreisen auch mal ein Auge zugedrückt? »Das will ich gerne glauben.«

»Sie war ein pfiffiges Mädchen, sehr gescheit.«

»Eigensinnig«, fügte Käthe hinzu.

»Nun, sie hatte ihren Charakter, das stimmt ... Aber sie war meine ganze Freude ...«

»Bis auch sie in die Fußstapfen ihrer Mutter getreten ist«, sagte Käthe. »Wie sagt man so schön? Der Apfel fällt nicht weit vom Stamm.«

Johanna warf ihrer Schwester einen wütenden Blick zu. »Es wundert mich nicht, dass du so sprichst. Du weißt eben nicht, wie es ist, jemanden zu lieben ...«

»Ausgenutzt zu werden.«

»Nein, zu lieben, von ganzem Herzen und mit Haut und Haar ...«

Kapitel 33 – Zwischenspiel – Julia

Lindau-Aeschach, Bodensee – 1985

An diesem herrlichen Frühlingsnachmittag zogen weiße Schönwetterwolken am strahlend blauen Himmel dahin. Es war einer dieser ganz besonderen Tage, an denen man ein nie gekanntes Glücksgefühl verspürte. Julia hörte die Natur atmen, schmeckte den Wind und spürte die warmen Sonnenstrahlen auf ihrer Haut. Sobald sie die Augen schloss, sah sie ihn. Sah sein Lächeln. Fühlte seine weichen Lippen auf ihrem Mund. Lauschte seinem Flüstern. Nahm den Hauch seiner Hand wahr, die so leicht wie eine Feder über ihre Haut strich, empfand sein leises Stöhnen wie eine Antwort, sein Begehren wie ein Versprechen.

Frohlockend summte Julia eine Melodie vor sich hin und lief vergnügter Dinge durch die Straßen. Zu Hause hatte sie vorgegeben, nur eine Besorgung machen zu wollen, wie immer, wenn sie zu ihm ging. Ihre Mutter und vor allem ihre Tante Käthe bewachten sie mit Argusaugen, folgten jeder ihrer Bewegungen. Sie behandelten sie wie ein Baby, obwohl sie doch schon 17 war. Nur noch ein Jahr, dann war sie volljährig und konnte tun und lassen, was ihr beliebte.

Manchmal beneidete sie die anderen Jugendlichen, deren Eltern weniger streng waren. Die durften auf Partys und in die Disco gehen oder ganze Wochenenden bei Freunden verbringen. Manche nahmen sogar Jungs mit zu sich nach Hause.

»Na und?«, hatte ihre Freundin Steffi gesagt, als Julia sie erstaunt angeschaut hatte. »Da ist doch nichts dabei. Unsere Alten waren doch auch mal jung und haben sich befummelt.«

Julia hatte geschnauft. »Sag das mal meiner Mutter und ihrer Schwester«, hatte sie aufgebracht geantwortet.

Manchmal fragte sie sich, wie ihre Mutter jemals ein Kind hatte zeugen können, so verklemmt, wie sie sich gab.

Früher hatte sie ihre Mama geliebt. Aber seit ein paar Jahren ertrug sie ihre feine Art und ihr ewiges Gemecker immer weniger. Alles, was Julia wollte, war, wie die anderen sein zu dürfen. Und als sie ihn kennengelernt hatte, da war sie so glücklich gewesen.

Alles war wundervoll mit ihm. Das Reden, das Schmusen und der Rest. Sie hatte es sich immer furchtbar vorgestellt, und sogar ein bisschen Angst davor gehabt, so eindringlich hatte ihre Tante sie davor gewarnt. Aber jetzt wusste sie, dass es sogar Spaß machte. Viel Spaß. So viel, dass sie ständig in seinen Armen liegen wollte.

Aber er arbeitete schon. Jedenfalls manchmal. Nach der Schule half er im Geschäft seiner Eltern aus. Dann hatte er keine Zeit, und sie sahen sich nur in den Schulpausen. Er war jünger als sie. Nächstes Jahr würde sie das Abi machen, wusste aber noch nicht, was sie werden wollte. Im Moment wollte sie eigentlich nur eines: bei ihm sein!

Und jetzt musste sie dringend mit ihm sprechen. Ihm etwas mitteilen. Seit Tagen hatte sie gehofft, ihn endlich wiederzusehen. Aber sein Vater war die ganze Woche krank gewesen, sodass sie nicht zu ihm gehen konnten und seine Mutter ihn umso mehr im Geschäft gebraucht hatte. Aber an diesem Vormittag hatte er ihr im Schulhof zugeflüstert, dass alles wieder ins Lot gekommen und die Bude heute Nachmittag frei sei.

Deshalb war es ein doppelt schöner Tag. Weil sie ihn wieder für sich allein haben würde und weil sie ihm endlich die gute Nachricht ankündigen konnte. Gut, weil es ihrer Mutter keine andere Wahl ließe, als sie gewähren zu lassen. Denn Julia wusste, dass ihre Familie ihn als ihrer nicht würdig empfand. Er sei ein lieber Bub, hatte Tante Käthe einmal behauptet, aber doch nichts zum Heiraten.

Als sie an seiner Haustür ankam, klingelte sie. Es war, als hätte er direkt an der Sprechanlage gewartet, denn die Tür sprang sofort summend auf. Sie eilte in den ersten Stock. Prompt öffnete er die Tür, und sie fielen sich in die Arme. Gierig drückte er sich gegen sie und küsste sie wie ein ausgehungerter Wolf, während er die Tür ins Schloss fallen ließ. Sie mochte die Art, wie er sie anfasste, und sie folgte ihm ins Zimmer, wo sie sich die Kleider vom Leib rissen und sich mehrmals hintereinander liebten.

»Mann, das hat mir gefehlt«, sagte er, als er sich erschöpft neben ihr auf die Matratze fallen ließ.

»Mir erst«, erwiderte sie und spielte mit den Härchen auf seinem Bauch, die so wundervoll männlich wirkten. »Die werden ja immer mehr.«

Er lachte. »Das ist eben so, mein Kind«, ahmte er die Stimme eines reifen Herrn nach. »Ich werde zum Manne.«

Sie alberten herum, erzählten einander, was sich in den letzten Tagen zugetragen hatte.

»Du glühst so«, sagte er und strich ihr mit dem Daumen über die Wange.

Er meinte sicher das Glück, das aus ihr herausstrahlte. Sie fing an, sich die Worte zurechtzulegen, als er sich plötzlich erhob. »Willst du auch 'ne Cola?«

Julia nickte. »Wie viel Zeit bleibt uns?«

»Wir haben den ganzen Nachmittag«, sagte er und war schon aus dem Zimmer.

Unschlüssig, ob sie sich anziehen oder einfach liegen bleiben sollte, entschied sie sich für einen Kompromiss und zog nur das T-Shirt und den Schlüpfer an, um sich gleich wieder unter die dicke Daunendecke zu kuscheln. Es dauerte nicht lange, da kam er mit zwei Cola-Büchsen und einer Tüte Chips zurück und gesellte sich wieder zu ihr.

Sie tranken Cola, aßen Chips, plauderten über Politik, stänkerten über die Lehrer und lästerten über Schulkameraden, die sie nicht leiden konnten. Alles passte. Sie dachten oft das Gleiche, mochten oder verachteten dieselben Menschen. Sie hörten die gleiche Musik. Ja, alles passte.

»Sag mal«, nahm Julia ihren ganzen Mut zusammen. »Wie siehst du die Zukunft?«

Verwundert schaute er sie an. »Es ist echt sonderbar, dass du mich danach fragst.«

»Warum?«

»Weil ich auch gerade viel darüber nachdenke.«

Sie strahlte. Noch ein Zeichen. »Und?«

Er holte tief Luft. »Meine Eltern haben mich in eine Lehre in der staatlichen Porzellan-Manufaktur in Nymphenburg eingeschrieben.«

Julia erstarrte. »Ah!«, war alles, was sie hervorbekam.

»Und ich wurde akzeptiert, ist das nicht purer Wahnsinn?« Seine Augen leuchteten.

»Ja«, hauchte sie, zwang sich zu einem Lächeln. Alles um sie herum wirkte plötzlich düster und feindselig. Es war, als stürzte ihr wunderschönes Märchenschloss wie ein fadenscheiniges Kartenhaus vor ihren Augen zusammen. Und Thomas merkte es nicht einmal.

Jetzt war er es, der vor Glück strahlte. »Und weißt du, was das Geilste daran ist?«

»Nein?«

»Im Rahmen dieses Studiums kann ich eine mehrmonatige Studienreise ins Ausland unternehmen.«

»Das hört sich toll an«, erwiderte sie mechanisch, versuchte, gute Miene zum bösen Spiel zu machen.

»Und weißt du, welches Land ich wählen werde?«

Julia zuckte mit den Achseln. »Welches?«

»Japan.«

Sie schluckte. *Warum so weit entfernt?*, schrie es in ihr. *Und was wird aus uns? Was wird aus …* Julia wagte es nicht, den Gedanken zu Ende zu führen. Sie wollte weinen. Während er einfach weiterredete, bildete sich ein dicker Kloß in ihrem Hals.

Irgendwann schaute er sie an. »Freust du dich für mich?«

»Sehr«, sagte sie. Ganz gelogen war es nicht. Natürlich freute sie sich für ihn; wäre da nicht …

Er stellte die Büchsen weg und kuschelte sich an sie. Julia bekam kaum noch Luft. Noch nie hatte sie sich so elend gefühlt.

»Und jetzt du. Was wolltest du mir denn so Wichtiges sagen?«

Ihr wurde schlecht. Es war die gleiche Übelkeit, die sie seit ein paar Wochen jeden Morgen befiel. Urplötzlich sprang sie auf und stürzte ins Badezimmer, schaffte es gerade noch zum Klo und übergab sich laut würgend. Ein dunkles Gemenge aus Cola und Chips ergoss sich in die Schüssel. Es stank. Julia wusch sich das Gesicht, als er plötzlich in der Badezimmertür stand.

»Soll ich einen Arzt rufen?«

Vehement schüttelte Julia den Kopf. *Bloß nicht!*, hätte sie fast gerufen. »Es geht schon. Ich muss heute etwas Falsches gegessen haben«, log sie. »War sicher das Huhn von heute Mittag.« Sie rauschte an ihm vorbei, ohne ihn anzusehen.

»Ist irgendetwas?«, fragte er. »Du wirkst auf einmal so komisch.«

Eilig schlüpfte sie in ihre Jeans. »Nein, nein«, wiegelte sie ab. »Ich gehe lieber heim, um mich hinzulegen. Mir ist so elend zumute.«

Er nickte. »Alles klar«, sagte er. »Schade, ich weiß nicht, wann wir uns das nächste Mal sehen können.«

Sie hatte ihre Sneakers bereits übergestülpt, schnappte sich ihre Weste und drückte sich an ihm vorbei. Flüchtig hauchte sie ihm einen Kuss auf die Wange. »Dann schauen wir halt, wann es passt«, wich sie aus. »Tut mir leid, aber ich muss gehen.«

»Klar«, antwortete er überrascht.

Als Julia das Haus verließ, bemühte sie sich, nicht gleich loszurennen, und hielt die aufsteigenden Tränen zurück. Flüchtig wandte sie sich zum Balkon um und winkte ihm zurück. Er wirkte enttäuscht. Wenn er wüsste … Ihre Brust schien vor angestautem Schmerz schier zu zerbersten. Erst, als sie um die Ecke bog, ließ sie ihm freien Lauf. Weinend rannte sie los. Sie hielt sich den Bauch, in dem das Leben heranwuchs, das er ihr eingepflanzt hatte.

Er ist viel zu jung für dich, hörte sie ihre Tante sagen. *Mädchen sind meistens früher reif als Jungen.*

Julia hasste alle. Sie wollte sterben. Sie hatte es ihm vorher sagen wollen, war sich aber nicht sicher gewesen. Und zu Recht! Als die ersten Tage ausgesetzt hatten, war es ihr gar nicht aufgefallen. Erst Wochen später hatte sie gerechnet. Sie hatte sich gefreut. Mit ihm wäre sie bis ans Ende der Welt gegangen, hätte alle Hürden genommen.

Doch er dachte gar nicht daran, hatte seine Pläne schon ohne sie gemacht. Ans Ende der Welt? Ja, aber nicht mit ihr. Mit anderen. Und sie war blind gewesen, hatte an ihn geglaubt. Hatte an eine Ewigkeit geglaubt, daran, dass es zwischen ihnen eine ganz besondere Verbindung gab. Sie beide gegen den Rest der Welt. Gegen alle anderen. Sie hasste jeden einzelnen von ihnen. Ihre Mutter, ihre Tante, diesen widerlichen Georg und jetzt auch Thomas …

Kapitel 34 – Samtige Hülle

Lindau-Aeschach, Bodensee – Bei den Kunzes – Oktober 2018

Bestürzt saß Chris da, sagte nichts. Ungläubig schaute er Johanna an, als könnte er das eben Aufgedeckte noch nicht einordnen. »Dann bin ich also Julias und Thomas' …« Ihm blieb das Wort im Hals stecken, so ungeheuerlich musste es ihm erscheinen.

Johanna nickte und wandte den Kopf ab. Es schien ihr unmöglich, ihm in die Augen zu schauen.

»Julia war so unglücklich«, fing Johanna sich wieder. »Und Käthe ließ einfach keine Ruhe. Hat mit Georg gemeinsame Sache gemacht, um sie gegen mich aufzuhetzen.«

So ist es normalerweise üblich. Andersherum ist es eher unverständlich, nicht wahr?, erinnerte ich mich an Johannas Anspielung auf Ritas Bemerkung, sie könne sich durchaus dazu überreden lassen, an den Bodensee zu ziehen. Endlich verstand ich, worauf Johanna damit angespielt hatte.

»Ach was. Die Kinder waren blutjung. Er war gerade mal 16«, verteidigte Käthe sich. »Und außerdem …« Sichtlich fiel es ihr schwer, die Worte über die Lippen zu bringen. »Im gewissen Sinne waren sie sogar Blutsverwandte«, presste sie hervor.

Ich grübelte. »Wie meinen Sie das?«

»So ein Unsinn«, fauchte Johanna. »Das liegt doch schon

zwei Jahrhunderte zurück. Was dich vielmehr störte, war doch, dass Thomas von den Richters abstammte.«

Langsam dämmerte es mir. Thomas und Julia waren im Grunde beide Nachkommen der Richters. Aber ich musste Johanna recht geben, dass zu viele Generationen dazwischenlagen, als dass es von Bedeutung gewesen wäre.

Käthe verzog keine Miene. »Nun, wie dem auch sei, war es für einen Schwangerschaftsabbruch – genau wie bei ihrer Mutter zuvor – bereits zu spät«, sagte Käthe pikiert. »Und ich habe es mir zur Aufgabe gemacht, Julia auf den rechten Weg zu führen.«

Plötzlich regte Chris sich. »Wie das?«, fragte er leise.

»Indem Georg und ich sie davon überzeugt haben, dass sie nicht den gleichen Fehler begehen sollte wie Johanna. Auch damals galt ein uneheliches Kind in manchen Kreisen noch als Schande und beeinflusste das Leben einer so jungen Frau maßgeblich. Und daran konnten auch die Hippie-Bewegung und das ganze Gehabe von sexueller Befreiung nichts ändern. Leider sah die Realität nicht so rosig aus wie in den romantischen Vorstellungen der Epoche. Denn was die Menschen darüber dachten, besonders in einer Kleinstadt wie Lindau, war etwas ganz anderes.«

»Dir ging es gar nicht um Julia«, feindete Johanna ihre Schwester an. »Sondern einzig um den Ruf der Familie. *Deinen* Ruf.« Es schien, als würde jahrelang angestauter und unterdrückter Hader mit einem Schwall hervortreten wie ein Geschwür, das mit einem Mal aufbrach. Hinter der bröckelnden Fassade der in harmonischer Eintracht lebenden Schwestern offenbarte sich plötzlich ein weniger reizvolles Bild.

»Das natürlich auch«, gab Käthe zu. »Aber nicht nur. Julia hatte Träume, wollte nach Amerika auswandern, dort studieren.«

»Und du hast natürlich alles getan, um sie darin zu bekräftigen«, konterte Johanna. »Hast sie so lange drangsaliert, bis sie eigewilligt hat, ihr Kind abzuschieben.« Johanna hob theatralisch den Arm und zeigte auf Chris. »Da sitzt er nun vor dir. Sag es ihm ins Gesicht, was du uns allen angetan hast.« Beherrscht presste Johanna die Lippen aufeinander, unterdrückte erneut ein sehnliches Schluchzen.

Chris keuchte, hielt sich die Faust vor den Mund. Lautlose Tränen flossen über seine Wangen. Auch meine Kehle schnürte sich zu, sodass ich einen Moment lang meinte, an dem Kummer zu ersticken. Es fühlte sich an, als hätte jemand beißende Ätze auf mein rohes, wundes Fleisch gegossen. Ich konnte Johannas Groll nachempfinden, aber auch Chris' bittere Verzweiflung spüren. Schuldgefühle packten mich, zerquetschten mein gemartertes Herz zu Brei. Vielleicht gab es Dinge, die lieber nicht ans Tageslicht treten, Vergangenheiten, die lieber ruhen sollten. Warum hatte ich meine Nase da hineinstecken müssen?

Käthe drückte den ohnehin schon kerzengeraden Rücken durch. »Julia hat sehr darunter gelitten, ein uneheliches Kind zu sein«, rechtfertigte sie sich. »Von ihren Klassenkammeraden wurde sie deswegen gehänselt und verachtet. Ganz zu schweigen davon, dass Johanna schräg angeschaut wurde. Das verlorene Mädchen, die Sitzengelassene … Niemand wollte sie mehr.«

»*Ich* wollte niemanden mehr«, keifte Johanna. »Ich war glücklich mit Julia. Und Julia wäre mit Chris sicher auch glücklich geworden.«

Käthe räusperte sich und schaute auf ihre Hände, als würde sie ihre Maniküre prüfen. »Nun, ich kann verstehen, dass meine Schwester solchen Groll gegen mich hegt, und kann es auch nachvollziehen, wenn Sie mich verabscheuen. Ich bin die Böse in dieser Geschichte. Damit kann ich leben. Für meinen Teil habe ich das getan, was ich für angemessen hielt. Und ich habe nicht das Gefühl, dass Sie ein unglücklicher Mensch sind, nicht wahr, Christian?«

Chris blinzelte, schaute mich mit tränenfeuchten Augen an. Er schniefte, setzte sich auf. »Nein, unglücklich bin ich nicht«, gab er zu. »Ich hatte das Privileg, in einer wundervollen Familie aufzuwachsen, eine tolle Schwester zu haben, den Beruf auszuüben, der mir schon immer gefallen hat, und die Frau meines Lebens kennenzulernen.« Wir lächelten uns verhalten an. »Wenn man mal von meinen Albträumen, meinen Verlustängsten, den schmerzlichen Fragen der Zugehörigkeit und all den Zweifeln, die damit einhergegangen sind, absieht, hatte ich ein glückliches Leben und darf mich wohl kaum beschweren, ja.«

Johanna weinte. »Es tut mir so leid«, wimmerte sie. »All die Jahre habe ich mich dafür gehasst, nicht stark genug gewesen zu sein, meiner Schwester die Stirn zu bieten.«

Selbst Käthe nickte betroffen.

Chris sog hörbar die Luft durch die Zähne ein, schien sich zu fangen. »Nun, das Los meines Vaters kenne ich ja nun«, sagte er bewegt. »Leider habe ich ihn nur knapp verpasst.« Er schluckte hart. »Und was ist aus Julia, also meiner leiblichen Mutter, geworden?«, wollte er mit bebender Stimme wissen.

Johanna tupfte sich die Augen. »Sie ist nach Amerika zu unserer entfernten Cousine Dora gegangen, hat Medizin studiert und einen Mann namens Jamie McDonald geheiratet …«

»Dann heißt sie also Julia McDonald?«, murmelte Chris.

Johanna schluchzte erneut, wollte sich nicht mehr beruhigen. »Hieß«, presste sie kaum hörbar hervor.

Chris hatte es jedoch mitbekommen. Es war ein weiterer Schlag. »Julia McDonald«, flüsterte er vor sich hin. »War sie … ich meine … wie sah sie aus?«, wollte er wissen.

Johanna fasste sich wieder, erhob sich schwerfällig und ging zu einer breiten Mahagoni-Kommode. Aus der obersten Schublade holte sie ein abgewetztes Album hervor, das sie häufig zu betrachten schien, und ein Samtkästchen.

Käthe riss entsetzt die Augen auf, schüttelte kaum wahrnehmbar den Kopf. Abermals reckte Johanna das Kinn, als wollte sie ihrer Schwester bedeuten, dass diese Zeiten endgültig vorbei seien.

Sie reichte Chris das Album, von dem der Geruch nach altem Papier und poliertem Holz ausging. »Darf ich?«, fragte sie und zeigte neben ihn aufs Sofa.

Er nickte stumm, schlug das breite Buch auf. Während er blätterte, erläuterte Johanna die Bilder. Julia als Baby, Julias erster Schultag. Julia als Jugendliche. Julia in Amerika bei der Großcousine. Julia mit ihrem Mann. Julia mit … Chris stockte hörbar der Atem. Meine Haut sträubte sich. »Sie hatte Kinder?«, hinterfragte ich das Offensichtliche.

Johanna nickte. »Ja, drei. Amy, Jason und Marc.«

Nervös strich Chris sich durch die Locken. Allmählich schien die Erkenntnis zu ihm durchzusickern. »Sie sind also meine Halbgeschwister?«

Erneut liefen Johanna haltlose Tränen übers Gesicht. Sie nickte wortlos.

»Und sie leben noch?«

»Natürlich«, sagte Käthe. »Julias ehemaliger Mann auch.«

Schlagartig klappte Chris das Album zu, keuchte. Es schien zu viel auf einmal für ihn zu sein. »Also, um sicherzugehen, dass ich alles richtig verstanden habe: Thomas und Julia sind meine Eltern, die beide bereits verstorben sind.«

»Ja, Julia hatte vor einem Jahr einen tödlichen Unfall«, ergänzte Johanna und weinte erneut. Irgendwie tat sie mir leid.

Chris' Kehlkopf hüpfte mehrmals. »Letztes Jahr«, wiederholte er abwesend. Er lachte zynisch in sich hinein, als würde er mit dem Schicksal hadern. »Und Sie sind meine Großmutter«, wandte er sich an Johanna.

»Ja«, piepste diese. »Ich und Ada.«

»Ada?«, fragte Chris mitgenommen und schien erst jetzt zu begreifen.

Ich nickte. »Ja, Ada«, sagte ich zärtlich lächelnd. »Und Klaus ist dein Großvater.«

»Und Klaus«, wiederholte er so fassungslos, als würde es ihm erst jetzt klar.

»Klaus?«, fragte Käthe stirnrunzelnd.

Johanna schaute ihre Schwester abfällig an. »Thomas' Vater.«

»Ich dachte, Georg hätte das nur erfunden, um …« Käthe verstummte.

Vehement schüttelte ich den Kopf. »Nein, zwischen Ada und Georg ist niemals etwas gewesen.«

Johanna holte das Samtkästchen hervor und hielt es Chris hin. »Hier, das gehört Ihnen, Christian.« In ihrem Blick lag so viel Liebe, dass es mir schier das Herz zerriss.

»Mir?«, fragte er ungläubig, schaute zwischen ihr und Käthe hin und her. Letztere schürzte unwillig die Lippen.

»Öffnen Sie es ruhig«, forderte Johanna ihn auf. »Der Hokuspokus hat lange genug gedauert. Jetzt schließt sich der Kreis endlich.«

Verdattert sahen Chris und ich uns an. War es eine Auszeichnung, die Julia als junge Frau erhalten hatte? Chris nahm das Kästchen in die Hand, strich über die samtige Hülle, die so weich wirkte, als könnte sie nur Wonniges enthalten. Während er die quadratische Schachtel mit beiden Händen seitlich festhielt, schob er den Deckel vorsichtig mit den Daumen hoch, bis der Mechanismus aufschnappte.

Ungläubig starrten wir auf den Inhalt. Es brauchte einige Sekunden, bis wir begriffen. Chris stieß die Luft aus. Wilde Gedanken wirbelten in mir umher. Blitzartig erinnerte ich mich daran, den Inhalt schon einmal an Johanna gesehen zu haben, als die beiden Schwestern mit Alrun im vergangenen Sommer zu mir und Verena ins Atelier gekommen waren. Du liebe Zeit! Wie hatte ich das nur vergessen können!

Johanna fand als Erste die Sprache wieder. »Es war Georgs Köder, den er uns vor die Nase gehalten hat, damit wir uns um Thomas' Adoption kümmern. Ihm sei das Ding egal, hat er damals gesagt. Es würde ja eh nur im Safe herumliegen und sei unverkäuflich.«

Mir blieb die Spucke weg. Unfähig, etwas zu sagen, presste ich die Lippen aufeinander, konnte den Blick nicht von dem Gefunkel abwenden. Atemberaubend und unendlich viel schöner, als ich es mir ausgemalt hatte.

»Sie müssen nämlich wissen«, sagte Käthe mit erhobenem Haupt, »dass wir Nachkommen des französischen Kaisers Napoleon I. sind.«

In meinem Kopf drehte sich alles. Also doch!

Johanna nickte Chris zu. »Auch in Ihren Adern fließt korsisches Blut.«

Chris wollte etwas erwidern, machte den Mund auf und schloss ihn wieder. Gefesselt von dem Anblick des Schmuckstücks in seinen Händen und der Geschichte, deren Teil er mit einem Schlag geworden war, fehlten ihm die Worte.

Auch ich erkannte den Zusammenhang erst in diesem Moment. Es schien verrückt, dass ausgerechnet Chris von Napoleon abstammte. Er, der eine solche Leidenschaft für diesen Mann entwickelt hatte und jede Einzelheit, jede neue Erkenntnis in sich aufsaugte, fast so, als hätte etwas in ihm schon immer um seine Blutsbande mit dem umstrittenen Feldherrn geahnt.

Um uns herum schien die Welt plötzlich stillzustehen und im Bann des Augenblicks zu verweilen. Regungslos saßen wir da, fixierten das glitzernde Schmuckstück, in dessen Einfassung ein schwarzer Edelstein ruhte. Ein Juwel. *Das* Juwel! Chris schüttelte ungläubig den Kopf und wisperte: »Der Engel der Nacht!«

Epilog

Lindau, Bodensee – Seerosen-Villa – Sommer 2019

In dem kleinen Laufgitter, das neben uns auf dem Rasen stand, lag das winzige Neugeborene auf einer Decke im Schatten und gluckste vergnügt vor sich hin. Rex hatte sich vor dem Gitter postiert. Beim geringsten Geräusch, dass das wundersame Wesen von sich gab, legte er den Kopf schief, mal auf die eine, mal auf die andere Seite, womit er uns zum Lachen brachte.

»Wie drollig«, sagte Rita begeistert. Die junge Mutter strahlte sichtlich vor Glück, auch wenn sie zugab, dass es mitunter kein Zuckerschlecken war. Auch Bernd stand das Papasein ausgezeichnet zu Gesicht.

»Komm, du halber Korse«, scherzte dieser gerade und hielt Chris das Glas hin. »Schenk mir bitte noch etwas vom guten Tropfen ein.«

Chris ließ sich nicht zweimal bitten. Rita fragte er erst gar nicht, denn sie stillte den kleinen Finn, sodass er mich erwartungsvoll anschaute.

Auch ich verneinte diesmal.

Chris seufzte. »Meine Frau wird abstinent«, sagte er.

»Harte Zeiten«, witzelte Bernd. »Darauf müssen wir einen heben.«

»Nun, Gründe zum Anstoßen fehlen euch ja wohl kaum«, stänkerte Rita.

Ich schmunzelte und schaute zum See. Das Gefühl von

tiefer Dankbarkeit erfüllte mich plötzlich so heftig, dass mir eine Gänsehaut über den Körper lief. Letztendlich hatte sich alles zum Besten gewendet. Da Chris de facto zu Adas Erbe geworden war, hatten wir beim Notar einen Vertrag unterschrieben, in dem wir zu gleichberechtigten Besitzern der Villa geworden waren. Perfekter hätte es nicht sein können, denn es war mir bereits eine geraume Zeit ein Dorn im Auge gewesen, dass Chris sich nicht wirklich zu Hause gefühlt hatte. Mit der Überschreibung hatte sich das schlagartig geändert. Die Villa, Ada und ihre Geschichte hatten uns nicht nur zusammengebracht, sondern auch aneinandergeschweißt. Jeder von uns war ein Teil dieser Geschichte, war mit ihr verankert wie die Seerosen mit Adas kleinem Teich.

Während Chris mir Wasser nachschenkte, schaute er mir in die Augen, als ob er meine Gedanken erraten hätte. Wir lächelten uns an.

»Ich finde es unglaublich, dass du wirklich der stolze Besitzer dieses Saphirs bist«, sagte Bernd voller unverhohlenem Neid. »Du zeigst ihn mir nachher noch einmal, gell?«

Chris lachte. »So oft du willst.«

Bernd grunzte zufrieden. »Ich kann es kaum erwarten.«

»Wenn man bedenkt, wie nahe wir ihm auf die Spur gekommen sind, ohne zu ahnen, was es wirklich mit ihm auf sich hatte«, sagte Chris.

»Und vor allem wie eng du selbst mit ihm verbunden bist«, bemerkte Bernd, prostete Chris zu und nippte an seinem Wein. »Was meinst du, wie Georg an den Stein gekommen sein könnte?«

Chris, der auch einen Schluck genommen hatte, setzte das Glas ab und schmatze kennerhaft. »Gute Frage«, antwortete er. »Bella meint, dass er sicher von Adas Vater in die

Familiengeheimnisse eingeweiht worden war und vielleicht sogar den Code für den Wandsafe besessen haben könnte.«

Ich nickte. »Er musste um die Bedeutung des Steins gewusst haben, und auch, dass der Wunsch der Kunzes, ihn zu besitzen, ihnen über die Jahrhunderte hinweg tief in Leib und Seele übergegangen war.«

»Wirklich ein Widerling, dieser Georg«, sagte Bernd.

»Und wie stehst du jetzt eigentlich zu den Schwestern?«, fragte Rita neugierig.

Chris prustete verhalten. »Am Anfang war ich ziemlich sauer«, gestand er und grinste schief.

»Verständlich«, sagte Bernd. »Wenn man bedenkt, dass sie über all die Jahre hinweg wussten, wer du bist, und nie etwas darüber haben verlauten lassen.«

Chris nickte. »Das war es gar nicht mal, denn es war eigentlich auch ein bisschen meine Schuld. Hätte ich früher nach der Wahrheit gesucht, wäre es nie so weit gekommen.«

»Schon, aber das entschuldigt nicht alles«, sagte Rita.

»Nein«, stimmte Chris ihr zu. »Wie gesagt, war ich zuerst wütend. Wütend, dass ich ebenso meine Mutter wie meinen Vater so knapp verfehlt habe. Wütend, dass die beiden nicht über ihren Schatten gesprungen sind.« Chris nahm meine Hand, zog sie an sich, sodass er sich meinen Arm unter den seinen klemmte. Ich liebte es, wenn er das tat. »Aber mit der Zeit ist die Wut und die Trauer abgeflacht. Jetzt spüre ich nur noch inneren Frieden, genieße es zu wissen, wo ich herkomme, wer meine Vorfahren waren. Genieße die Tatsache, dass ich jahrhunderteweit in die Vergangenheit zurücklesen kann. Es ist, als hätte es so sein sollen.«

Chris' Worte berührten mich. Es stimmte. Alles, was die letzten zwei Jahre vorgefallen war, schien nur einen einzigen Sinn gehabt zu haben, nämlich, dass Chris zu den

Seinen fand. Es war, als hätte Ada eine Spur ausgelegt, um uns beide auf der Suche nach der Wahrheit zu vereinen. Als hätte sie ihre großmütterliche Hand über uns ausgebreitet, um uns zu beschützen, aber auch, um lange gehegten Groll und Ungerechtigkeiten zu beheben und diese wundervolle Villa endlich in dem ihr angemessenen Licht erstrahlen zu lassen. Es war, als hätte sie durch uns die Familie von allem Argen befreien wollen.

Traurig stimmte mich nur, dass Ada weder ihren Sohn noch ihren Enkel wirklich hatte anerkennen können, obwohl sie beide fast täglich um sich gehabt hatte. Chris als den liebevollen Nachbarn, der genauso begeistert von Sagen war wie sie selbst, und Thomas, von dem sie mehr als überzeugt gewesen war, dass es sich bei ihm um ihr eigen Fleisch und Blut gehandelt hatte. Und wer weiß. Noch hatte ich Adas Tagebücher der letzten 20 Jahre nicht gelesen. Vielleicht hatte sie ja auch bezüglich Chris eine Ahnung gehabt?

Verträumt blickte ich vor mich hin. Es war ein wundervolles Gefühl, all die Strapazen hinter uns gebracht zu haben, um endlich ein neues Kapitel aufzuschlagen. In diesem Sinne atmete ich tief durch und setzte zum Sprechen an, als Rita mir zuvorkam.

»Ach, bevor ich es vergesse«, sagte sie, langte nach ihrer Handtasche, die an der Stuhllehne baumelte, und kramte etwas hervor. »Das habe ich in den Tagebüchern gefunden, die du mir von Ada geliehen hast.«

»Was ist das?«, fragte ich neugierig.

»Ein Gedicht«, antwortete Rita und reichte mir den Zettel.

Sofort erkannte ich das Papier wieder, wusste, dass es zu den anderen beiden Gedichten gehörte. Wieder stand kein Datum dabei. *Da ist es also*, dachte ich, und erneut packte mich ein Schaudern.

»Lies bitte vor, Liebes«, murmelte Chris, der genauso befangen schien.

Ich schluckte und begann mit bebender Stimme:

Das Verhängnis

Wenn Schatten meinen Namen malen,
Bleib ich taumelnd stehn,
Begreife nicht das Strahlen,
Beschwört herauf vertrautes Flehn.

Zerrend sie mich bedrängen,
Wollen mir etwas sagen,
Trugbilder ins Herz sich zwängen,
Gleich Krallen daran schaben.

Unglaube ist mal Freund mal Feind,
Greifen können wir es nicht,
Nur die Ahnung uns vereint,
Mit höllischer Täuschung sich vermischt.

Auf verschlungenen Pfaden,
Niemand den Anfang wagt.
Am Gift der Wahrheit wir uns laben,
Verbissen an uns nagt.

Der Sprung der Hexe ist gewagt,
Vom ewigen Stein gerettet,
Im Herzen der Wunsch verzagt,
Ein edlerer uns verkettet.

Der Mantel der Vergangenheit,
Bietet Schutz und Trost,
Weiterhin uns Kraft verleiht,
Mit Nichtigkeiten uns liebkost.

Schlagartig kamen mir Adas Worte aus dem Tagebuchabschnitt in den Sinn. *Ja, die Zukunft gehört uns. Sie ist wie ein ungeschriebenes Gedicht, dessen Verse wir mit unseren Träumen und Hoffnungen füllen dürfen, auch wenn die Wahrheit dahinter niemals aufgedeckt wird …*

»Verstehst du, was sie damit sagen wollte?«, fragte Rita.

Chris nickte. »Sie spricht von ihrem Sohn. Davon, dass sie beide gefühlt haben mussten, dass sie ein starkes Band umfing. Ich bin mir fast sicher, dass zumindest Ada felsenfest davon überzeugt gewesen ist, dass Thomas ihr leiblicher Sohn war, den man ihr bei der Geburt weggenommen hatte.« Bei den Worten zitterte seine Stimme. »Und ich finde es schön, dass Georg letztendlich nicht verhindern konnte, dass sie sich nahegestanden haben.«

»Und auch nicht, dass Ada und du so gut miteinander ausgekommen seid.«

»Stimmt«, sagte Chris. »Aber jetzt, da ich es weiß, macht es Sinn.«

Wieder lächelten wir uns an.

»Wolltest du nicht eben etwas sagen?«, fragte mich Rita.

Ich schüttelte den Kopf. »Hach, so was Dummes, das ist mir jetzt wieder entfallen«, log ich, denn ich hatte mich auf einmal dazu entschieden, Chris die wundervolle Nachricht erst einmal unter vier Augen mitzuteilen. Vielleicht heute Abend? Unbewusst legte ich eine Hand auf meinen Unterleib. Fast bereitete es mir Vergnügen, es noch ein wenig für mich zu behalten.

Schlagartig wurde mir bewusst, dass ich eine innere Blockade gehabt haben musste. Vielleicht, weil ich gespürt hatte, dass Adas Vergangenheit noch nicht alles preisgegeben hatte, oder weil ich unbewusst darauf gewartet hatte, dass Chris mit der seinen im Einklang stand. Womöglich war es von beidem ein bisschen gewesen.

Rita schielte auf meine Hand, blitzte mich wissend an. Ich blinzelte glücklich, und sie verstand, sagte nichts. Nur ihre glühenden Wangen sprachen Bände, und es schien, als müsse sie einen Jauchzer unterdrücken, der ihr die Kehle emporstieg. Ich schüttelte den Kopf und musste lachen.

In diesem Augenblick klingelte Chris' Handy.

»Hey, wer ruft dich denn am Sonntag zur Mittagszeit an?«, schimpfte Bernd.

»New York, die stehen gerade auf«, antwortete Chris und nahm den Video-Call an.

»Hi, Chris«, trällerte seine Halbschwester Amy mit starkem Akzent und winkte ihm. »Wie geht es dir, Brother-Darling?«

Während Chris ein reges Gespräch führte, beugte Rita sich zu mir vor. »Wie kommt es, dass die so gut Deutsch sprechen?«, wisperte sie.

»Chris' Mutter hat sie zweisprachig erzogen«, antwortete ich genauso leise.

Vor ein paar Monaten hatte Chris sich von Johanna die Adresse seiner Geschwister geben lassen und sich dazu durchgerungen, sie zu kontaktieren. So hatte er erfahren, dass sie längst von seiner Existenz gewusst und seine Mutter ihr Leben lang bereut hatte, ihn weggegeben zu haben. Auch diese Eröffnung war für Chris ein harter Brocken gewesen, den er erst einmal hatte verdauen müssen. Gleichzeitig hatten wir erfahren, dass die Geschwister Julia oft bedrängt hätten, Kontakt zu ihm aufzunehmen. Doch sie habe stur an der Meinung festgehalten, kein Recht zu besitzen, Chris' Leben zu stören, nur um ihre eigenen egoistischen Bedürfnisse zu stillen und ihre Schuldgefühle zu beschwichtigen. Sie hatte gehofft, dass er von sich aus auf die Suche ginge. »Wenn er mich kennenlernen möchte«, soll sie gesagt haben, »dann steht meine Tür weit offen.«

»Wie geht es der *beautiful* Bella-Sweety?«, fragte Amy gerade.

Chris drehte mir das Smartphone zu, sodass wir uns sehen konnten. Ich lächelte. »Mir geht es hervorragend, vielen Dank der Nachfrage«, antwortete ich. »Und ich kann es kaum erwarten, dass ihr im Herbst endlich *holiday* in Lindau macht!«

»Und wir erst«, rief Chris' Schwester begeistert. »Es wird so *amazing* sein, auf den Spuren unserer Familie zu wandeln. Besonders, seit ich von Chris weiß, dass wir von Napoleon … Hey, wie sagt man noch? Ach ja: abstammen.«

Wir lachten schallend, und Chris übernahm wieder das Ruder der Unterhaltung.

Rita und Bernd hatten sich erhoben und waren zum Laufställchen gegangen, um Finn herauszunehmen. Fröhlich strampelnd schaute er seine Eltern an. Bernd legte ihn sich in die Armbeuge, und Rita strahlte das wonnige Kerlchen an. Mein Herz blühte auf, die drei so glücklich zu sehen, umso mehr, da ich wusste, dass uns in Kürze das Gleiche erwartete. Wir machten uns keine Illusionen über das Elternsein, hatten lange und ausgiebig darüber gesprochen. Wir wussten, dass mit einem Kind eine neue Phase unserer Beziehung anbrechen und sich Veränderungen einschleichen würden. Und wie so viele Paare, die einem solchen Ereignis mit freudiger Erwartung und einem Hauch Nostalgie für all das, was sie hinter sich ließen, entgegenfieberten, versprachen wir uns, alles besser zu machen als unsere eigenen Eltern.

Lächelnd wandte ich mich wieder dem glitzernden Gewässer zu, auf dem gerade unser Schwanenpärchen, gefolgt von einer kleinen Schar putziger Jungtiere, gemächlich dahinglitt. *Ihr also auch?*, dachte ich bewegt und ließ meinen Blick weiter über den See schweifen, der an diesem Tag träge flimmernd in der Sommerhitze lag.

Ein weiteres Mal hatte er uns in seine Geheimnisse eingeweiht und mitgerissen. Spontan kam mir die Legende der beiden Knaben in den Sinn. Ich dachte an all die Menschen, die aufgrund eines Gerüchts, das Napoleon aus Eigennutz in die Welt hatte setzen lassen, ums Leben gekommen waren. Dachte an das kostbare Juwel, das mit Chris nun endlich seinen rechtmäßigen Besitzer gefunden hatte. An Ada, der dieses Gewässer so viel gegeben und noch mehr abverlangt hatte. An meine Großmutter, die auf immer mit diesem zauberhaften Stück Land, den herrlichen Linden, den tosenden Stürmen und den Launen des Sees verbunden war.

Auch vergaß ich Thomas und Julia nicht, deren Schicksal ebenfalls von ihm gelenkt worden war. Von ihm, dem Edelstein, der Unvollkommenheit der Menschen und dem Hang dieses Ortes, sie zu den schauerlichsten Taten und Legenden anzuregen. Legenden von unglücklichen Seerosenungeheuern, verwunschenen Wasserschlössern oder von Wasserproben am Hexenstein. Wie unsichtbare Bänder schienen sie entlang der verzauberten Ufer des Bodensees zu verlaufen. Man konnte fast meinen, dass sich ihre

Enden auf die eine oder andere Weise immer wieder miteinander verknüpften, sich in den Einwohnern und der Landschaft verankerten, indem sie subtile Zeichen im kollektiven Bewusstsein hinterließen, die mit den Epochen verschwammen, aber niemals völlig verblassten – wie Spuren am See …

ENDE

Nachwort und Danksagung

Liebe Leserin, lieber Leser,

wie jedes Mal hat es wieder viel Spaß gemacht, diesen dritten Band der Bodensee-Saga zu schreiben. Genau wie in seinen Vorgängern habe ich mich bemüht, dem See mit seiner Ausstrahlung, seiner Geschichte, seinen Monumenten und Mysterien gerecht zu werden, und hoffe, dass es mir gelungen ist, Sie mit meiner Bewunderung anzustecken.

Auch habe ich mir alle erdenkliche Mühe gegeben, die Schauplätze so authentisch wie möglich wiederzugeben.

Und wie zuvor musste ich mir auch in diesem Teil ein paar künstlerische Freiheiten herausnehmen, wofür ich Sie um Ihr Verständnis bitte.

Sowohl die Geschichte von Franz und Moritz als auch Napoleons angebliche Präsenz in Lindau und die Legende von dem wundervollen »Engel der Nacht« sind reine Erfindungen von mir.

Allerdings basieren alle weiteren Angaben bezüglich des französischen Kaisers, seiner Frauen, Geliebten und unehelichen Kinder sowie dessen Aufenthalte in München, Augsburg und der Schweiz auf historischen Überlieferungen. Die französische Webseite »Napoleon & Empire« gibt es tatsächlich, und es ist faszinierend, darauf sein Voranschreiten Tag für Tag chronologisch nachzuvollziehen.

Auch seine Reisen in einer unscheinbaren Kutsche in bürgerlicher Kleidung, begleitet von seinem Schwager Joachim Murat, sind historisch belegt. Es war mir ein Vergnügen, diesen vieldiskutierten Mann, über den ich eine ganze Buch-Reihe geschrieben habe, mit seinen zahlreichen Facetten dem Leser hier etwas näherzubringen.

Beim Lindauer Hexenstein handelt es sich um einen Gneisblock, ein Überbleibsel aus der letzten Steinzeit, der sich im Obersee des Bodensees befindet. Bei niedrigem Wasserstand ragt er bis zu einem Meter aus dem Wasser, weshalb er mit einem roten Hinweiszeichen ausgestattet wurde. Ursprünglich soll es tatsächlich zwei Hexensteine gegeben haben. Gemäß der Überlieferung – also der wahren Legende um den Hexenstein – soll eine Hexe während ihrer Flucht aus der Schweiz den ersten Schritt auf den kleinen (heute nicht mehr existierenden) Hexenstein und dann auf den großen Hexenstein gesetzt haben, als sie über den See ritt. Mit ihrem dritten Schritt erreichte sie schließlich das gegenüberliegende Festlandufer.

Allein der Name und der Standpunkt des Hexensteins haben meine Fantasie angeregt, sodass mir die Idee zu den im Buch entworfenen Legenden kam.

Auch bezüglich des Stadtarchivs von Lindau habe ich mir ein paar Freiheiten erlaubt. Während die Räumlichkeiten tatsächlich in der Maximilianstraße, nahe der Bahngleise liegen, so habe ich mir alles andere aus meinen Recherchen zusammengereimt.

An dieser Stelle möchte ich mich ganz herzlich bei meiner Mutter und Arlette fürs Lesen bedanken, ebenso wie bei Diana für die sehr hilfreichen rechtlichen Tipps.

Und ein ganz besonderer Dank geht wieder an Sie, liebe Leserin, lieber Leser. Sollten Sie mehr über mich und meine

Bücher erfahren wollen, lade ich Sie herzlich auf meine Profile in den sozialen Medien ein:

Instagram:
@sibylle_baillon_autorin

Facebook:
https://www.facebook.com/SibylleBaillonAutorin

Meine Webseite:
https://sibyllebaillon.wixsite.com/sibylle-baillon

Ich freue mich auf Sie.

Herzlichst,
Ihre Sibylle Baillon